FJB

VERONICA ROSSI

RIDERS

Feuer und Asche

Aus dem Amerikanischen
von Franca Fritz
und Heinrich Koop

FJB

FSC
www.fsc.org
MIX
Papier aus verantwortungsvollen Quellen
FSC® C083411

Erschienen bei FISCHER FJB

Die Originalausgabe erschien 2017
unter dem Titel ›Seeker‹
bei Tor Teen, Macmillan.

Satz: Druckerei C.H.Beck, Nördlingen
Druck und Bindung: CPI books GmbH, Leck
Printed in Germany
ISBN 978-3-8414-0224-0

1
Daryn

Du weißt erst dann, was Wut ist, wenn du längere Zeit mit einer wirklich schlechtgelaunten Stute verbracht hast.

Schatten ist *fuchsteufelswild*.

Ich bin seit zwei Tagen wieder zurück, aber sie ist immer noch stinksauer auf mich – und entschlossen, es mich wissen zu lassen. Normalerweise spüre ich instinktiv, was sie gerade fühlt. Aber das ist gerade gar nicht nötig, bei dem Theater, das sie veranstaltet. Sechshundert Kilo schwarze Stute, die die Erde mit ihren Hufen aufreißt, sprechen für sich.

Wie Jode sagen würde, wenn er hier wäre: Schatten ist völlig durchgeknallt.

Sie galoppiert bis zum anderen Ende der Anlage, dreht um und prescht dann direkt auf mich zu. Im Licht des stürmischen Nachmittags sieht sie fast aus wie ein normales Pferd. Wenn man sie nicht kennt, könnte man die ungewöhnliche Schwärze ihres Fells und die kleinen Rauchfahnen, die sie hinter ihrem schlanken Körper herzieht, leicht übersehen. Wahrscheinlich würde man nicht einmal bemerken, dass sie zu schnell ist und ein kleines bisschen zu elegant. Aber die Tatsache, dass sie so lange meinen Blick hält, und die Intelligenz in ihren Augen verrät sie dann doch.

Als sie näher kommt, senkt sie den Kopf, macht aber nicht

die geringsten Anstalten, langsamer zu werden. Ich stemme die Füße in den Boden und halte mich bereit, hinter den Zaun zu springen. Schatten würde mich nie absichtlich verletzen, aber ich hatte Gideon und Sebastian auch nicht weh tun wollen.

Manchmal verletzt man Menschen einfach – auch wenn es das Letzte ist, was man will.

Ruckartig bleibt sie stehen, nur ein paar Zentimeter vor mir, und stampft mit den Hufen in den Matsch, der mir direkt ins Gesicht spritzt.

»Wow.« Ich wische ihn ab und spucke ihn aus. »Das wär doch nicht nötig gewesen!«

Ihr unverändert starrer Blick lässt keinen Zweifel daran, dass sie nicht zu Späßen aufgelegt ist.

Siehst du es? Siehst du, welche Angst ich hatte, als du mich allein gelassen hast? Siehst du, wie sehr du mich aufbringst?

»Ich weiß, Schatten. Du bist wütend, und dazu hast du jedes Recht. Erzähl mir davon. Ich höre dir zu.«

Ich hoffe, sie spürt, wie sehr es mir leidtut. Ich habe sie nur sehr ungern für eine Woche verlassen, denn ich weiß, wie sehr sie gelitten hat, nachdem wir Sebastian verloren hatten. Sie war immer vollkommen zutraulich und ruhig, aber jetzt fährt sie ständig zusammen. Andere Menschen können sie fast zu Tode erschrecken, genauso wie Flugzeuge und Autos. Zum Glück gibt es davon hier draußen in Wyoming nur wenige.

Ich bin der einzige Mensch, dem sie vertraut – und ich habe sie verlassen. Aber mein Ausflug nach Georgia hat mir die Antwort geliefert, die ich gesucht habe. Nach so vielen Monaten der Unentschlossenheit weiß ich jetzt endlich, was ich tun muss. Wenn man sein Leben aufs Spiel setzt, sollte man unbedingt einen guten Grund dafür haben.

Ich habe jetzt einen guten Grund.

Schatten schnaubt. Ich rechne damit, dass sie gleich wieder einen Tobsuchtsanfall bekommt, aber sie schaut an mir vorbei, genau in dem Moment, als ich hinter mir die Fliegengittertür zuschlagen höre. Ich drehe mich um und sehe Isabel. Meine Freundin, Mitbewohnerin, Mentorin und – wie ich – Seherin tritt von der Veranda der Hütte, die wir gemietet haben.

Willkommen zu Hause, Daryn.

Ich wohne jetzt seit acht Monaten hier. Man könnte es wohl inzwischen so nennen.

Isabel hebt die Zipfel ihres Ponchos an, damit sie nicht durch den Matsch streifen, und kommt auf mich zu. Sie lässt sich Zeit und navigiert vorsichtig um die Pfützen herum. Iz tut nie etwas in Eile. Hinter ihr wird der Rauchfaden, der sich aus dem Kamin nach oben kämpft, von einem heftigen Windstoß ausradiert, steigt dann aber sofort unverdrossen weiter in die Höhe. Heute Nacht werden wir entweder Schnee oder gefrierenden Regen bekommen: Soweit ich das beurteilen kann, ist »Frühling in Wyoming« eine Fehlbezeichnung.

»Das sieht vielversprechend aus«, meint Isabel. »Habt ihr beiden euch wieder vertragen?« Sie stützt sich mit den Armen neben mir auf dem Gatter ab und lächelt; ihre breiten Wangenknochen gleichen aufragenden Bergen. Sie hat ein Gesicht, um in Sonnenuntergänge zu schauen, in Stürme und in die Zukunft – was sie ja als Seherin auch tut. Und was auch ich getan habe, bis sich nach meinem monumentalen Scheitern im letzten Herbst alles veränderte.

»Ich glaube, wir nähern uns der Sache.« Schatten hat ein

paar Schritte rückwärts gemacht und sich zum Fluss gewandt. Sie posiert, als wollten wir sie porträtieren, und hat sich scheinbar für den Augenblick ausgetobt. Ich stecke die kalten Hände in die Jackentaschen und überwinde mich, die Frage zu stellen, die ich schon den ganzen Tag stellen will. »Was ist mit dir? Hast du mir verziehen?«

Ich habe auch Isabel für eine Woche allein gelassen. Sie ist nicht meine Mutter. Ich musste sie nicht um Erlaubnis bitten. Aber ich hätte es mit ihr besprechen können.

»Ich war dir nie böse, Daryn.« Isabel streicht sich eine Locke hinters Ohr. Die meisten ihrer Haare haben sich ohnehin schon aus dem Knoten gelöst, den sie am Morgen hochgesteckt hat – noch vor ihrer Frühschicht auf der Franklin Ranch, auf der wir beide arbeiten. Sie schaut mich mit freundlichen Augen an, die an den Rändern grüngolden sind und im Inneren einen warmen Braunton aufweisen. »Ich habe mir Sorgen gemacht. Das ist ein großer Unterschied. Und deine Nachricht hat auch geholfen.«

Ich frage mich, ob das wirklich eine Hilfe war. Auf den Zettel hatte ich weder geschrieben, wohin ich wollte, noch, wie lange ich fort sein würde – nur, dass ich etwas herausfinden müsse. Ich habe ihr noch immer nicht alles erzählt, sollte das aber langsam tun: Nach allem, was sie für mich getan hat, schulde ich ihr ein paar Antworten. Solange ich damit nicht zu viel verrate.

»Also …« Wo soll ich anfangen? Wie weit zurück reicht meine Reue?

Isabel hebt die Augenbrauen. »Also …?«

»Ich war vor etwa zwei Wochen am Computer der Ranch, um ein paar Nachforschungen anzustellen.«

»Nachforschungen?«

»Über die Freunde, die ich hatte, bis ich sie fürchterlich enttäuscht habe – Gideon, Jode und Marcus. Ich wollte rausfinden, wie es ihnen geht. Ob sie in Ordnung sind.« *Und sich hoffentlich nicht so miserabel fühlen wie ich*, füge ich im Stillen hinzu. »Dabei bin ich auf eine Ankündigung gestoßen. Für ein Ereignis, von dem ich wusste, dass sie alle dort sein würden. Ich konnte nicht widerstehen, ich musste hinfahren, um sie zu sehen, äh …« *Auf drei, Daryn Martin. Eins, zwei, drei.* »Nach Georgia.«

Als ich es ausspreche, klingt es sogar noch extremer, und ich zucke zusammen, aber Isabel zeigt keinerlei Reaktion.

»Warum Georgia?«, fragt sie, als sei sie nicht im Geringsten überrascht, dass ich viertausend Meilen in neun Tagen gefahren bin.

»Marcus ist in die Armee eingetreten. Es war seine Abschlussfeier nach bestandener Ranger-Ausbildung – das Programm, an dem damals auch Gideon teilgenommen hat. Ich wusste, dass Gideon und Jode dort sein würden. Etwas so Wichtiges würden sie niemals verpassen.«

Ich hätte es mir auch nie entgehen lassen. Aus verschiedenen Gründen.

»Und wie war es? Hattet ihr Gelegenheit, über alles zu sprechen? Waren sie wütend auf dich?«

Sie weiß, dass das meine größte Angst ist. Dass Gideon, Marcus und Jode mir die Schuld für das geben, was mit Sebastian passiert ist. Ich meine, selbst *ich* gebe mir die Schuld – warum sie dann nicht auch? Diese Angst hat mich über ein halbes Jahr lang hier festgehalten. Und die Tatsache, dass ich keine Visionen mehr habe, die mir sagen, wo ich gebraucht werde.

Direkt nach dem Kampf gegen die Sippschaft, auch bekannt als mein monumentales Scheitern, hörten die Visionen vollständig auf. Seitdem bin ich von der Zukunft abgeschnitten. Ohne sie fühle ich mich unvollständig, spüre diese permanente leise Furcht, als hätte ich etwas Wichtiges vergessen. Aber es ist nicht so, dass ich mich nicht daran *erinnern* kann, was ich wissen sollte. Ich kann es nur nicht *vorhersehen*.

»Nein, sie waren nicht wütend auf mich.«

»Das ist gut«, findet Iz und lächelt.

»Nicht wirklich. Es ist gar nichts.« Isabels Lächeln verschwindet. Ich kann ihr nicht mehr ins Gesicht sehen, also schaue ich Schatten an. Sie steht im schwindenden Tageslicht, fast eingehüllt von der Dunkelheit, und tief in meinem Magen macht sich wieder diese Angst breit. Ihr Fell ist so schwarz, so tiefschwarz, dass ich ständig die irrationale Furcht empfinde, ich könnte sie in der Nacht verlieren. »Ich habe nicht mit ihnen gesprochen.«

Meine Worte fühlen sich an wie ein Geständnis und klingen in der stürmischen Stille aus. Ein kalter Wind fegt über das Grundstück, bewegt die Bäume am Rand des Felds und hebt einen einsamen Habicht in den unruhigen Himmel.

»Daryn … Du bist den ganzen weiten Weg gefahren und hast dann nicht mit ihnen geredet?«

»Ich habe kalte Füße bekommen, Isabel! Ich wusste einfach nicht, was ich sagen sollte! ›Entschuldigung‹? Was hätte das gebracht? Schließlich bin ich diejenige mit den seherischen Fähigkeiten. *War* diejenige. Ich wusste, dass es zu diesem Kräftemessen mit der Sippschaft kommen würde, und ich hätte einen besseren Plan haben müssen. Ich hätte den Ausgang vorhersehen sollen. Aber das habe ich nicht. Gideon hat meinetwegen seine Hand verloren, und Sebastian ist verletzt oder vielleicht sogar tot, aber definitiv mit einem Dämon in einem Splitterreich gefangen – ein Reich, das *ich* geöffnet habe. Wie entschuldigt man sich dafür, dass man einen so gewaltigen Fehler gemacht hat? Was hätte ich denn sagen können, das daran etwas ändert?«

Isabel strahlt eine meditative Ruhe aus, um die ich sie beneide. Ich habe versucht, ihr nachzueifern. Von ihr weiß ich: Je ruhiger man ist, desto mehr kann man hören, sehen, verstehen und sogar fühlen. Ruhe kann einen ausfüllen, und im Zuhören und in der Stille liegt Weisheit. Aber seit meinem Versagen bin ich nur selten ruhig. Ich habe eine neue Lautstärke in mir, ein inneres Schreien. Es kommt aus heiterem Himmel und hört sich an wie diese Signalhörner, die die Leute zu Sportveranstaltungen mitbringen. Es muss nur irgendjemand oder irgendetwas den richtigen Nerv treffen, und WAAHHHH!

Es ist furchtbar. Das hat Isabel nicht verdient. Und Schatten auch nicht.

Sie macht ein paar Schritte auf mich zu, bevor sie feststellt, dass es mir gutgeht. Überwiegend gut.

Meine Kehle fühlt sich rau an, und ich beiße die Zähne so fest zusammen, dass sie abzubrechen drohen. Isabel umfasst mein Handgelenk und drückt es mit ihrer starken Töpferhand. Ich schaue dem Habicht zu, wie er im Sturmwind dahingleitet, während ich darauf warte, dass die Tränen, die mir in die Augen gestiegen sind, wieder absorbiert werden.

Die Wolken im Westen sind aufgerissen und schütten sich aus. Im Gegensatz zu mir.

»Näher bin ich nicht herangekommen.« Ich hole mein Handy aus der Tasche und zeige ihr das einzige Foto, das ich während meiner einwöchigen Abwesenheit gemacht habe. Ich habe es ungefähr fünfhundertmal angesehen, und immer empfinde ich etwas anderes dabei. Dieses Mal ruft es ein schmerzhaftes, sehnsüchtiges Gefühl hervor, als wollte ich dieser Habicht dort oben sein und durch den Sturm gleiten – als sei Furcht nur ein Mythos.

Isabel greift sich das Handy. »Ist das Gideon?« Sie muss die Antwort wohl in meinem Gesicht ablesen, denn sie wendet sich wieder dem Display zu und betrachtet das Bild. Ich frage mich, ob sie seine Handprothese sucht. Man kann sie auf dem Foto nicht sehen. Auch ich habe sie auf der Feier kaum erkennen können. »Er sieht gut aus.«

»Das Foto zeigt ihn von hinten.« Er hatte nach vorne geschaut, inmitten einer Menge gestanden, gut zehn Meter von der Stelle entfernt, wo ich mich wie eine Stalkerin versteckt hielt. Was ich – genau genommen – ja auch war.

»Ja, aber ich kann es trotzdem erkennen.«

In mir steigt ein Lächeln auf. Das wird jetzt interessant. »Woran, Iz? Hat er einen gutaussehenden Rücken? Findest du, dass sein *Hintern* gut aussieht?«

Sie rollt mit den Augen. »Wenn du es unbedingt wissen willst: Er hat eine attraktive *Haltung*. Er wirkt, als fühle er sich in der Situation wohl. Daraus habe ich es geschlossen.« Sie gibt mir das Handy zurück. »Ich habe doch recht, oder?«

»Irgendwie schon. ›Heiß‹ beschreibt ihn allerdings besser

als ›gutaussehend‹, aber … ist ja auch egal.« Von Gideons gutem Aussehen zu schwärmen läuft auf das Gleiche hinaus, als würde ich vor dem Schaufenster einer Bäckerei voll mit den köstlichsten Sachen stehen, die ich je gesehen habe – nur um dann festzustellen, dass die Eingangstür verschlossen ist. *Und* mir eingestehen zu müssen, dass ich diejenige bin, die sie abgeschlossen hat.

»Ich weiß, dass es schwer für dich gewesen ist, Daryn.«

»Ich wünschte nur, ich hätte dich nicht mit reingezogen.« Ich habe mich schon gefragt, ob ich ihre aktuelle Mission als Seherin bin. Vielleicht haben ihre seherischen Fähigkeiten ihr verraten, wie sehr ich sie brauche?

»Das hast du nicht.«

»Trotzdem danke. Für alles. Dafür, dass du hier mit mir ausgesetzt bist.« Mein Blick schweift über die weite Landschaft, die mich umgibt. So schön und so abgelegen.

»Du musst mir nicht danken, das weißt du«, sagt sie leichthin, aber ihr Blick ist von einer besonderen Intensität. Sie streicht mir über den Arm und schaut dann zur Hütte. »Es wird bald dunkel, und ich habe Suppe auf dem Ofen. Kommst du rein? Wir können beim Essen weiterreden.«

»Ich komme gleich.« Ich höre, wie sie davonstapft, und als die Fliegengittertür zuschlägt, weiß ich, dass sie im Haus ist.

Schatten kommt wieder näher, nickt und schüttelt den Kopf, lässt mich keine Sekunde aus den Augen. Irgendwie ahne ich, dass sie mehr weiß, mehr spürt, als selbst Isabel.

Was verrätst du mir nicht? Was hast du vor?

Ich klettere vom Gatter herunter und streiche ihr über ihren kräftigen Hals. Die wellige, dunkle Mähne umhüllt meine Finger und folgt meinen Bewegungen. Sie fühlt sich an wie von der Sonne gewärmte Seide. Wie Beständigkeit.

»Heute Nacht machen wir uns auf die Suche nach Sebastian, Süße«, verspreche ich ihr. »Es wird Zeit, die Dinge in Ordnung zu bringen.«

2
Gideon

»Ich sag's ja nur ungern, Cordero«, sage ich und lasse mich auf den Stuhl vor ihrem Schreibtisch fallen. »Aber ich bin ein bisschen enttäuscht.«

Natalie Cordero, Doktor der Forensischen Psychologie, die mich damals verhört hat und jetzt mein Boss ist, blickt von ihrem Laptop auf und schaut mich über den Rand ihrer Brille hinweg an. »Guten Morgen, Gideon. Ich erinnere mich nicht, dich hergebeten zu haben.«

»Schon gut. Ich mach's kurz.« Ich lege den linken Arm mit der Handprothese deutlich sichtbar auf die Stuhllehne. Ich scheue mich nicht davor, sie als Propaganda einzusetzen, wenn es dabei hilft, Sebastian zurückzuholen. Falls es eine bessere Erinnerung an das gibt, was die Sippschaft ihm angetan hat, kenne ich sie jedenfalls nicht. Sie hat mir ebenfalls zugesetzt, wenn auch nicht so schlimm. »Wir brauchen Unterstützung. Mehr Drohnen, mehr Genies – mehr von allem, und zwar schnell.« Nach acht Monaten haben wir endlich die Chance, Sebastian zurückzuholen, aber dafür müssen wir zuerst Daryn finden. Über sie führt unser Weg in das Reich, in dem Bas gefangen ist. Daryn besitzt nicht nur den Schlüssel – sie ist auch die Einzige, die ihn benutzen kann. Aber all das zählt nicht, wenn wir sie nicht finden. »Inzwischen sind vier Tage vergangen«, fahre ich fort. »Und Sie wissen ja, was man über kalte Spuren sagt.«

»Was denn?«

»Man sagt …« Ich reibe mir das Kinn und versuche, Zeit zu schinden. Ich hatte gedacht, sie würde an meiner Stelle die Antwort geben. »Man sagt, dass kalte Spuren scheiße sind.«

»Elegant formuliert, aber noch ist die Spur nicht kalt. Wir sind dran. Einige der besten Analysten der Welt arbeiten an der Sache. Wir machen Fortschritte.«

Ihre Augen wandern an mir vorbei zu der Lagerhalle, in der das Team um Schreibtische, Laptops und Projektionstische versammelt ist. Hier, in diesem ehemaligen Großmarkt, haben wir direkt nach Daryns Erscheinen in Fort Benning vor ein paar Tagen unsere Kommandozentrale eingerichtet. Seit Cordero die Sache übernommen hat, sitzt sie im Büro des ehemaligen Marktleiters, das irgendwie noch stärker nach gefrorenem Fleisch riecht als der Rest der Lagerhallen. Alle anderen haben sich ihre Arbeitsplätze inmitten von fast viertausend Quadratmetern offener Fläche eingerichtet.

Es ist unglaublich. Da draußen sind drei Doktoranden des MIT, und wo stellen sie unsere Schreibtische hin? Genau in die Mitte, damit wir alle über Verlängerungskabel stolpern und in den Genuss der miesesten Beleuchtung und Belüftung kommen.

»Ich verstehe, dass du bis in die Haarspitzen motiviert bist, Gideon, aber wir brauchen nicht noch mehr Leute«, fährt Cordero fort. »Es wäre auch gar nicht realistisch. Allein die Sicherheitsüberprüfung würde Monate dauern. Selbst wenn ich es beschleunigen könnte: Die Einweisung neuer

Mitarbeiter würde uns nur langsamer machen. Wir haben genug Personal. Wir machen Fortschritte. Und wir werden sie finden.«

Sie hält inne, denn vermutlich erwartet sie, dass ich sie dränge. Aber eigentlich bin ich gar nicht sicher, ob mehr Leute tatsächlich helfen würden. Niemand hat die Nummer mit dem Verschwinden so gut drauf wie Daryn.

Ich stehe auf. »Alles klar. Gutes Gespräch.«

»Gideon, warte eine Sekunde. Wo du schon mal da bist – es gibt tatsächlich etwas, worüber ich mit dir sprechen möchte.«

Ich setze mich wieder hin und lehne mich zurück, aber jetzt bin ich auf der Hut.

»Um was geht's?«

Cordero klappt ihren Laptop zu, lehnt sich ebenfalls zurück und schenkt mir ihre volle Aufmerksamkeit. Erst jetzt fällt mir auf, dass sich meine rechte Hand zur Faust geballt hat. Cordero bemerkt es auch. »Willst du die Tür schließen?«, fragt sie.

»Wollen *Sie*, dass ich sie schließe?«

»Wenn du dich dann wohler fühlst.«

»Wollen sie mich psychoanalysieren?«

»Nicht bewusst.«

»Dann kann die Tür offen bleiben.«

»Wie du willst.«

Meine Knie sind fest gegen ihren Schreibtisch gepresst, also schiebe ich den Stuhl zurück und versuche, mich zu entspannen. Jodes Lachen dringt aus der Lagerhalle an mein Ohr, über das Klappern von Keyboardtasten und das Brummen von Generatoren hinweg. Sein hohes Glucksen erinnert mich an das Lachen eines kleinen Kindes – eines psychotischen kleinen Kindes.

Unser Team ist technisch gesehen nicht militärisch. Es fällt total aus dem üblichen Rahmen und besteht aus drei von vier Reitern – Marcus, Jode und mir. Dazu kommen Cordero, ihr Assistent Ben, eines der MIT-Wunderkinder, Sophia und Soraya, die beiden anderen Wunderkinder, sowie acht Soldaten einer Spezialeinheit, die mit uns gegen die Sippschaft gekämpft haben – jene Rebellengruppe von Dämonen, die wir im Herbst ausgeschaltet haben.

Jedenfalls beinahe ausgeschaltet. Samrael ist noch immer da draußen – immer noch da *drinnen*, um genau zu sein. In dem Reich, das er öffnen konnte, indem er Daryn unter Druck setzte. Und indem er meine linke Hand abschnitt. Was er bitter bereuen wird, wenn ich ihm das nächste Mal begegne.

Seit letztem Herbst ist kein Tag vergangen, an dem ich nicht an Bastian gedacht habe – und daran, wie ich ihn zurückholen kann. Corderos Motive für die Suche sind wohl eher beruflicher Natur. Sie hat Bas nie kennengelernt, beschäftigt sich aber schon seit Beginn ihrer Karriere mit okkulten und paranormalen Phänomenen. Die gesamte Sondereinheit wurde für diesen speziellen Zweck eingerichtet. Allerdings sind mir ihre Motive herzlich egal, solange sie uns hilft. Für Marcus, Jode und mich ist es etwas Persönliches: Bastian ist einer von uns.

Cordero nimmt ihre Brille ab und legt sie auf den Schreibtisch. »Wie geht es dir heute, Gideon?«

»Super. Und Ihnen?«

»Gut.«

Sie nickt, also nicke ich auch.

Heute habe ich tatsächlich Mühe, meine Frustration unter Kontrolle zu halten. Irgendetwas sagt mir, dass es darum geht bei diesem kleinen Schwatz.

Jeder spürt es, wenn ich gereizt bin. Ich bin eine Inkarnation von Krieg, der zweite und rote Apokalyptische Reiter – und das bringt es lustigerweise mit sich, dass meine Wut buchstäblich ansteckend wirkt. Das ist eine Belastung für die Gruppe. Zum Glück hat Cordero in den letzten sechs Monaten ein solides Instrumentarium entwickelt, um die Wutbombe Gideon zu entschärfen.

»Wie wäre es, wenn wir unsere bisherigen Erkenntnisse noch einmal durchgehen?«, schlägt sie vor.

Ah. Neue Richtung. Sie will meine Aufmerksamkeit wieder auf etwas Produktiveres lenken. Das ist super, wenn es funktioniert. »Klar.«

»Du hast deine Schwester bei Marcus' Abschlussfeier allein in der Menge stehen sehen. Warum bist du zu ihr gegangen?«

»Siebter Zwillingssinn.«

Corderos Lächeln ist schwach, erreicht kaum ihre Mundwinkel. Vor ein paar Monaten hat sie mir alles über den Forschungsbericht erzählt, den sie während ihres Studiums in Yale über telepathische Verbindungen zwischen Zwillingen erstellt hat. Sie ist verrückt nach allen Dingen, für die es keine Erklärung gibt.

Manchmal fühle ich mich wirklich total mit Anna verbunden, also ist es seltsam, dass sie von all dem nichts weiß. Meine Schwester hat keine Ahnung, dass ich Krieg bin. Oder dass ihr Freund Sieg ist.

Jode, mein Gott. So ungefähr der schlimmste Typ, mit dem deine Schwester zusammen sein kann. Das ist nicht richtig.

Die Jungs und ich wissen jedenfalls, dass wir nicht deshalb Inkarnationen der Reiter sind, weil wir die Endzeit oder das Jüngste Gericht herbeiführen. Wir sind, was wir sind, als eine Art Lektion. Bei mir zum Beispiel könnte man sagen, dass ich ein Wutproblem habe. Man könnte auch sagen, dass ich mehr als genug inneren Aufruhr erlebt habe. Als Krieg musste ich lernen, damit zurechtzukommen. Ich musste es *wirklich* lernen. Das Gleiche gilt für Jode, alias Sieg, der mit seinem Überlegenheitsproblem klarkommen musste, und für Marcus, der als Tod härter für ein gutes Leben kämpfen musste als jeder, den ich persönlich kenne. Wir sind sozusagen Metaphern auf zwei Beinen. Menschliche Baustellen – aber wir machen Fortschritte. Jeder Einzelne von uns ist charakterlich stärker geworden und besitzt mehr Vertrauen, weil wir mit unseren Schwächen nun so offen umgehen.

»Erzähl mir davon«, fordert Cordero mich auf. »Du hast also Anna gesehen und etwas Ungewöhnliches bemerkt. Was?«

»Hey, Cordero. Erinnert Sie das nicht auch an die Zeiten, in denen Sie mich vernommen haben, mir aber insgeheim am liebsten den Kopf abgerissen hätten?« Die ganze Situation – hier zu sitzen und ihre Fragen zu beantworten – weckt üble Erinnerungen daran, wie einer der Sippschaftler, ein Gestaltwandler, sie imitierte und mich verhörte.

»Das war nicht ich, und deshalb erinnere ich mich natürlich auch nicht daran.« Sie kneift kaum merklich die Augen zusammen. »Willst du darüber sprechen?«

»Nein, danke. Muss nicht sein.« Es ist nicht so, dass ich

Cordero nicht vertraue. Ich kann es eben nur schwer *vergessen.* »Sie haben nach Anna gefragt. Warum ich zu ihr gegangen bin.« Ich hebe die Schultern. »Ich wusste es einfach. Sie hatte diesen Ausdruck im Gesicht, als sei etwas passiert. Anna sagte, ein Mädchen sei zu ihr gekommen, und sie habe nervös gewirkt. Sie stellte sich als eine Freundin von mir vor und bat Anna, mir den Schlüssel zu geben.«

Meine Aufmerksamkeit richtet sich auf ebendiesen Schlüssel, der jetzt zwischen Corderos Computer und ihrer Brille liegt. Er ist schwerer als ein gewöhnlicher Schlüssel und muss uralt sein. Daryn hat ihn wochenlang um den Hals getragen. Die Jungs und ich haben ihn für unglaublich bedeutend gehalten – ein geheiligter Schlüssel, mit dem man die Himmelspforte öffnet. Dabei hatten wir den echten Schlüssel die ganze Zeit bei uns, ohne es zu wissen – unter uns aufgeteilt und als Armbänder getarnt. Vier zweckentfremdete Armbänder, die unter Daryns Kontrolle ein Splitterreich geöffnet hatten, als sie von einem der Sippschaftler dazu gezwungen wurde. »Ich erkannte den schweren Schlüssel sofort wieder, als Anna ihn mir gab und …«

»Ich glaube, ich habe was!« Ben, einer aus dem MIT-Trio, stürmt mit einem zerknitterten Blatt Papier in der Hand ins Büro. Er legt es auf den Tisch. Für eine Sekunde schauen wir alle dieses Miniatur-Papiergebirge an, dann stürzt Ben sich wieder darauf. »Mist, Entschuldigung«, sagt er und streicht sie glatt. »Das stammt aus einer Tankstelle etwa fünfundsechzig Meilen nördlich von hier. Oh, hey, Gideon«, fügt er hinzu, als er mich endlich bemerkt.

Cordero nimmt das zerknitterte Blatt und sieht es sich genauer an.

Ich habe mitten im Ausatmen die Luft angehalten. Völliger Atemstillstand. Außerdem scheine ich spontan einen Röntgenblick entwickelt zu haben, denn durch die Fasern des Papiers hindurch kann ich das schwache Bild eines Mädchens erkennen.

Die Enttäuschung ist unbeschreiblich.

Endlich atme ich vollständig aus. »Das ist sie nicht.«

Cordero runzelt die Stirn und dreht das Blatt um. »Bist du sicher?«

»Ja.« Das Mädchen auf dem Foto hat langes blondes Haar und ist ungefähr im richtigen Alter, etwa siebzehn. Davon abgesehen sieht sie Daryn nicht im Geringsten ähnlich.

»Es ist ein grobkörniges Bild«, meint Ben. »Ich kann es schärfer machen.«

»Dann wäre es ein schärferes Bild, auf dem sie nicht zu sehen ist.«

Cordero wirft mir einen Blick zu. Sie versucht, mich dazu zu bringen, dass ich die anderen bestärke, sie unterstütze. Alle arbeiten rund um die Uhr. Wir haben draußen Feldbetten aufgestellt, und die meisten von uns schlafen hier, anstatt zurück zum Motel zu fahren. »Bleib dran, Ben«, sagt sie und gibt ihm das Blatt zurück.

»Du machst das echt gut, Mann«, füge ich hinzu, um ihn zu ermutigen. »Aber versuch, noch besser zu werden. Und schneller.«

»Unbedingt. Du hast völlig recht«, stimmt Ben mir total ernst zu. Dann joggt er buchstäblich zurück zu seinem Schreibtisch.

Ich kann mir ein Lächeln nicht verkneifen. »Sehen Sie? Das ist voller Einsatz, Cordero. Alle sollten so hart arbeiten.«

Sie schüttelt den Kopf. »Du nimmst dir ganz schön was raus.«

Ich lache. »Was hab ich denn getan?«

»Schon gut. Es ist meine Schuld. Ich hätte niemals zulassen sollen, dass sie dich als Krieg sehen.«

»Ach was. Sie haben es geliebt.« Bis auf Daryn, die nicht hier ist, und einigen sehr hohen Tieren von der Regierung sind die Leute hier in diesen Lagerhallen die Einzigen, die wissen, was wir sind. Oder wer wir sind? Ist ja auch egal.

Bis gestern Abend – als wir ihnen hier in der Halle eine Demonstration mit allem Drum und Dran geboten und unsere Waffen, Rüstungen und Pferde herbeigerufen haben – wussten es die Techniker allerdings nur theoretisch. Das Ganze war Corderos Idee: Sie dachte, es würde das Team motivieren, und damit lag sie genau richtig. Wir haben mächtig Eindruck auf sie gemacht, besonders Marcus. Wenn man den Tod zu sehen bekommt, passiert was mit einem. Ich wünschte, wir hätten ihre Reaktionen gefilmt.

Cordero und ich machen da weiter, wo wir aufgehört haben. Es muss ungefähr das zehnte Mal sein, dass ich diese Fragen beantworte, aber wir arbeiten an meiner Frustration, und außerdem gehört es zu ihrer investigativen Methode. Sie hofft, auf diese Art über einen Hinweis zu stolpern.

Während wir alles noch mal durchgehen, schlendern Marcus und Jode herein. Jode setzt sich auf den Stuhl neben mir; als er seine Hand auf die Lehne legt, blitzt seine Uhr auf. Als Sieg ist er eine Inkarnation des weißen Reiters. Selbst in Straßenkleidern gibt es Hinweise darauf – wenn man weiß, wonach man suchen muss. In dem fluoreszierenden Licht glänzen Jodes blonde Haare ein wenig zu sehr. Das Gleiche gilt für seine Uhr, seine Fingernägel. Er hat etwas Protziges an sich. Jode – eigentlich James Oliver Drummond Ellis – ist Engländer, ein smartes, wohlerzogenes und wohlgebildetes Exemplar, und einhundert Prozent tödlich. Ohne den alten Drummy wäre keiner von uns hier. Vielleicht wäre sogar die Welt nicht dieselbe. Als wir gegen die Sippschaft kämpften, feuerte Jode endlose Salven von Pfeilen von seinem weißen Hengst aus ab und verhinderte damit, dass wir von Dämonen überrannt wurden. Es gab viele Helden an diesem Tag, aber Jode war ganz oben auf dem Siegertreppchen.

Marcus lehnt sich an die Wand hinter Cordero, hält sich wie immer im Hintergrund. Er richtet seine hellen Augen auf mich. Ein ruhiger, unverwandter Blick, das Starren des Todes. Bevor ich ihn besser kennengelernt habe, empfand ich diesen Blick als absolut feindselig. Das hat sich inzwischen komplett geändert. Marcus und ich sind miteinander verbunden wie Anna und ich – wir brauchen keine Worte. Er hatte es verdammt schwer, wuchs in Pflegeheimen rund um Chicago auf. Zwar spricht er nur selten darüber, aber es muss echt ums Überleben gegangen sein damals – jeden Tag. Ich habe letztes Jahr meinen Dad verloren, und nichts und niemand wird ihn je ersetzen, aber es dauerte nicht lange, und dann kam Marcus. Ein Bruder. Wahrscheinlich vom Schicksal vorbestimmt. Mom und Anna haben ihn auch gebraucht.

Marcus verschränkt die Arme vor der Brust und hört zu, während sein Blick von mir zu Cordero wandert. Jodes Aufmerksamkeit gleicht eher einem Satelliten, der auf keinen bestimmten Ort ausgerichtet ist, aber alles aufnimmt. Ich fasse zusammen, was passiert ist, und beschreibe, wie ich hinter Daryn hergesprintet bin – in die Richtung, in die Anna gezeigt hatte – und dabei die Aufmerksamkeit der Militärpolizei erregt habe, aber letztlich keinen Erfolg hatte: Daryn war wieder einmal verschwunden. Noch immer spüre ich die Nachwirkung dieses Moments. Brutal.

»Also gut«, sagt Cordero. »Was wissen wir mit Bestimmtheit?« Sie legt die Fingerspitzen gegeneinander und denkt nach. Das konnte ich auch mal. »Wir wissen, dass sie nicht nur deshalb dort aufgetaucht ist, um dir den Schlüssel zu geben. Er hat keinen echten Wert, also hätte sie auch einen viel einfacheren Weg finden können, um ihn an den Mann zu bringen – falls das ihre Absicht gewesen wäre. Sie muss aus einem anderen Grund dort erschienen sein. Aber aus welchem Grund, und was hat sie veranlasst, von ihrem Plan abzuweichen?«

»Woher wollen Sie wissen, dass sie von ihrem Plan abgewichen ist?«

»Ich stelle eine Vermutung an, auf Grundlage der Nervosität, die deiner Schwester aufgefallen ist.«

»Sie meinen, Daryn hat irgendetwas Bedrohliches bemerkt und ihre Meinung geändert?«

»Oder ihr Herz hat seine Meinung geändert.«

Cordero und Jode tauschen einen Blick. Marcus senkt den Kopf und starrt auf seine Füße.

Das gefällt mir nicht. »Spuck's aus, Ellis. Marcus … Würde mich bitte mal jemand aufklären?«

Jode schaut Cordero an. Ich meine, ein angedeutetes zustimmendes Nicken von ihr wahrzunehmen. »Und wenn sie nicht wegen Sebastian gekommen ist?«, fragt er.

»Daryn könnte aus rein persönlichen Gründen gekommen sein«, ergänzt Cordero.

»Ah. Jetzt hab ich's kapiert. Ihr meint, ich sei der persönliche Grund. Schöne Theorie, aber damit liegt ihr daneben. Deshalb würde Daryn nie auftauchen. Sie ist ganz auf die Sache konzentriert. Hat immer nur ihre Pflichten als Seherin im Kopf.« Warum sagen sie das – um mich zu testen? Oder halten sie es wirklich für denkbar? »Jedenfalls steht dieser Teil der Diskussion nicht zur Diskussion.«

»Aber vielleicht sollte er das«, sagt Cordero. »Vielleicht solltest du in Betracht ziehen, dass sie deinetwegen gekommen ist und dich sehen wollte, aber dann verschwunden ist, weil sie nicht bereit war.«

Marcus verschränkt die Arme vor der Brust. »Vielleicht hat sie deine Prothese gesehen.«

»Meinst du die?« Ich hebe meine Roboterhand. Sie beherrscht fünfzig verschiedene Gesten, aber der Stinkefinger gehört zu denen, die ich am häufigsten verwende.

Marcus lächelt bereits: Er wusste, was kommen würde.

»Das war vielleicht gar nicht nötig«, fügt Jode hinzu. »Ein Blick auf dich könnte sie veranlasst haben, das Weite zu suchen.«

Ein Bild blitzt vor meinem inneren Auge auf. Daryn sieht mich, dreht sich auf dem Absatz um und nimmt die Beine in die Hand, als sei sie in einem billigen Horrorfilm.

Ich muss lachen. Das Ganze ist einfach zu traurig. »Wieso ist das für irgendwas von Bedeutung?« Ich schwitze und kann nicht mehr sitzen. Also stehe ich auf und stütze mich mit den Händen auf der Rückenlehne des Stuhls ab. »Hey, Ben«, rufe ich in die Lagerhalle. »Wie läuft dein Privatleben? Irgendwelche Zurückweisungen, die du mit unserer Psychologen-Chefin analysieren möchtest?«

Ben springt auf und läuft um seinen Schreibtisch herum. »Unbedingt. Ich bin der König der Zurückweisungen.«

»Alter, dann bin ich dein Mitregent.«

»Blake«, warnt Cordero.

»Wir unterhalten uns später, Ben. Bleib dran. Du machst das super.«

Ben wirbelt herum und geht wieder an seinen Schreibtisch.

Cordero seufzt. »Das ist eine durchaus relevante Ermittlungsrichtung, Gideon, denn ihr Erscheinen könnte eine falsche Spur sein. Sie scheint nicht gefunden werden zu wollen. Wir müssen in Betracht ziehen, dass sie an der Suche nach Sebastian nicht beteiligt sein will. Und da sie die Kontrolle über den Schlüssel hat …«

Ich schüttle den Kopf. »Diesen Überlegungen kann ich mich nicht anschließen. Wenn Daryn nicht bereit ist, Bastian zu suchen, sind wir aufgeschmissen. Und solange wir sie nicht finden, werde ich nicht das Handtuch werfen. Wir gehen davon aus, dass sie aufgetaucht ist, um sich auf die Suche nach Sebastian zu machen. Oder worum geht es hier?«

»Ich will nur verstehen, warum sie verschwunden ist, ohne mit dir zu sprechen – obwohl sie eigentlich deine Hilfe wollte.«

»Weil Daryn nun mal so ist.«

Bei diesen Worten fahren Corderos Antennen aus. Es ist nur ein subtiles, kurzes Blinzeln, als habe sie Angst, sie könne etwas verpassen. »Erklär mir, was du damit meinst.«

»Sie ist nicht gerade das offenste Buch.«

»Kannst du das bitte erläutern?«

»Wenn sie ein Buch wäre, könnte man nur ein paar Seiten lesen.«

»Etwas präziser, bitte.«

Ich hole tief Luft und atme dann langsam aus. Wie kann ich es erklären, ohne Daryn in die Pfanne zu hauen? »Sie ist niemand, der um Hilfe bitten würde, selbst wenn sie welche braucht. Sie ist … Ach, keine Ahnung. Sie ist einfach scheu.«

»Dann könnte sie beispielsweise versuchen, dich um Hilfe zu bitten, dann aber kalte Füße kriegen und sich zurückziehen?«

Marcus und Jode schauen mich an. Wir wissen alle, worauf das hier hinausläuft.

»Das könnte passieren.«

»Und dann?«, hakt Cordero nach.

»Würde sie es auf eigene Faust versuchen.«

Die Stille, die sich über uns senkt, scheint sich im gesamten Lager auszubreiten. Als hätte das Team da draußen ebenfalls eine Veränderung bemerkt.

»Du hältst es also für möglich, dass sie sich allein auf die Suche nach Sebastian begibt?«

Ja, genau das würde Daryn tun. Genau das.

Bevor ich antworten kann, joggt Ben in den Raum. Dieses Mal hat er seinen Laptop dabei, den er auf Corderos Schreibtisch stellt. Sofort weiß ich, dass es dieses Mal kein falscher Alarm ist. Als wir uns um das Gerät versammeln, wummert mein Herzschlag in meinen Ohren.

Der Bildschirm ist in vier Quadrate aufgeteilt. Meine Augen wandern sofort zu dem Bild oben rechts. Es ist ein Foto.

Von Daryn.

Eine Nahaufnahme von ihr in einem Ford Pick-up. Sie hat

sich leicht aus dem Fenster an der Fahrerseite gelehnt, um einem Mitarbeiter an einer Mautstelle Geld zu reichen. Ihre Haare sind zu einem hohen Pferdeschwanz zusammengebunden, und sie trägt eine Sonnenbrille mit Gläsern in Herzform, was seltsam und untypisch wirkt – aber andererseits habe ich sie seit einem halben Jahr nicht mehr gesehen, außer ständig als Bild in meinem Kopf. Vielleicht hat sie sich verändert. Vielleicht habe ich die echte Daryn ja nie kennengelernt. Vielleicht war alles, was zwischen uns passiert ist, nur gespielt.

Wie auch immer. Egal.

Gut, dieses Quadrat wäre schon mal abgehakt.

Das Bild darunter zeigt die Aufnahme eines Nummernschilds mit Informationen zur Registrierung. Der Wagen ist zugelassen auf eine Isabel Banks in Moose, Wyoming. Was mich zu den linken Bildausschnitten führt, beides Karten. Eine zeigt die Route, die Daryn von Georgia nach Wyoming gefahren ist oder noch immer fährt. Auf der anderen Karte ist Isabel Banks' letzte bekannte Adresse markiert.

125 Smith Ranch Road, Moose, Wyoming

Daryn ist in Wyoming.

Ist sie die ganze Zeit dort gewesen? Nur ein paar Meilen von dem Punkt entfernt, wo ich sie das letzte Mal gesehen habe?

Der Name Isabel Banks klingt vertraut. Daryn hat mir mal erzählt, dass Seher ein großes Netzwerk besitzen. Sie helfen sich gegenseitig mit ihren Verbindungen – bei Reisen, Unterkünften und wenn sie Geld brauchen. Wir nehmen an, dass Daryn uns dank ihrer Verbindungen nach Fort Benning bringen konnte.

Jetzt fällt es mir wieder ein: Isabel ist ebenfalls eine Seherin. Sie war Daryns Mentorin, als sie zum ersten Mal Visionen hatte. *Sie ist wie eine Tante für mich*, hatte Daryn gesagt.

»Das muss sie sein«, meint Ben stolz. »Das ist sie doch, oder nicht?«

Ich kann ihm nicht antworten. Meine Kiefer scheinen zusammengeschweißt zu sein, und ich bin wieder bei dem Quadrat oben rechts. Tausende von Gedanken, von denen ich keinen einzigen zu fassen bekomme, rasen durch meinen Kopf.

Cordero blickt auf, wartet auf eine Bestätigung.

»Das ist sie«, sagt Marcus schließlich.

»Ja, das ist Daryn«, bestätigt auch Jode.

»Ben, melde einen Flug nach Wyoming an.« Cordero nimmt ihren Laptop und steht auf. »Wir sollten ihr einen Besuch abstatten.«

Ich bin schon aus der Tür.

3
Daryn

»Daryn? Alles in Ordnung?«

»Ja, mir geht's gut«, antworte ich automatisch. Ich stecke mir ein Stück Maisbrot in den Mund und schinde so eine Sekunde, um zu verarbeiten, was ich gerade beinahe überhört hätte. Isabel hat irgendwas darüber erzählt, was auf der Ranch passiert ist. »Echt, ein schwarzer Wolf?«, sage ich, als ich den Faden wiedergefunden habe.

Draußen regnet es. Eigentlich *schüttet* es. Ein leises Rauschen erfüllt die Hütte – so wie bei meinen geräuschunterdrückenden Kopfhörern, nur eine Million Mal lauter. Den Anfang des Unwetters habe ich ebenfalls verpasst.

Isabel trinkt einen Schluck von ihrer Tortilla-Suppe und nickt. »Ja, direkt hinter der Ranch. Caitlin und Samantha waren gerade dabei, die Wege für den Sommer frei zu machen, und sind fast mit ihm zusammengestoßen. Sie sagten, er sei nur ein paar Meter entfernt und so gewaltig gewesen, dass sie ihn zuerst für einen Schwarzbär gehalten haben.« Sie lächelt. »Er hat den Mädchen einen Schreck fürs Leben eingejagt.«

Diese Information ist tatsächlich bemerkenswert. Es gibt Tausende von Wölfen in Wyoming, aber man bekommt sie nie zu sehen. Sie verstehen es nur zu gut, auf Distanz zu bleiben, was ich bewundere. Aber ein schwarzer Wolf ist *äußerst* selten. Normalerweise würde ich mich dafür sehr interessieren, aber während Iz ins Detail geht, drifte ich wieder in meine eigenen Gedanken ab. Denn was ist seltener, als einen seltenen schwarzen Wolf zu sehen?

Einen Freund zu retten, der in einem Splitterreich gefangen ist. Gemeinsam mit einem Dämon.

Sobald Isabel gegangen ist, werde ich es tun.

In fünfzehn Minuten werde ich endlich ein paar gewaltige Fehler wieder in Ordnung bringen.

Während wir unsere Suppe essen, gebe ich mir Mühe, zu nicken und im richtigen Moment zu antworten, aber meine Gedanken schweifen immer wieder zu den Dingen ab, die ich heute Abend mitnehmen muss. Was braucht man für eine Reise in eine andere Dimension? Warme Kleidung, Handy, Seil, ein Messer … Moment mal, ein *Messer*?

Ja. Ein Messer. Schließlich will ich lebendig wieder zurückkehren, und zwar mit Sebastian.

»Bist du sicher, dass du heute Abend nicht auch vorbeikommen willst?«, fragt Isabel, als wir mit dem Abwasch beginnen. Sie spült ein Glas, und ihre Bewegungen gehen so fließend ineinander über – abreiben, abspülen, abtropfen lassen –, als seien es Worte im selben Satz. Ich liebe die Art, wie sie sich bewegt, so anmutig, als sei sie noch immer die junge Tänzerin, die sie einmal war. Selbst ihre Gesichtszüge sind anmutig, eine Mischung aus japanischen und spanischen Merkmalen, die sie wie ein lebendes Aquarell erscheinen lassen. Im Vergleich zu ihr bin ich praktisch ein Ungeheuer. Groß, muskulös und plump, mit meinen nordischen Wurzeln und dem widerspenstigen blonden Haar, das weder glatt noch lockig ist. Kleine Wikingerinnen – so hat Dad Josie und mich immer genannt.

»Es läuft wieder ganz gut«, fährt Iz fort. »Diese Woche sind wir komplett ausgebucht. Und du weißt, dass die Jungs nur tanzen, wenn du da bist.«

»Ha. Ob ich da bin oder nicht, ich würde das, was sie machen, nicht unbedingt ›Tanzen‹ nennen.« Die Franklin Ranch ist ein Luxus-Resort für Großstädter, die im Sommer Reiten und Fliegenfischen und im Winter Skifahren wollen. Isabel kellnert dort, und ich arbeite in der Kinderbetreuung: Ich führe kleine Kinder in der Reithalle auf Ponys im Kreis herum, bringe ihnen bei, wie man mit dem Lasso Kälber – oder besser, ausgestopfte Teddybären – einfängt und bastle mit ihnen. Es ist nicht gerade die Erfüllung meines Lebens, aber ich komme aus der Hütte, und nachdem ich im Dezember meinen Highschool-Abschluss nachgeholt hatte, brauchte ich eine Beschäftigung. Zu Anfang war es toll, sich im Haus zu verkriechen und nichts zu tun, außer zu lesen und den Schneebergen beim Wachsen zuzusehen, aber nach einer Weile schmorte ich vor lauter Reue nur noch den ganzen Tag im eigenen Saft. Die Arbeit mit kleinen Kindern und Pferden bringt mich »in die Wirklichkeit zurück«, wie Iz immer sagt. Zumindest hat es bisher geholfen.

Aber heute ist Dienstag, Squaredance-Abend. Das Personal ist angehalten, zur Ranch zu kommen und sich unter die Gäste zu mischen, da sie die Schritte nicht kennen. Isabel und ich ziehen meist typische Kleider des Wilden Westens an, helfen ein paar Stunden aus und verdienen uns etwas dazu. Die Saison hat gerade erst angefangen, aber ich habe schon mit viel zu vielen dreizehnjährigen Jungen den Allemande und Dosido getanzt. Es ist eine Tortur. Sie riechen nach Hormonen, verschwitzten Sportklamotten und Axe-Produkten. Und sie wissen nicht, wo sie hingucken sollen. Das war bei Gideon ganz anders. Er schaute mich immer direkt an, mit diesen gefühlvollen blauen Augen, als könne er es nicht abwarten, mir ein Geheimnis mitzuteilen.

Dieser Blick hat mir Angst gemacht. Aber ich habe ihn auch geliebt.

»Also, was ist? Kommst du?«

»Zum Squaredance?« *Reiß dich zusammen, Daryn. Konzentrier dich. Nur noch ein paar Minuten.* »Ich muss passen. Bin immer noch müde von der langen Fahrt. Ich komme nächste Woche, wenn ich wieder Vollzeit arbeite.«

»Okay. Ich werde es ihnen sagen.« Isabel trocknet sich die Hände an einem Handtuch ab, reicht es mir und schaut mich dann an, während ich mir die Hände abtrockne. Regen prasselt gegen das Fenster und verzerrt unser Spiegelbild in der Scheibe.

»Ich mache mir Sorgen um dich.«

»Ich weiß. Aber das brauchst du nicht. Es geht mir gut.« Sie muss mir glauben. *Dann hör auf, das Geschirrtuch zu erwürgen, Daryn.* »Wirklich, du musst dir keine Sorgen machen. Als ich die Jungs wiedergesehen habe, sind nur einfach die alten Geschichten wieder hochgekommen. Das ist alles.«

»Ich kann mir vorstellen, dass du sie jetzt sogar noch mehr vermisst.«

»Ja, das stimmt.« Alles ist intensiver geworden, seit ich sie gesehen habe – nicht nur das Gefühl, dass etwas »fehlt«. Die Sehnsucht und die Schuld sind stärker geworden. Und die

Leere in mir – der Teil von mir, der von der Gabe des Sehens erfüllt gewesen ist.

»Hab Geduld. Du wirst spüren, wann die Zeit zum Weiterziehen gekommen ist.«

»Ja.« Ich hoffe, dass es in ihren Ohren weniger oberflächlich klingt als in meinen. Ich warte schon seit fast acht Monaten darauf, dass mir eine Vision den Weg weist. Geduld hat mich nirgendwohin gebracht. Jetzt ist es Zeit zum Weiterziehen – auch wenn ich keine Ahnung habe, was kommen wird.

»Okay.« Isabel nickt, als sei alles besprochen. Sie nimmt ihren schweren Mantel vom Haken neben der Eingangstür, zieht ihn über, klemmt sich dann ihre Handtasche unter den Arm und öffnet die Tür. Regen bläst herein, lässt ihre Haare und ihren Mantel nach hinten wehen, als stünde sie am Ruder eines Schiffs. Kurz bevor sie ins Freie tritt, schaut sie mich an, und ich sehe sie – die Trauer, die sie vermutlich auch in meinem Blick erkennt. Es ist das erste Mal, dass wir einander anlügen. Wir halten beide etwas voreinander verborgen.

In meinem Zimmer öffne ich die Truhe am Fußende des Betts, schiebe meine alten Laufschuhe und die unzähligen Briefe beiseite, die ich an Mom, Dad und Josie geschrieben, aber nie abgeschickt habe, und greife nach dem Rucksack, der ganz unten auf dem Boden der Truhe liegt.

Dieser ramponierte alte Lederbeutel hat mich überallhin begleitet, während ich von einem Ort zum anderen reiste, um den Verlorenen den Weg zu weisen. Die Kleinen zu beschützen. Die Hilfesuchenden mit denen zusammenzubringen, die Hilfe leisten konnten. Ich habe diese Reisen geliebt, bis die Sippschaft auftauchte. Bis zu diesem Augenblick hatte ich dank meiner Sehergabe stets Gutes getan.

Ich öffne den Reißverschluss des großen Fachs, hole das blaue Oxford-Hemd heraus, das ich mir von Jode dauerhaft in Norwegen geliehen habe, und lege die darin eingeschlagene Kugel frei. Mein Herz krampft sich zusammen, als die Erinnerungen wieder auf mich einzuströmen drohen.

Es ist eine kleine Kugel, nur ungefähr so groß wie ein Apfel, aber von unendlichen, tiefen Farbschichten durchzogen, mit Himmeln und Sonnen und Meeren, die darin wirbeln und tanzen.

Wunderschön.

Unermesslich schön.

Und unglaublich mächtig.

Diese Kugel ist der Schlüssel, der das Reich geöffnet und alles in Gang gesetzt hat.

Nachdem Bas verschwunden und Gideon verletzt worden war, verbrachte ich Wochen zusammengerollt auf meinem Bett und starrte sie an, durchlebte jene schrecklichen Augenblicke in allen schmerzhaften Details immer wieder aufs Neue. Ich sah Gideons Gesicht, als Bastian von dem Dämon gestochen wurde. Ich sah Bastians Gesicht, als er sich opferte, um Samrael unschädlich zu machen, und sich selbst und ihn an einen Ort beförderte, den ich mir kaum vorzustellen vermag. Jode und Marcus erschienen vor meinem inneren Auge und sahen aus, als hätten sie einen Teil von sich selbst verloren. Aber in letzter Zeit empfinde ich keine Reue, wenn ich die Kugel ansehe – nur absolute Panik.

Ich streiche über die gläserne Oberfläche und fahre mit dem Daumen über den Riss, der vor zwei Wochen erschienen ist.

Ich bin mir nicht sicher, um was es sich dabei handelt – eine Verwerfungslinie oder ein Sprung –, aber nach und nach ist dieser Riss tiefer und länger geworden. Das kann nur eins bedeuten: Die Zeit läuft ab.

Deshalb bin ich nach Georgia gefahren.

Seht euch das an, wollte ich zu den Jungs sagen. *Das Fenster, um Bas zu finden, schließt sich.*

Aber wie hätte ich ihnen die acht Monate erklären sollen, die *ich* gebraucht hatte, um *sie* aufzusuchen?

Die Sehergabe. Ich habe auf die Sehergabe gewartet.

Ohne sie bin ich verloren, und ich wollte nicht riskieren, dass einer von euch wieder verletzt wird.

Ich habe mir selbst einfach nicht vertraut.

In meinem Kopf klingt das alles wie billige Ausreden. In meinem Herzen fühlt es sich real und gerechtfertigt an. Aber nach Tagen des Nachdenkens auf der Fahrt nach Georgia ist mir klargeworden, dass ich keine Hilfe brauche, um Sebastian zu finden – und sie auch gar nicht will.

Ich kann es allein schaffen. Es ist gefährlich, aber welcher Teil der Sache ist das nicht gewesen? Und wenn dieses Mal etwas schiefläuft, bin ich die Einzige, die den Preis bezahlen wird.

Ich lasse die Kugel in die äußere Tasche gleiten, gehe durchs Zimmer und packe meinen Regenparka, Handy und Notizbuch ein. Als Bastian und Samrael im letzten Herbst durch das Portal verschwanden, sah ich Ausschnitte einer winterlichen Landschaft, Eis und Schnee und zerklüftete

Berge wie die Teton Range, also packe ich auch Handschuhe, meine wollene Beanie-Mütze und einen Schal ein.

In der Küche schnappe ich mir eine Flasche Wasser und ein paar Müsliriegel, bleibe dann zögernd vor der Messerschublade stehen, öffne sie schließlich und nehme ein etwa acht Zentimeter langes Gemüsemesser heraus.

Wenn es brenzlig wird, willst du deinen Angreifer dann damit schälen?

Und wenn ich es recht bedenke, wozu brauche ich ein Notizbuch? Es ist ja wohl kaum anzunehmen, dass es Pausen geben wird, in denen ich mich hinsetzen und etwas aufschreiben kann.

Das Notizbuch bleibt hier, denn es ist mein Sicherheitsnetz, aber ich tausche das Schälmesser gegen ein längeres Schneidemesser ein, zu dem ich noch weniger Zutrauen habe. Ich bin stark und schnell, allerdings nicht gerade Katniss. Meine Erfahrungen im Nahkampf sind gleich null, aber zum Zögern bleibt jetzt keine Zeit. Ich schließe den Reißverschluss meines Rucksacks und bin auch schon durch die Tür. Regen klatscht mir gegen die Schultern, als ich zur Scheune laufe.

Schatten beobachtet mich mit nervösen Augen, als ich sie sattle. Wie alle Jungs mit ihren Pferden konnte auch Bas Schatten auffordern, ihren Sattel aus einer anderen Welt herbeizurufen. Er konnte sie auch dazu bringen, sich in Stränge aus Dunkelheit zu verwandeln und ihn mitzunehmen. *Zusammenfalten* nannten sie das. Aber ohne Bas tut Schatten nichts dergleichen. Sie ist in ihrer Pferdegestalt gefangen, also muss ich normales Zaumzeug, Trense und Sattel benutzen. Meine Hände fangen an zu zittern, als ich das Lasso an ihrem Sattel festmache und mir bewusstwird, was ich tue, aber schließlich schaffe ich es und führe sie hinaus in den Regen. Dann steige ich auf, und wir reiten davon.

Schatten verfällt in einen gelassenen Trott, weicht Schlammpfützen, Steinen und herabgefallenen Ästen aus, ohne zu stolpern, trotz Sturm und Dunkelheit.

Sie ist wesentlich selbstbewusster als ich: Ich muss mich immer wieder ermahnen, nicht so fest an den Zügeln zu ziehen und sanft mit ihrem Maul umzugehen.

Während ich auf den Snake River zureite, verschwinden zuerst die Scheinwerfer der Autos auf der Hauptstraße und dann die Verandabeleuchtung der Smith Cabin.

Zuhause, Daryn.

Wirst du es jemals dein Zuhause nennen?

Als ich an den Pfad gelange, der dem Flusslauf folgt, gibt es keine Spuren der Zivilisation mehr, und ich bin trotz meines Regenzeugs bis auf die Knochen durchnässt.

Alles, was ich höre, ist Wasser – wie es rauscht, tropft und fließt. Mein Rucksack, schwer vom Gewicht der Kugel, schlägt gegen meinen unteren Rücken, und das Gras unter mir scheint förmlich zu verschwimmen.

Ich bin so darauf fixiert, abwechselnd über meine Tapferkeit zu staunen und wütend über meine Rücksichtslosigkeit zu sein, dass der Ritt im Nu vergeht und ich die Gruppe mit den hohen Kiefern schneller erreiche als erwartet. Der Pfad ist überwachsen und in der Dunkelheit nur schwer zu erkennen, aber trotzdem finde ich ihn und führe Schatten den Berg hinauf. Oben angekommen, bleiben wir stehen – ein perfekter, abgeschiedener Ort, wo es meilenweit weder Häuser noch Straßen gibt.

Ich steige ab und lasse den Blick über die Umgebung

schweifen, um sicherzugehen, dass ich allein bin. Dann spreche ich ein kurzes Gebet für Isabel, Bas, Schatten und mich und hole schließlich die Kugel aus dem Rucksack.

Sie fühlt sich unnatürlich schwer an in meiner linken Hand. Ich umfasse die Zügel von Schatten entschlossen mit der rechten.

Als ich damals das Portal öffnete, wusste ich, dass ich es kann. Ich wusste in meinem Innersten, wie ich etwas tun musste, das ich noch nie zuvor getan hatte. Ich erinnere mich an diesen Moment – als Samrael mich erpresste. Das Leben von Bas stand auf dem Spiel. Damals spürte ich, wie Samrael die wunderschöne Energie vergiftete, die mich durchströmte. Ich fühlte, wie er das Portal mit seiner Bosheit beschmutzte, kurz bevor Bas sich opferte, sich auf ihn stürzte und mit sich in das Splitterreich riss.

So war es beim letzten Mal. Dieses Mal bin ich auf mich allein gestellt.

»Okay. Auf geht's.« Mein Puls hämmert, und ich nehme einen letzten, stärkenden Atemzug, bevor ich die Kugel bitte, sich zu öffnen. Das Echo der Worte dringt flüsternd durch meine Seele.

Die Energie der Kugel regt sich, ich kann es deutlich spüren. Vibrierende Wärme pulsiert durch meine Hand, fließt hinauf zu den Ellbogen, breitet sich in meiner Brust aus und wandert schließlich meine Beine hinab, bis sie mich als stetige Welle durchströmt.

Die Kugel in meiner Handfläche gleicht einem Mahlstrom aus allen Dingen. Wirbelnde Flammen und fließendes Wasser. Kalter schwarzer Granit und weiche Wolken. Erde, Himmel, Sterne. Lachen und Tränen. Alles dreht sich heftig und mit einer Geschwindigkeit, der ich eigentlich gar nicht folgen können sollte, es aber mühelos tue.

Dann steigt die Kugel, leicht wie eine Seifenblase, von meiner Hand auf, steht in der Luft und entwirrt sich wie ein Garnknäuel – Fäden aus Feuer, die mit grünem Gras verwirbeln, sich mit Strömen weißer Federn und mit Blutadern vermischen. Sie schwebt von mir fort, dehnt sich aus und wird größer, verdoppelt und verdreifacht sich, bis ich weder den Regen noch meine durchnässten Kleider, meine eiskalten Hände oder gar meine Angst spüre.

Ich empfinde nur Liebe und eine ungeheuer starke, unendliche Verbundenheit. Genauso, wie ich mich fühlte, als ich noch die Sehergabe besaß und mit der Bedeutung aller Dinge verbunden war. Sogar mit meiner eigenen. Irgendwo ganz tief in meinem Kopf registriere ich, wie lange es her ist, seit ich mich so gefühlt habe. Bedeutend.

Die Kugel wächst auf das Doppelte meiner Größe an, und das wirbelnde Muster verdichtet sich zu einem Tunnel – genau wie damals, vor all diesen Monaten. Ein Portal ohne Ende, ohne erkennbare andere Seite, aber mit Mauern in Form von Sternen und sengend heißen Wüsten und den Gesichtern aller Menschen zu allen Zeiten.

Sie bewegt sich auf mich zu, oder ich bewege mich auf sie zu, und ein Strang wird breiter, flüssig und schimmernd wie ein sonnendurchfluteter Strom. Neben mir wechselt Schatten zwischen ihrer physischen und ihrer ätherischen Form, besteht in einem Moment nur aus Rauch, im nächsten aus Fleisch und Blut. Ich kann über den Strang nicht hinaussehen, aber Schatten zerrt an der Leine, und ich spüre ganz genau, dass dies der Weg zu Bas ist.

Ich mache einen Schritt darauf zu.

Augenblicklich springt mich ein Schmerz an, als würde ich innerlich auseinandergerissen. Der Geist wird vom Körper getrennt, das Herz von der Seele. Unerbittlicher, unvorstellbarer Schmerz, wie eine Kluft, die mich spaltet, und ich weiß, es ist das Gift, das hier nicht hingehört, das Gift, das Samrael in etwas gemischt hat, das rein sein sollte. Ich frage mich, ob der Schmerz je enden wird, als ich plötzlich ohne Vorwarnung vornüberkippe und mich mehrmals überschlage, nicht weiß, wo oben und unten ist, bis es endlich aufhört.

Völlig verwirrt rapple ich mich langsam wieder auf.

Sofort wird mir schwindlig, und ich lande fast wieder auf dem Boden. Ein salziger Geschmack breitet sich auf meiner Zunge aus, und an meiner Schädelbasis pocht ein Schmerz, als sei mein Herz dorthin gewandert. Ich hole ein paarmal tief Luft, warte und hoffe darauf, dass der Schmerz verschwindet, aber er lässt nur ein klein wenig nach. Ich weiß, dass ich das noch einmal durchleben muss, wenn ich das Reich wieder verlasse, und bei dem Gedanken steigt Angst in mir auf. Aber darauf kann ich jetzt keine Rücksicht nehmen.

Schatten steht wenige Meter von mir entfernt. Sie zittert und hat die Augen aufgerissen, wirkt aber unversehrt.

Die Kugel schwebt nur ein paar Zentimeter vor mir, dreht sich langsam und leuchtet wie ein Stern. Als ich sie aus der Luft pflücke, wird ihr Leuchten sofort schwächer. Mir stockt der Atem, als mir auffällt, dass der Riss in ihrer Oberfläche länger geworden ist, gefährlich groß.

Habe ich sie beschädigt, indem ich hierhergekommen bin? Habe ich sie zerstört?

Panik packt mich, aber auch damit kann ich mich nicht aufhalten.

»Schon gut, Schatten. Alles in Ordnung.« Ich streiche ihr mit der Hand über den Hals und versuche, ihr die Sicherheit zu vermitteln, die ich mir selbst wünsche.

Ich bin in einem Wald gelandet – nicht in der arktischen Landschaft, die ich erwartet hatte – und habe den Regen hinter mir gelassen. Die Bäume um mich herum sind sehr alt und knorrig, mit vielen gedrehten Wurzeln und ausladenden Ästen. Ich schaue mich langsam um, noch immer wacklig auf den Beinen. Solche Bäume habe ich noch nie gesehen. Sie sind überall, so weit das Auge reicht.

Dann bemerke ich die Stille.

Kein einziger Zweig bewegt sich.

Nicht *ein* Blatt.

Hier gibt es keinen Wind, keine Brise, und es herrscht Totenstille. Sanftes Mondlicht fällt durch die Baumkronen wie Kreidestaub, und ein schwacher, erdiger Geruch umgibt mich.

Schatten wiehert, und ich springe erschrocken zur Seite.

»Was hast du, mein Mädchen?« Ihre Ohren bewegen sich schnell hin und her. »Okay, Schatten. Ganz ruhig. Wir wollen nur mal eben nachsehen, was los ist.«

Es macht mir Angst, dass sie nervös ist. Was spürt sie, das ich nicht spüre?

Ich lausche eine gefühlte Ewigkeit. Aber ich höre nur Schattens und meinen Atem. Enttäuschung macht sich in mir breit, aber was habe ich denn erwartet? Dass Bas direkt hier stehen würde, weil er nur darauf gewartet hat, dass ich auftauche? Vielleicht ist das hier nicht einmal der richtige Ort.

Schatten stupst mich in den Rücken.

»Gute Idee.« Ich ziehe meinen schweren Mantel aus und binde ihn am Sattel fest. Dann steige ich auf und achte auf mögliche Zeichen von Bastian, während wir langsam weiterreiten. Und noch mehr auf Zeichen von Samrael: Er ist ebenfalls durch das Portal gekommen, das darf ich nicht vergessen.

Unter dem Blätterdach klingt der dumpfe Tritt von Schattens Hufen auf dem lehmigen Waldboden ganz nah, als wäre er direkt neben meinen Ohren. Das Pochen in meiner Schädelbasis hat sich in ein spürbares, aber schmerzloses Gewicht verwandelt – wie eine Hand, die auf meiner Schulter liegt.

Was überhaupt nicht gruselig ist, Daryn. Wahrscheinlich nur eine leichte Gehirnerschütterung.

Ich passiere einen Baum nach dem anderen, aber nichts verändert sich. Fast kommt es mir vor, als sei ich auf einem Laufband. Bewegung ohne sichtbaren Fortschritt.

Nach einer Weile – wie lange? – halte ich Schatten an und steige ab. Die Zeit vergeht hier auf seltsame Weise. Als ich auf meinem Handy nachsehen will, wie lange ich schon hier bin, stelle ich fest, dass es tot ist.

Natürlich ist es das.

Ich lasse das Mobiltelefon wieder in meine Tasche gleiten und widerstehe dem Impuls, nach dem Messer in meinem Rucksack zu greifen.

Es ist zu still hier, zu gruselig, aber ohne Bas kann ich nicht umkehren. Allein die Vorstellung schnürt mir die Kehle zu. Sie lässt meinen Atem flach und unregelmäßig werden, wie ein Gang, der sich nicht einlegen lassen will.

So habe ich mich als kleines Mädchen gefühlt, wenn Mom krank war und ich nichts tun konnte, um ihr zu helfen. Dieses Gefühl ist hier sogar noch intensiver. Verzweiflung in 3-D. Verzweiflung, die mich umgibt.

»Wo ist er, Schatten? Kannst du ihn riechen?« Ich will nur einen Hinweis, dass er lebt. »Sebastian! Bas, wo bist du? Bitte sei hier.«

Ein Stück weiter weg, am Fuß eines Baums, springt mir etwas Blasses ins Auge. Ich lasse Schattens Zügel fallen und sprinte hin.

Unter einem der ausladenden Bäume, zwischen zwei Wurzeln, die aussehen wie ausgebreitete Arme, finde ich ein Beet mit weißen Blumen. Die Blütenblätter leuchten schwach in der Dunkelheit, wie Zähne in der Nacht.

Ich knie mich auf den weichen Boden und berühre die pelzigen Blätter.

Weiße Begonien.

Mutters Lieblingsblumen. Sie hatte den ganzen Hof unseres Hauses in Connecticut damit bepflanzt.

Bei uns zu Hause.

Zu Hause.

Der pulsierende Druck unter meiner Schädelbasis wird stärker, fast so stark wie das Trommeln meines Herzens.

Es ist achtzehn Monate her, seit ich von zu Hause fortgegangen bin. Wenn die Depression von ihr Besitz ergriff, sie *mit Haut und Haaren* packte, schien es, als würde ein Dimmer in ihrem Inneren heruntergedreht. Dann konnte ich sie nicht erreichen – und Dad oder Josie auch nicht. Manchmal konnten wir absolut nichts für sie tun, nur zusehen, wie sie litt. Meine Probleme hätten nur von der Pflege, die sie brauchte, abgelenkt. Aber ich hatte nie vorgehabt, so lange fortzubleiben.

Wieso sind seither schon eineinhalb Jahren vergangen?

Vor mir in der Ferne entdecke ich weitere Begoniengruppen. Sie verweben sich zu einem Pfad, einer Spur, die in diesem Halbdunkel fast biolumineszent leuchtet. Ohne nachzudenken, folge ich diesem Weg, Schatten dicht hinter mir.

Schon bald gelange ich an eine Lichtung, wo ein ganzes Feld von Begonien im Mondschein leuchtet. Mittendrin sitzt eine Figur, umgeben von weißen Blüten. Ich kann bei dem schwachen Licht nicht besonders gut sehen, aber sie wirkt klein. Nicht schlaksig wie Bas.

Er ist es nicht.

Aber ... wer ist es dann?

Als sich meine Augen allmählich an die Lichtverhältnisse gewöhnt haben, erkenne ich, dass es sich um eine Frau mit honigfarbenem Haar handelt, welches auf ihre geraden Schultern herabfällt. Ihr langes weißes Kleid fließt über ihre Beine und Füße, geht über in die Blumen um sie herum. Sie trägt eine goldene Halskette mit zwei Amuletten dicht über dem Herzen. Obwohl ich zu weit entfernt bin, um die eingravierten Buchstaben auf den Anhängern zu entziffern, weiß ich, dass es ein »D« und ein »J« ist.

Und als ich näher komme, lächelt sie, als hätte sie mich erwartet.

Mir gefriert das Blut in den Adern. Ich bleibe stehen.

Das ist nicht möglich.

»Mom?«

»Daryn, meine liebe Tochter«, sagte sie. »Ich wusste, du würdest nach Hause kommen.«

4
Gideon

»Zwanzig Minuten Fahrt. Wahrscheinlich weniger«, sagt Travis Low, als er vom Parkplatz des winzigen Flughafens in Jackson Hole auf die Straße abbiegt. Der Geländewagen schlingert kurz auf der regennassen Landstraße, aber Low bekommt ihn rasch wieder unter Kontrolle und beschleunigt innerhalb von wenigen Sekunden auf über achtzig Meilen die Stunde.

Ich schaue durch das Fenster. Regenwolken verdecken die Berge in der Ferne, die Gebirgskette der Grand Tetons. Ich bin im Herbst darüber hinweggeflogen. Auf dem Rücken eines Dämons, der die Gestalt eines Drachens angenommen hatte. Hier verlor ich auch Bas, und meine linke Hand wurde hier abgeschnitten.

Willkommen zurück in Wyoming.

Kaum zu glauben, dass wir vor ungefähr drei Stunden noch in Georgia waren. Es dürfte einiges kosten, ein ganzes Team so schnell zu transportieren, aber falls das Budget der Einheit begrenzt ist, habe ich bisher nichts davon bemerkt.

Auf dem Beifahrersitz checkt Jared Suarez das Navigationssystem. »Dreißig Minuten kommt wahrscheinlich eher hin. Stau in einer Meile.«

Zwischen den Bewegungen der Scheibenwischer erscheint

eine Schnur von roten Bremsleuchten. »Fahr dran vorbei, Low«, fordere ich ihn auf und klopfe mit Nachdruck auf die Rücklehne.

Suarez wirft mir einen finsteren Blick zu. »Wir befinden uns in den Vereinigten Staaten, Low. Du fährst nicht dran vorbei.«

»Fahr dran vorbei, Low«, wiederhole ich. »Das ist ein Befehl.«

Er lacht. »Blake ist ganz schön schräg drauf heute, nicht wahr?«, sagt er zu Suarez und würzt dabei seinen gedehnten texanischen Akzent mit jeder Menge Sarkasmus. Er wirft mir durch den Rückspiegel einen Blick zu und kaut dabei seinen Kaugummi in Zeitlupe. »Jawohl Sir, Blake Sir.«

Wir sind alle gleichberechtigt unter Cordero, also sollte ich niemandem Befehle erteilen – am wenigsten einem Kommandosoldaten, der dreizehn Jahre älter ist als ich. Travis Low hat einen Haufen mehr sachdienliche Erfahrung als ich. Lebenserfahrung im Allgemeinen. Zum Glück kennen Low und ich uns schon länger. Jared Suarez und ich auch.

Letzten Herbst habe ich sie als »Texas« und »Beretta« kennengelernt. Als Soldaten, die Wache standen, während ich von einem Dämon verhört wurde, der sich als Cordero verkleidet hatte. Sie haben mich vor diesem Dämon gerettet.

Low ist ein 1,95 Meter großer, 125 Kilo schwerer, tödlicher Hüne. Wie Bas ist er stets zu Scherzen aufgelegt. Low nimmt nichts ernst, außer seinen Einsätzen und seinem dreijährigen Sohn zu Hause in Texas. Der Typ lässt alles stehen und liegen, wenn sein Kleiner anruft, und bekommt dann diesen untröstlichen und gleichzeitig überglücklichen Gesichtsausdruck. Ich habe mich gefragt, ob mein Dad auch diesen Schmerz gefühlt hat, wenn er auf einem Einsatz war und von dort aus mit mir und Anna telefoniert hat.

Jared Suarez ist lautlos wie ein Ninja und äußerst berechnend. Er war ein Highschool-Baseballstar – ein Catcher, genau wie ich –, und irgendwie hat er noch immer diese Ausstrahlung. Wenn Cordero nicht anwesend ist, übernimmt Suarez die Strategie und regelt die Dinge. Mit Ausnahme von Jode, der selbst die Luft hinterfragt, bevor er sie einatmet, folgen wir anderen weitgehend Suarez' Ansagen.

Nachdem ich mit ihnen zusammen gegen die Sippschaft gekämpft und die letzten Monate in Corderos Einheit verbracht habe, weiß ich, was ich an ihnen habe – und umgekehrt.

Das Gleiche gilt auch für Marcus und Jode. Der Respekt und das dumme Geschwätz fließen in gleichem Maße in alle Richtungen.

Wir nähern uns dem Stau, doch Low wird nicht langsamer. Er lenkt den Wagen auf den Randstreifen und tritt das Gaspedal durch, so dass Kies und Regen auf die Windschutzscheibe prasseln. Er überholt einen Wagen nach dem anderen mit einem überaus gelangweilten Gesichtsausdruck, während Marcus und ich auf dem Rücksitz wie Popcorn auf und ab hüpfen.

Als wir den Wagen passiert haben, der den Stau verursacht hat, drehe ich mich um. Die anderen Chevrolet Suburbans mit Jode, Cordero, Ben und dem Rest des Teams haben das Gesetz beachtet und sind zurückgefallen.

»Jode«, sagt Marcus, und ein Lächeln umspielt seine Mundwinkel. Es wird ihm nicht gefallen, bei den lahmen Enten bleiben zu müssen.

»Das hat er von seiner Arschkriecherei«, bemerke ich. Aber Jode ist eigentlich kein Arschkriecher. Er ist nur zufällig Corderos Liebling, weil die beiden extrem kompatibel sind. Ich meine, ich bin Corderos eigentlicher Liebling aus sentimentalen Gründen, aber Jode ist ihr Liebling in intellektueller Hinsicht. Sie fachsimpeln regelmäßig über die neuesten Studien in Wissenschaft, Technologie und Medizin. Für mich hört sich das alles gleich an. Als würde Wikipedia mit sich selbst reden.

Das Mobiltelefon in Suarez' Hand klingelt. Er antwortet über Lautsprecher.

»Suarez.«

»Wartet am Sammelpunkt vor dem Grundstück«, ordnet Cordero an. »Ben schickt euch jetzt die Adresse. Wir gruppieren uns neu, bevor wir das Gelände betreten.«

»Ja, Ma'am. Wir hätten ohnehin gewartet.«

Ich will nicht warten. Ich warte schon seit Monaten.

»Ist das so?«, fragt Cordero. »Warum prescht ihr dann an dem Stau vorbei, als würden eure Bremsen nicht funktionieren?«

Suarez schaut zu Low, der sich ein Lachen nur mit Mühe verkneifen kann.

»Wir hatten vor, beim Grundstück zu warten.«

»Sagen Sie Low, dass wir später über seine Fahrweise sprechen.«

»Ja, Ma'am.« Suarez legt auf. »Idioten«, sagt er und meint uns alle. Dann widmet er sich wieder dem Navi und gibt die Adresse ein, die Ben übermittelt hat. »Fünfzehn Minuten.«

Ich lehne mich auf dem Rücksitz zurück und versuche, mich zu entspannen.

In den letzten Monaten habe ich sehr oft an Daryn gedacht. Eigentlich ständig. Aber ich habe keinen Gedanken daran verschwendet, wie ich mich verhalten soll, wenn ich sie wiedersehe. Stattdessen habe ich meine mentale Energie darauf konzentriert, mir vorzustellen, dass zwischen uns alles in Ordnung ist.

Ich bin es angegangen wie eine Rechenaufgabe.

Ziehe all die Momente ab, in denen sie gesagt hat, dass sie nur mit dir befreundet sein will, weil sie fürchtet, sie könnte dich *zu sehr* mögen. *Hallo?* Wie kann das ein Grund sein? Aber es ist egal, wenn man sich alles nur vorstellt. Minus eine verwirrende Ausrede – abgehakt.

Subtrahiere die Erinnerung an den Ausdruck auf ihrem Gesicht, als sie dich mit einer Hand weniger gesehen hat. Verstümmelt. Unvollständig. Das brauche ich auch nicht. Also weg damit.

Ignoriere die Tatsache, dass sie einen deiner besten Freunde in einem Reich hat sterben lassen, in das auch *dein Erzfeind* verschwunden ist. Schon schwerer zu löschen. Mehr Hirnschmalz erforderlich, aber ich könnte es schaffen. Ich könnte mir einbilden, dass das Ganze nie passiert ist.

Nimm all das aus der Gleichung heraus – und was dann unterm Strich übrig bleibt, liest sich gut.

Ohne diese Erinnerungen und Tatsachen sind Daryn und ich in meiner Vorstellung unglaublich. Tonnen von Chemie aller Art. Physisch. Mental. Emotional. Psychisch. Hoch entflammbar.

Ich dachte, es würde sich abnutzen, wenn ich mir uns beide so vorstelle. Ist aber nicht passiert. Hatte auch nicht die geringste Lust, mit anderen Mädchen abzuhängen. Anna brachte ihre Freundinnen mit. Marcus bemühte sich, nicht gleich die Aufmerksamkeit der gesamten Frauenwelt auf sich zu ziehen. Aber mit anderen Mädchen zusammen zu sein – das fühlte sich so an, als würde ich Zeit totschlagen, während ich auf das einzig Wahre wartete.

»G?«, fragt Marcus.

»Alles cool«, sagte ich automatisch. Ich schaue auf meine Hände. Sie sind zu Fäusten geballt. Fleisch und Knochen auf der rechten, Magnesiumlegierung auf der linken Seite. Ich öffne sie. »Suarez, wie lange noch?«

»Fünf Minuten.«

Mist. Ich brauche einen Plan.

5
Daryn

Ich muss mir das einbilden – das ist die einzige Erklärung.

Wie könnte das sonst möglich sein?

Aber sie sieht so lebendig aus.

So glücklich und *lebendig*.

»Daryn, Liebes. Ich bin's.«

»Das ist unmöglich. Du kannst nicht hier drin sein.«

»Aber das bin ich, Daryn.« Sie steht auf und breitet die Arme aus.

Als würde sie darauf warten, dass ich zu ihr komme und sie umarme. Als hätte sie nichts zu verbergen. »Ich bin's.«

»Tatsächlich?« Meine Kehle ist dermaßen zugeschnürt, dass ich kaum etwas herausbringe. Und ich kann mich noch immer nicht bewegen. Nach achtzehn Monaten trennen uns nur zwei Dutzend Schritte – aber ich kann nicht mal einen machen.

Erinnerungen an Malaphar mischen sich in meine Gedanken, an den Dämon, der die Gestalt anderer annehmen kann. Der Gideon und die anderen von uns in eine Falle gelockt hat. Aber Malaphar wurde erschlagen, und Dämonen können nicht in den Geist einer Seherin eindringen. Woher sollten sie also von Mom wissen?

Ich sehe nicht, wie das ein Trick sein könnte, also … vielleicht ist sie es tatsächlich? Aber wenn sie es ist, wie kommt sie dann hierher? Hat *Samrael* sie geholt?

»Ja, Daryn, ich bin es. Ich bin hier«, versichert sie, und ihr Lächeln wird breiter. »Du bist so schön geworden. Ich kann nicht glauben, wie erwachsen du bist.«

Reflexartig schaue ich an mir herab, als könnte ich mich selbst mit ihren Augen sehen.

Habe ich mich verändert? Darüber habe ich mir nie Gedanken gemacht. Ich habe nur an die Dinge gedacht, die sich zu Hause geändert haben. Die Dinge, die *ich* verpasst habe.

»Ich … ich habe viel gesehen, seit ich fortgegangen bin.« Die Doppeldeutigkeit meiner Worte fällt mir erst auf, als ich sie ausgesprochen habe.

Ich habe wirklich viel gesehen im vergangenen Jahr. Viel von der Welt. Viele Menschen. Viel Schmerz und Leid – und auch viel Liebe, Gnade und Güte. Und als Seherin habe ich *geschaut*.

Moms Lächeln wird unsicher, und Tränen steigen ihr in die Augen. »Da bin ich sicher. Du bist schon so lange fort.«

»Ich weiß, Mom.« Wann habe ich akzeptiert, dass *sie* es ist?

»Ich habe dich so sehr vermisst, Süße.«

»Ich dich auch.« Ich will gerade auf sie zugehen, mich erklären und entschuldigen, sie umarmen und beginnen, all die Tage und Monate nachzuholen, die wir getrennt waren, als sich ihr Ausdruck verhärtet.

»Wie konntest du mir das bloß antun, Daryn?«

Die Frage lässt meinen Atem stocken.

»Wo warst du?«, will sie wissen. »Was hätte wichtiger sein können als ich? Wichtiger als deine Schwester und dein Vater? Wie konntest du uns verlassen? Hast du gedacht, wir machen uns keine Sorgen? Wo *warst* du?«

»Mom, ich …« In meinen schlimmsten Albträumen sagt sie genau das zu mir.

»Du dachtest, ich wäre ohne dich besser dran.«

»Ja.«

»Du hast dich geirrt. Ich habe dich gebraucht. Ich habe dich gebraucht, und du warst nicht da.«

Mein Herz zerspringt in tausend Stücke.

Ich will zu ihr laufen. Will spüren, wie sie mich festhält, und ich will, dass sie mir verzeiht, will, dass es ihr gutgeht, dass es *mir* gutgeht, aber ich kann mich nicht bewegen, kann keinen Schritt auf sie zumachen, denn: Verdiene ich überhaupt eine Chance? Verdiene ich ihre Vergebung?

»Daryn, du musst gehen. Sofort.«

»Was? Mom, *nein*! Ich werde dich nicht schon wieder verlassen.« Ich begreife ihren strengen Ton nicht, bis ich bemerke, dass die Zweige um mich herum zittern. Endlich kommt hier eine Brise auf – nein, es ist stärker als das. Blätter rascheln, als ein Windstoß vorbeifegt und die weißen Blütenblätter der Begonien zum Zittern bringt.

»Hör auf mich. Du musst gehen.«

»Nein«, wiederhole ich und bemerke, dass Schatten ganz angespannt und wachsam ist. »Ich gehe nicht ohne dich …« Als ich zu ihr zurückschaue, flattern die weißen Blumen zu ihren Füßen wie Schmetterlinge. Sie *bewegen* sich. Nicht nur durch den Wind.

Sie steigen vom Boden auf und senken sich auf ihr weißes Kleid. Bedecken es. Verschmelzen mit ihm. Weiß mit Weiß. Rasch haben sie ihre Taille erreicht und steigen dann höher.

Ich begreife nicht, was da geschieht oder warum Mom einfach stehen bleibt.

Ich lasse meinen Rucksack fallen und renne los.

Schneller, als ich je auf der Tartanbahn gelaufen bin. Schneller als letzten Herbst, als ich um mein Leben rannte.

Ich komme zu spät.

Die Blumen haben sie vollständig bedeckt, spülen sie fort wie eine Welle. Als ich die Stelle erreiche, wo sie gestanden hat, weichen sie zurück in die Beete auf dem Waldboden.

Ich schaue hinab auf die zertretenen Blütenblätter unter meinen Stiefeln.

Sie sind alles, was übrig geblieben ist.

Ich sinke auf die Knie und reiße die Pflanzen aus dem Boden, als könnte ich Mom so zurückholen. Tränen verschleiern mir den Blick. Ich möchte ihnen freien Lauf lassen, aber ich fürchte, dass ich dann nicht aufhören kann zu weinen.

Und der Wind wird immer stärker, weht jetzt in kräftigen Böen. Sie rauschen durch die Äste und tragen einen ätzenden, feuchten Geruch heran, der meine Kehle wie Schlamm überzieht.

Angst durchschneidet mich und bringt mich auf die Füße.

Überall um mich herum stöhnen und ächzen die Äste und werfen ihre Blätter ab. Der heftige Wind scheint jetzt aus allen Richtungen zu kommen.

Ich sprinte zurück zu Schatten, bekomme den Rucksack an einem Riemen zu fassen und packe den Sattelknauf, um mich daran hochzuziehen.

Schatten wiehert laut und macht einen Satz nach vorn.

Meine Schulter wird ruckartig gedehnt, fast ausgekugelt.

Ich verfehle den Sattel, werde ein Stück mitgeschleift, bevor ich loslasse und im Dreck lande.

Als ich mich umdrehe, sehe ich, was Schatten so in Angst versetzt hat.

Aus den Ästen, unter denen ich gerade noch gestanden habe, springt eine dunkle Figur auf den Boden.

Sie landet auf allen vieren. Geräuschlos wie eine Spinne. Dann richtet sie sich langsam auf und stellt sich auf die Hinterbeine.

Es ist ein gespenstisches Ding, in einen Kapuzenumhang gehüllt, mit verhärmtem, finsterem Runzelgesicht, einem schlaffen Mund voll messerscharfer Zähne und ohne erkennbare Augen – nur unergründliche Höhlen. Der schwarze Umhang der Gestalt ist zerfetzt und wirbelt schwerelos und fließend um sie herum, als triebe sie unter Wasser. Ihre knochigen Finger enden in langen, gebogenen Nägeln, die eher Klauen ähneln. Sie haben die modrige gelbe Farbe des Todes.

Vielleicht war dieses Ding einmal menschlich, aber das ist es nicht mehr.

Es macht einen geduckten Schritt und dann noch einen, als wolle es mich gleich anspringen. Ein tiefer, schnurrender Laut dringt aus seinem Mund.

»Stopp! Bleib stehen!«

Es kommt näher, Schritt für Schritt.

Messer. Ich habe ein Messer in meinem Rucksack.

Der Rucksack, den ich fallen gelassen habe. Der Rucksack, der näher bei dem Albtraum ist als bei mir.

Mist!

Neben mir schnaubt Schatten, um meine Aufmerksamkeit zu erregen.

Steig auf meinen Rücken. Mach schon, los, lass uns verschwinden!

Im Bruchteil einer Sekunde schätze ich ab, wie weit sie entfernt ist, wie schnell ich bin und wie hoch ich springen kann – und dann springe ich.

Meine Beine besaßen einmal die Schnelligkeit und die Kraft für Hürdenläufe.

Sie lassen mich nicht im Stich. Ich packe den Sattelknauf und ziehe mich hoch, lande direkt im Sattel.

Schatten wendet sich ab, bevor ich die Füße in die Steigbügel stecken kann, und beschleunigt mit drei kraftvollen Schritten.

Als ich mich umdrehe, sehe ich, dass der grausige Albtraum mit wehendem Umhang und wirbelnden Gliedern hinter uns herrennt.

Er ist schnell – so schnell, dass er uns einholt, mit seiner spinnenhaften Schwerelosigkeit in die Luft springt, wie ein Raubtier, das seine Beute zur Strecke bringt.

Schatten spürt es.

Sie springt zur Seite, während ich mich ducke und die Arme um ihren Hals schlinge.

Etwas verhakt sich am unteren Ende meines Rückens und streift dann darüber. Hitze peitscht über meine Haut, aber ich bleibe im Sattel, als das Ding an mir vorbeifliegt.

Schatten galoppiert weiter, obwohl die Kreatur uns nicht mehr verfolgt.

Warum nicht? Wo will sie hin?

Entsetzen packt mich, als ich begreife, dass sie es auf *meinen Rucksack* abgesehen hat.

Die Kugel ist darin. Ohne sie komme ich hier nie wieder raus.

Ich wende Schatten und greife nach dem Lasso, das am Sattel festgebunden ist. Die Hanffasern des Seils sind ganz glatt, weil ich so viele Teddybären damit eingefangen habe.

Lieber Gott, wirklich? *Das* habe ich vor?

Während ich das Seil über dem Kopf kreisen lasse, trabt Schatten ruhig und gleichmäßig dahin, als hätten wir das schon tausendmal gemacht.

Der Albtraum sieht uns kommen und duckt sich weg, aber mein Wurf ist gut – perfekt.

Das Lasso rutscht direkt über den Kopf der grauenhaften Kreatur und fällt an ihren Schultern herab. Ruckartig ziehe ich so fest daran, dass die Innenflächen meiner Hände brennen. Dann werfe ich den Durchhang über einen dicken Ast, fange ihn auf und wickle das Ende ein paarmal um den Sattelknauf. Schatten übernimmt den Rest und zieht mit ihrer enormen Kraft so lange, bis das Ding in der Luft hängt, die Arme an die Seiten gedrückt, und bösartig faucht wie eine Katze.

Als ich auf den Boden springe, zittern meine Beine so heftig, dass ich fast zusammenbreche. Ich renne zu meinem Rucksack, hole das Messer heraus und werfe den Sack über die Schulter. Schmerzen flammen von unten meinen Rücken hinauf, und ein warmer Blutstrom läuft an meinem Rückgrat hinab.

Ich halte das Messer vor mich und trete näher heran. Die Kreatur hört auf zu zappeln und schwingt sanft hin und her; ihr schwarzer Umhang trotzt der Schwerkraft, schwebt auf unsichtbaren Wogen.

Obwohl ich direkt vor dem Wesen stehe, kann ich noch immer nicht auf den Grund dieser hohlen Augen sehen – es scheint, als würde ich in zwei tiefe Brunnen schauen. Dem Aussehen nach ist das Ding kein Skelett, und es ist auch nicht menschlich, sondern irgendwas dazwischen. Aber seine Bewegungen sind beunruhigend zappelig und eckig.

»Was bist du? Warum hast du mich attackiert?«, frage ich, ohne eine Antwort zu erwarten. Die Laute, die das Wesen von sich gegeben hat, sind zu animalisch; es kann mit Sicherheit nicht sprechen. Aber dann antwortet es.

»Du wirst ihn nicht finden«, sagt es mit krächzender Stimme.

Ohne nachzudenken, drücke ich das Messer an seine Kehle.

»Sebastian? Was weißt du über ihn? Wo ist er?«

Ein boshaftes Grinsen breitet sich auf seinem Gesicht aus. Der Gestank, der aus seinem Mund strömt, ist ekelerregend, als würde ich ein Grab einatmen. »Du hast nur Erfolg, wenn du scheiterst. Du musst erst verlieren, um zu gewinnen.«

»Was redest du da? Was hat das zu bedeuten?«

»Deine einzige Hoffnung ist Kapitulation.« Ein weiterer Windstoß weht vorbei und bewegt eine Million Blätter. »Hast du noch mehr Seil für meine Freunde?«, fragt die grauenhafte Kreatur gehässig und richtet ihre Aufmerksamkeit auf etwas hinter mir. »Schade, schade. Ich fürchte nicht.«

Der Geruch, den der Wind heranträgt, trifft mich erneut – der gleiche schale Brandgestank. Es ist zu dunkel, um weiter als fünf Meter in jede Richtung sehen zu können, aber überall um mich herum nehme ich Bewegung wahr. Spüre, wie sie näher kommen.

»Wo ist er?« Ich weiche von dem Ding zurück. »Ist Sebastian am Leben? Geht es ihm gut?«

»Am Leben? Ja, mehr als ich. Ob es ihm gutgeht? Vielleicht besser als mir.«

Ich laufe zu Schattens Seite und steige auf. Dann halte ich die Messerklinge an das Seil. Ich muss es kappen, wenn ich hier rauswill. Aber es kommt mir vor, als würde ich damit auch jegliche Hoffnung abschneiden.

Das Rascheln der Bäume wird immer lauter, und ich höre heisere, zischende Laute in die Luft aufsteigen. Es müssen Dutzende von ihnen sein.

Mit so vielen Kreaturen kann ich es nicht aufnehmen: Ich bin ja selbst einem dieser Wesen nur knapp entkommen.

Ich ziehe die Klinge durch den Hanf und durchtrenne das Seil.

Die Kreatur fällt zu Boden, landet auf den Füßen. Sie schaut mich fast erwartungsvoll an, macht keinerlei Anstalten, mich erneut anzugreifen.

Aber das muss sie auch gar nicht.

In wenigen Augenblicken werde ich umzingelt sein.

»Sieh nur, Seherin«, sagt sie und blickt mit ihren leeren Augen über den Wald.

»Mehr von meiner Art.«

Es gibt nur eine Option, die nicht meinen sofortigen Tod zur Folge hat.

Ich stecke das Messer weg und greife nach der Kugel. Dann bringe ich sie rasch dazu, sich zu entfalten, und bete, dass sie nicht zu sehr beschädigt ist, um zu funktionieren.

Ist sie nicht.

Der Tunnel endloser Formen vor mir – eine Passage hinaus

aus dieser Welt, voll wirbelnder Stränge mit endlosen Möglichkeiten.

Eilig führe ich Schatten hinein und bereite mich auf das Gefühl vor, das mich gleich erfassen wird: der Sturz, die innerliche Zerrissenheit. Als es so weit ist, sage ich mir immer und immer wieder, dass es aufhören wird, dass ich überleben werde.

Ich finde den Ort, von dem aus ich aufgebrochen bin – den Strang, der mich mit Regen und schmelzendem Frühlingsschnee verbindet. Mit Isabel und den hohen Gipfeln der Teton Range, mit der kleinen Smith Cabin und ihrer lauten Fliegengittertür, sogar mit dem schwarzen Wolf irgendwo da draußen.

Auch wenn ich weiß, dass es mir das Herz brechen wird, greife ich danach und tue etwas, von dem ich geschworen habe, es nicht zu tun.

Ich verlasse diese Welt ohne Sebastian.

6
Gideon

Aufgrund der höchsten Geheimhaltungsstufe dieser Aktion weist Cordero Suarez an, vom Team eine Sicherheitszone einrichten zu lassen, als wir die Hütte erreichen.

Da das Grundstück riesig ist, dauert dieser Vorgang fast eine Stunde. Ich hasse jede einzelne Minute, aber zumindest gibt mir das die Gelegenheit, an meinem Plan zu arbeiten.

Bei dieser Mission geht es zu hundert Prozent darum, Sebastian zurückzuholen. Und die Zusammenarbeit mit Daryn dreht sich ebenfalls nur um diesen Zweck.

Zusammenarbeit – nicht mehr und nicht weniger.

Ganz einfach. Ganz klar.

Als die Zone abgesperrt ist, gibt Cordero mir endlich grünes Licht. Ich nähere mich der Hütte. Marcus und Jode kommen mit mir zur Tür, werden sich aber ansonsten zurückhalten.

Als wir die Veranda betreten, lösen wir einen Bewegungsmelder aus, und ein Licht geht an.

Fast das gesamte Team sieht zu, und ich komme mir vor wie auf einer Bühne.

Bevor ich anklopfe, stelle ich eine blitzschnelle Überlegung an: Prothese oder rechte Hand? Was keinen Sinn ergibt, weil ich eigentlich über dieses Stadium hinaus bin. Ich entscheide mich für die Robohand und klopfe ein weniger lauter an als nötig.

Sekunden vergehen.

Ich schaue auf meine Stiefel und die abgewetzte Fußmatte darunter.

Unter dem Bild eines Bären steht folgende Frage: *Tatzen saubär?*

Bas würde diese Fußmatte lieben. Der Typ hat immer Spaß an Wortspielen und witzigen Sprüchen gehabt.

»Gideon«, fordert Jode mich auf.

»Ja. Ich gehe rein.«

Cordero hat uns die erforderliche Genehmigung zum Betreten der Hütte besorgt. Ich drehe den Türknauf. Nicht abgeschlossen – was einerseits gut ist und andererseits beschissen. *Sicherheit, Daryn? Schon mal dran gedacht?*

Ich öffne die Tür und trete ein.

»Daryn? Isabel?« Wieder keine Antwort. Ich schalte das Licht an. Während Jode und Marcus an mir vorbeischlüpfen, um den Rest des Hauses zu inspizieren, schaue ich mich in dem kleinen Wohnzimmer um. Verschossene Möbel und vollgestopfte Bücherregale. Jagdtrophäen an den Wänden – Elch, Bison, Rehbock und so weiter. Jede Menge ehemals lebendige Dinge hier drin.

Marcus und Jode kommen zurück und bestätigen, dass niemand im Haus ist, was sie dem Rest des Teams über Funk mitteilen.

Ich bin noch immer im gleichen Modus: Ich nehme dieses Wohnzimmer unter die Lupe wie ein Anthropologe, der versucht herauszufinden, welche Art von Mensch hier gelebt hat.

Dabei weiß ich es längst.

Daryn ist in einem wohlhabenden Elternhaus groß geworden. Sie hat es zwar nie direkt bestätigt, aber es war nicht schwer zu erraten. Connecticut. Vater Chefarzt, Mutter verbringt ihre Zeit damit, Geld für andere zu sammeln, statt – wie meine Mom – zu arbeiten und den Lebensunterhalt für sich und ihre eigenen Kinder zu verdienen.

Was hat sie wohl von diesen verschlissenen Teppichen und den holzvertäfelten Wänden gehalten? All diesen Jagdtrophäen, die mit glänzenden toten Augen auf sie herabstarren?

Nach und nach treffen die anderen aus dem Team ein. Cordero. Zwei vom MIT-Trio – Sophia und Soraya. Wir schwärmen aus, schauen uns schweigend um. Lesen Nachrichten an der Kühlschranktür, sehen den Stapel von Rechnungen auf dem Couchtisch durch, suchen nach Hinweisen auf Daryns Aufenthaltsort.

Das Dach ist so dünn, dass ich den Regen darauf prasseln höre. Die Holzdielen knarren, als das Team die Hütte inspiziert, aber ansonsten bleibt es still. Bis Ben durch die Vordertür hereinstürmt.

»Ich habe Isabel Banks gefunden!« Für sein Gefühl reagieren wir nicht schnell genug. »Daryns Mentorin? Isabel? Ich weiß, wo sie gerade im Augenblick ist.« Er nimmt die Brille ab und trocknet die Gläser mit einem Zipfel seines Hemds, während er weiterspricht. »Sie arbeitet ganz in der Nähe auf einer Ranch als Kellnerin. So ein Resort für Großstädter. Ziemlich schick. Ich konnte sie zuerst nicht finden. Eigentlich hätte sie keine Spätschicht gehabt, aber …«

»Gute Arbeit, Ben.« Cordero schaut zu Jode und dann zu Low. »Geht mit ihm.«

Die drei verschwinden gemeinsam, um sie zu holen.

Während ich durch die Küche streife, bemerke ich eine offene Tüte Lakritzstangen auf der Anrichte. Daryn hat sich ihre Vorliebe für Süßes also bewahrt.

Ich betrete das erste Schlafzimmer. Es ist klein. Ein Bett und eine Kommode aus dicken Kiefernbohlen. Ein Nachttisch und eine Truhe, ebenfalls aus Kiefer.

Daryns Zimmer. Es riecht nach ihr. Eine Mischung aus Weichspüler, Blumen und diesem Geruch nach den ersten Herbstnächten, in denen es langsam kälter wird. Der Geruch von guten Dingen, die bald kommen.

Ein Schmerz wandert durch meine Kehle – als seien die Düfte, die ich einatme und von denen ich nicht genug bekommen kann, giftig.

Mist, das ist verdammt intensiv.

Am Rahmen des Spiegels über der Kommode kleben Zettel. Ein paar davon sind Zeichnungen auf farbigem Papier, die eindeutig von kleinen Kindern stammen, meistens Variationen desselben Motivs. Kinder, die auf einem Pferd sitzen und Daryns Hand halten. Einhörner, die durch fluffige Wolken reiten. Eigentlich ziemlich süß. Eines davon ganz besonders. Stehlen widerspricht meinem Moralkodex, aber ich bin versucht, das Bild mitgehen zu lassen, in dem Daryn auf einem geflügelten Pferd über einen Regenbogen reitet.

Echt großes Kino.

An dem Spiegel hängen auch linierte Seiten aus einem Notizbuch; ich erkenne Daryns Handschrift darauf. Eines dieser Notizblätter springt mir ins Auge, es trägt den Titel »Blau«.

kopf und herz im krieg
für den krieg
himmel blau über mir
in mir
mein geist gehört mir
mein wildes herz nicht
blau ist, was du bist
werde dunkel
umhülle mich

Ein Schauder erfasst mich. Ich trete zurück und schüttle meine Schultern aus. Trete wieder näher und lese es noch einmal.

Es geht um mich, nicht wahr? Es geht definitiv um mich.

Aber was *bedeutet* es?

»G, da ist …« Marcus bleibt abrupt an der Tür stehen, als er mich sieht.

Ich weiche wieder von der Kommode zurück, erschüttert, ohne zu wissen, warum. Jede Menge verwirrender Gefühle haben mich im Griff. »Was gibt's?«

»Jode hat gerade angerufen. Er ist mit Daryns Freundin Isabel auf dem Weg hierher. Er glaubt, du hättest mit deiner Ahnung richtiggelegen, dass Daryn sich auf die Suche nach Bas gemacht hat. Und noch was: Hinter der Hütte gibt es einen Stall. Ich habe nachgesehen, ob Schatten da ist, aber …«

»Kein Schatten.«

Marcus schüttelt den Kopf. »Daryn muss mit ihr fort sein. Wir haben Spuren gefunden, die vom Stall Richtung Osten führen.«

Noch mehr schlechte Nachrichten, aber ich versuche, mich nur auf die nächsten Schritte zu konzentrieren. »Ich hole Rebell und folge ihnen.« Ich gehe zur Tür.

Marcus versperrt mir den Weg. »Das geht nicht.«

»Hier ist meilenweit kein Mensch.«

Er sieht mich nur an und bleibt stehen. Ich habe Rebell seit dem Herbst nicht mehr im Freien bewegt. Cordero ist zu paranoid. Ein brennendes Pferd ist kaum zu übersehen, besonders nachts nicht. »Cordero schickt eine Drohne in die Luft, um sich ein Bild zu machen. Du brauchst nichts zu tun.« Er kneift die Augen zusammen. »Mach einen Spaziergang oder so was, Mann.«

Er hat recht – ich muss mich abregen –, aber ich mag es nicht, wenn man mir das vorschreibt. »Weißt du was, Marcus? Ich glaube, ich mache einen Spaziergang.«

Endlich tritt er einen Schritt zur Seite. »Gute Idee.«

Ich gehe Richtung Eingangstür, vorbei an Ben, Soraya und Sophia, die sich hinter einem halben Dutzend Laptops an dem kleinen Küchentisch verschanzt haben, und durch das Wohnzimmer, wo Cordero, Low und Suarez auf einen Bildschirm starren, der die Aufnahmen der Drohne zeigt. Als ich an ihnen vorbeikomme, bemerke ich, wie sich rund um mich Stille ausbreitet.

In der kurzen Zeit, die ich in dem Zimmer gewesen bin, hat Cordero vom Team Scheinwerfer rund um die Hütte aufstellen lassen. Sie beleuchten einhundert Meter schräg herabfallenden Regen und matschige Felder, erreichen die Grenzen des Grundstücks aber nicht annähernd.

Ich springe von der Veranda und gehe auf den Fluss zu. In

meinem Kopf jagt ein Gedanke den anderen; verwirrende Gedichte werden von frustrierenden Aktionen abgelöst.

Die Vorstellung, dass Daryn sich allein auf die Suche nach Bas begeben hat, macht mich wahnsinnig. Wenn sie verletzt wird oder sonst irgendwie scheitert, würden wir nicht nur Sebastian verlieren, sondern auch sie. Und es bestünde nicht die geringste Chance, einen von ihnen je wiederzufinden. Der denkbar schlechteste Ausgang.

Ich habe fast den Stall erreicht, als eine Bewegung zu meiner Rechten mich zusammenfahren lässt. Zum Glück kann ich mich gerade noch beherrschen, mein Schwert herbeizurufen und zu schwingen.

Maia, unsere Scharfschützin, liegt auf ein paar Heuballen und hat eine Plastikplane über sich gezogen.

»Hey, Blake! Tschuldigung, wollte dich nicht erschrecken.« Sie hebt die Plane hoch, damit ich sie sehen kann. »Beruhigungsspaziergang?«

»Sie meinten, ich würde einen brauchen.«

Maia neigt den Kopf zur Seite, als würde sie auf etwas lauschen. Sie hält einen halben Müsliriegel in der einen Hand, ein M24 in der anderen – Maia, wie sie leibt und lebt. »Stimmt«, sagt sie, »sie haben recht.«

Ich zucke mit den Schultern. »Okay.« Ich kann mich nicht jedes Mal entschuldigen, wenn ich mich aufrege – sonst würde ich nie fertig. Dabei ist es in letzter Zeit deutlich besser geworden; ich bin schon lange ziemlich cool. Zumindest bis vor einer Woche. Nach Marcus' Abschlussfeier konnte ich den Gedanken einfach nicht loswerden, dass Daryn mir so nah gewesen war, ohne dass ich sie gesehen hatte. Ich glaube, das hat mich ziemlich wütend gemacht. Und ich glaube auch, dass Maia das zu spüren bekommen hat. Sie trennte sich in einem sehr heftigen Telefongespräch von ihrer Freundin, und wir alle haben dabei zugehört: Die Halle des Großmarkts war sehr hellhörig. Maia meinte zwar, sie habe es kommen sehen, aber ich weiß, dass es zum Teil auch an mir lag.

»Es ist großartig hier draußen, findest du nicht?«, sagt sie. »Ich liebe diese Gegend.«

»Ja. Es ist toll.« Überraschenderweise klingt meine Antwort nicht sarkastisch.

»Furchtbar.« Sie schaut auf ihre Hand und runzelt die Stirn. »Ich habe aus Versehen einen von deinen Müsliriegeln genommen. Schmeckt wie Vogelscheiße, Blake. Wie kannst du so was nur essen?«

»Schnell.« Eine der guten Seiten von Corderos ständiger Bevormundung ist ihr wahnsinniges Engagement auf so gut wie jeder Ebene. Als sie von meinen Verdauungsproblemen erfuhr, veranlasste sie eine Untersuchung. Wie sich herausstellte, habe ich Zöliakie – was ungefähr so sexy ist, wie es sich anhört. Essen ist jetzt weniger schmerzhaft, und das ist gut.

Aber der Preis dafür sind die Sprüche, die ich mir anhören muss. Ich kann mich in Feuer verwandeln; ich habe ein brennendes Pferd und ein Schwert. Vor diesem Hintergrund entbehrt es nicht eines gewissen Humors, dass Krieg einen empfindlichen Magen hat. »Bis denn, Maia.«

Ich habe gerade einmal fünf Schritte gemacht, als ihr Funkgerät knackt. Sie antwortet, und ich höre Lows gedehntes Näseln. »Ist Blake bei dir?«

»Er steht direkt vor mir.« Maia reicht mir das Funkgerät.

»Blake hier.«

»Die Drohne hat sie gerade entdeckt. Sieht so aus, als sei sie auf dem Weg hierher.«

»Ist Bas bei ihr?«

»Nein, sie ist allein.«

7
Daryn

Ich liege scheinbar eine Ewigkeit lang in einer Pfütze. Zusammengerollt wie in meinem Bett. Als wäre mir nicht eiskalt, als würde mir nicht alles weh tun und als sei ich nicht so enttäuscht, dass ich am liebsten aus meinem eigenen Ich heraustreten und alles hinter mir lassen würde.

Als die Schnittwunden, die das Ding mir zugefügt hat, mit Regenwasser in Berührung kommen, breitet sich ein brennender Schmerz in meinem unteren Rücken aus. Die Innenflächen meiner Hände sind vom Seil verbrannt. Aber das alles ist nichts im Vergleich zu dem Pochen an meiner Schädelbasis.

Der Druck lässt in Wellen nach. Wie ein Herzschlag aus Schmerzen, der mit jeder Sekunde schwächer wird.

Schatten trottet heran und schnüffelt an meinem Ohr, um mir zu bedeuten, dass es Zeit wird, uns auf den Heimweg zu machen.

Mit Mühe setze ich mich auf und zucke zusammen, als mich Schwindel überkommt.

Als die Welt aufhört, sich zu drehen, rapple ich mich auf und sehe die Kugel. Wieder pflücke ich das leuchtende kleine Ding aus der Luft. In meiner schmerzenden Hand wird sie blasser; der Riss zittert und splittert weiter, ein Stück der Oberfläche löst sich.

Nein.

Nein, nein, nein.

Eine winzige, dünne Scherbe, gebogen und geformt wie ein Rosenblatt, ist von der Kugel abgeblättert.

Ich wische das Regenwasser ab. Die Risse haben zugenommen, ziehen sich über die gesamte Oberfläche, wie bei einem ausgedörrten Boden.

Es besteht kein Zweifel mehr: Mit jedem Gebrauch wird sie zerbrechlicher und schadhafter. Ich frage mich, ob sie irgendwann einmal zu abgenutzt ist, um das Portal zu öffnen. Davon muss ich wohl ausgehen.

Panik flackert in meiner Brust auf.

Ich habe das Gefühl, eine Sanduhr in den Händen zu halten.

Vorsichtig lasse ich beide Teile der Kugel in meinen Rucksack gleiten, ziehe mich hinauf in den Sattel und mache mich auf in Richtung Smith Cabin.

Nach Hause.

Schatten bewegt sich schleppend und müde. Sie ist genauso niedergeschlagen wie ich.

Der Sturm zieht ab, und der Regen lässt nach.

Es fühlt sich an wie Verrat.

Mein Sturm zieht nicht ab. Ich bin keinen Schritt vorangekommen. Ich weiß noch nicht mal, in welche Richtung ich mich überhaupt bewegt habe. Mein Gehirn ist zu benebelt und zu langsam, um zu verarbeiten, was gerade passiert ist.

Was für eine grauenhafte Kreatur hat mich angegriffen?

Warum war *Mom* da drin? War sie es überhaupt?

Ich bin so sehr mit dem Versuch beschäftigt, das alles zu begreifen, dass es mich völlig unvorbereitet trifft, als Schatten hochsteigt. Ich fliege in hohem Bogen aus dem Sattel und lande im nassen Gras.

Erst jetzt sehe ich es.

Etwas Silbernes ist gerade eben an uns vorbeigeschwirrt.

Schatten wirft mir einen Blick zu, als versuche sie, es abzuschütteln, aber das Schwirren kehrt zurück. Ich habe zwar noch nie eine Drohne gesehen, jedenfalls nicht in natura, aber ich weiß, dass dieses ferngesteuerte Ding, das aussieht wie ein winziges Flugzeug, eine Drohne sein muss.

Ich weiß auch, dass sie mein Pferd furchtbar erschreckt.

Als die Drohne zurückkehrt, schießt Schatten schnell wie der Blitz davon. Nach nur wenigen ihrer langen Schritte habe ich sie aus den Augen verloren; sie ist in der Dunkelheit verschwunden.

Ich springe auf. »Schatten!« Ich jage hinter ihr her, aber sie ist weg.

Verschwunden.

Mein Mädchen. Meine Verbindung zu Bas und den Jungs. Die Verbindung zu meinem *gesunden Verstand.*

Ich laufe weiter, sprinte förmlich nach Hause; der Rucksack klatscht gegen die Schnittwunden an meinem Rücken, Tränen stecken in meiner Kehle, aber ich hoffe, hoffe, hoffe. Vielleicht ist sie zur Smith Cabin gelaufen? Vielleicht ist sie da? *Bitte, sei da.*

Doch als ich zum Grundstück gelange, ist alles anders, als es sein sollte.

Überall sind Scheinwerfer.

Überall Autos.

Überall Leute.

Ich weiß, was das ist. Und ich weiß, *wer* das ist.

Meine Stiefel versinken im Schlamm, denn meine Beine werden immer schwerer. Ich treibe mich an. Vorwärts. Egal, wie hart das sein wird.

Als ich näher komme, fühle ich mich den Lichtern ausgeliefert. Alles, was ich verbergen möchte, wird sichtbar.

Neben mir schlendert nicht Sebastian mit seinen langen Schritten.

Nicht einmal Schatten bringe ich mit.

Ich habe nichts.

Ich habe versagt.

Und das reichlich.

Ich bin von oben bis unten mit Schlamm bedeckt und blute und … Könnte es hierfür einen schlechteren Zeitpunkt geben?

Isabel steht auf der Veranda. Sie ist die Einzige, die ich sehen will. Um sie herum Fremde mit umgeschnallten Waffen und ernstem, unfreundlichem Gesichtsausdruck.

Dann entdecke ich Jode unten an der Verandatreppe; direkt neben ihm Marcus. Und wenn ich mir erlaube, den Blick schweifen zu lassen, finde ich bestimmt Gideon in ihrer Nähe.

Als ich sie erreiche, bleibe ich vor Jode stehen. Ich weiß eher, was ich *nicht* sagen will. »Schatten ist durchgegangen. Sie hat mich eine Meile westlich von hier abgeworfen. All diese Lichter, die vielen Leute und die Drohne – das hat sie verängstigt.«

Die Falte zwischen Jodes Augenbrauen wird tiefer. Ich weiß, dass er viel mehr Informationen verarbeitet als die, die ich ihm gerade gegeben habe. Er wirkt etwas älter und härter, als hätten sich ein paar der glatten, blaublütigen Ecken und Kanten abgenutzt. Alle Erinnerungen an ihn aus unserer gemeinsamen Zeit in Zügen und an Fjorden flattern direkt hinter meinen Augenlidern vorbei. Jode auf Luzian. Jode mit der Nase in einem Buch. Joch mit einem ironischen Grinsen im Gesicht.

»Wir werden die Scheinwerfer ausmachen«, sagt er, als sei das eine ganz natürliche Unterhaltung nach acht Monaten, in denen wir uns nicht gesehen haben. »Und wir wussten nicht, dass die Drohne ihr Angst machen würde.« Dann breitet er die Arme aus. Jode, der nicht gerade für seine Herzlichkeit bekannt ist. Derjenige, von dem ich am wenigsten erwartet hätte, was er jetzt tut.

Ich mache einen Schritt auf ihn zu.

Unsere Umarmung ist fest, kurz und furchtbar unbefriedigend.

Als ich wieder zurücktrete, würde ich mich am liebsten unter den Platten der Veranda verkriechen, aber Marcus steht schon da und wartet.

Sein Anblick allein lässt mich beinahe die Kontrolle verlieren. Ich weiß nicht, wie ich Marcus etwas vormachen soll – wir sind immer absolut aufrichtig miteinander umgegangen –, und wenn er mich jetzt fragt, ob es mir gutgeht …

»Wir haben dich vermisst, D.« Er schließt mich in die Arme.

»Ich euch auch«, krächze ich an seiner Schulter.

Dann wende ich mich zu Gideon und erstarre. Eine gefühlte Ewigkeit lang.

Er steht direkt vor mir, aber ich kann ihn nicht richtig anschauen – so als würde ich versuchen, in die Sonne zu blicken. Irgendwie bewegen wir uns aufeinander zu.

Seine Arme umschließen mich. Ich zittere, kann nicht aufhören.

Es fühlt sich so gezwungen, so unecht an. Als er mich an sich zieht, drückt er unwissentlich auf die Schnittwunden an meinem Rücken.

Reflexartig ziehe ich die Luft ein, und mein Rücken versteift sich.

Ich spüre, wie er erstarrt, aber ich weiche rasch zurück und schalte es ab.

Den Schmerz. Die Enttäuschung. Die Angst.

Ich habe getan, was ich konnte. Jetzt ist es Zeit, weiterzumachen.

»Wir sollten ins Haus gehen«, sage ich zu niemand Bestimmten. »Ich habe euch eine Menge zu erzählen.«

8
Gideon

Nach Monaten der Ungewissheit ist endlich die Zeit für Antworten gekommen.

Vielleicht.

Das *ist* Daryn.

Bei ihr sind Informationen nie eine sichere Sache.

Ich lehne mich an die Wohnzimmerwand zwischen Maia und Suarez und höre zu, wie sie die abbröckelnde Kugel beschreibt, die Schmerzen beim Durchqueren des Portals und den Wald, den sie bei ihrer Ankunft auf der anderen Seite vorgefunden hat.

Sie spricht langsam, die Augen auf den Becher mit Tee gerichtet, den sie mit beiden Händen umklammert und der längst abgekühlt ist. Gelegentlich macht sie längere Pausen, entweder um nachzudenken oder um sich zu sammeln. Früher einmal habe ich den Unterschied genau wahrnehmen können.

»Die Schmerzen ließen also nach, als du den Tunnel durchquert hattest?«, lautet eine der wenigen Fragen, die Cordero bisher gestellt hat. Sie hat ihre Unterbrechungen auf ein Minimum beschränkt und Daryn das Tempo bestimmen lassen.

»Ja. Zuerst war es ein reißender Schmerz. Es fühlte sich an

wie …«, Daryn schüttelt den Kopf, »wie eine Kluft. Ein Riss in meinem Inneren. Sobald das vorbei war, spürte ich aber noch immer einen Druck in meinem Hinterkopf. Keine Kopfschmerzen, sondern nur … Druck.«

Ich schaue zu der Eulenuhr an der Wand in der Küche. Es ist halb zwei am Morgen, aber niemand wirkt müde.

Ben und Soraya haben Videorekorder mit Tonspur vor Daryn installiert. Cordero sitzt ihr direkt gegenüber in einem Stuhl mit gerader Rückenlehne. Isabel hat sich neben Daryn auf die Couch gesetzt. Jode, Marcus, Low und einige der Techniker stehen im Raum verteilt. Wir machen das seit über einer Stunde, aber es fühlt sich an wie fünf Minuten. Ich habe noch nie erlebt, dass ein Dutzend Menschen so lange ruhig gewesen ist.

Ich bin der Einzige, der nicht an jedem Wort klebt. Meine Gedanken machen Umwege, versuchen, die Daryn, an die ich mich erinnern kann, mit der Daryn in Einklang zu bringen, die jetzt vor mir sitzt. Es kommt mir vor, als würde ich das gleiche Bild sehen, aber diesmal mit besserer Belichtung.

Und außerdem denke ich ständig über das nach, was sie verschweigt.

Ich weiß, dass sie unter der Decke, die sie über ihre Schultern gezogen hat, blutet. Nach unserer Umarmung klebte Blut an meiner Handprothese.

Wer hat sie verletzt? Samrael? Warum hat sie nichts gesagt?

Als sie die weißen Blumen beschreibt, die sie im Wald entdeckt hat, wird ihre Stimme ruhiger und gemessener, und plötzlich höre ich ihr zu. Sie hat meine volle Aufmerksamkeit.

»Ich bin ihnen gefolgt«, erzählt sie. »Es war fast … fast so, als hätten sie mir einen Weg durch den Wald gewiesen. Dann … sah ich sie. Meine Mutter.«

Eine Sekunde halten alle die Luft an. Dann stellt Isabel die Frage, die uns allen auf der Zunge liegt.

»Daryn, deine *Mutter*? Sie war dort?«

»Ja.« Daryn schaut von ihrem Tee auf. »Sie war dort. Ich weiß nicht, ob sie real war oder ob ich sie mir eingebildet habe.« Sie zieht ihre Brauen zusammen, ihr Blick geht ins Leere. »Sie schien echt zu sein. Ich meine … sie war es einfach. Ihre Stimme. Ihre Redeweise. Sie sagte, sie hätte gewusst, dass ich kommen würde. Sie sagte all diese Dinge … ich habe mich mit ihr unterhalten. Aber dann erschien die Kreatur, und sie verschwand.«

»Kreatur?«, fragt Cordero nach.

Daryn schaut sie an. »Von der ich angegriffen wurde.«

Überraschung macht sich unter den anderen im Wohnzimmer breit, aber ich habe darauf gewartet. Trotzdem beginnt mein Puls zu rasen, als Daryn das Wesen beschreibt.

»Es war grauenhaft«, sagt sie.

»Irgendeine Idee, was es wollte?«

Daryn schüttelt den Kopf. »Ich dachte, das Ding wollte mich töten. Und das hat es zuerst auch versucht. Aber dann ließ es von mir ab und interessierte sich für meinen Rucksack. Es suchte nach der Kugel.«

»Ist das Wesen an sie rangekommen?«

»Nein. Ich habe es mit dem Lasso eingefangen und in einen der Bäume gehängt.«

Stille.

Stille, Stille, Stille.

Jode neigt sein Ohr zu ihr. »Du hast *was*?«

»Ich habe es mit einem Lasso eingefangen, das ich an Schattens Sattel gebunden hatte, und an einem Baum aufgehängt.«

Marcus lächelt. Low und Suarez schauen einander an und heben fragend die Augenbrauen.

Dann schaut Daryn mich an – zum ersten Mal, seit wir die Hütte betreten haben.

Alle meine Pläne lösen sich in Rauch auf: Ich habe völlig vergessen, was ich eigentlich sagen wollte.

Sie hat etwas absolut Obercooles und Gefährliches getan, und ich weiß, dass sie verletzt ist und vermutlich fast gestorben wäre. Aber nichts von all dem kommt aus meinem Mund. Nicht das Geringste. Ich verschränke nur die Arme vor der Brust, verstecke meine Prothese wie ein Feigling.

Warum tue ich das immer noch? Robohand ist mir doch eigentlich gar nicht peinlich.

War sie nie.

Cordero hält uns in der Spur. »Du hast das Ding also mit einem Seil eingefangen. Was ist dann passiert?«

»Es sagte mir, ich würde Sebastian niemals finden. Ich solle es nicht einmal versuchen, und es seien viele von seiner Sorte unterwegs – viele Dutzend von diesen grauenerregenden Wesen.«

Ich drücke mich von der Wand ab, während Wut in mir hochkocht. »Das hat es zu dir gesagt?« Nichts und niemand wird mich davon abhalten, Bastian zurückzuholen.

»Nicht mit genau diesen Worten.«

»Was genau hat es denn gesagt? Hat das Ding gesagt, dass er lebt? Hat es das gesagt?« Meine Stimme klingt härter, als sie soll, und sofort sind alle Augen auf mich gerichtet.

Ich werfe Suarez einen Blick zu: Eine Ader an seinem Hals tritt hervor. Ich schaue zu Maia hinüber: Sie ist kurz davor, ihre Unterlippe durchzubeißen.

Die Zeichen sind eindeutig: Zeit, mich mal wieder abzusetzen.

Ich ziehe die Tür auf und trete nach draußen.

Fünfzehn Minuten später kommt Marcus zu mir auf die Veranda. »Cordero meint, für heute sei Schluss. Wir machen morgen weiter. Vermutlich eine gute Idee, eine Pause einzulegen.«

»Okay. Oder eigentlich … Eigentlich nicht. Nicht okay. Bas ist da drin mit diesen Wesen, Schatten ist verschwunden, und wir machen Pause, um ein wenig Schlaf zu bekommen?«

»Wir suchen nach Schatten. Und Daryn ist völlig fertig, Mann. Du hast sie doch gesehen.«

»Sie hat *acht Monate* gebraucht, um etwas zu unternehmen, Marcus. Und Sebastian hockt die ganze Zeit da drin. Verletzt. Allein. Was meinst du wohl, was mit ihm passiert? Meinst du, er *macht eine Pause*, um sich ein bisschen auszuruhen? Sorry, aber es fällt mir schwer, mich schlecht zu fühlen, weil Daryn ein bisschen *müde* ist, während Sebastian vielleicht gefoltert wird oder noch Schlimmeres erlebt.«

Ich weiß nicht, warum ich das sage. Damit ist keinem geholfen. Ich bin nicht mal sicher, ob ich es ernst meine.

»Ich bin nicht diejenige, die für heute Schluss machen will«, sagt Daryn direkt hinter mir. Sie hat alles gehört. »Cordero will das.«

Ich stoße mich vom Geländer der Veranda ab und drehe

mich zu ihr um. »Wie fühlt es sich denn an, ausnahmsweise mal nicht das Sagen zu haben?«

»Was soll das heißen?«

Ich weiß nicht, was das heißt. Ich bin auf Autopilot. Über Daryns Schulter hinweg bemerke ich Jode: Er schüttelt leicht den Kopf, und ich weiß, dass ich weggehen sollte, aber ich bleibe, wo ich bin.

»Du gibst mir die Schuld dafür.« Daryn kommt einen Schritt näher und schaut mir direkt in die Augen. »Sag es einfach, Gideon.«

»Das werde ich nicht. Ich habe dir nichts zu sagen.«

»Doch, hast du. Du wirfst mir vor, dass ich Bas da drin zurückgelassen habe. Warum kannst du mir nicht die Wahrheit sagen?«

Unglaublich – und das von dem Mädchen, das alles vor einem verbirgt und bei jeder sich bietenden Gelegenheit verschwindet. »Es ist mir scheißegal, warum du getan hast, was du getan hast, Daryn. Nur eines ist wichtig: Wir müssen Sebastian zurück holen. Das ist die Wahrheit. Bitte, jetzt weißt du es.«

Es ist drei Uhr morgens, als wir in dem kleinen Hotel in Jackson Hole eintreffen. Das Team hat die letzten freien Zimmer gemietet.

Marcus, Jode und ich teilen uns ein enges Zimmer mit Doppelbett und einem Beistellbett. Als wir mit dem Aufzug nach oben fahren, streiten sich Jode und Marcus, wer in dem schmalen Bett schläft.

Ich werfe meinen Seesack durch die Tür. »Ich nehme es.« Wahrscheinlich werde ich ohnehin nicht viel Schlaf bekommen.

Jode schaut mich an, als wolle er eine witzige Bemerkung machen, bleibt dann aber stumm. Was gäbe es auch zu sagen?

Toll zu sehen, dass du und Daryn wieder zu alter Form aufgelaufen seid?

Schön, dass sich manche Dinge nie ändern?

Jodes Telefon klingelt. Er holt es aus der Tasche und lächelt.

»Anna«, sagt er und geht in die andere Ecke des Zimmers. Seine Stimme klingt albern und hoch, als würde er mit einem kleinen Kätzchen reden und nicht mit meiner Schwester.

Dieser perfekte Abschluss meines Tages bringt Marcus zum Lachen.

Ich schüttle den Kopf. »Ich hasse dich. Ich werde irgendwas kaputtschlagen.«

»Die Feuertreppe ist am Ende des Flurs«, teilt er mir mit, denn er weiß, was ich jetzt wirklich brauche. »Sie führt aufs Dach.«

Also mache ich mich auf den Weg.

Ich trete hinaus auf eine kleine Dachterrasse mit gestapelten Plastikstühlen und Tischen. Unter den Tischen haben sich noch ein paar knirschende Schneereste gehalten. Leere, mit Gummibändern zusammengehaltene Fässer lehnen an der Wand. Hier kann man im Sommer wahrscheinlich prima abhängen.

Der Regen hat aufgehört, und die Nacht ist frisch und klar. Ich gehe zum Rand des Dachs. Der kleine Platz im Herzen von Jackson liegt drei Stockwerke unter mir weitgehend im Dunkeln. Nur ein paar Lichter sind noch zu sehen.

Als ich mich wieder zur Terrasse wende, spüre ich die Vorfreude.

Ich werde mächtigen Ärger kriegen, falls Cordero herausfindet, dass ich Rebell an so einem exponierten Ort herbeirufe. Wenn die Leute etwas über uns erfahren, über die Reiter, wäre das ein Albtraum. *Ja, wir sind Tod, Krieg und Sieg, aber wir haben gute Absichten! Versprochen!*

Eine solche PR-Kampagne wäre von vornherein verloren. Man könnte die Geheimhaltung unserer Identitäten als Frage der globalen Sicherheit verkaufen. Und man könnte auch sagen, ein brennendes Pferd auf dem Dach eines Hotels in Jackson Hole würde Ärger geradezu herausfordern. Es gibt also alle möglichen Dinge, die man dagegen einwenden könnte – aber es ist weit und breit niemand zu sehen, und ich brauche jetzt mein Pferd, oder ich verliere den Verstand.

Ich rufe Rebell.

Ich habe ihn schon Hunderte, vielleicht Tausende von Malen gerufen. Es ist ein Vorgang, den Cordero monatelang zu verstehen versucht hat – wie die Jungs und ich übernatürliche Pferde herbeirufen. Was wir tun, damit sie sich manifestieren, ebenso wie unsere Rüstungen und Waffen.

Es gibt keine wissenschaftliche Erklärung dafür. Wir haben diese Kraft in uns, diese Energie, die wir so einfach erzeugen können, wie wir Worte aussprechen oder ausatmen. Unsere Pferde kamen aus unserem Inneren und sind ein Teil von uns, aber sie sind nicht *wir*. Es ist irgendwas dazwischen. Und etwas, das letztlich aus einer Macht entspringt, die viel, viel größer ist als wir. Meines Wissens hat es noch nie jemand geschafft, einen wissenschaftlichen Beweis für Glauben oder Gott zu erbringen. Cordero hat wirklich ihr Bestes gegeben, musste aber irgendwann einfach das Unerklärliche akzeptieren, genau wie der Rest von uns.

Rebell regt sich als lautloser Flammenwirbel auf dem Betonboden, wird rasch zu einem kleinen, brennenden Tornado und schließlich zu einem über tausend Kilo schweren, schwelenden Ross.

Gewaltig. Rot. Pure Kraft.

Wäre er ein echtes Pferd, wäre er ein mittelgroßes Zugpferd oder ein Warmblüter. Kein Clydesdale, wie in der Budweiser-Werbung, aber er würde auch nicht das Kentucky Derby gewinnen. Die Jungs reißen Witze, weil er das größte unserer Pferde ist. Ein leichter Panzer mit Allüren. Aber er ist der treueste und beste Begleiter. Der allerbeste. Ich kann mir gar nicht vorstellen, wie mein Leben war, bevor er aufgetaucht ist.

Seine bernsteinfarbenen Augen sehen zuerst mich an und schauen sich dann um, orientieren sich, bevor sie sich schließlich wieder auf mich richten.

Ich lächle. Nicht, dass ich seine Gedanken hören könnte. Es ist eher so, dass ich sie *kenne.*

Schlechter Tag, Gideon? Tut mir leid. Aber jetzt bin ich ja da, und es geht dir besser. Hey, schöne Aussicht.

»Komm her, Pferd«, sage ich, gehe dabei jedoch auf ihn zu. Ich rufe meine Rüstung, damit meine Kleidung nicht verbrennt. Dann vergrabe ich die Hände tief in seiner Mähne, was Funken aufstieben lässt, die vor dem Nachthimmel leuchten.

Er gibt ein tiefes, ruhiges Brummen von sich, das mir sagt, dass er zuhört. Dass ich ihm sagen kann, was ich keinem anderen erzählen könnte, nicht einmal Marcus.

»Ich hab's vermasselt, Rebell. Hab mich nicht an den Plan gehalten und ein paar wirklich dämliche Sachen gesagt. *Wirklich* dämlich.«

Ohhh. Das ist nicht gut, Gideon. Aber es passiert. Besonders mit Daryn. Mach dir keine Sorgen. Morgen wirst du dein Bestes tun und versuchen, es wiedergutzumachen. Ich mag Wyoming.

Ich muss lachen. Dann lasse ich meinen Kopf nach vorn sacken und lege die Stirn an seinen breiten Nacken. Lasse sein Feuer sich über mir, in mir und um mich herum ausbreiten.

Warm. Echt.

Wie Frieden.

9
Daryn

»Daryn?« Isabel klopft leise an die Tür meines Zimmers. »Sie sind da.«

»Okay. Ich komme gleich.« Ich stelle mich auf die Zehenspitzen und drehe mich in der Hüfte, um mir im Spiegel über der Kommode die Wunden auf meinem Rücken anzuschauen. Noch immer sickert Blut aus den drei Schnitten, die das Ding mir zugefügt hat – drei hübsche, parallel verlaufende Krallenspuren. Wenigstens bluten sie nicht mehr so heftig wie letzte Nacht.

Das Schlimmste ist, dass sie direkt durch meine alten Narben ziehen – eine Erinnerung an den Stacheldrahtzaun, unter dem ich bei meiner Flucht aus der psychiatrischen Einrichtung vor eineinhalb Jahren hindurchgekrochen bin. Mein unterer Rücken sieht aus wie ein Schachbrett aus Narben, die an die schlimmsten Tage meines Lebens erinnern. Na großartig.

Letzte Nacht, nachdem sich das Haus geleert hatte, habe ich überlegt, ob ich Isabel von meiner Verletzung erzählen soll. Aber ich konnte es nicht. Ich brauchte einfach ein wenig Zeit für mich allein, nachdem alle fort waren. Und was sind schon Schnittwunden, wenn man mit ansehen muss, wie die eigene Mutter von Blumen verschluckt wird? Oder verglichen damit, dass Schatten noch immer verschwunden ist – oder damit, was Bas wohl durchmachen muss?

Sorry, aber es fällt mir schwer, mich schlecht zu fühlen, weil Daryn ein bisschen müde ist, wenn Sebastian vielleicht gefoltert wird oder noch Schlimmeres erlebt.

Autsch. Gideons Worte verfolgen mich. Ich wollte die Befragung nicht unterbrechen – das war Corderos Wunsch –, aber dieser Moment spielt sich immer und immer wieder in meinem Kopf ab. Ich sehe ihn vollkommen klar vor mir. Die Wut in seinen blauen Augen. Die Stoppeln auf seinem Kinn und das Glitzern seiner Prothese im Licht der Veranda.

Ich hätte am liebsten geheult, als er das sagte. Und dann hätte ich ihm einen Kopfstoß verpasst.

Während ich noch den Kopf schüttle über mein eigenes Verhalten, ziehe ich meine graue Bluse an. Dann binde ich mir ein Flanellhemd um die Taille. Der Schmerz lässt mich zusammenzucken, aber das ist der beste Kompressionsverband, den ich allein zustande bekomme.

Mein Notizbuch liegt aufgeschlagen auf meinem Bett – mit der Liste, die ich letzte Nacht begonnen habe.

Eine Liste, kein Tagebucheintrag oder ein Gedicht. Aber offenbar war es eine Nacht für erste Male.

1. Mein Glaube an Gott
2. Mom wiedersehen, egal, was sie zu mir gesagt hat
3. Schatten finden – und Sebastian
4. Isabels warme Hände und bedingungslose Liebe
5. Marcus' Lächeln, perfekt
6. Jodes Stimme, sein Charme
7. Foto, das ich von Gideons Hintern gemacht habe

Das sind die Dinge, die mir in den Kopf kommen – Dinge, die mir Mut machen und mir die Kraft verleihen, weiter nach Bas zu suchen.

Über die Liste schreibe ich »Gründe«, da dieser Titel so ziemlich alles einschließt, dann verstaue ich das Notizbuch in der Truhe. Ich drehe meine nassen Haare zu einem Knoten und gehe ins Wohnzimmer, bereit für die Schlacht.

»Morgen, Daryn«, sagt Natalie Cordero.

Ich hatte ein Dutzend Leute erwartet, die sich in unsere Hütte quetschen – stattdessen finde ich nur sie vor und Ben, der Typ mit der Meckifrisur und der schwarzen Brille, der aussieht wie ein junger Astronaut. Proper und unglaublich intelligent.

Cordero steht ihm in nichts nach. Sie wirkt geschäftsmäßig in ihrem dunklen Hosenanzug, aber ihr Auftreten hat auch eine militärische Selbstsicherheit. Ich habe den Eindruck, wenn der Absturz kurz bevorsteht, weiß sie, wo die Notausgänge sind und wie sich die Wasserrutsche installieren lässt.

Die Hütte duftet noch immer nach den Blaubeermuffins, die Iz um fünf Uhr heute Morgen für mich gebacken hat, als wir endlich ein bisschen Zeit für uns allein hatten. Unter Tränen habe ich mich bei ihr dafür entschuldigt, dass ich das Portal geöffnet habe, ohne ihr etwas zu sagen, und unter Tränen streichelte sie meine Hand und sagte, dass sie mir verzeiht.

Durch das Fenster sehe ich ein Dutzend Menschen rund um die Geländewagen in der Einfahrt. Einige von ihnen essen Muffins über Servietten. Ich hoffe, dass sie zu schätzen wissen, wie phantastisch sie sind. Wie für Isabel gehören Blaubeermuffins auch für mich zu den liebsten Dingen im Leben.

»Schatten ist noch immer nicht zurückgekommen«, teile ich Cordero mit und schenke mir die Plattitüden. »Das wird sie auch nicht, bei den vielen Leuten hier.«

Sie nickt. »Ich verstehe deine Besorgnis. Ich habe die Sicherheitsmaßnahmen so weit wie möglich reduziert, aber ich brauche ein paar Leute hier. Zu deinem und Isabels Wohl und für die Sicherheit dieser Mission.« Sie lächelt gelassen. Besänftigend. »Heute Morgen möchte ich dir gern etwas zeigen; wir werden eine Autofahrt machen. Ich habe die Mitschrift von letzter Nacht durchgesehen und eine Liste mit Fragen erstellt. Ben und der Rest des Teams haben sie um ihre Fragen ergänzt. Wir gehen sie im Wagen durch, um Zeit zu sparen. Isabel, Sie können gern mitkommen. Wollen wir los?«

Röte steigt mir ins Gesicht. Ich komme mir vor, als würde ich abgefertigt.

Draußen schlägt mir die frische, klare Luft entgegen – und das Gewicht von einem Dutzend fremder Blicke. Letzte Nacht war ich zu aufgewühlt, um mich auf »das Team« zu konzentrieren, aber jetzt registriere ich alle. Der Gedanke, dass ich diese Fremden durch mein Versagen in diese Sache verwickelt habe, verunsichert mich.

Als Isabel und ich Cordero zu einem SUV folgen, sehe ich Jode, Marcus und Gideon bei einem der anderen Wagen stehen und sich unterhalten. Marcus schaut zu uns herüber. Gideon nicht. Ich komme mir vor wie ein Paria, als sei ich aus der Gruppe ausgeschlossen worden.

Ben, der Baby-Astronaut, hält mir die Tür auf, und ich

steige ein, versuche aber, mich nicht im Sitz zurückzulehnen, weil ich spüre, dass meine Schnittwunden noch immer bluten. Der große Typ mit dem rostroten Bart setzt sich ans Steuer. Er trägt ein kleines Headset und summt einen Song. »All My Exes Live in Texas«, glaube ich. Das dunkelhaarige Mädchen auf dem Beifahrersitz, auf deren Schoß ein Gewehr liegt, ist nicht viel älter als ich.

»Ich bin Maia«, stellt sie sich vor und dreht sich zu mir um. »Das ist Travis, aber alle nennen ihn Low.«

Er schaut mich durch den Rückspiegel an. »Angenehm.«

»Ich bin Daryn.«

»Das wissen wir«, entgegnet Maia. »Wir haben schon viel von dir gehört.«

Es hätte ein ruppiger Kommentar sein können, aber ihr Lächeln ist echt, sogar ein bisschen neckisch. Sie schaut wieder nach vorne, als Cordero neben mir einsteigt. Low startet den Motor, und die Wagenkolonne – das ist die einzige treffende Bezeichnung – setzt sich in Bewegung.

»Daryn, ich habe es überprüft. Deine Mutter ist zu Hause in Connecticut«, lässt Cordero mich wissen, noch bevor wir das Grundstück verlassen haben. »Es konnte bestätigt werden, dass sie gestern Abend zu Hause gewesen ist, als du im Splitterreich warst.«

»Sie haben sie *angerufen*?« Eine Hitzewelle rollt von meinem Kopf in meine Fingerspitzen.

»Nein, entschuldige. Ich hätte mich klarer ausdrücken sollen. Natürlich haben wir sie *nicht* angerufen. Wir haben andere Mittel, um herauszufinden, was wir wissen müssen. Wir haben einfach nur versucht festzustellen, ob das, was du in dem Reich gesehen hast, eine Illusion oder echt war. Ich glaube, wir können mit ziemlicher Sicherheit sagen, dass es sich um eine Illusion gehandelt hat.«

Während sie spricht, nimmt Isabel meine Hand in ihre und drückt sie.

Es kam mir nicht vor wie eine Illusion. Es fühlte sich realer an als dieser Augenblick, mit dieser Frau, die mehr über meine Familie weiß als ich. »Ist … mit meiner Mutter alles in Ordnung?«

»Ja. Im Augenblick geht es ihr gut. Deinem Vater und deiner Schwester auch.«

Cordero sagt es mit einer gewissen Wärme, aber es hat einen Beigeschmack von professionellem Training.

»Was bedeutet das, ›es geht ihnen gut‹?«, hake ich nach. Weiß sie von Moms Depressionen? Heißt das, dass Mom momentan keine depressive Episode hat?

Natalie Cordero klopft mit ihren manikürten Fingern auf ihr Hosenbein, während sie mich prüfend anschaut. Ich weiß genau, was sie denkt.

Verkraftet sie das?

»Es bedeutet, zumindest nach meinem Verständnis, dass sie alle relativ zufrieden sind. Deine Schwester ist in ihrem zweiten Jahr in Yale, aber an den meisten Wochenenden fährt sie nach Hause zu euren Eltern. Deine Mutter trainiert für einen Marathon, und sie hat Blumenzwiebeln gesetzt. Offenbar schon zum zweiten Mal. Euer Vater arbeitet immer lange, was nicht ungewöhnlich zu sein scheint. Vor vier Wochen war er bei einer Wohltätigkeitsveranstaltung und hat einen jungen Hund ersteigert. Offenbar buddelt das Tier gern und auch ziemlich erfolgreich. Sie richten eine Auslauffläche abseits von den Blumenbeeten deiner Mutter für ihn ein.« Sie schaut mich eindringlich an. »Vielleicht hätte ich nicht …«

»Ich wollte es wissen. Ich habe gefragt.« Ich schaue aus dem Fenster. *Mein Gott, wie ich sie alle vermisse.* Ich vermisse so vieles. Josie ist schon im zweiten Jahr. Mom trainiert für einen Marathon? Dabei hat sie das Laufen immer gehasst und nie verstanden, was ich daran liebe. Und ein Hund? Josie und ich durften nie einen haben. Warum jetzt? Wollen sie ihn überhaupt? Ich versuche, mir schmutzige Pfotenabdrücke auf unseren Teppichen vorzustellen, was mir jedoch nicht gelingt.

»Wie haben sie den Hund genannt?«

»Chief. Er kommt aus dem Tierheim. Die Rasse ist unbekannt, aber der Tierarzt nimmt an, dass es sich um eine Mischung aus Schäferhund und Boxer handelt.«

»Teufelsmischung«, murmelt Low.

»Nicht wahr?«, pflichtet Maia ihm bei.

Ich bin nicht sicher, was sie meinen, aber ich frage nicht nach. Ich fühle mich, als hätte man mich auf links gedreht. Alles, was mir heilig ist und nur mich etwas angeht, ist für jeden sichtbar und offen für Diskussionen. Und die Dinge, die ich wissen *sollte*, sind mir alle ein Rätsel. Nur Isabel versteht mich: Sie hält meine Hand, verleiht mir Sicherheit, verbindet mich mit etwas. Ohne sie würde ich abdriften.

Cordero lenkt das Gespräch weg von meiner Familie und bittet mich, einige der Dinge, die ich ihr gestern erzählt habe, näher zu erläutern. Ich will ihr nicht mehr erzählen, als ich schon getan habe. Sie schnüffelt in jedem Winkel meines Lebens herum. Aber ich zwinge mich dazu, zu antworten.

Im funkelnden Licht des blauen Morgenhimmels klingen

meine Antworten unglaublich. »Ich fühlte diese wahnsinnige Leere, als ich in seine Augen sah«, höre ich mich sagen. »Ich weiß nicht – es sah einfach grauenerregend aus. Mir fällt kein besseres Wort ein. Und ja, die Blumen stiegen wie eine Welle über Mom, und dann war sie verschwunden.« Es klingt absurd und peinlich. Ich bin deswegen so verlegen, dass ich erst bemerke, wo wir sind, als der Wagen anhält.

»Hier?«, frage ich. »Wo wir gegen die Sippschaft gekämpft haben?«

»Für den Anfang.« Cordero klappt den gelben Block zu, auf dem sie sich Notizen zu meinen Antworten gemacht hat, und schiebt ihn in ihre Tasche. Vor uns zwischen den Bäumen ragt ein großes Sicherheitstor auf Rollen auf. Ein Mann in Cargohose und schwarzem Sweatshirt schiebt es auf, und wir fahren hindurch.

Ich habe mich immer über diesen Ort gewundert – zweimal täglich, wenn ich auf meiner Fahrt zur und von der Arbeit hier vorbeigekommen bin. Der Zaun wurde sofort nach dem Kampf errichtet, und es sitzt immer jemand in einem Auto zwischen den Bäumen, Tag und Nacht. Es geht das Gerücht, dass ein komplizierter Prozess zwischen dem Landbesitzer und der US-Regierung läuft, aber ich bin mir ziemlich sicher, dass die streitenden Parteien in Wahrheit identisch sind und dass es sich bei dem »Rechtsstreit« nur um ein Ablenkungsmanöver handelt.

Nach ein paar Hundert Metern werden die Bäume spärlicher, und die Landschaft verändert sich. Das Gras ist vertrocknet, die Bäume wirken brüchig, als hätte in dem Gebiet eine Dürre geherrscht. Es sieht aus, als würden wir auf der Oberfläche des Mondes fahren. Je näher wir der Stelle kommen, an der ich das Portal geöffnet habe, desto extremer ist die Verwüstung.

Low fährt direkt zu dem Punkt, wo ich stand, als Bastian von Ronwae gestochen wurde – das Sippschaftsmitglied, das sich in grässliche, skorpionartige Wesen verwandeln konnte. Das Herz in meiner Brust schlägt schneller.

Wortlos steigen wir aus dem Wagen. Der Boden hier gleicht einer leeren Hülle. Keine Spuren, weder von Klingen noch von Insekten. Selbst die Erde wirkt wie Asche, ist sämtlicher Nährstoffe beraubt. Einst standen mehrere hufeisenförmig angeordnete Hütten um dieses Feld herum – sie sind noch da, aber nur noch in Form von Holzhaufen. Wie Schiffswracks.

»Das hier ist das Epizentrum«, erklärt Cordero. »Die Zerstörung begann etwa zwölf Stunden, nachdem das Portal geöffnet worden war. Sie dauerte fast zwei Wochen an; seitdem erholt sich die Vegetation langsam wieder. Ob du es glaubst oder nicht: Was du hier siehst, ist nichts im Vergleich dazu, wie es noch vor ein paar Monaten hier ausgesehen hat.

Ich nenne das eine Signatur – eine unverwechselbare Markierung, die durch die Öffnung des Portals entstanden ist. Wir können annehmen, dass die Energie aus diesem Reich durch das offene Portal nach außen gedrungen ist und hier ihre Spuren hinterlassen hat.« Sie sieht mich an.

»Das Gleiche passiert im Augenblick an dem Ort, an dem du gestern warst. Das Team ist gerade dabei, dort alles einzuzäunen.«

»Ist die Energie schädlich?« Meine Stimme klingt heiser. Ich hatte keine Ahnung, dass das passieren würde.

»Die Vegetation ist nachhaltig zerstört. Tiere und Menschen suchen das Weite – ansonsten leiden sie unter den Auswirkungen der Exponierung.«

»Welche Auswirkungen?«

»Kurzfristig sind das Kopfschmerzen, Reizbarkeit, Verwirrung, Übelkeit. Ähnlich wie das, was du letzte Nacht beschrieben hast. Um die langfristigen Auswirkungen zu ermitteln, analysieren wir noch die erhobenen Daten.«

»Wart ihr deswegen hier?«, frage ich Maia, die ein paar Schritte abseits steht.

»Ja. Eine Woche lang habe ich mich schrecklich gefühlt. Richtig mies. Wir waren alle hier, und allen ist es so gegangen.«

Ich schaue mich um, zu Low und dem halben Dutzend Leuten. Dann drifte ich ab, fühle mich benommen. Und *verantwortlich.*

Ich habe das Portal geöffnet.

Marcus und Jode kommen zu mir herüber.

»Wie geht es dir?«, erkundigt sich Marcus. Er lässt seinen Arm auf meine Schultern fallen und zieht mich an seine Seite, was dafür sorgt, dass vor meinen Augen alles verschwimmt.

»Abgesehen von der Tatsache, dass ich das unwissentlich alles angerichtet habe? Großartig.«

Jode steckt die Hände in die Taschen und zieht wegen der frischen Morgenluft die Schultern hoch. »Wahnsinn, oder?«

»Ja.«

»Keiner von uns hat das geahnt, Daryn.«

»Ich weiß.«

Gideon steht bei Low und Maia. Als er auf die Teton Range deutet, blitzt seine Handprothese im Sonnenlicht auf.

Ich brenne darauf, sie aus der Nähe zu sehen. Ich brenne darauf, *ihn* aus der Nähe zu sehen. Aber ich erwarte nicht, dass er auch zu mir herüberkommt, also sage ich einfach, was ich sagen muss.

»Ich habe die Sehergabe verloren, nach... nachdem wir das letzte Mal hier waren.« Ich schlucke die grimmige Emotion in meiner Stimme herunter. »Sie verschwand einfach, und ich wusste nicht, ob es richtig war, ohne sie nach Bas zu suchen. Und ich wollte es nicht vermasseln. Ich wollte nicht, dass einer von euch verletzt wird, auch nicht Gideon. Noch mehr verletzt, was ihn betrifft, meine ich. Auch wenn ich im Herbst nichts von seiner Hand und von Bas wusste. Ihr wisst, ich hätte *nie* – ich hätte nie zugelassen, dass das passiert ...«

Ich schwimme, aber Marcus rettet mich. »Schon gut, D.«

»Ihr müsst so wütend auf mich sein.«

Jode rollt mit den Augen. »Würden wir *dich* jemals absichtlich verletzen?«

»Vielleicht bist nicht *du* irre, sondern ... Gideon.«

Die beiden tauschen einen Blick. »Rede mit ihm«, rat Jode.

»Ich kann mir nicht vorstellen, was das bringen sollte.« Trotzdem fügt sich langsam etwas in mir zusammen. Das ist ein guter erster Schritt – zumindest was Jode und Marcus betrifft. Plötzlich durchströmt mich Optimismus. Ich möchte die Lücke der letzten acht Monate gern füllen. »Du hast gut ausgesehen, Marcus.«

Er lächelt. »Du meinst vorhin?«

»In deiner Uniform, bei der Abschlussfeier in Georgia.«

»Also heute nicht?«, frotzelt er.

»Doch, heute auch. Aber an diesem Tag ganz besonders.«

»Hör auf, Daryn, ich bitte dich. Sonst reden wir den ganzen Tag von nichts anderem.« Das Lächeln verschwindet aus Jodes Augen, als er an mir vorbeischaut.

»Hier kommt unser Marschbefehl.«

Natalie Cordero kommt sicheren Schrittes auf zerbrechlichen Absätzen in unsere Richtung. Sie hat eine dunkle Sonnenbrille aufgesetzt, und es verunsichert mich, dass ich ihre Augen nicht sehen kann. »Ganz schön beeindruckend, nicht wahr?«, meint sie. »Ich wollte dir das zeigen, damit du eine Vorstellung davon bekommst, welche Auswirkungen es hat, die Kluft zu betreten.«

»Die Kluft?«

»Das Wort hast du letzte Nacht mehrmals zur Beschreibung des Splitterreichs verwendet. Meinem Team hat es gefallen, und wir brauchten ohnehin einen Namen dafür. Sie haben auch eine Abwandlung der Adjektive eingeführt, mit denen du die Kreatur geschildert hast. Sie nennen sie Gräusling.«

Aha. *Deine* Beschreibung. Und *mein* Team. Ich höre, was sie nicht sagt – und zwar laut und deutlich.

Cordero nimmt ihre Sonnenbrille ab und steckt sie in die Jackentasche. »Daryn, ich weiß, dass du weiter nach Sebastian suchen willst. Aber wie du siehst, können wir das hier nicht durchführen, ohne die Umwelt massiv in Mitleidenschaft zu ziehen – ganz zu schweigen von der Gefahr, die entstehen würde, falls einige der Gräuslinge entkommen sollten. Wir brauchen einen sichereren Ort, an dem die Signatur nicht so auffällt und an dem wir versteckte Verteidigungskräfte in Position bringen können.

Meine Analysten empfehlen ein Gebiet in der Wüste von

Nevada. Es werden keine Veränderungen in der Landschaft zu erkennen sein – im Gegensatz zu diesem Ort hier. Und es ist bereits Regierungseigentum, also sicher. Im Moment wird es gerade eingezäunt. Bis wir dort eintreffen, ist alles vorbereitet.«

Ich versuche zu begreifen, was sie gerade gesagt hat. »Sie wollen alles nach Nevada verlegen?«

»Ich werde alles nach Nevada verlegen. Es passiert bereits.« Sie schaut auf ihre Armbanduhr. »Wir fliegen in zwei Stunden.«

»Dann wünsche ich einen guten Flug. Ich gehe nirgendwohin, bevor ich Schatten nicht gefunden habe.«

»Wir haben sie gefunden. Das heißt, sie kam von selbst zurück zur Ranch, und wir konnten sie in eine Box verfrachten. Sie wurde vor zehn Minuten zum Flughafen gebracht und ins Flugzeug verladen.«

»Sie ist – *was*? Was haben Sie mit ihr gemacht?« Ich kann nicht glauben, was ich da höre. »Sie können sie doch nicht einfach in ein Flugzeug stecken! Sie ist traumatisiert!«

Cordero drückt den Rücken durch. »Zuerst hat sie sich gewehrt, aber jetzt ist sie unversehrt an Bord und bereits unterwegs.«

»Sie lassen sie ohne mich fliegen?«

Ich glaube, ich muss den letzten Satz geschrien haben – denn Isabel und Gideon eilen herbei, und der Rest von Corderos kostbarem Team hält inne und hört zu.

»Es ist nur ein kurzer Flug, und du wirst kurz nach ihr eintreffen«, entgegnet sie. »Sobald wir alle in Nevada sind, können wir uns neu formieren.«

Ich bin sprachlos vor Wut. Schatten ist mir inzwischen so nah wie meine eigene Seele. Wenn ich in den vergangenen Monaten eines richtig gemacht habe, dann das: Ich habe Sebastians Pferd beschützt.

»Was ist los?«, will Gideon wissen, als er zu uns tritt, die blauen Augen zusammengekniffen. Zum ersten Mal fühlt es sich an, als würde er mich sehen. Als würden wir einander sehen.

»Es geht um Schatten«, sagt Jode und klärt ihn auf.

Ein übles, panikartiges Gefühl überkommt mich. Ich unterbreche ihn.

»Wo ist die Kugel?« Ich weiß, wo sie sein sollte – dort, wo ich sie letzte Nacht verstaut habe, in meinem Rucksack in der Truhe in der Hütte. In zwei Teilen. Wie konnte ich sie bloß dortlassen?

»Sie ist in Sicherheit«, sagt Cordero. »Es kann nichts passieren.«

»*Sie* haben sie an sich genommen? Sie haben meine Sachen durchsucht?«

»Ich konnte ein so mächtiges und wichtiges Objekt nicht ungeschützt lassen. Sie ist in Sicherheit. Viel sicherer als dort, wo wir sie gefunden haben.«

»Wofür halten Sie sich?« Ich habe das Gefühl, gerade all meine Kraft abgegeben zu haben. Nein, nicht abgegeben – sie ist mir *genommen* worden. »Sie können nicht einfach hier auftauchen und tun, was Sie wollen!«

»Ich versuche nur, unseren nächsten Rettungsversuch so schnell wie möglich zu planen und durchzuführen. Ein Menschenleben steht auf dem Spiel, Daryn. Jede Sekunde zählt.«

Was kann ich dazu schon sagen? Schließlich bin ich das

Mädchen, das acht Monate gewartet hat, bis es etwas unternommen hat.

»Dann sollten wir besser aufbrechen.« Ich entferne mich, kann nur an Schatten denken.

Ich muss wieder zu ihr.

Wir halten kurz bei der Hütte, um zu packen.

Ich suche meine Sachen zusammen und stopfe sie zusammen mit dem Tagebuch und den Briefen an meine Familie in den Rucksack. Während meiner Zeit als Seherin habe ich mich so sehr daran gewöhnt, mit dem Allernötigsten auszukommen, dass ich nur wenig besitze: nur Dinge, die eine Bedeutung haben.

Die Kugel *hat* eine Bedeutung – und sie sollte hier bei meinen Sachen sein.

Eine Welle der Wut auf Cordero durchspült mich, aber ich ziehe den Reißverschluss des Rucksacks zu, hänge ihn mir über die Schulter und zucke zusammen, als er gegen meinen unteren Rücken prallt.

Als ich mich in meinem winzigen Zimmer umsehe, überkommt mich eine Art verfrühtes Heimweh.

Ich werde nie mehr hierher zurückkommen. Irgendwie weiß ich es, und dieses Wissen macht mich wehmütig. In diesen vier Wänden bin ich unglaublich traurig gewesen, aber sie haben mich auch beschützt. Dieses Zimmer hat meine Trauer in Grenzen gehalten – und dafür bin ich dankbar.

Ein leises Klopfen an der Tür, dann kommt Isabel mit einem traurigen Lächeln auf dem Gesicht herein. Ein paar Sekunden stehen wir schweigend da. »Ich muss hierbleiben«, sagt sie dann.

»Oh.« Sie lässt mich nur deshalb allein, weil ihre Sehergabe es ihr mitteilt. Weil sie anderswo gebraucht wird. Nicht bei mir. Aber das ändert nichts daran, wie ich mich fühle. Haltlos. Abgeschnitten. Ohne sie und ohne Schatten gibt es nichts, woran ich mich klammern kann, und obwohl ich ein Jahr lang allein durch die Welt gezogen bin, versetzt mich der Gedanke an diese Einsamkeit plötzlich in Angst.

»Hältst du es wirklich für eine gute Idee, mich unbeaufsichtigt mit Cordero allein zu lassen?« Mein Versuch, einen Scherz zu machen, scheitert kläglich. Isabel weiß genau, wie schwer das für mich ist.

»Natalie ist auf deiner Seite, Daryn. Lass es zu, dass sie dir hilft.« Sie legt ihre Hände auf meine Schultern. »Und du hast die Jungs …«

»Hab ich nicht.«

»Doch, hast du. Sie sind bei dir. Aber vergiss nie, dass *du* weißt, was du tust.«

»Wirklich? Weiß ich, wie man Dutzende gruseliger Kreaturen ohne Augen bekämpft?«

»Du brauchst nicht zu kämpfen. Kämpfen ist nicht die Antwort.«

»Du hast dieses Ding nicht gesehen. Es war böse. Damit freundet man sich nicht an.«

»Du musst ihm keine Freundschaft anbieten, Daryn. Das Böse vernichtet sich selbst.«

»Du meinst, sie sehen plötzlich ein, dass sie ein Irrtum sind? Das glaube ich nicht.«

Isabel seufzt und lächelt dann. »Hör auf dein Herz. Bete dafür. Du wirst wissen, was richtig ist.«

Jode ruft aus dem Wohnzimmer und teilt mir mit, dass sie fertig zur Abfahrt sind.

»Geh«, sagt Isabel. »Und hab Vertrauen, auch wenn es schwerfällt. *Besonders*, wenn es schwerfällt.«

Ich umarme sie rasch. Dann nehme ich mein Gepäck und eile nach draußen.

Vertrauen? *Wem* soll ich vertrauen?

Ich hätte fragen sollen.

10
Gideon

Unser Privatflugzeug ist noch etwa zehn Minuten entfernt, als wir am Flughafen ankommen; das Team verteilt sich in dem kleinen Terminal und wartet. Die letzten Tage waren sehr anstrengend, und wir sind alle müde. Niemand lässt sich die Chance entgehen, seinen Gedanken nachzuhängen oder ein paar Minuten zu schlafen.

Ich will mich zu Marcus und Jode setzen, als ich sehe, dass Daryn die Damentoilette betritt.

Ich sollte zu ihr gehen und mit ihr reden. Reinen Tisch machen. Je eher, desto besser.

»Die Herrentoilette ist da drüben, G«, teilt Marcus mir mit.

»Aber Daryn ist nicht auf der Herrentoilette«, klärt Jode ihn auf.

Marcus' Augenbrauen wandern nach oben. »Ohhh.«

»Na los, setzt euch in Bewegung und behaltet die Tür im Auge«, weise ich sie an. »Und haltet den Mund. Haltet ihn schon mal präventiv über alles, was ihr in den nächsten zehn Minuten seht oder auch nicht seht.«

Als ich hineingehe, steht Daryn über das Waschbecken gebeugt und spritzt sich kaltes Wasser ins Gesicht. Sie zeigt keine Reaktion, als sie mich sieht, nimmt sich nur ein Papierhandtuch und trocknet sich ab.

»Äh … hast du dich verlaufen?«, fragt sie. Ihre Augen sind rot – schwer zu sagen, ob sie geweint hat oder einfach nur müde ist.

»Nein.« Ich hole den Tape-Verband und das Desinfektionsmittel aus der Tasche, das ich zuvor aus einem Verbandskasten genommen habe. Es war schlau von ihr, sich das Flanellhemd um die Taille zu binden. Auf dem Karomuster konnte man die Blutflecken nur erkennen, wenn man genau hinsah. Ich habe genau hingesehen.

Daryn schaut zur Tür.

»Es wird niemand reinkommen.«

Ihre Schultern entspannen sich. Langsam löst sie die verknoteten Ärmel des Hemdes und legt es auf das Waschbecken.

Ich stelle mich hinter sie, lege das Verbandszeug auf die Ablage.

Das graue T-Shirt, das sie trägt, klebt an der Wunde fest, als sie versucht, es hochzuheben. »Kannst du …?«

»Ja, ich hab's.« Sie stützt sich auf dem Waschbecken ab und kneift die Augen zusammen, als ich den Stoff vorsichtig ablöse.

Ich kann meine Bestürzung kaum unterdrücken: Drei Schnittwunden verlaufen seitlich über ihren unteren Rücken, wo sich das Rückgrat krümmt. Sie sind tief. Böse.

Sofort bin ich es ebenfalls. Sie musste mit dieser Art von Gefahr fertigwerden. Ich war nicht da, um ihr zu helfen. Keiner von uns war da. Es war nicht richtig.

Ich atme tief durch und versuche, mich abzuregen. Im Moment kann ich nichts daran ändern, nur die Wunde behandeln. Aber wenn die Zeit gekommen ist, wird die Person oder das Wesen, das ihr das angetan hat, dafür büßen.

Mir fällt auf, dass senkrecht zu den Schnitten blasse Narben verlaufen, schwache Linien auf ihrer bronzefarbenen Haut. Daryn erzählte mir, woher sie stammen – von ihrer Flucht aus der psychiatrischen Einrichtung, in der sie landete, als sie ihre ersten Visionen hatte. Sie hat in den letzten paar Jahren wirklich verdammt viel durchgemacht. Und war dabei fast immer ganz auf sich allein gestellt.

»Ist es schlimm?«, will sie wissen.

Ich räuspere mich. »Auf einer Skala von eins bis zehn vermutlich eine Fünf.«

»Werde ich überleben?«

Unsere Blicke treffen sich im Spiegel. »Ja, wirst du.«

Ich wische ihren Rücken mit ein paar sauberen Papiertüchern ab und stille dann die Blutung mit Mullbinden. Da ich direkt hinter ihr stehe, kann sie Robohand nicht sehen, aber ihr surrendes Geräusch wirkt lauter als sonst, und es nervt. Ich benutze sie so wenig wie möglich und reiße die Verpackung des Tape-Verbands und der Mullbinde mit den Zähnen auf.

Als ich die Schnittwunden behandle, bemerkt ein ganz anderer Teil meines Bewusstseins ganz andere Dinge – zum Beispiel die weiße Spitze, die über dem Bund ihrer Jeans hervorschaut. Die Gänsehaut auf ihrem Rücken und all die verschiedenen Rundungen ihres Körpers. Der saubere, blumige Duft ihres Haars lässt das Herz in meinem Brustkorb gegen die Rippen schlagen.

Ich werde all diese Details zu einem späteren Zeitpunkt erneut betrachten, ganz bestimmt. Und oft.

Als ich das Desinfektionsmittel auftrage, lässt Daryn den Kopf nach vorne sinken und lacht unsicher. »Hast du fünf gesagt? Es tut weh wie zehn.«

»Fünf war nur eine vorläufige Einschätzung, bis ich es mir besser ansehen konnte. Sieben Komma fünf – das ist die offizielle Diagnose.« An mehreren Stellen gehen die Schnitte bis ans Muskelgewebe. Wenn ich an ihrer Stelle wäre, würde ich jetzt aufheulen. Würde die Wände hochgehen und betteln, von meinem Leiden erlöst zu werden. »Aber die gute Nachricht ist, dass es nicht genäht werden muss, wenn du den Verband trägst.«

»Ich verspreche, dass ich ihn nicht abreißen werde.« Ich weiß, dass sie lächelt, aber ich halte den Kopf gesenkt. Konzentriere mich auf meine Aufgabe. Sie spricht weiter. »Kann ich dich etwas fragen? Wie kannst du mit Cordero arbeiten? Sie ist so penetrant.«

»So schlimm ist sie nicht. Sie kann sehr starrköpfig sein, aber sie hat das Herz am rechten Fleck. Ich weiß, dass sie mit Schatten Mist gebaut hat, aber ich glaube, sie fühlt sich auch nicht gut deswegen.«

»Woher willst du das wissen? Hat sie jemand vom Team abgestellt, um an ihrer Stelle Gefühle zu empfinden?«

»Quatsch. Manchen Leuten fällt es eben einfach schwer, sich zu entschuldigen. Sie zeigen es eher durch das, was sie tun.«

»Sie *zeig*schuldigen sich?«

»Genau.«

»Ich glaube, ich kenne auch so jemanden.«

»Oh, unbedingt. Marcus ist der Schlimmste. Er würde lieber seinen Schuh essen, als sich zu entschuldigen.«

Daryn lacht. »Seltsam – ich kann mich überhaupt nicht daran erinnern, dass er so ist.« Sie legt ihre Haare über die Schulter, dreht sie auf diese typische Art zu einem Knoten und verlagert ihr Gewicht. »Wir beide haben wirklich eine Geschichte, was Badezimmer betrifft.«

Der Tape-Verband rutscht mir fast aus der Hand.

Das erwähnt sie *jetzt*?

Das letzte Mal sind wir in Rom gemeinsam in einem Bad gewesen – und da haben wir uns geküsst. Und wie. Das erste und einzige Mal, dass das passiert ist. Ich habe keine Ahnung, warum sie das jetzt erwähnt, und will es auch gar nicht wissen.

»Ja, stimmt«, sage ich, als hätte ich es ganz vergessen. »Okay. Fertig.« Ich klaube die Abfälle zusammen und werfe sie in den Mülleimer.

Sie dreht sich zu mir um, und ich stecke Robohand in die Hosentasche. Diese Blockade, die ich in ihrer Gegenwart bezüglich meiner Prothese habe, wird allmählich langweilig. Ich bin nicht befangen deswegen – war es nie, selbst dann nicht, als ich sie bekam.

Daryn krümmt den Rücken, testet den Verband, den ich angelegt habe. »Danke.« Ihr T-Shirt ist noch immer hochgezogen, und meine Selbstkontrolle greift nicht schnell genug, um zu verhindern, dass ich einen Blick riskiere. Ihr Bauch ist nackt und glatt. Unglaublich. Einfach … unglaublich.

»Es tut gerade noch mehr weh, was wahrscheinlich ein gutes Zeichen ist, oder?«

Zeichen. Tut weh. Wunde – ihre Wunde.

»In ein paar Stunden dürfte es aufhören. Ich sehe es mir später noch mal an und wechsle den Verband.«

»Klingt gut. Danke.«

»Keine Ursache.« Hast du gerade »keine Ursache« auf etwas geantwortet, das du noch gar nicht getan hast?

»Am besten solltest du dir ein sauberes T-Shirt anziehen.«

Ihr linker Mundwinkel hebt sich. »Das mache ich, sobald du verschwunden bist.«

Lass dich von mir nicht aufhalten. Mach nur weiter. »Okay.«

Ich sehe mich kurz im Spiegel und würde am liebsten mit dem Kopf dagegenschlagen. Ich sehe bescheuert aus. Teilweise, als wolle ich sie anspringen, teilweise, als würde ich den spektakulärsten Sonnenuntergang betrachten, den ich je gesehen habe. Zeit, das in den Griff zu kriegen. »Daryn, wir müssen es hinkriegen, zusammenzuarbeiten. Um Bastians willen. Wir müssen professionell sein. Anständig. Wir sollten die Vergangenheit ruhenlassen.«

»Unbedingt.« Sie nickt. Zieht die Augenbrauen zusammen. »Professionell und anständig. Selbstverständlich.«

»Gut.« Da das jetzt geklärt ist, mache ich, dass ich rauskomme.

Abgesehen davon, dass ich mich ein paarmal angehört habe wie ein Idiot, habe ich das Ganze viel besser gemeistert als gestern. Kein Geschrei und keine bescheuerten Vorwürfe. Nur das getan, was ich mir vorgenommen hatte. Auftrag erfolgreich ausgeführt.

Draußen vor der Damentoilette fährt sich Marcus mit der Hand übers Kinn. »Mensch, Blake.« Er schüttelt den Kopf.

»Was?« Ich schaue von ihm zu Jode. *»Was?«*

Jode lacht sein typisches Psycholachen, das klingt, als hätte er Schluckauf.

»Du bist echt ein Idiot.«

Da wir einem Unwetter ausweichen müssen, dauert der Flug etwas länger als geplant. Nach einer Stunde und zwanzig Minuten setzen wir auf einer Landebahn in einer *Playa*, einer

Salztonebene, auf – eine weite, vollkommen flache Wüstenlandschaft, eingerahmt von niedrigen Bergen. Als wir zum Terminal ausrollen, sehe ich unseren Stützpunkt – eine Reihe von Wohnwagen, Sattelschleppern und Lastern. In der Mitte entsteht ein Gebäude aus Containermodulen. Männer tragen große, leichte Alupaneele, die in der Sonne aufblitzen – wie Ameisen, die Blätter in ihren Bau bringen. Dann sehe ich ein Flugzeug am anderen Ende der Rollbahn.

Schatten ist da drin.

Ein paar Sitze weiter schaut Daryn ebenfalls aus dem Fenster, beinahe regungslos.

Als ich von Bord gehe, erwartet das MIT-Trio mich schon.

Soraya reicht mir ein Funkgerät. »Schrei einfach, wenn du irgendwas brauchst.«

»Danke.« Ich stecke das Gerät in die Tasche. Eine kühle Brise trägt den schwachen Geruch von Schwefel heran.

»Oder drück auf den Knopf und sag uns, was du brauchst«, ergänzt Ben. »Das Ding hat eine Reichweite von einer Meile. Es geht ja darum, dass du *nicht* schreien musst!« Er lacht viel zu lange, und seine Schultern zucken, als würde er einen Presslufthammer bedienen.

»Wir sind echt müde«, sagt Sophia.

Soraya nickt zustimmend. »Erhebliches Schlafdefizit.«

Ich danke ihnen und trabe hinter Marcus, Daryn und Jode her, die bereits die Hälfte des Wegs zu dem anderen Flugzeug zurückgelegt haben.

Daryn sieht mich kommen und runzelt die Stirn. »Wo gehen die anderen alle hin?«

»Weg«, antwortet Jode. »Um es Schatten leichter zu machen.«

Sie schaut Marcus mit zusammengekniffenen Augen an. »Habt ihr das arrangiert?«

»Das war G, während du gepackt hast.«

»Wir alle.« Ich deute mit dem Kopf auf die Jungs. »Sie sind mitgekommen, um mit Cordero zu sprechen.«

Jode zuckt die Schultern. »Aber es war deine Idee. Marcus und ich haben einfach nur dagestanden. Geredet hast du.«

»So ist es. Wir haben dir nur Rückendeckung gegeben.« Marcus nickt ein paarmal.

Ich informiere sie telepathisch, dass ich ihnen bei nächster Gelegenheit in den Hintern treten werde. »Schatten bekommt einen Stall neben deinem Wohnmobil«, teile ich Daryn mit. »Er wird gerade am Rand des Camps aufgebaut, so weit wie möglich entfernt von den Generatoren, wo es hoffentlich ruhiger ist. Es sollte helfen … zumindest etwas.«

Sie sagt nichts. Ich frage mich, ob sie denkt: *Zeigschuldigung.*

Ich frage mich auch, ob es funktioniert und ob ich die Latte, die wir für professionelles und anständiges Verhalten aufgelegt haben, nicht reißen werde.

Als wir uns der Ladeluke nähern, erinnere ich mich an Schatten und Bas in der Maschine, mit der wir letzten Herbst nach Rom geflogen sind. Beide groß und spindeldürr. Bas mit dem dämlichen Grinsen im Gesicht, das er immer in Gegenwart seines Pferdes aufsetzt, und dann sein Spruch: *Du kannst ein Pferd nach Rom bringen, Gideon. Aber du kannst es nicht dazu bringen, jeden Tag zu trinken.* Völlig trocken und beiläufig. Ich weiß nicht, wieso Bas mich so oft zum Lachen gebracht hat. Er hat mich einfach ständig überrascht.

Bas und Schatten waren die Ersten, die eine Verbindung eingingen. Er war uns anderen immer ein paar Schritte voraus, ohne sich jedoch darum zu bemühen. Die Dinge schienen ihm einfach zuzufallen, als würde er sich durch das Leben improvisieren, immer problemlos eine Lösung finden. Deshalb weiß ich auch, dass er noch lebt. Bas ist von uns allen am wenigsten tödlich, aber dafür ein echter Überlebenskünstler.

Als ich lautes, angestrengtes Schnaufen aus dem Flugzeug höre, bleibe ich stehen. Schatten. Es klingt, als würde sie hyperventilieren.

»Bleibt draußen und haltet die Rampe frei«, weist Daryn uns an. Sie sprintet los und verschwindet in der Dunkelheit der Ladeluke.

Sekunden vergehen. Eine volle Minute.

Vor dem Hintergrund der gleißenden Playa kann ich in dem dunklen Frachtraum nichts erkennen.

»Sollen wir ihr hinterher?«, frage ich Jode.

Aber dann höre ich endlich Daryns Stimme. »Schon gut, mein Mädchen. Alles in Ordnung. Wir sind unter uns. Die Jungs sind gekommen, um dich zu sehen. Gideon, Marcus und Jode. Sie warten draußen.«

Die langen schwarzen Beine von Schatten tauchen aus der Dunkelheit auf. Sie zittern, bewegen sich ganz vorsichtig vorwärts. Dann erscheinen ihre kräftige Brust und der lange Hals im Sonnenlicht.

Ich habe sie vermisst. Aber das ist nicht das Pferd, das ich kenne.

Die Stute wirkt gebrochen. Ihre Augen schauen unruhig, wild. Die Ohren sind angelegt, als sei sie kampfbereit. Schaum tropft aus ihrem Maul. Von ihren Beinen steigen kaum Rauchfähnchen auf.

Als sie uns sieht, bleibt sie mitten auf der Rampe stehen und fängt an zu wiehern.

Daryn ist direkt neben ihr – menschliche Schulter neben Pferdeschulter.

»Sucht sie Bas?«, frage ich.

»Nein«, antwortet sie. »Sie weiß, dass er nicht hier ist. Ich glaube, sie sucht eure Pferde.«

Ohne nachzudenken, rufe ich Rebell. Er flammt auf, steigt drei Meter vor mir aus dem Boden auf – das einzige Wesen weit und breit, das heller leuchtet als die Wüste. Bis Jode Luzian ruft. Der weiße Hengst manifestiert sich wie ein blitzender Pfeil, der aus dem Boden schießt. Schwerer Körperbau, wie Rebell, aber mehr Lichtblitze und weniger Wut. Sofort danach erscheint auch Ruin, die Stute von Marcus. Sie wirbelt in die Höhe, oben wie Goldstaub und bronzefarbene Asche – das perfekteste Pferd der vier, wie geschaffen für Schnelligkeit und Kraft. Wunderschön.

Einen Moment lang stehen wir neben unseren Pferden. Ruin wiehert leise; Luzian stampft zweimal auf und Rebell schaut mich an, als wolle er sagen: *Nur die Ruhe. Wir machen das schon.*

Schatten bewegt sich weiter die Rampe hinunter; noch immer leicht panisch, setzt sie zitternd einen Fuß vor den anderen, Daryn dicht neben ihr. Schließlich erreichen sie uns.

»So war sie die ersten zwei Monate, nachdem Bas nicht mehr da war«, erklärt Daryn und streicht über Schattens Hals. »Ganz am Anfang war es sogar noch schlimmer. Aber mit der Zeit hat es sich gebessert, zumindest in meiner Gegenwart.«

»Kannst du sie reiten?«, erkundigt sich Jode.

»Ja, aber sie kann nicht zusammenfalten. Wir haben beide etwas verloren an diesem Tag. Mehr als nur Bas.«

Ich weiß, dass Daryn ihre Sehergabe meint. Jode hat mir erzählt, dass sie keine Visionen mehr hat und dass dies der Grund ist, warum sie so lange mit der Suche nach Bas gezögert hat. All diese Monate des Wartens ergaben plötzlich einen Sinn.

Letztes Jahr, als mein Dad starb, war ich siebzehn. Machte bereits eigene Pläne für mein Leben. Aber wenn wichtige Entscheidungen anstehen, vermisse ich es, mit ihm reden zu können. Seine Meinung zu hören. Jemand, von dem ich weiß, dass er mir die richtige Richtung zeigt. Daryn hat nicht die Stimme ihres Vaters verloren, sondern eine Gottesgabe, und das lässt sich nicht vergleichen. Überhaupt nicht. Das ist eine ganz andere Ebene. Trotzdem ist es ein Verlust, den ich nachvollziehen kann.

Mein Funkgerät zirpt. »Blake, was soll das mit der Pferdeshow?«, will Suarez wissen. »Cordero ist stinksauer. Sie sieht schon fast aus wie Rebell. Ihr hattet nicht die Erlaubnis …«

Ich drücke auf den Knopf. »Suarez … Rauschen … kann nicht … Over.« Ich drehe die Lautstärke komplett herunter und stecke das Gerät wieder in die Tasche. »Was hast du vor, Daryn?«

»Ich glaube, wir können zum Stall reiten, wenn wir einen großen Bogen um das Camp machen.«

»Okay. Dann los.«

Wir steigen auf und lassen das Flugzeug mit offener Ladeluke hinter uns.

Schatten ist den ganzen Weg übernervös, wirft den Kopf hin und her und scheut wie ein Rennpferd vor der Startbox. Die anderen Pferde werden ebenfalls unruhig. Rebell will die ganze Zeit zusammenfalten und fliegen, und ich habe Mühe, ihn davon abzuhalten.

Als wir ankommen, führt Daryn Schatten langsam in den Stall. Dutzende von Leuten schauen aus der Entfernung zu.

Als Schatten und Daryn drinnen und endlich nicht mehr zu sehen sind, springt Rebell unter mir hoch, und wir heben ab. Ich kann mich kaum festhalten, falle fast nach hintenüber. Ruin und Luzian sind genauso drauf: Beide Pferde jagen hinter uns her über die Playa, direkt in ein flaches, weites Nichts.

Jode und Luzian falten zuerst zusammen, verwandeln sich in strahlendes Licht und schießen über den blauen Himmel. Dann verschwimmen Marcus und Ruin zu einem Strom aus bronzefarbener Asche. Rebell und ich sind die Letzten. Eine Eruption aus Flammen reißt mich aus meinem physischen Körper, verwandelt mich in Feuer. Dann schießen wir über die weiße Erde.

Die Wüste, das Camp und die Berge entfernen sich und werden immer kleiner, je schneller wir sind. Ich hole Jode und Marcus ein, und wir beschleunigen auf Höchstgeschwindigkeit, trotzen Schall und Erdanziehung, stürmen vorwärts, ohne etwas zu spüren.

Wir steigen immer höher.

Wenn ich so mit Rebell unterwegs bin, kann mich nichts aufhalten, und ich bin unsichtbar. In meinem Innersten weiß ich, dass Gott ihn mir gegeben hat – einen Verbündeten, Mentor und Freund. Ich habe Rebell dafür bekommen, dass ich die Last tragen muss, Krieg zu sein. Weil ich ein rotglühendes Temperament habe, das ich ständig unter Kontrolle halten muss. Mit Rebell spüre ich die Gnade Gottes. Ich fühle mich vollständig – auf eine Art, die nur Jode, Bas und Marcus wirklich verstehen können.

Und vielleicht Daryn. Ich frage mich, ob sie dieses Gefühl der Vollständigkeit als Seherin hatte, ob sie es zusammen mit der Sehergabe verloren hat.

Brutal.

Genauso wie Bas. Ohne Schatten hat er dieses Gefühl schon lange nicht mehr.

Glaubst du, Sebastian geht es auch so? Wo auch immer er jetzt ist, in der Kluft. Glaubst du, er hat genau solche Angst wie Schatten? Ist er genauso gebrochen?

Es sind sowohl meine Gedanken als auch die von Rebell. Aber ich weiß, dass wir *alle* es denken. Jode und Marcus auch. Luzian und Ruin. Wir alle empfinden diese Sorge, können nichts dagegen tun, haben keine unmittelbare Möglichkeit, jemanden zu erreichen, der uns braucht. Wir tun es, damit wir uns besser fühlen.

Wir fliegen.

Fast funktioniert es.

11
Daryn

Als ich aus dem Stall komme, nachdem ich Schatten versorgt habe, wartet Maia schon auf mich.

»Geht es ihr gut?«, erkundigt sie sich und rückt beim Gehen ihr Maschinengewehr gerade, das sie umgeschnallt auf dem Rücken trägt. Allmählich glaube ich, es ist ihr Äquivalent zu meinem Notizbuch.

»Es wird ihr erst dann gutgehen, wenn wir Bas finden, aber unter den gegebenen Umständen ist sie in Ordnung, ja.«

»Sie ist so hübsch und cool. Von allen vier Pferden ist sie mein Favorit. Aber sag es nicht Marcus.«

»Sie ist dein Favorit?« Ich lächle. »Danke. Meiner auch. Und ich sage nichts.«

Maia begleitet mich zu einem Meeting in der Kommandozentrale, das Cordero einberufen hat. Unterwegs zeigt sie mir die einzelnen Abschnitte von Cordero City – meine Bezeichnung, nicht ihre. Es gibt Wohnbereiche, wo die Camper aufgestellt sind – auch der, den Maia und ich uns teilen werden, wie sie mich wissen lässt. Dann folgt der Versorgungsabschnitt, in dem Sattelschlepper mit Lebensmitteln geparkt sind und die Generatoren in der Stille der Wüste brummen. Aber das wirkliche Highlight ist die Konstruktion in der Mitte, zu der wir unterwegs sind – eine Art Luxusbunker zum Selbstaufbau.

Es ist der größte Bau hier draußen, errichtet aus Stahlträgern und Elementen, die aussehen wie schwere Leinwand, und bedeckt von einem Metalldach, das so hell glänzt wie die Sonne. Es sieht modern und teuer aus, wie aus einem Science-Fiction-Film. Und ich kann es sofort nicht ausstehen.

Ich weiß nicht, warum wir das alles brauchen. Wir benötigen nur die Pferde und die Kugel – die sich in Corderos Besitz befindet. Was ich noch weniger ausstehen kann.

Der Riese Travis Low steht am Eingang, ein Stück Kautabak unter der Unterlippe. Mir fällt gar nicht auf, dass ich frustriert den Kopf schüttle, bis er mir die Tür aufhält und sagt: »Zeig's ihnen, wer immer sie sind.«

»Genau.« Maia zeigt mit dem Daumen auf mich. »Wir sind Freundinnen *und* wohnen zusammen, also kann mir nichts passieren.«

»Solange du nicht schnarchst«, entgegne ich.

Das gefällt Low. Er setzt ein Grinsen auf und hält mir die geballte Faust hin. Ich stoße meine dagegen, und es fühlt sich an, als hätte ich einen Zementblock gerammt.

Im Luxusbunker stecken irgendwelche Leute noch immer Verlängerungskabel ein, installieren Laptops, Drucker und sonstiges Equipment. Ein jaulender Akkuschrauber dreht Schrauben fest. Alle sind in ihre Arbeit versunken, sehen nichts außer dem, was sich direkt vor ihrer Nase befindet.

In der Mitte des Raums hat man ein paar Tische zusammengeschoben. Cordero sitzt am Kopfende und spricht langsam und methodisch zum gesamten Team, als würde sie eine Präsentation vor einem Firmenvorstand abhalten. Sie bemerkt, dass ich mich auf den leeren Stuhl zwischen Marcus und Maia setze, redet aber ohne Pause weiter.

Nein, nein. Warte nicht auf mich, Cordero. Ich bin ja bloß die Einzige, die uns in die Kluft führen kann.

Mach einfach weiter.

Ich höre eine Weile zu. Sie referiert über den Standort des Camps.

Was vom Wetter zu erwarten ist – warme Tage, kalte Nächte. Wind. Möglicherweise vereinzelte Gewitter. Bla, bla, bla, wir fahren nicht in Urlaub, also warum ist das wichtig? Sie beschreibt die Sicherheitsvorkehrungen. An allen Hauptzugängen zum Tal sind Teams postiert; Drohnen werden den Rest des Geländes überwachen. Wir brauchen uns wegen der Flugzeuge keine Sorgen zu machen, da dieses Stück Land zu einer Luftwaffenbasis hundert Meilen weiter südlich gehört. Vielleicht bin ich verrückt, aber ich habe mir gar keine Sorgen gemacht.

Sie ist eindeutig stolz auf diesen Ort. Darauf, das Ganze auf die Beine gestellt zu haben.

Ich gebe mir Mühe, interessiert auszusehen. Ich *sollte* interessiert sein. Aber die Tatsache, dass dieses Meeting ohne mich angefangen hat und mit mir oder ohne mich stattgefunden hätte, macht es nicht gerade einfach.

Meine Gedanken wandern zu Isabel. Ob sie jetzt wohl in der Hütte ist? Auf der Ranch kellnert? Sich auf dem Weg nach Peru oder zu einer anderen Aufgabe als Seherin befindet?

Dann wandern sie zu Gideon, der mir am Tisch gegenübersitzt und mit seinem Stuhl kippelt.

Ich hatte noch keine Gelegenheit, ihn richtig anzusehen,

aber jetzt, da wir eine Art Frieden geschlossen haben, kann ich es riskieren.

Er trägt eine schwarze Baseballkappe verkehrt herum. Sein honigblondes Haar ist so lang, dass es unter der Kappe hervorschaut und seine Ohren bedeckt; seine Nase ist rosarot von einem leichten Sonnenbrand. Seine Schultern scheinen in den letzten Monaten muskulöser geworden zu sein. Breiter. Nicht stämmig, aber definitiv kräftiger. Das und die neu dazugewonnenen Erfahrungen sorgen dafür, dass er älter wirkt.

Ich frage mich, ob er läuft oder Gewichte stemmt, und wenn ja, ob es mit seiner Handprothese schwerer ist oder keinen Unterschied macht.

In seiner Gegenwart habe ich schon immer das Gefühl gehabt, dass er größer ist als der Raum, den er einnimmt – daran hat sich nichts geändert. Manche Menschen haben eine solche Präsenz. Sie fallen auf, ohne sich darum zu bemühen. Eine Art Urvertrauen, glaube ich. Er wirkt, als habe er nie das Bedürfnis, jemand anders zu sein als er selbst.

Während ich ihn betrachte, werden Gideons Augenlider langsam schwerer. Verlangen flammt in mir auf und beschleunigt meinen Puls; so war es auch, als er meinen Rücken verarztet hat. Er *versucht* nicht, sexy auszusehen – es ist einfach so. Als er ein Gähnen unterdrückt, muss ich unwillkürlich lächeln.

Bis seine blauen Augen zu mir herüberwandern.

Ich schaue an ihm vorbei, als sei das, was die Akkuschrauber dahinten machen, echt interessant.

Anständig und professionell, Daryn. Anständig und professionell.

Cordero lässt sich noch immer über das »Camp« aus –

als würden wir bald in Kanus den Fluss entlangpaddeln und Marshmallows grillen. »Niemand geht nach Einbruch der Dunkelheit allein irgendwohin. Die Campbeleuchtung bleibt die ganze Nacht eingeschaltet, aber diese Playa ist hundertzwanzig Quadratmeilen groß. Es besteht immer die Gefahr, sich zu verlaufen. Okay. Fünfzehn Minuten Pause, bevor wir die Mission besprechen.«

Die Leute stehen auf und machen sich auf den Weg zur Kaffeestation an der Rückwand des Raums.

»Eine Pause?«, wundere ich mich. »Es ist fast drei. Sollten wir uns nicht auf den Weg machen?« Cordero schaut von ihrem gelben Block auf. »Gehen wir nicht heute Abend wieder hinein?«

»Hallo, Daryn. Wir werden morgen früh einen Vorstoß in die Kluft unternehmen.«

»Warum nicht heute?«

»Wir haben noch nicht alles eingerichtet, und wir brauchen eine Strategie. Wir werden nicht planlos hineinstürmen.«

Der herablassende Ton in ihrer Stimme ist kaum wahrnehmbar. Aber es reicht, um das Blut in meinen Ohren rauschen zu lassen. »Wie lange dauert es, eine Strategie zu entwickeln?«

»Eine vernünftige?« Sie lächelt, aber ihre Augen lächeln nicht mit. »Bis morgen früh. Es gibt viele Punkte zu berücksichtigen. Einschätzung des Geländes. Ausmaß der Bedrohung. Planung und Durchführung der Suche. Unvorhergesehene Ereignisse. Kommunikation zwischen beiden Teams und so weiter.«

Ich bin es so leid, ständig etwas über Teams zu erfahren, zu denen ich nicht gehöre. »Welche *Teams*?«

»Das steht hinten auf deinem Tagesplan«, erklärt Ben.

Ich drehe das Blatt um, das vor mir liegt, und sehe eine Aufstellung. Die drei Jungs – so, wie ich es erwartet hatte. Aber dann lese ich: Travis Low. Jared Suarez. Maia Goss. Natalie Cordero. Ben Halpern. »Ich verstehe nicht. Gehen all diese Leute mit rein? *Warum?*«

»Es ist sicherer. Wir können uns verteilen und mehr erreichen.«

»Es ist nicht sicherer! Wir brauchen sie nicht. Sie werden nur verletzt.« Ich schaue Marcus neben mir an. »Es sollten nur wir vier sein.«

»Das wird nicht passieren«, sagt Cordero ungeduldig, als würde sie die Fragen einer Schwachsinnigen beantworten. »Du hast gesagt, es gäbe Dutzende von Gräuslingen. ›Vielleicht sogar mehr‹, das waren deine Worte. Jeder Einzelne auf der Liste ist speziell ausgebildet und hat Kampferfahrung. Und Ben und ich werden Daten sammeln, die sich als unverzichtbar erweisen könnten.«

»Okay, toll. Hört sich nach einer richtigen Party an.« Ich stehe auf und werfe das Blatt auf den Tisch. »Viel Spaß mit Ihrem Kaffee, der schicken mobilen Kommandozentrale und den Ausdrucken. Lassen Sie mich wissen, wann Sie Bastian rausholen wollen. Ich bin bereit.«

Ich gehe direkt wieder zurück zu Schatten.

Einer der Militärtypen ist vor dem mobilen Stall postiert. Er trägt eine Sonnenbrille mit verspiegelten Gläsern und ein tödliches Grinsen, das mich an ein Krokodil erinnert. Keine Ahnung, wer er ist, aber er lässt mich ohne Fragen vorbei und sagt auch nichts, als ich Schatten zehn

Minuten später herausführe, gesattelt und zum Ausritt bereit.

Ich steige auf und trabe direkt in die Wüste.

Nach ein paar Minuten werden Schattens Schritte länger, und ihre Muskeln lockern sich; es fühlt sich gut an, mit ihr allein zu sein, obwohl ich fast sicher bin, dass uns irgendwo oben am blauen Abendhimmel eine Drohne beobachtet.

Hätte ich die Kugel, würde ich sofort in die Kluft eindringen und nach Bas suchen. Vermutlich hätte ich nicht das Zeug dazu, gegen einen Haufen grauenhafter Gräuslinge zu kämpfen, aber ich würde es versuchen. Ich kann nicht mehr warten, bin inzwischen allergisch dagegen, Zeit zu verschwenden. Ich habe das Gefühl, dass wir Bas sofort suchen müssten – und auch finden könnten.

Und ich will meine Mutter wiedersehen. Ich muss ihr sagen, dass ich sie nicht verlassen habe. Dass ich nicht fortgegangen bin, weil ich sie verletzen wollte, sondern weil ich sie liebe. Weil ich es nicht ertragen konnte, sie so traurig zu sehen und nicht zu wissen, wie ich ihr helfen kann.

Cordero sagte, sie sei sicher, dass es nicht meine Mom war. Aber irgendwie ist mir das egal. Für mich *fühlte* sie sich echt an. Ich will sie einfach nur wiedersehen. Und im Augenblick ist mir Mom in der Kluft näher als Mom in Connecticut.

Als ich ins Camp zurückkehre, geht die Sonne unter. Die anderen Pferde hat man inzwischen ebenfalls im Stall untergebracht. Angebunden wie normale Pferde, sehen Rebell, Ruin und Luzian irgendwie albern aus, und ich muss lachen, als die Stahlwände ihrer Boxen allmählich Sinn für mich ergeben – vor allem beim Gedanken an Rebell. Anscheinend ist jemand der Meinung, es würde Schatten helfen, sie um sich zu haben. Ich glaube, es ist wirklich eine sehr gute Idee. Und ich glaube zu wissen, wer dieser »Jemand« ist.

Einen Moment lang nehme ich die Gegenwart der Pferde in mich auf. Seit Norwegen bin ich nicht mehr allein mit ihnen gewesen. In ihrer unmittelbaren Nähe herrscht eine Art geweihte Atmosphäre – ein Gefühl von Weite und Stille, als würde man in einer Kathedrale stehen.

Alle drei schauen zu, als ich Schatten bürste und ihre seidige Mähne zu drei dicken Zöpfen flechte. Luzian nickt mit dem Kopf, als wolle er als Nächster an die Reihe kommen – Jodes Pferd ist einfach ein eitler Fatzke –, aber ich sterbe vor Hunger, mein Körper ist müde vom Reiten und die Schnittwunden an meinem Rücken pochen vor Schmerz. Sehr wahrscheinlich hat sich der Verband an einigen Stellen gelöst. Ich umarme Schattens starken Hals und sage den Pferden gute Nacht. Essensdüfte und Stimmen wehen vom Versorgungszelt herüber, aber ich steuere das Wohnmobil an, das ich mit Maia teilen werde.

Mein Seesack und mein Rucksack liegen auf dem Doppelbett im kleinen hinteren Raum. Ich nehme sie und werfe sie auf das Einzelbett im Alkoven, der in den schmalen Flur eingelassen ist; Maias Gepäck wandert ins Schlafzimmer. Ich brauche nicht viel Platz, und ich will keinerlei Luxus auf Corderos Kosten in Anspruch nehmen.

Nach einer heißen Dusche fühle ich mich besser, aber die Wunden auf meinem Rücken bluten wieder. Da meine Arme inzwischen nicht länger geworden sind, kann ich nur Papiertücher daraufdrücken, bis mir die Schultergelenke weh tun. Ich ziehe mir ein Sweatshirt über und finde in dem Minikühlschrank eine Flasche Wasser, die ich in zwei Schlucken austrinke. Dann gleite ich in die Schlafnische und schreibe eine SMS an Isabel, um ihr mitzuteilen, dass alles in Ordnung ist. Ich habe gerade auf ›Absenden‹ gedrückt, als Maia ins Wohnmobil kommt.

»Pizza«, verkündet sie und hält einen Pappteller hoch. »Ich dachte mir, du würdest lieber hier essen. Ich hoffe, dreierlei Fleisch ist okay. Nicht gerade viele Vegetarier hier.«

»Perfekt. Du bist die Beste.« Ich verschlinge das Stück sofort. »Hast du vielleicht noch was Süßes?«

»Nur Erinnerungen.« Sie verdreht die Augen, als würde sie in die Sterne schauen. »An dieses unglaubliche Zielfernrohr, dass ich beim Abendessen in Lows Jagdkatalog gesehen habe.«

»Du bist wirklich einmalig, Maia.«

»Sagt das Mädchen, das Zwischenreiche öffnet. Oh, und ich habe das hier.« Sie holt einen Stapel zusammengerollter Seiten heraus und legt ihn auf den Tisch. »Protokoll des Meetings. Ich sollte es dir bringen. Wäre toll, wenn du es irgendwann lesen könntest, damit ich nicht gefeuert werde. Aber tu es später.« Sie dreht den Kopf zur Tür, die sie offen gelassen hat. »Die Leute hängen zusammen in einem der Wohnwagen ab. Komm doch auch.« Sie deutet auf meine Sachen. »Du bist ja schon ausgehfertig.«

Ich lache. »Danke, aber ich glaube nicht. Ich …« Ich habe keine überzeugende Ausrede. »Ich bin nicht besonders gesellig. Bin ans Alleinsein gewöhnt.«

»Super«, findet Maia. »Du würdest eine gute Scharfschützin abgeben.«

»Ich schieße mit Stift und Papier.«

»Cool, Martin. Okay. Auf der Anrichte liegt ein Funkgerät, falls du was brauchst, und draußen patrouilliert immer einer, rund um die Uhr. Kommst du klar?«

»Ja, danke.«

»Ich lasse dich ungern allein, aber ich bin der amtierende Blackjack-Champion und muss meinen Titel verteidigen.«

»Verstehe ich vollkommen. Das ist eine große Verantwortung.«

»Nicht wahr? Ich wusste, du würdest es verstehen. Okay, Martin. Ich bin dann jetzt weg. Schöne Party mit dir selbst.«

Kaum fünf Minuten später bereue ich meine Entscheidung und wünschte, ich wäre mitgegangen. *Ernsthaft, Daryn. Die Einsiedlernummer ist langsam überholt.*

Ich hole mein Notizbuch hervor und versuche, weitere »Gründe« aufzuschreiben, aber ich bin zu sehr abgelenkt und kritzle nur den Seitenrand voll. Dann probiere ich Maias Schießhandschuhe an, die sie auf dem Küchentisch liegen gelassen hat. Der Zeigefinger des rechten ist abgeschnitten. Abzugfinger, natürlich. *Wow.*

Anschließend schnüffle ich in der Küche herum und finde Graham-Cracker, esse aber keinen. Es sind Josies Lieblingscracker. Plötzlich vermisse ich meine Schwester. Ich sehe sie vor mir, die Haare hochgesteckt, einen Stift zwischen den Zähnen, wie sie über einem Buch brütet.

Ein Klopfen an der Tür reißt mich aus meinen Gedanken. Ich bin sicher, es ist Maia, die mich überreden will, gesellig zu sein. Ich öffne die Tür und willige ein, ohne hinzusehen: »Okay, ich komme! Du hast gewonnen!«

Es ist Gideon.

»Hey.« Sein Lächeln erstarrt vor Überraschung und Verwirrung.

»Was habe ich gewonnen?«

»Oh, hey! Hi. Ich dachte, du wärst jemand anderes.«

»Ich wusste doch, dass das zu einfach war.«

»Einfach?«

»Etwas zu gewinnen, nur weil ich vorbeigekommen bin.«

»Oh, genau. Also …« Ich überlege, was ich sagen kann, das unsere Kommunikationskrise nicht noch weiter verschlimmert. *Meiner Meinung nach bist du ein Gewinner. Gewinnen ist nicht alles.*

Er hält einen kleinen schwarzen Beutel hoch und rettet mich vor mir selbst.

»Dr. Gideon Blake, zu Ihren Diensten. Ich bin gekommen, um Sie mir von hinten anzusehen.«

»Super. Komm rein.« Ich spüre, dass mein Gesicht heiß wird, ohne zu wissen, warum. Wir haben eine professionelle Verhaltensweise vereinbart. Keine große Sache. Ich deute auf die Küche. »Ist es hier in Ordnung? Das Bad ist winzig.«

»Klar.«

Ich drehe mich um und hebe mein weites Sweatshirt hoch, frage mich, ob er was dazu sagen wird. Es ist eins von den San Francisco Giants. Nicht seins, aber fast das gleiche wie das, das ich letzten Herbst als Dauerleihgabe von ihm hatte. Ich musste mir einen Ersatz besorgen.

Seine Finger sind warm, als sie über meine Schnittwunden fahren. Jede Berührung erzeugt ein winziges Beben, das mich durchfährt. Kleine Gefühlserdbeben. Ich bin augenblicklich so nervös, dass sich Worte in meiner Kehle formen, angetrieben von der Notwendigkeit, eine Unterhaltung in Gang zu bringen und die Wundversorgung hoffentlich weniger sexy zu gestalten. »Sieht es besser aus?«

»Geringfügig.«

»Das klingt vielversprechend. Muss ich eine Klage wegen ärztlichem Behandlungsfehler einreichen?«

»Von wegen. Ich hab das gerockt. Dein Dad hätte es auch nicht besser hingekriegt.«

»Du weißt hoffentlich noch, dass er Chirurg ist?«

»Ich habe ein gutes Gedächtnis.«

»Was mich betrifft oder überhaupt?«

Ich höre, wie er schluckt. »Manchmal gibt es da keinen Unterschied, aber … beides.«

All die Worte in meinem Kopf verschwinden, und mein Atem wird flach und schnell. Lange spüre ich nichts als seine Berührung. Mein Rücken ist das Epizentrum aller Empfindungen.

»Vergiss, was ich gesagt habe, Daryn.«

»Das wird mir niemals gelingen.«

»Es ändert nichts.«

»Warum nicht?«

»Vorhin beim Meeting war alles ziemlich angespannt mit Cordero.«

»Sie geht das Ganze völlig falsch an. Aber lenk nicht vom Thema ab.«

»Sie ist einfach nur sorgfältig. Du wirst dich schon an sie gewöhnen. Lies mal das Protokoll. Es ist geradezu episch.«

»Bitte lenk nicht ständig vom Thema ab.«

»Ich bin hier fertig.« Er zieht mein Sweatshirt herunter. »Der Verband sollte bis morgen halten. Ich lasse die Sachen da. Beim nächsten Mal kann Maia sich drum kümmern.«

Ich drehe mich um. Er ist bereits an der Tür. »Gideon, warte. Ich hab's echt vermasselt, stimmt's?«

Er bleibt auf der Treppe nach draußen stehen. »Nein. Wir ziehen das durch. Morgen holen wir ihn da raus.«

»Ich meine das zwischen uns.«

Er hält inne, die Hand an der Tür, den Rücken zu mir – wie auf dem Foto, das ich bei Marcus' Abschlussfeier gemacht habe. Sein Kopf fällt leicht zur Seite, als würde er sich entspannen, aber ich weiß, dass er das nicht tut. »Was soll das, Daryn?«

Ich trete zu ihm auf die Treppenstufe. Er dreht sich um und sieht mich mit seinen blauen Augen an.

Sie schauen zurückhaltend und argwöhnisch.

Ich weiß ganz genau, was ich tue: Ich nehme den Fuß von der Bremse. Ausnahmsweise. Nur, um zu fühlen, was ich mir all diese Monate vorgestellt habe. Ich stelle mich auf die Zehenspitzen und drücke meine Lippen sanft auf seine.

Ich hatte geglaubt, er würde zögern oder ausweichen, aber das tut er nicht. Er schlingt die Arme um mich, und wir prallen aufeinander, kollidieren, verbinden uns.

Seine Lippen sind überraschend weich, seine Zunge noch weicher, aber die Energie zwischen uns ist hart, verzweifelt. Jede Zelle in meinem Körper wird mit seiner Energie aufgeladen, seinem reinen, gebirgsklaren Geruch. Seine ungleichmäßigen Atemzüge tanzen mit meinen, unser Hunger nacheinander ist ungezügelt und gleich groß.

Er drückt, oder ich ziehe, und ich pralle gegen die Wand.

»Dein Rücken.«

»Alles in Ordnung.«

Er beugt sich herab, um mich erneut zu küssen, und ich riskiere einen Blick, damit ich es nicht vergesse. Ich sehe Himmelssplitter durch seine langen goldenen Wimpern. Seine feuchten Lippen, seine vor Intensität gefurchte Stirn.

Alles ist Reibung und Disharmonie – umgekehrt und vervielfacht und perfekt.

»Daryn«, sagt er. »Meine Hand.«

»Es ist okay.«

»Aber …«

»Alles gut, Gideon.«

Seine Hände gleiten unter mein Sweatshirt und fahren an meinen Seiten hinauf – kühl und hart auf der einen, warm und sanft auf der anderen. Ich möchte ihm sagen, welche Gefühle er in mir auslöst, aber sie sind unbeschreiblich. Also ziehe ich einfach sein Hemd hoch, und er versteht. Greift nach hinten, zieht es über den Kopf und richtet sich auf, das Haar zerzaust, die Lider schwer. Er bewegt sich wieder auf mich zu, aber ich habe mich noch nicht an ihm sattgesehen.

Er ist wunderschön. Es fühlt sich an, als ob er für mich geschaffen wurde. Stark und schlank. Jede Linie an ihm faszinierend.

Tattoos. Er hat jetzt Tattoos. Ein Kreuz auf dem linken Unterarm. Und einen Schriftzug an der Innenseite seines Bizeps, verschnörkelt und nur aus drei Buchstaben bestehend.

Bas.

Ich wende den Blick ab, bevor die Schuldgefühle wieder zuschlagen. Ein schwarzes Band um seinen linken Ellbogen und Oberarmmuskel verläuft über seinen Unterarm zu dem kunstvoll geformten Metall seiner Handprothese.

Übelkeit breitet sich in meinem Magen aus. Furcht wegen all der Dinge, die ich zu ignorieren versuche. All die Dinge, die wir noch nicht ausgesprochen haben.

Gideon ist ganz still.

Ich schaue zu ihm auf.

Der Ausdruck in seinem Gesicht ist definitiv nicht das, was ich sehen will.

Seine Wut kann ich ertragen. Aber nicht das.

»Ich habe mich schon gefragt, wie lange es wohl dauern würde, bis du es bereust«, sagt er. »Hat ein bisschen länger gedauert als beim letzten Mal.« Er hebt sein Hemd von der Treppe auf und springt in den Flur, verschwindet dann im Bad. Da er die Tür nur angelehnt lässt, kann ich den Wasserhahn laufen hören.

Diese Zurückweisung, diese Demütigung – was auch immer es ist – versetzen mir einen Stich ins Herz.

Ein Klopfen an der Tür des Wohnmobils lässt mich zusammenfahren.

»Mach noch nicht auf«, bittet Gideon und dreht den Hahn zu. »Gib mir eine Sekunde.«

Kurz darauf erscheint er auf der obersten Treppe, das Hemd wieder übergezogen.

Er sieht verletzt aus, und das mit Recht. Wir hatten eine Linie im Sand gezogen, und ich bin einfach darübergetrampelt.

»Gideon, es ist nicht so, dass ich nicht will ...« Ich weiß nicht, was ich sagen soll. Eine Entschuldigung fühlt sich falsch an. Alles fühlt sich falsch an.

»Ich weiß.« Er kommt herunter und bleibt vor mir stehen. So nah, dass ich seine Wut spüre. Es ist eine stumpfe Empfindung, nicht scharf und spitz.

Meine Ohren brennen, und ich bemerke einen Wassertropfen an seinem Hals.

Wasser ist die Essenz des Lebens. *Er* ist essentiell. Er lässt die Zeit stillstehen, bringt meinen Geist zum Schwärmen.

Ich wünschte, wir würden ineinander verschwinden wie Wellen im Sand.

»Ich habe versucht herauszufinden, was ›werde dunkel, umhülle mich‹ in deinem Gedicht bedeutet. Das mit dem Titel ›Blau‹. Ich tue es, Daryn. Was auch immer es für dich bedeutet, ich würde es tun, wenn ich wüsste, dass das dein Wunsch ist. Aber du musst dir sicher sein. Sonst werden wir einander immer wieder weh tun.« Er drückt die Tür auf, schiebt sich an Maia vorbei und verschwindet mit langen Schritten in die Nacht.

Meine Liste rettet mich. Ich füge ihr weitere »Gründe« hinzu, bis der Schlaf die Tür zu meinem Geist zuschlägt.

8. Dreierlei Fleisch-Pizza – echt gut, sogar kalt
9. Neue Freunde, vielleicht? Es ist schon so lange her
10. Tape-Verband, Mull, antiseptisch – manchmal ist Heilen einfach
11. Weiße Begonien
12. Hundewelpen, die Chief heißen (wie siehst du wohl aus, kleiner Chief?)
13. Schattens Tapferkeit heute
14. Gideons Küsse! Unglaublich. Allumfassend. Lippen sollten nicht eine so unfassbare Macht besitzen. Und die Art, wie er mich angesehen hat – glühend (!!!)
15. Das furchtbare Ende von Nr. 14 – tragisch, bis auf die Entdeckung, dass a) er mein Gedicht gelesen und sich an den Wortlaut erinnert hat und dass b) er mich vielleicht tatsächlich verstehen könnte
16. Morgen, weil wir dann Bas finden und das hier vorbei sein wird

12
Gideon

»Wo bleiben sie denn so lange?« Jode zupft an seinen Haaren.

»Bin ich schon ergraut? Sehe ich aus wie Gandalf der Graue?«

Luzian schüttelt seinen massigen weißen Kopf; er ist genauso ungeduldig wie sein Reiter. Auch er will los.

»Ja«, antworte ich ihm. »Du bist genau wie Gandalf, nur als Popstar-Version. Lord of the Sing.«

»Der ist lahm, Mann«, findet Marcus.

»Ja, aber der war so schön naheliegend.« *Bas hätte es gefallen.*

Ich greife nach unten und taste in der Satteltasche nach Bas' Waffe – den Waagschalen. Wie Schatten sind auch sie nicht mit ihm in die Kluft gewechselt. Cordero hat sie bis jetzt sicher verwahrt. Hoffentlich kann ich sie ihm bald zurückgeben.

Marcus tippt sich ans Kinn und deutet auf den Rest des Teams. »Wie soll das funktionieren?«

Wir sitzen seit einer Stunde in der hellen Morgensonne am Rand des Camps im Sattel und warten auf sie. Das Problem sind ihre Pferde.

Cordero, Ben, Maia, Low und Suarez werden auf den fünf

Arabern in die Kluft reiten, die letzte Nacht hergebracht worden sind. Bis jetzt haben sie sich noch nicht sonderlich gut auf unsere Pferde eingestellt. Das scheint hauptsächlich an Rebell zu liegen. Die Araber können mit einem vollkommen entspannten, fröhlich vor sich hin brennenden Pferd offenbar nicht allzu viel anfangen. Im Augenblick versuchen also zehn Leute, fünf Pferde in den Griff zu kriegen, und jeder hat eine andere Methode.

Marcus' Kommentar war nur für uns bestimmt, aber Cordero hat es gehört.

»Sobald wir in der Kluft sind, teilen wir uns auf, damit sie ein wenig Abstand zu euren Pferden haben«, erklärt sie. »Das wird funktionieren.«

Irgendwie ist es seltsam, sie in Militärausrüstung zu sehen.

Low, Suarez und Maia kennt man nicht anders, aber Ben und Cordero sehen aus, als hätte man sie als Ninjas verkleidet, die jeden Augenblick »Süßes oder Saures« rufen. Ich erinnere mich daran, was Daryn gestern gesagt hat – dass Cordero das Ganze völlig falsch angeht. Aber Cordero ist clever und weiß, was sie tut. Sie wird für eine solide Kommandostruktur sorgen. Das ist entscheidend für den Erfolg jeder Mission. Und ich bin mit allem einverstanden, was uns hilft, Bas zurückzuholen.

Cordero steckt einen Fuß in den Steigbügel und steigt mit einer übertrieben schwungvollen Bewegung in den Sattel. Die Stute unter ihr tänzelt, aber Cordero tut genau das Richtige und lenkt sie im Kreis herum. Damit macht sie klar, wer der Boss ist. Allerdings bemerke ich die zitternden Muskeln und weit aufgerissenen Augen des Tiers. Rebell gibt ein tiefes Schnauben von sich, als wäre er nicht einverstanden mit dem, was er sieht, und Marcus' Blick in meine Richtung sendet die gleiche Botschaft.

Als Nächster ist Ben dran. Mit Lows Hilfe, der das Pferd an den Zügeln festhält, steigt er auf. Als sie das Team zusammenstellte, bestand Cordero darauf, dass alle Reitunterricht bekamen. Offensichtlich war das nicht bei allen von Erfolg gekrönt.

Endlich, während Gandalf junior fast schon durchdreht, sitzen alle im Sattel, und Daryn kann Schatten ins Freie bringen. Die Stute war sowieso als Letzte an der Reihe, weil sie ohnehin schon so nervös ist.

Daryn reitet vom Stall aus auf uns zu. Ich muss mich zwingen, meine Gedanken in die richtige Richtung zu lenken – weg von dem, was gestern Abend passiert ist. Heute holen wir Sebastian zurück. Wenn ich Glück habe, kann ich auch ein wenig Rache üben.

Cordero gibt das Signal, und der Trupp setzt sich in Bewegung. Ich reite vorne, bis Jode die Führung übernimmt. Sieg muss an der Spitze sein, sonst ist er gereizt.

Nach kurzer Zeit drehe ich mich um und sehe mir die Gruppe an. Cordero hatte recht: Die Araber am Ende scheinen sich allmählich zu beruhigen.

In zehn Minuten gleicht das Camp hinter uns einem funkelnden Fleck wie ein Spiegel in der Sonne. Im Westen hat man eine kleine Verteidigungsstellung errichtet. Weiter entfernt erkenne ich eine zweite Linie sowie Flugzeuge für eventuelle Luftunterstützung. Diese Vorsichtsmaßnahme hat Cordero ergriffen, für den Fall, dass die Gräuslinge während unseres Übergangs in die Kluft hinausdringen. Wir können hier nicht noch weitere Dämonenschwierigkeiten gebrauchen.

Wir erreichen die vereinbarte Stelle, wo wir das Splitterreich betreten wollen; jemand hat sie bereits mit einer orangefarbenen Flagge markiert.

Suarez lässt sein Pferd bei Low und geht zu Cordero.

Sie nimmt eine schwarze Kassette aus ihrer Satteltasche und tippt einen Code ein. Suarez bringt die Kassette zu Daryn, damit sie die Kugel herausnimmt, die sich darin befindet. Der Vorgang wirkt übertrieben förmlich und zeremoniell – besonders im Vergleich zum letzten Herbst, als es nur Daryn, ich und die Jungs waren, die vor den Dämonen flohen und in den Bergen Norwegens kampierten.

»Wo ist es?« Daryn schaut von der Kassette zu Cordero.

Cordero sagt lange nichts. »In deiner Hand. Du hältst die Kugel in der Hand.«

»Das *andere* Stück. Wo ist das Stück, das abgebrochen ist?«

»Ben?«, fragt Cordero.

Er schüttelt den Kopf. »Davon höre ich zum ersten Mal.«

»Du hast nicht daran gedacht, uns von dem abgebrochenen Stück zu erzählen?«, will Cordero von Daryn wissen.

»Ich muss wohl vergessen haben, es auf Ihren Tagesplan zu setzen – schließlich hat mir niemand gesagt, *wann* irgendetwas passiert.«

Marcus sieht mich an. Ich weiß, dass wir das Gleiche denken.

Nicht gut.

»Wir werden uns später damit beschäftigen«, sagt Cordero. »Wird die Kugel noch funktionieren?«

»Es gibt nur eine Möglichkeit, das herauszufinden.«

»Dann gehen wir es an. Diese Operation duldet keinen Aufschub, Daryn. Wir müssen jetzt in das Splitterreich.«

Daryns Augen blitzen auf vor Wut, aber sie nickt. »Ich verstehe. All die Leute hier. Wir haben einen Zeitplan einzuhalten.« Sie führt Schatten an die Spitze des Zugs. Dann kullert etwas vor ihr über den Wüstenboden, und ich erkenne, dass es sich um die Kugel handelt.

Mein erster Gedanke ist, dass Daryn sie fallen gelassen hat, aber dann rollt die Kugel in die Luft. Sie rollt *nach oben*, als gäbe es keine Schwerkraft, bis sie auf Augenhöhe schwebt. Dort bleibt sie stehen und dreht sich, nur etwa drei Meter entfernt.

Offenbar funktioniert sie noch.

Hinter mir schnappt jemand nach Luft, als sie heller wird, sich immer schneller dreht und schließlich entfaltet. Aber die meisten von uns haben es schon einmal gesehen. Auf diese Art haben wir Bas verloren: Er ist durch dieses Portal verschwunden, zusammen mit Samrael.

Bei diesem Gedanken rufe ich mein Schwert herbei. Auf der anderen Seite könnte Samrael mit seinen Knochenmessern und seinen Psychotricks warten, bereit zum Angriff. Jode und Marcus haben wohl den gleichen Gedanken.

Sie holen Bogen und Sense hervor.

Mit einem Donnern und einem blendend weißen Blitz, der über die Wüste zuckt, öffnet sich ein Spalt. Dann jagen Schatten über das grelle Licht, Streifen aus Dunkelheit und Farbe wirbeln um uns herum. Spulen Bilder ab: heulende Wölfe und weiße Sandstrände, Tauben, die von Hausdächern auffliegen, Kometen, die über den Himmel sausen.

Jode und Marcus reiten neben mir, aber ich sehe sie durch

einen Wirbel aus blitzenden, funkelnden Farben. Weiter vorne steht Daryn vor einem schwebenden Band, auf dem Abbildungen von Bäumen zu sehen sind. Ich erkenne sie anhand ihrer Beschreibung – knorrig und unheimlich.

Plötzlich ein kreischender Ruck, und ich bewege mich mit Warpgeschwindigkeit, bin sicher, dass Teile von mir zurückgeblieben sind. Meine Lungen und meine Gedanken. Meine Augen und mein Herz.

Ein qualvoller, splitternder Schmerz, und ich begreife, warum Daryn ihn als Kluft bezeichnet hat, die sich auftut. Ich halte es fast nicht mehr aus, bis ich einen gewaltigen Schub bekomme und vorwärtsgestoßen werde.

Ich krache mit dem Gesicht gegen Rebells Hals. Meine Zähne schlagen von innen gegen meine Lippen, lösen einen warmen Strom in meinem Mund aus.

Ich beuge mich nach unten und spucke in den Dreck neben Rebells Hufe, sage mir, dass es kein böses Omen ist, hier zu bluten, bevor ich überhaupt geatmet habe.

Nachdem ich mich wieder aufgerichtet habe, suchen meine Augen den Wald ab.

Dann zähle ich durch.

Alle haben es hinübergeschafft. Und wir sind nicht in unmittelbarer Gefahr, soweit ich das beurteilen kann.

Als ich Rebell auf den Hals klopfe, spüre ich die Spannung in ihm. Er ist desorientiert und brennt lichterloh; Feuer umhüllt ihn und meine Beine fast bis zu den Hüften. »Ganz ruhig, Rebell. Alles in Ordnung. Du hast mir nur die Lippe gespalten.«

Er gibt einen tiefen Ton von sich. *Vielleicht hättest du aus dem Weg gehen sollen. Ich mag diesen Ort nicht.*

»Ich verstehe dich, Big Red.«

Die Schnittwunde in meinen Mund ist nicht halb so schlimm wie der Schmerz, der aus meinem Körper fließt. Und ich sehe, dass nicht nur ich leide.

Low flucht auf Englisch, Suarez auf Spanisch. Sowohl Ben als auch Cordero haben vor Schmerz die Gesichter verzogen, und es macht die Sache nicht besser, dass ihre Pferde stampfen, an den Zügeln zerren und kurz davor sind, durchzugehen. Jode hat seinen Bogen bis zum Äußersten gespannt. Er sieht aus, als wolle er etwas in die Luft jagen. Marcus hat die Sense an die Schulter gelehnt und wartet darauf, dass sich der Rest von uns zusammenreißt.

Daryn ist abgestiegen. Die Kugel liegt ruhig in ihrer Hand. Sie leuchtet noch immer, verblasst aber allmählich. »Alles in Ordnung?«, fragt sie.

»Nicht wirklich«, antwortet Maia. Sie rutscht aus dem Sattel, wankt ein paar Schritte vorwärts und übergibt sich.

»Willkommen in der Kluft«, murmelt Low.

Ich atme tief durch. Wir haben das blendende Licht der Wüste gegen die Dunkelheit eines Walds eingetauscht. Die Luft riecht nach Laub, Feuchtigkeit und Kühle.

Die langen Äste versperren fast die Sicht auf den Himmel – ein rotblauer Himmel, wie in der späten Abenddämmerung.

Schwer zu glauben, dass ich wirklich an dem Ort bin, wo sich Bas seit fast acht Monaten aufhält.

»Gideon, ich glaube, du blutest«, sagt Ben und macht ein Gesicht, als würden Verletzungen in seinem Hirn keinen Sinn ergeben.

»Nur ein Schnitt.« Ich wische mir den Mund ab. »Mir fehlt nichts.«

Jode senkt seinen Bogen. Dann schaut er ihn mit gerunzelter Stirn an. »Gideon, lass dein Schwert verschwinden.«

Ich tue, worum er mich bittet.

Versuche es.

»Gideon?«, sagt Cordero.

»Fehlanzeige.« Meine Verbindung ist unterbrochen. Das Schwert liegt noch immer in meiner Hand.

Alle schauen zu Marcus, aber wir wissen, dass es bei ihm nicht anders ist. Er nimmt die Sense von der Schulter und dreht sie schwungvoll in der Luft – seine bevorzugte Methode, sie herbeizurufen und wieder fortzuschicken. Aber sie bleibt an Ort und Stelle, genauso wie der Bogen und das Schwert. Ruin, seine Stute, fängt an, aufgeregt zu tänzeln. »Nichts.« Marcus schaut mich genervt an. »Wir können auch nicht zusammenfalten.«

Trotzdem nehme ich Verbindung mit Rebell auf und bitte ihn, sich in Feuer zu verwandeln. Es ist, als seien wir von Dunkelheit umgeben, ohne eine Möglichkeit, einander zu finden. Rebell bewegt hektisch den Kopf auf und ab, ebenso wenig begeistert von dieser Tatsache wie ich.

Das ist nicht gut, Gideon. Ich kann dich nicht beschützen, wenn wir nicht zusammenfalten können.

Ich lege die Hand auf seinen Widerrist. »Alles in Ordnung, Großer. Alles wird gut.«

Wenn unsere Fähigkeiten als Reiter hier blockiert sind, dann lautet die einzige gute Nachricht, dass wir uns hier drinnen keine Sorgen wegen meiner ansteckenden Wut machen müssen. Ähnliches gilt für Marcus und Jode: Ihre Wirkung auf andere dürfte dann wohl ebenfalls verschwunden sein. Nicht, dass sie so sehr zu kämpfen hätten wie ich. Beide verstehen sich wesentlich besser darauf, Angst und Willen zu kontrollieren, als es mir gelingt, meine Wut in den Griff zu bekommen.

Wir müssen nur noch überprüfen, ob wir noch immer unsere Schnellheilungskräfte besitzen. Aber die Schnittwunde in meinem Mund wird bestimmt bald die Antwort liefern.

»GPS funktioniert nicht«, verkündet Low. »Mein Kompass und meine Uhr auch nicht.«

»Digital?«, fragt Cordero.

»Negativ, zum Aufziehen. Beide Zeiger sind stehen geblieben.«

Alle schauen mich an, und mir wird bange ums Herz. Ich kann die Gesten meiner Handprothese nicht mehr verändern. Sie verharrt in einer halbgeöffneten Position, wie die Hand einer metallenen Schaufensterpuppe. Aber wenigstens ist sie mit mir hinübergekommen. Ich hatte schon befürchtet, dass sie zurückbleiben würde. »Bei mir ist nur ein Zeiger stehen geblieben«, verkünde ich, um etwas Lustiges zu sagen.

»Ich habe Ihnen davon erzählt«, sagt Daryn, zu Cordero gewandt. »Dass mein Telefon nicht funktioniert hat.«

»Wie wir gerade eben selbst feststellen konnten.« Sie schaut Suarez an. »Wir müssen uns darauf einstellen.«

Jede Menge Rückschläge, aber wir kommen damit zurecht. Wir sind vorbereitet.

Cordero nimmt die Kugel von Daryn zurück und legt sie wieder in die Kassette.

»Es wird schlimmer. Die Beschädigung ist größer geworden«, stellt sie fest und betrachtet die Kugel. In ihrer Stimme schwingt echte Besorgnis mit.

»Ja, so ist es. Passen Sie gut darauf auf«, rät Daryn. »Und verlieren Sie nicht noch mehr Teile.«

Marcus schaut mich an und lächelt.

Wie geplant, teilen wir uns in zwei Gruppen auf.

Cordero, Ben, Low, Suarez und Maia werden hier an unserem Eintrittspunkt die Stellung halten. Wir anderen begeben uns auf die Suche. Jode wird anhand unserer Geschwindigkeit die Zeit ermitteln, und Marcus zieht seine Sense über den Boden, um unseren Weg zu markieren.

Alle vier werden wir nach Bas Ausschau halten.

»Holen wir ihn nach Hause«, sage ich, und dann reiten wir los.

13
Daryn

Wir reiten in Formation. Jode an der Spitze, gefolgt von Gideon, dann ich und schließlich Marcus.

Laut Plan sollen wir nach vierzig Minuten zum B-Team zurückkehren, um die Lage »einzuschätzen«, was wohl nichts anderes bedeutet als: Cordero entscheidet, wie wir weiter vorgehen.

Wir suchen nach Sebastian, aber wir wissen, dass in der Kluft viele Gefahren lauern – nicht nur die Gräuslinge, sondern vermutlich auch Samrael. Deshalb wollte ich nicht mit all diesen Leuten herkommen und ihre Leben aufs Spiel setzen, aber der Zug ist abgefahren.

Als wir uns vom B-Team entfernen, werden die Bäume dichter und dämpfen die Geräusche. Maias Stimme hinter uns ist schon bald nicht mehr zu hören.

Ein beunruhigender Gedanke lässt mich nicht los: Wir sind nichts weiter als Mäuse, die unter den Falten eines Mantels herumkriechen. Klein und blind.

Und voller Angst.

Es fühlt sich nicht richtig an, die anderen zurückzulassen. Und sogar meine Gruppe fühlt sich falsch an – als seien wir eine Gruppe, aber kein *Team*. Doch im Augenblick bleibt keine Zeit für Zweifel.

»Diese Bäume«, sagt Gideon mit der gleichen Ehrfurcht, die auch ich empfand, als ich sie zum ersten Mal sah. Die Äste sehen aus wie gebrochene Gliedmaßen, die Stämme wie gähnende Gesichter.

»Sie sehen aus, als würden sie gleich lebendig«, meint Jode.

Die Stille wird immer bedrückender. Sie kriecht förmlich in meine Knochen. Das Geräusch der Pferdehufe unter mir scheint überlaut, genauso wie mein Atem. Und jeder Schatten erinnert mich an den Gräusling, seine spinnenhafte Schnelligkeit und Wendigkeit, seine tiefliegenden Augen und seine Reibeisenstimme, die in Rätseln sprach.

Du hast nur Erfolg, wenn du scheiterst. Du musst erst verlieren, um zu gewinnen.

Ich weiß nicht, was das bedeutet, aber ich werde nicht verlieren. Ich werde nicht scheitern.

Ein dumpfer Schmerz hat sich an meiner Schädelbasis ausgebreitet, genau wie beim letzten Mal. Es ist eher ein Druck als ein Schmerz, aber trotzdem störend. Ich muss mich zwingen, konzentriert zu bleiben.

Corderos Instruktionen enthielten einen Abschnitt über die Identifizierung von Hinweisen auf Menschen. Sämtliche Spuren, abgebrochene Zweige oder Kratzer an Baumstämmen, sollen untersucht werden – aber während wir reiten, sehe ich nichts dergleichen.

Bis wir zu den Blumen kommen.

Als ich weiter vorne die ersten vereinzelten Begonien entdecke, beginne ich zu vibrieren wie ein Schlagzeugbecken. Ein Beben wogt durch mich hindurch. Meine Hände fangen an zu zittern und Schatten schnaubt, weil sie meine Furcht spürt.

In dem Dämmerlicht sind die Blütenblätter heller, als ich sie in Erinnerung habe; sie leuchten von innen, wie Luzian.

»Alles klar, D?«, erkundigt sich Marcus.

Sie sind mit mir stehen geblieben – sogar Gideon, der mir schon den ganzen Tag aus dem Weg geht.

Unter seinem Blick beginnen meine Wangen zu brennen. Letzten Herbst habe ich ihm von meiner Mutter erzählt, und ich sehe, dass er jetzt an diese Unterhaltung denkt. So angespannt unser Verhältnis seit gestern Abend auch ist, ich fühle mich noch immer mit ihm verbunden. Das Band zwischen uns mag beschädigt sein, aber in diesem Augenblick fühlt es sich unzerstörbar an. Krisenfest.

Oder vielleicht krisengestählt.

»Alles in Ordnung. Lasst uns weiterreiten.«

Wir setzen uns in Bewegung, und das Herz in meiner Brust fängt an zu rasen, als ich sehe, dass sich die Blumen wie Pfade in verschiedene Richtungen durch die Bäume schlängeln. Ich wünschte, ich könnte mich teilen und ihnen allen folgen.

Ist meine Mom am Ende einer dieser Pfade? Ich muss sie wiedersehen. Muss mich entschuldigen, ihr sagen, dass ich sie liebe und es mir leidtut, dass ich sie verlassen habe.

Neben mir höre ich das scharrende Geräusch der Sensenklinge, die Marcus hinter sich herzieht, um unseren Weg zu markieren.

Er hat den Stab an seine Schulter gelegt, und die Klinge hinter ihm krümmt sich wie ein Stahlflügel.

»Daryn.«

»Ja, was gibt's?«

Gideon und Jode haben sich ein wenig abgesetzt.

Marcus fährt mit der freien Hand über seinen kurzgeschorenen Kopf. »Die Kopfschmerzen, die du beim letzten Mal hattest. Die habe ich jetzt auch.«

»Echt? Seit wir hier sind?«

»Nein. Sie haben gerade erst angefangen.«

»Ho – Halt!«, ruft Jode vor uns.

Etwas ist zwischen den weißen Blumen weiter vorne eingebettet, was sich ganz deutlich von den Bäumen unterscheidet. Ohne nachzudenken, springe ich aus dem Sattel und laufe los. Gideon ist in wenigen Sekunden an meiner Seite.

Er greift über die Schulter und zieht sein Schwert aus der Scheide.

»Was zum Teufel ist das?«, höre ich ihn sagen, als wir die Stelle erreichen.

Der silberne Wagen steht in einem Gewirr aus Wurzeln zwischen zwei Bäumen. Es ist ein älteres Modell eines Ford Mustang, zerbeult und verkratzt. Mit getönten Scheiben und einem Nummernschild aus Chicago. Die Tür an der Fahrerseite steht offen. Der Innenraum ist dunkel, aber ich kann erkennen, dass der Wagen leer ist.

Gideon geht langsam um das Auto herum. »Was soll das?«, fragt er, als er wieder neben mir steht. Seine blauen Augen leuchten intensiv.

»Ich weiß es nicht. Keine Ahnung.« Wie erklärt man ein Auto hier in der Kluft? Abgestellt, als sei es schon viele Jahre hier. Es ist der Wagen, den Marcus gefahren hat, als wir ihn letzten Herbst in der Mojave-Wüste fanden. Er war darin von zu Hause geflohen.

Gideons Blick wandert zu Marcus und Jode, die auf uns zureiten. »Mist.«

Marcus steigt ab. Er steckt seine Sense in den Boden und kommt mit reglosem Gesichtsausdruck auf uns zu. Langsam streckt er die Hand aus und legt sie auf die Motorhaube, als müsse er sich vergewissern, dass sie real ist. Ich bemerke den Schauder, der durch seine breiten Schultern fährt.

Der Mustang wirkt vollkommen real, solide und greifbar. Aber es geht auch eine Präsenz von ihm aus, als sei er ein lebendiges Ding, das nur schläft.

Marcus' Gesicht verdüstert sich, während er mit der Hand auf der Motorhaube dort steht, und ich kann die Gedanken fast sehen, die ihm in den Kopf kommen. Dieses Auto ist eine Erinnerung an eine der schlimmsten Phasen seines Lebens.

Letzten Herbst erzählte er mir, dass er es einem der fünf Typen geklaut hatte, die ihn später zu Tode prügelten – was dazu führte, dass er als *Tod* zurückkehrte. Er hatte die Typen zuerst angegriffen, weil er eine Freundin rächen wollte, die von allen fünf auf brutale Art und Weise misshandelt worden war. *Ich* habe Albträume von dem, was er durchgemacht hat. Ich kann mir nicht vorstellen, was *er* durchgemacht hat – ganz zu schweigen von seiner Freundin, die mehr gelitten haben muss als jeder Einzelne von uns. Und die zweifellos noch immer leidet. Marcus war tagelang durch die Gegend gefahren, als wir ihn fanden. Gestrandet in der Wüste. Entsetzt über das, wozu er geworden war. Tod.

Ich glaube, außer mir weiß das niemand – bestenfalls noch

Gideon. Es ist alles, was Marcus je preisgegeben hat – und es ist nicht viel. Aber das respektiere ich. Man bekommt nicht immer auf alles eine Antwort. Die Lücken füllen sich nicht immer. Manchmal muss man damit leben, nicht alles zu wissen. Ich bin dabei, das zu lernen.

Dieser Wagen ist jedoch ohne Zweifel ein physisches Symbol für den Schmerz, den er in sich trägt. Genauso wie …

Mom.

Die Haare an meinen Armen stellen sich auf, und Tränen schießen mir in die Augen.

»Ich will ja kein Spielverderber sein«, sagt Jode trocken, »aber wir sind spät dran. Wir müssen zurück.«

Wir vier bleiben noch einen Augenblick stehen, und ich spüre, wie sich meine Konzentration von dem Wagen auf Sebastian verlagert.

Nirgends eine Spur von ihm.

Das gleiche Gefühl, das mich vor ein paar Tagen erfasst hat, als ich in die Hütte zurückgekehrt bin – Scheitern, ohne jeden Zweifel. Kein Entrinnen. Keine Zuflucht vor der grellen Enttäuschung.

Der Ritt zurück beschert weitere zum Verzweifeln monotone Bäume. Ich erwarte gar nichts anderes, nicht einmal nach dem silbernen Mustang, so dass ich völlig unvorbereitet bin, als durch das Gewebe aus Zweigen und Blättern ein Gebilde in Sicht kommt.

Ein Haus?

Nein, eine Hütte.

Smith Cabin.

Mein Zuhause in Moose, Wyoming, steht unter den Bäumen; das Dach verschwindet im dichten Laub der Kronen.

Die Hütte sieht genau gleich aus, hat die gleiche Veranda und den gleichen verwitterten grünen Anstrich. Hölzerne Fensterläden mit geschnitzten Elchmotiven in der Mitte.

Meine Angst nimmt solch fieberhafte Ausmaße an, dass ich fast erstarre.

Natürlich müssen wir uns das Ganze näher ansehen. Rasch verteilen wir die Aufgaben.

Jode bleibt draußen und hält Wache. Marcus kümmert sich um die Pferde.

Gideon und ich nähern uns wieder zu Fuß. Dieses Mal sehr vorsichtig.

Ich will gar nicht näher heran – aber was, wenn Isabel da drin ist?

Was, wenn es *Bas* ist?

Wir betreten die Veranda. Ich gehe voran, weil ich weiß, welche Dielen knarren, welche wir vermeiden müssen. Als ich die Fußmatte sehe, bleibt mein Herz stehen. Ein schwarzer Bär und darunter die Frage *Tatzen saubär?* – genau wie in Wyoming.

Gideon tritt neben mich. »Tür«, flüstert er.

Er hält das Schwert in seiner guten Hand. Ich soll ihm die Tür aufmachen.

Ich greife nach der Klinke, drücke sie herunter und öffne die Tür.

Mit flinken, geübten Bewegungen huscht er ins Innere. Ich habe das Gefühl, zu schweben, als ich ihm folge. Die Vorhänge sind zugezogen, und es ist fast stockdunkel; mein Herz kann unmöglich noch lauter schlagen als jetzt.

Wir bewegen uns durch die Küche und dann den Flur hinunter, dringen in die Dunkelheit vor, die hier noch beklemmender ist. In meinem Zimmer halte ich es nicht mehr aus, packe die Vorhänge und reiße sie zur Seite.

Gideon und ich schauen uns einen kurzen Moment in die Augen. Dann schlüpft er aus dem Zimmer, um den Rest der Hütte zu durchsuchen.

Ich trete vor den Spiegel über meiner Kommode. Die Bilder, die ich auf den Rahmen geklebt habe, sind alle da. Meine Gedichte ebenfalls. Genauso, wie ich sie zurückgelassen habe.

Ich laufe zurück ins Wohnzimmer, bekomme vor Angst und Schrecken fast keine Luft mehr.

Gideon ist schon da, hat das Schwert wieder in die Scheide auf seinem Rücken gesteckt. »Die Luft ist rein. Alles in Ordnung. Wir sind die Einzigen hier.«

Tränen verschleiern meinen Blick. Ich will mich in diesen Wänden nicht so sehr fürchten. Ich *wohne* hier.

Er macht einen Schritt auf mich zu. »Daryn?«

»Ich weiß nicht, was das bedeutet. Warum erscheinen diese Dinge andauernd? Was werden wir noch alles sehen? Beim nächsten Mal etwas aus deinem Leben? Oder aus Jodes? Und ich verstehe nicht, warum wir Bas nicht finden. Ich habe das Gefühl, als sollte ich das alles wissen. Es ist, als wäre es meine Schuld, dass wir alle hier sind, und ich sollte es *wissen.*«

»Komm mal runter.« Seine Hand umfasst meinen Ellbogen. »Nichts von all dem ist deine Schuld, und niemand erwartet von dir, dass du alle Antworten kennst. Lass es uns nicht zu kompliziert machen. Eins nach dem anderen. Wir sind wegen Bas hier, und wir werden ihn finden. Ich gebe nicht auf. Und du?«

»Nein. Niemals.«

»Okay. Geht's wieder?«

Für einen Augenblick sehe ich ihn als das, was er ist: ein Anker, ein Wunder für mich. »Ja.«

Er nickt und nimmt eine etwas entspanntere Haltung ein. »Unheimlich, nicht wahr? Diese Sachen hier im Wald zu sehen, meine ich.«

»Ich hasse es.«

»Das bringt es auf den Punkt.« Sein Blick huscht zur Tür. »Wir sollten gehen. Das B-Team wartet bestimmt schon.«

Aber keiner von uns bewegt sich. Ich will etwas sagen, damit sich die Dinge zwischen uns entspannen. Um den Knochen zu richten, der gebrochen ist, so dass wir heilen können, auch wenn der Zeitpunkt für eine solche Unterhaltung denkbar ungünstig scheint. Aber ich muss *irgendetwas* tun, also greife ich nach seiner Hand. Meine Finger umschließen kühles, geformtes Metall. »Danke.«

Er runzelt leicht die Stirn. »Keine Ursache, Martin. Wir passen aufeinander auf.«

Wir teilen einen Moment der Stille. Nah und verbunden.

Ganz und gar nicht anständig und professionell.

Dann bricht draußen das Chaos aus.

Unsere Pferde kreischen, und Marcus schreit nach uns. Durch die geöffnete Tür sehe ich kurz Jode, der einen Pfeil anlegt und zielt.

Aber es sind die Schreie in der Ferne, die mir das Blut in den Adern gefrieren lassen. Ich habe Ben und Cordero noch nie vor Todesangst schreien hören, aber ich weiß, dass sie es sind. Und ich weiß, was gerade passiert.

Gräuslinge.

14
Gideon

Es hört sich an wie ein Massaker.

Ich hole alles aus Rebell heraus und riskiere dabei, die Richtungsmarkierungen zu übersehen, die Marcus mit seiner Sense hinterlassen hat. Aber wenn ich langsamer reite, komme ich vielleicht zu spät, um jemand zu retten.

Die Araber schreien – Pferdelaute, die ich noch nie zuvor gehört habe –, und die Gräuslinge geben wilde Geräusche einer jagenden Meute von sich: irgendwo zwischen Wolfsgeheul und dem Kreischen von Hyänen.

Cordero und Ben haben ebenfalls geschrien. Vorhin.

Jetzt nicht mehr.

Der Drang, mit Rebell zusammenzufalten, ist mächtig. Und aussichtslos. Als Feuer könnten wir sie in Sekundenschnelle erreichen, aber wir sind in unserer Gestalt als Pferd und Reiter gefangen.

Der Wald ist still seit dem Moment, als wir durch das Portal gekommen sind, aber jetzt kommt ein Wind auf, der die Blätter abreißt, die Äste krümmt und zum Ächzen bringt. Ein verbrannter, feuchter Geruch nach Flut und Feuer beißt in meinen Augen und meiner Kehle.

»Das sind sie!«, ruft Daryn, die neben mir auf Schatten dahinprescht.

Alle vier fädeln wir uns durch Bäume; unsere Pferde springen über Wurzeln, streifen kleinere Äste. »Sie haben uns umzingelt.«

Aus den Augenwinkeln sehe ich verschwommene Bewegungen – zu massiv und schnell, als dass es sich um Schatten handeln könnte.

Marcus, der ein paar Längen weiter vorne ist, schaut sich nach mir um. »Ich starte durch!«

»Ja, los!«

Er drückt sich tiefer in den Sattel, die Sense an seine Seite gepresst, und Ruin beschleunigt pfeilschnell, dicht gefolgt von Daryn auf Schatten.

Jode, der neben mir reitet, weil unsere Pferde wesentlich langsamer sind, wirft mir einen Blick zu. Sich zu trennen ist ein Fehler, aber wir müssen unbedingt alle überleben.

Es dauert nicht lange, und ich entdecke vier Gräuslinge, die sich uns nähern. Skelette in Kapuzenumhängen, zerlumpt und knochig. Sie laufen auf allen vieren, mit der Geschwindigkeit von Raubtieren.

»Rechts von mir!«, schreit Jode.

Ich schaue und sehe nichts, begreife dann, dass er meint: »Komm an meine rechte Seite«, denn wegen meiner nutzlosen Robohand ist meine linke Seite völlig ungeschützt.

Noch bevor ich eine Bewegung machen kann, springt irgendetwas direkt vor mir auf den Weg.

Rebell weicht zur Seite aus und kollidiert Schulter an Hüfte mit einem der Araber. Das Pferd prallt von Rebell ab und kracht mit dem dumpfen Geräusch der Luft, die aus seinen Lungen gepresst wird, auf den Boden. Es rollt auf den Rücken, strampelt mit den Beinen und springt wieder auf.

Corderos weißes Pferd erstarrt kurz und schaut in unsere Richtung. Der Sattel hängt schief auf seinem Rücken, und Blut läuft über seinen weißen Hals; dann schießt es voller Entsetzen davon.

Ich wickle die Zügel um meine Prothesenhand und treibe Rebell an, um zu Jode aufzuschließen. Der beißende Geruch wird stärker, je näher wir kommen. Wiederholt erfüllt das Bellen mehrerer Pistolen sowie von Maias Gewehr die Luft, und ich höre Low immer und immer wieder schreien.

Die Panik in seiner Stimme schockiert mich.

Als wir gegen die Sippschaft gekämpft haben, ist Low ruhig geblieben, selbst als er schwer verwundet wurde. Ich kann mir nichts vorstellen, was ihn ängstigen könnte.

Dann sehe ich unsere Gruppe und begreife.

Das B-Team befindet sich am anderen Ende der Lichtung, auf der wir beim Eintritt in die Kluft gelandet sind, und ist in zwei Gruppen geteilt. Beide werden von Gräuslingen belagert – eine Angriffstaktik, bei der ich plötzlich an Krähen denken muss, die sich auf ein Vogelnest stürzen.

Suarez und Maia sind bei Cordero und Ben – alle vier dicht zusammengedrängt. Suarez und Maia schießen auf Gräuslinge, die aus allen Richtungen heranstürmen und sich mit Klauen und zuschnappenden Zähnen auf sie stürzen. Es gelingt ihnen, den Angriff mit Dauerfeuer weitgehend abzuwehren, aber ich weiß, dass wir nicht unbegrenzt viel Munition haben.

Marcus schirmt sie auf einer Seite mit großen Schwüngen seiner Sense ab.

Etwa vierzig Meter weit entfernt steht Low allein bei den Arabern und bildet den anderen Teil des B-Teams. Ganz allein. Er versucht, die Pferde loszumachen, aber es ist das reinste Chaos. Sie krachen gegeneinander und kreischen wild, werfen die Köpfe hin und her und wollen unbedingt die Flucht ergreifen. Daryn reitet auf Schatten in Richtung Low, und ich sehe, wie sie einander etwas zubrüllen.

Jode legt einen Pfeil an die Sehne und schießt auf einen Gräusling. Er löst sich zusammen mit den umstehenden Bäumen unter einem erschütternden Knall auf, der fast mein Trommelfell zum Platzen bringt. Ich habe die zerstörerische Kraft seines Bogens monatelang nicht mehr erlebt, aber ich habe sie nicht vergessen. Danach herrscht einen Augenblick Stille, als hätte jemand auf Pause gedrückt; dann höre ich das Knistern von Feuer in der Ferne.

Als Jode zu mir herüberschaut, tritt ein frustrierter Ausdruck auf sein Gesicht. Sein Bogen ist zu gewaltig für den Nahkampf – etwa so, als würde man eine Bombe gegen eine Ameise einsetzen. Er kann nicht viel ausrichten, ohne die Menschen zu gefährden, die wir retten wollen.

Wir müssen hier raus.

Wir brauchen die Kugel.

Ich schlage die Hacken in Rebells Seite, um zu Cordero zu kommen. Dann spüre ich den ersten Gräusling, der sich mir von links nähert, meiner schwachen Seite.

Er hat keine Augen. Ich wusste es aus Daryns Schilderung, aber es selbst zu sehen, ist eine andere Sache – und zwar eine verdammt schaurige.

Der Gräusling springt wie auf Federn auf mich zu, als sei er schwerelos.

Ich reiße Rebell herum und schwinge mein Schwert. Es trifft dort auf, wo der Hals des Gräuslings in dessen Schulter übergeht, aber die Klinge stößt auf mehr Widerstand, als ich erwartet hätte. Das Ding besteht offenbar nur aus Knochen und Sehnen, aber es ist sterblich. Es taumelt zu Boden, zuckt eine Sekunde und bewegt sich dann nicht mehr.

Der Nächste kommt ebenfalls von links. Aber Rebell und ich wissen, wie man kämpft, und wir sind gut. Ich trenne den Kopf des Monsters bei meinem ersten Angriff ab und spieße dann einen Gräusling auf, der es auf Marcus abgesehen hat.

Ich habe den Stoß gerade ausgeführt, als Rebell hochsteigt. Mir ist klar, dass er einen Angriff von vorne abwehren muss, aber dadurch werde ich herumgerissen, die Schultern verdreht, als würde ich mit einem Baseballschläger ausholen. Völlig aussichtslos, im Sattel zu bleiben. Ich werde nach oben katapultiert und fliege nach hinten.

Die Halterung meiner Handprothese zerrt an meinem Ellbogen, und einen Moment bin ich sicher, dass ich dieses Mal meinen ganzen Arm verliere, aber dann lösen sich die Zügel. Ich überschlage mich und lande flach auf den Schulterblättern; das Schwert fällt dumpf auf den Boden, während ich Hintern über Kopf abrolle.

Ich komme auf die Füße und hebe benommen meine Waffe auf.

Rebell zertrampelt den Gräusling mit seinen enormen Hufen.

In Sekunden sind die Beine des Dings nur noch Brei. Ich packe ihn mit meiner Prothesenhand am Hals und starre in leere Augen.

»Wo ist Sebastian?«, knurre ich und drücke die Schwertspitze in seine Achselhöhle. »Wo ist er?« Das Monster atmet schwer durch vergilbte Fangzähne; der faulige Gestank aus seinem Maul bringt mich fast zum Würgen. »Antworte! Wo ist Sebastian?«

Es schnappt nach mir, und seine Zähne schrammen über meine Metallhand.

Ich komme zum Stehen, und Rebell greift erneut an und beendet, was er angefangen hat.

Dann schaut er mich an, und Flammen züngeln an seiner breiten Brust hinauf. *Hat er dich gebissen?*

Nein.

Steig auf.

Nein. Wir können zu zweit kämpfen, wenn ich am Boden bleibe, Rebell. So können wir mehr erreichen.

Rebells Augen blitzen auf, als er mit den Hufen aufstampft. Ich weiß, dass ihm das nicht gefällt, aber er senkt den Kopf und setzt dann einem Gräusling nach.

Die Kreatur dreht so schnell um, dass sie ausrutscht und flach auf dem Rücken landet. Sie hat nicht die geringste Chance.

Ich halte mein Schwert fest in der guten Hand und durchdenke meine nächsten Schritte, während ich zu Corderos Gruppe sprinte. Zuallererst brauchen wir eine sichere Position. Wenn wir uns nicht irgendwo neu formieren können, werden wir vernichtet.

»Suarez! Rückzug!« Meine Stimme geht in dem Lärm unter, aber Suarez und Maia hören mich trotzdem. »Hütte, ungefähr hundert Meter in diese Richtung«, schreie ich und zeige nach rechts.

Maia hält die Flut der heulend heranstürmenden Gräuslinge mit gleichmäßiger und tödlicher Treffsicherheit auf. Jode konzentriert seine Pfeile auf einen Bereich, wo der

Wald leuchtend rot und von Tosen und Brüllen erfüllt ist.

»Wir können nicht weg«, sagt Suarez, als ich ihn erreiche. Cordero hat die Hand auf ihren Hals gepresst, und Blut quillt zwischen ihren Fingern hervor. Sie ist kreidebleich. Bens Hemd ist voller Blut, aber ich kann keine Wunde entdecken. »Jemand muss Low helfen. Wir brauchen die Pferde.«

»Wir brauchen die Kugel«, entgegnet Cordero. »Das alles nutzt nichts, wenn wir die Kugel nicht bekommen.«

Ich will nicht glauben, was ich da höre. »Sie *haben* sie nicht? Wo ist sie dann?«

»In der Satteltasche an meinem Pferd. Wir hörten, dass Gefahr drohte, und versuchten zu fliehen, aber das Pferd scheute.«

Ich schaue Suarez an. Er schaut mich an. Für diese beschissene Situation gibt es keine Worte.

»Gideon, ich reite hin!« Ich schaue hinauf zu Daryn auf Schatten.

»Ich hole sie!«

»Daryn, warte!« Aber Schatten springt mit langen Schritten davon.

Dieser Plan hat gravierende Mängel: Daryn hat keine Waffe, und wir brauchen sie genauso wie die Kugel, um hier rauszukommen. Und ich brauche sie einfach lebendig. Punkt.

Ich sehe mich nach Rebell um, aber er steckt mitten im Kampf, beißt und tritt alles, was in seine Nähe kommt – zu weit entfernt für mich, um ihn schnell zu erreichen.

»Marcus!«

Er schaut zu mir, sieht Daryn davonreiten und löst sich

dann aus der Lichtung, um ihr zu folgen. Als Ruin in gestreckten Galopp fällt, springt ein Gräusling in ihren Weg. Sie springt hoch und weicht ihm mit Leichtigkeit aus. Als sie wieder landet, sehe ich den blitzenden Bogen der Sense und dann die Klinge, die sich in den Rücken des Gräuslings gräbt. Marcus schleppt ihn ein paar Meter hinter sich her, bevor er ihn wieder loslässt.

Low prescht auf einem der Araber heran. Er springt ab, packt die Zügel mit einer Hand und winkt mit der anderen Cordero und Maia zu. »Los, los, los!«, ruft er. »Steigt auf, schnell.«

Ich renne hinüber und halte das Pferd fest, damit er Maia in den Sattel schieben kann. Cordero bewegt sich nicht.

»Cordero, los!«, schreie ich.

Sie wankt hin und her; ihr Blick verschwimmt. Sie verblutet, wenn wir keine Hilfe für sie holen können. »Nein«, antwortet sie. »Kümmert euch um Ben. Ich gehe als Letzte.«

Mist. Das ist echt der falsche Zeitpunkt für Edelmut.

Aber Low greift sofort ein. »Ben, komm her!«

Ben zögert keine Sekunde. Er wirft sich in den Sattel und landet halb auf Maia, die nach hinten rutscht.

»Wie weit, Gideon? Welche Richtung?«, will er wissen und packt die Zügel. »Ist es in der Nähe?«

»Ganz ruhig, Ben. Da lang. Folg einfach unseren Spuren. Alles klar?«

»Alles klar«, antwortet er.

Maia schlingt einen Arm um seine Taille und zieht mit der anderen Hand eine 9-mm-Pistole aus ihrem Beinholster. Dann gräbt sie die Hacken in die Flanken des Arabers, und das Pferd stürmt davon.

Low und ich geben einander Deckung, während wir zu den drei übrigen Arabern zurücksprinten. Wir brauchen ein Pferd für Cordero und Suarez.

»Die Rote, Blake.« Er zeigt auf eine kastanienrote Stute, die etwas weniger panisch wirkt als die anderen. »Schneid sie los.«

Die Zügel haben sich durch das Drängeln und Schubsen der Pferde verheddert. Unmöglich, sie zu entwirren, also umfasse ich den Kopf der Stute mit dem linken Arm, halte sie fest und schneide die Lederriemen durch.

Kaum ist sie frei, springt sie davon, aber Low packt sie beim Zaumzeug.

»Ruhig«, sagt er. »Ganz ruhig, kleiner Knallfrosch.«

Die Stute reißt die Augen auf und wiehert vor Angst. Ein Gräusling rast mit gefletschten Zähnen und gespreizten Krallen auf uns zu. Blitzschnell dreht sich das Pferd zur Seite, und Low rudert zurück, um ihm auszuweichen, aber er bleibt mit dem Fuß hängen und stürzt.

Ich greife nach der Mähne der Stute, damit sie Low nicht niedertrampelt. Zweimal wische ich durch die Luft, bevor mir einfällt, dass meine linke Hand aus Metall besteht und nutzlos ist.

Low rollt sich zur Seite, kann irgendwie vier wirbelnden Hufen ausweichen und bleibt unverletzt. Er steht auf und zieht dabei seine Handfeuerwaffe aus dem Hüftholster. »Los, Blake! Steig auf!«

Als ich die Stute endlich unter Kontrolle habe, schwinge ich mich in den Sattel. Auf einem Pferd zu sitzen, das nicht Rebell ist, fühlt sich an, als würde ich die Klamotten von jemand anders tragen, aber es gelingt mir, die Araberstute zu beruhigen und in Bewegung zu setzen. Nach wenigen Sekunden habe ich Suarez, Jode und Cordero eingeholt.

In der kurzen Zeit, die ich bei Low war, ist Suarez übel zugerichtet worden. In seinem Oberschenkel klafft eine tiefe Wunde. Cordero ist auf die Knie gesunken; die Wunde an ihrem Hals blutet jetzt noch heftiger. Und überall das ununterbrochene Heulen der Gräuslinge, die mit krummen, blutrot triefenden Krallen um sich schlagen.

Suarez humpelt auf mich zu.

»Kannst du zur Hütte reiten?«, frage ich ihn, als ich von der Stute springe.

»Ja.« Unter einer Flut spanischer Flüche hievt er sich in den Sattel.

Ich eile zu Cordero. »Okay, Boss. Zeit, von hier zu verschwinden.« Ihr Kopf kippt auf die Seite, als ich sie hochhebe und zu Suarez trage. »Du musst sie festhalten«, teile ich ihm mit. Was bedeutet, dass er nicht schießen kann.

»Jode, reite mit ihnen!«, schreie ich. »Sie brauchen Deckung.«

Jode schaut von Suarez zu mir. »Du auch!«

»Bring sie zur Hütte, Jode! Tu es einfach!«

»Verdammte Scheiße!«, flucht er, senkt aber seinen Bogen und kommt auf uns zu.

»Blake, was ist mit Low?«, fragt Suarez, als er versucht, sein panisches Pferd und eine schlaffe Cordero in den Griff zu bekommen. Er schaut über die Lichtung. *»Travis!«*

Ich habe Suarez noch nie schreien hören, und es ist so selten, dass Low bei seinem Vornamen genannt wird, dass ich einen Moment brauche, um zu begreifen, was los ist.

Low steckt in Schwierigkeiten.

Er liegt auf dem Boden und wird von einem Gräusling in den Wald gezerrt.

Die Kreatur läuft rasch hin und her, als würde sie eine frisch erlegte Beute schützen. Low bäumt sich auf, schlägt um sich und rammt die Absätze in den Boden, aber das Ding hat die Krallen tief in seine Brust geschlagen und besitzt genügend Kraft, um seinen massigen Körper mit Leichtigkeit wegzuschleppen.

»Rebell!« Am anderen Ende der Lichtung halten die kühnen bernsteinfarbenen Augen meines Pferdes nach mir Ausschau. »Rebell, zu mir!« Er gibt Gas, eilt zu mir, während ich auf ihn zusprinte. Wir bremsen kaum ab, als wir einander erreichen.

Aber als ich endlich im Sattel sitze, kann ich Low nicht mehr sehen.

Ich stürme zu der Stelle, wo der Gräusling ihn in den Wald gezerrt hat. Rebell spürt die Dringlichkeit, und seine Schritte werden zu Sprüngen.

Es dauert nicht lange, bis wir Low finden – ich erreiche ihn fast sofort.

Aber ich bin nicht schnell genug.

Ich komme ein ganzes Leben zu spät.

15
Daryn

Schatten und ich verfolgen unseren Weg zurück und suchen den Wald nach dem weißen Araber ab, der vor wenigen Minuten an uns vorbeigeprescht ist.

Corderos Pferd.

Das Pferd mit der Kugel in der Satteltasche.

Ich schaue nach links und nach rechts, der Boden verschwimmt unter Schattens Hufen. Der Araber muss hier irgendwo sein.

Hinter mir höre ich das Heulen der Gräuslinge und dunkle Schreie, entweder von Low oder Suarez. Alle Haare an meinem Körper stellen sich auf bei diesen Lauten. Leben und Tod, Gewalt und Angst vereinen sich zu einem Geräusch, von dem ich weiß, dass ich es in Albträumen für den Rest meines Lebens hören werde – wenn es überhaupt einen Rest geben sollte.

Ich entdecke einen Gräusling, der in den hohen Ästen eines Baumes weiter vorne hockt. Wir reiten zu schnell, um unseren Pfad zu verlassen.

Ich wappne mich, rechne wieder mit Krallen auf meinem Rücken. Noch eine Schraffur.

Ich sehe es vor mir: Jeder Zentimeter meiner Haut ist aufgerissen.

Aber als wir unter dem Gräusling hindurchreiten, lächelt er nur und zeigt seine spitzen, verfaulten Zähne.

»Gefallen dir meine Freunde?«, ruft er herab, und ich erkenne, dass es die Kreatur von meinem ersten Besuch ist. »Mehr von meiner Sorte, nicht wahr?«

Als ich ihn hinter mir gelassen habe, bereue ich es sofort. Dieses Ding wusste von Sebastian – *ich sollte umkehren!* Aber wenn ich das weiße Pferd mit der Kugel nicht finde, könnten alle im Team sterben.

Wir preschen weiter, und etwas in mir wird schwarz, welkt allmählich dahin, als ich die Suche nach dem Araber fortsetze. In diesem schummrigen Wald sollte die Stute leicht zu erkennen sein. Sie sollte so weiß sein wie die Begonien.

»Daryn!«

Marcus ruft nach mir, von irgendwo weiter hinten.

»Hier! Marcus, ich bin hier!« Ich halte durch die verschwimmenden Bäume nach ihm Ausschau, sehe ihn aber nicht.

Ich habe mich noch immer nach hinten umgedreht, als Schatten abrupt stehen bleibt.

Ich kippe nach vorne, werde fast aus dem Sattel katapultiert. Dann sehe ich, warum sie angehalten hat.

Die weiße Araberstute steht nur ein paar Längen vor uns.

Sie ist nicht allein.

Ein junger, großer und schlanker Mann in dunkler, enganliegender Kleidung steht neben dem Pferd und hält es am Halfter fest.

Er hat die Beine leicht gespreizt und ist voll und ganz auf mich konzentriert, als habe er auf mich gewartet.

Euphorie verwandelt mein Herz in eine Rakete, die hinauf in die Sterne schießt.

Sebastian.

Sein Name springt mir fast aus der Kehle, bis ich begreife, dass ich mich irre.

Ich *wollte* Bas sehen. Aber er ist es nicht.

Es ist Samrael.

Schatten fängt an zu tänzeln. *Nein, Daryn. Verschwinde. Wir müssen sofort hier weg.*

Es gelingt mir nicht, sie zu beruhigen. Ich weiß, dass sie Angst um mich hat, aber ich kann nicht ohne die Kugel gehen.

Ich registriere vage, dass ich absteige. Nehme entfernt wahr, dass mein Mund vollkommen trocken ist und ich meine zitternden Hände flach gegen die Beine gedrückt habe.

Mein Kopf fühlt sich an, als sei er fast zwei Meter über meinem Körper. Als befände sich mein Bewusstsein noch immer auf dem Rücken von Schatten hinter mir.

»Ich bin hier, um zu helfen«, sagt Samrael mit volltönender Stimme. Eine Stimme, so kalt wie ein Winterhauch.

»Hältst du mich für dumm?«

»Ganz im Gegenteil.«

Darauf habe ich nichts zu entgegnen. Wenn er es ernst meint, ist es ein Kompliment, das ich nicht von ihm haben will. Wenn es geschmeichelt ist, will ich es noch weniger.

Ich bemerke, dass der Sattel der weißen Stute nicht festgeschnallt ist: Das Sattelzeug ist halb von ihrem Rücken hinabgerutscht. Samrael hat sein eigenes Pferd, einen riesigen Schimmel, ein Stück hinter uns an einen Baum gebunden.

»Daryn …« Er lässt die Stute los und hebt die Hände, als wolle er mir bedeuten, dass er nichts Böses im Schilde führt, aber er ist ein Dämon. Er *ist* das Böse. »Hör mich an.«

Es ist Monate her, seit ich ihn gesehen habe. Aber anders als Gideon, Jode und Marcus, die sich in der gleichen Zeitspanne stark verändert haben, sieht Samrael noch genau so aus wie damals.

Er ist noch immer wunderbar anzusehen, mit weit auseinanderstehenden Augen und dunklem Haar, das an Ozeanwellen erinnert. Von schlanker, geschmeidiger Statur, mit der Athletik eines Panthers – Schnelligkeit und Kraft, die man jederzeit wahrnehmen kann, selbst in seinen trägen Bewegungen.

»Du steckst in Schwierigkeiten«, fährt er fort. »Ich kann dir helfen. Ich kann dich in Sicherheit bringen.«

»Wo ist Sebastian?« Meine Stimme stolpert über die Worte wie über rollende Kieselsteine. »Weißt du, wo er ist?« Das ist alles, was mich interessiert. Diese Information ist das Einzige, das ich je von ihm will. »Die Gräuslinge sagten, sie hätten ihn.«

»Gräuslinge?« Seine Augen flitzen in Richtung des Kampfes. »Nein, das stimmt nicht. Er ist bei mir. Er ist in Sicherheit. Sebastian geht es gut.«

»Ich glaube dir nicht.«

»Es ist die Wahrheit«, beteuert Samrael, sein Blick fest wie ein zugefrorener See. »Bas geht es gut.«

Ein kleines Keuchen entweicht mir, und mein Blick trübt sich. Ich denke, ich kann ihm glauben. Ich möchte ihm so sehr glauben. Wegen der Art, wie er es gesagt hat.

Bas. So vertraut. Als würde er Sebastian kennen.

»Ich bringe dich zu ihm«, bietet er an. »Aber wir müssen sofort gehen.«

»Ist das dein Ernst?« Samrael hat Gideon die Hand abgeschnitten. Er hat Sebastian vergiftet. »Glaubst du wirklich, dass ich mit dir gehe?«

Er antwortet nicht. Seine Augen suchen wieder den Wald ab, wachsam.

Die Geräusche der Gräuslinge könnten lauter werden; ich kann es nicht beurteilen. »Uns läuft die Zeit davon.«

»Ich gehe nicht ohne meine Freunde!«, blaffe ich. Dann schlucke ich die Trockenheit in meiner Kehle herunter. »Ich lasse niemanden zurück.«

»Ich verstehe.«

»Wie könntest du?«

Wieder sagt er lange nichts. »Ich würde sie auch mitnehmen, wenn ich glaubte, dass sie mitkommen, aber …« Er lächelt, ein tödliches Lächeln, und schüttelt dann frustriert den Kopf. »Glaubst du, Gideon würde mir jemals irgendwohin folgen?«

»Niemals.« Als ich seinen Namen höre, erinnere ich mich schlagartig wieder an mein Ziel. Ich muss zu Gideon, Jode und Marcus. Zu Cordero und den anderen.

»Ich brauche dieses Pferd.«

»Natürlich«, sagt er. Er gibt der Stute einen sanften Klaps, und sie springt hinüber zu Schatten, sucht Sicherheit im Vertrauten. Aber die Satteltasche rutscht von ihrem Rücken und fällt zu Boden, fast direkt vor Samraels Füße.

Unwillkürlich fällt mein Blick darauf. Samrael bemerkt es.

Er bückt sich anmutig, hebt die Tasche auf und hält sie hoch. »Ich nehme an, die brauchst du auch.« Es ist eher eine

Feststellung als eine Frage. Dann öffnet er die Schnalle und nimmt die Kugel heraus. Dabei huscht ein verwirrter Ausdruck über seine Gesichtszüge. »Dieses Ding hat für ziemlichen Ärger gesorgt. Und es sieht ganz schön mitgenommen aus.«

Er schaut zu mir hoch, aber ich habe keine Kraft mehr zu sprechen.

Ich brauche sie, will ich sagen. Aber das weiß er natürlich.

Gib sie mir, will ich verlangen. Aber was würde das nutzen?

Samrael lässt die Kugel wieder in die Satteltasche gleiten und schließt die Schnalle. Ich sehe meine Chance schwinden, alle zu retten und jemals lebendig hier rauszukommen. Er wird sie behalten. Er weiß, dass ohne sie niemand irgendwohin geht.

Ich rechne damit, dass er sich die Tasche über die Schulter hängt. Stattdessen wirft er sie mir zu.

Sie landet mit einem leisen, dumpfen Geräusch unmittelbar vor meinen Füßen.

»Ich würde sie immer bei mir tragen.«

Meint er das *ironisch*? Ich hechte nach vorne und schnappe mir die Tasche, gierig wie ein Aasgeier, und hole rasch die Kugel heraus, um sie tief in meine Jackentasche zu stecken.

Das Heulen ist inzwischen ganz nah – es bewegt sich eindeutig in unsere Richtung.

»Komm mit mir, Daryn.«

Etwas Großes rauscht an mir vorbei.

Marcus' Sense fliegt durch die Luft und dreht sich dabei um sich selbst. Gewaltig. Als hätte ein Hubschrauber seine Propeller abgeworfen.

Samrael springt zur Seite, und die Sense verfehlt ihn nur

um Zentimeter, bevor sie in der Rinde eines Baumes hinter ihm stecken bleibt.

Er eilt zu seinem Pferd und steigt mit einem eleganten Sprung auf. »Eine Nachricht für Sebastian?«

Endlich hat er verstanden, dass ich nicht mit ihm gehe.

»Sag ihm, dass ich nicht aufgebe. Sag ihm, dass ich alles tun werde, um ihn nach Hause zu bringen.«

»Das weiß er bereits«, entgegnet Samrael und lenkt seinen Schimmel herum, »aber ich werde es ihm sagen.«

Ich sehe ihm nach, als er davonreitet, und frage mich, ob ich nicht einen schrecklichen Fehler begangen habe.

Kurz darauf reitet Marcus heran, sieht Samraels Gestalt verschwinden. Dann finden mich seine wutentbrannten Augen. »Bist du okay?«

Ich nicke, weiß es aber eigentlich gar nicht so genau. Ich zittere am ganzen Leib.

»Die Kugel, D?«

»Ich habe sie.«

Er nickt. »Es hat uns schwer erwischt. Wir müssen zurück.« Er hebt seine Sense auf. Ich schlinge mein Lasso um den Kopf der weißen Araberstute, und wir reiten zurück zur Hütte.

Mein Körper wird die Angst nicht los. Jeder Schatten lässt mich zusammenfahren; jeden Augenblick rechne ich mit einem Angriff der Gräuslinge. Aber der Wald ist unheimlich still. Nirgends sind Gräuslinge zu sehen, trotzdem habe ich ständig das Gefühl, dass sie ganz in der Nähe sind.

Gideon wartet vor der Hütte auf uns, als wir ankommen. Jode steht links auf der Veranda, Maia rechts. Gideon sieht Marcus lange an und kommt dann auf mich zu. Auf seiner

Wange ist Blut – vier Streifen, wie von Fingern. Ein grimmiger Schmerz in seinen Augen legt sich schwer auf mein Herz. »Wir müssen fort.«

»Was ist passiert?«, frage ich ihn.

Gideon packt Schattens Zügel, um sie stillzuhalten, und schaut zu mir hinauf. Ein Gefühl, das ich nicht einordnen kann, brennt in seinen Augen.

Marcus ist von Ruin heruntergesprungen und zusammen mit Jode in der Hütte verschwunden.

»Gideon, ist jemand verletzt? Was ist passiert?«

»Wir müssen zurück, Daryn.« Seine Stimme ist brüchig, und seine Augen füllen sich mit Tränen. Marcus kommt aus der Hütte und trägt jemanden über der Schulter. Dann folgt Jode.

Und ich verstehe.

Nicht hier. Noch nicht.

Zuerst müssen wir nach Hause.

Die Hälfte unseres Teams entweder im Sattel zusammengesackt oder daran festgebunden, öffne ich das Portal und bringe uns zurück nach Nevada, wo Blut unter der hellen Wüstensonne scharlachrot leuchtet.

16
Gideon

Jode nimmt einen Schluck aus der Whiskeyflasche und verzieht das Gesicht. *»Säure.«* Er presst den Handrücken auf den Mund und schüttelt sich. »Oder ist es Benzin?« Er reicht mir die Flasche. »Ich weiß es nicht.«

Ich nehme sie. Robohand funktioniert wieder, seit wir draußen sind. Was den Rest von mir betrifft, bin ich mir allerdings nicht so sicher.

Ich fühle mich nicht gut.

»Hauptsache, es wirkt«, erwidere ich lallend. Ich trinke sonst nicht. Nie. Meine Wut setzt mir dann mächtig zu. Mehr als sonst. Und es ist tödlich für meinen Magen. Aber heute Abend blieb mir keine Wahl. Im Moment ist Leben Schmerz – ein Schmerz von der Sorte, den man um jeden Preis betäuben will.

Wir sitzen zu dritt nebeneinander auf dem Dach unseres Wohnmobils und lassen die Beine an der Seite herunterbaumeln. Unten erleuchten die Scheinwerfer des Camps etwa zehn Meter Wüste; dahinter gibt es nichts als Dunkelheit und Sterne.

»Erzähl mir noch mal, wie kurz davor du warst, Samrael aufzuschlitzen«, bitte ich Marcus.

Vor fünf Minuten haben wir alle auf den Boden gestarrt

und überlegt, ob wir uns irgendwas brechen würden, wenn wir runterfallen. Marcus wurde schwindlig, deshalb liegt er jetzt auf dem Rücken. Jode und ich sitzen noch aufrecht. Obwohl ich mich auch schwindlig fühle. Aber der Schwindel steckt irgendwo in meinem Inneren. Vielleicht hat meine Seele eine Gehirnerschütterung.

»Ich habe es dir schon dreimal erzählt«, antwortet er. »Ich versuche, mich auf fröhliche Dinge zu konzentrieren.«

»Knapp. Nur ein paar Zentimeter.«

»Und wie weit hast du die Sense geworfen?«

»Keine Ahnung. Zwölf, dreizehn Meter?«

»Das ist echt gut, Marcus. Vielleicht solltest du weiterüben, damit du beim nächsten Mal triffst.«

»Mach ich.«

Er macht einen Witz. Wir machen Witze. Man wirft keine Sense. Aber ich könnte wetten, dass er es tatsächlich üben wird. Er will Samrael das Licht ausblasen. Fast genauso sehr, wie ich es will.

Wir haben eine weitere Sackgasse in unserer Unterhaltung erreicht, also trinke ich.

Es ist schrecklich. Wie Benzin.

Warum tue ich das?

O ja, richtig: weil ich nicht nachdenken will.

»Suarez fährt morgen früh«, sagt Jode. »Hat Soraya mir vorhin erzählt. Er fährt nach Texas, zu Lows Familie.«

Ich schaue ihn an. »Und das erzählst du uns einfach so?«

»Ich dachte nicht, dass es in die Schlagzeilen muss.«

Das stimmt. Die Schlagzeilen unseres heutigen Tages sind schwer zu übertreffen.

Dabei hätte alles noch viel schlimmer ausgehen können.

Wir sind aus der Kluft herausgekommen. Aber dafür haben wir einen sehr hohen Preis gezahlt. Wir haben heute zu viel verloren.

Suarez brauchte eine Bluttransfusion, und sein Oberschenkel musste mit vierundzwanzig Stichen genäht werden. Maia bekam fünf Stiche am Unterarm, sieben an der Schulter. Bens Zustand ist noch immer ungewiss. Er hat schwere innere Blutungen. Wir warten. Wir wollen einfach nur gute Nachrichten. Ich war sicher, dass Cordero es nicht schaffen würde. Dachte, ihre Halsschlagader sei durchtrennt. Aber es war eine Verletzung am Kopf, die diese wahnsinnige Blutung verursachte. Die Wunde wurde geklammert, und es geht ihr gut. Körperlich kommt sie wieder in Ordnung. Aber Low nicht.

Travis Low ist tot.

Er ist tot, erscheint aber ständig in meinem Kopf. Albert herum und schreit dann in Panik. Unaufhörlich, dann in Fetzen.

Ich sollte eigentlich wissen, wie schnell es gehen kann, nach der Sache mit meinem Dad. Wie schnell man jemanden verlieren kann. Aber ich werde genauso wenig damit fertig wie damals.

»Ich will das nicht. Hier, nimm du sie.« Ich reiche Marcus die Flasche.

Mir dreht sich der Magen – er hat nicht aufgehört sich zu drehen, seit der Sekunde, in der ich Low erreichte und sah, dass es zu spät war.

»Nein«, entgegnet Marcus.

»Doch. Nimm sie.«

»Ich will sie nicht.«

»Warum so zickig, Marc?«

»Wer ist Marc?«

»Du.«

»Ach ja? Wassis los, Gid?«

»Wenn du es abkürzen willst, nimm Giddy. Die Stimmungskanone.«

Marcus lacht. »Oooo mein Gott. Du bist echt fertig.«

Er hat recht. Inzwischen entscheidet Jack Daniels genauso darüber, was aus meinem Mund kommt, wie ich. »Warum bist *du* nicht fertig?«

Er schweigt eine Sekunde. »Keine gute Idee.«

Ich verstehe. Neben allem anderen hat ihm der Anblick des Ford Mustang in der Kluft zugesetzt. Manche Sachen bleiben besser in der Vergangenheit – und für ihn gehört diese Sache dazu.

Was ich allerdings *nicht* verstehe: Wie ist der Wagen da reingekommen? Und Daryns Hütte aus Wyoming, und ihre Mutter?

Es gibt so viele Fragen, auf die wir noch nicht mal den Ansatz einer Antwort haben.

Ich atme tief ein und fülle meine Lungen mit der kühlen Nachtluft. Alle Sterne des Universums sind heute Nacht am Himmel. Milliarden. Es könnte eine perfekte Nacht sein – unter anderen Umständen.

»Suarez fährt also nach Texas? Das ist gut«, sage ich.

Er kannte Travis seit fünfzehn Jahren. Besser als jeder andere. Seit der Grundausbildung waren sie immer zusammen im Einsatz gewesen. Lows Exfrau wird zutiefst erschüttert sein. Sein Junge, der erst drei ist, wird den Verlust für den Rest seines Lebens spüren. Jared muss für sie da sein. Ich kannte Travis nicht so gut wie Suarez, aber in den letzten Monaten haben wir eine Menge zusammen durchgemacht.

Die Sterne beginnen zu verschwimmen, und mir schnürt sich die Kehle zu.

Mist.

Jode seufzt. Er fährt sich mit der Hand über den Kopf. »Was haben wir uns nur dabei gedacht, alle in die Kluft mitzunehmen?«

»Nein, nein. Ich werde nicht zurückschauen, Jode«, erwidert Marcus. »Warum haben wir dies nicht getan, warum das nicht?« Er schüttelt den Kopf. »Es ist passiert. Vorbei.«

Ich stimme ihm zu. Aber Jode will nur verstehen. Er bewältigt Dinge durch Informationsverarbeitung. Ich habe das schon vorher bei ihm beobachtet.

Ein Telefon brummt. Jode zieht sein Handy aus der Tasche, und das Display beleuchtet den erleichterten Ausdruck auf seinem Gesicht. Jode hat kein enges Verhältnis zu seinen Eltern und seiner Schwester. Die einzige Person, die diese Reaktion bei ihm hervorruft, ist *meine* Schwester.

»Wir sollen hier keine persönlichen Gespräche annehmen«, sage ich – wie ein Arschloch. Ich weiß auch nicht, warum. Doch, ich weiß es: Vielleicht will ich, was die beiden haben.

»Cordero macht heute eine Ausnahme.«

»Ergibt Sinn. Viel Spaß beim Gespräch mit der Person, mit der ich den Großteil meiner DNA teile.«

Er lächelt. »Danke.« Er springt nach unten und entfernt sich langsam. »Anna? Ja, ich habe angerufen. Nein, nein, alles in Ordnung. Ich wollte nur reden.« Er zieht es bis zum

Ende durch. Bei seinen letzten Worten lassen die Emotionen seine Stimme ein wenig brüchig klingen. »Ja, wirklich? Nein, es ist nichts. Wahrscheinlich kriege ich eine Erkältung. Erzähl mir, wie es dir geht.«

Seine Stimme verklingt, als er die Treppe hinabsteigt und im Wohnmobil verschwindet. Es ist seltsam zu hören, wie er meine Schwester anlügt, aber es gehört zum Job. Zu dem, was wir versprochen haben. Trotzdem tut er mir leid, und Anna tut mir auch leid. Meine Schwester ist zu schlau, um sich etwas vormachen zu lassen. Und heute ist kein Tag, um Dinge vor den Menschen zu verbergen, die einem etwas bedeuten.

»Weißt du, was? Das ist das einzige Mal, dass ich ihnen wünschte, sie wären echt zusammen. Ich meine, am selben Ort. Nicht körperlich miteinander.«

Marcus lächelt. »Du willst, dass sie *zur Sache kommen*, Blake?«

»Jetzt ist echt nicht der Zeitpunkt für dumme Witze.«

Er lacht.

Ich reiße ihm die Flasche aus der Hand, starre sie dann aber nur an, weil ich mich in Erinnerungen daran verliere, wie Low ein Stück Brot über Rebells Mähne getoastet hat. Immer nur Blödsinn im Kopf.

»Bis später, G.« Marcus steht auf. »Ich gehe zu Daryn.«

Ich springe auf die Füße. *»Was?«*

»Wolltest du zu ihr?« Marcus tut so, als wäre er überrascht. Aber er ist ein schlechter Schauspieler. »Mein Fehler. Sah nicht so aus.«

»Alter, was soll das? Du hättest einfach sagen können: ›Geh zu ihr.‹«

»Geh zu ihr.«

»Bin schon unterwegs.«

Er tritt zur Seite. »Dann mal los, *Giddy.*«

Ich klettere nach unten und gehe zu Daryns Wohnmobil, auch wenn ich nicht sicher bin, ob das in der jetzigen Situation der richtige Schritt ist. Aber ich will wissen, ob es ihr gutgeht. Aber natürlich wird es ihr nicht gutgehen, weil es heute keinem von uns gutgeht.

Warum gehe ich also zu ihr?

Damit sie so tun kann, als wollte sie mich, dann ihre Meinung ändert und so tut, als sei ich der größte Fehler, den sie je gemacht hat?

Geh weiter, Blake. Vorwärts, marsch.

Ich verirre mich kurz in dem Labyrinth aus Wohnmobilen und stolpere ein paarmal über meine eigenen Füße. Entweder bebt gerade die Erde, oder ich habe Schwierigkeiten, auf den Beinen zu bleiben. Endlich finde ich Daryns Wagen und klopfe an.

Sophia macht die Tür auf. Ihre Augen sind verweint und rot. Alle haben rote Augen. Wir sind eine neue menschliche Unterart.

»Hey«, sagt sie und lächelt traurig. Sie schaut Richtung Küche, wo Daryn am Tisch sitzt. »Ruf mich, wenn du was brauchst, okay?«

»Klar. Danke«, antwortet Daryn.

Sophia geht, und ich trete ein.

Daryn hockt zusammengesunken in der Tischnische, das Kinn auf die Arme gelegt. Sie trägt ein übergroßes Sweatshirt und ihre Haare sind nass, als sei sie eben erst aus der Dusche gekommen. Der tolle Duft ihres Shampoos oder ihrer Lotion oder von irgendwas anderem haut mich fast um, als ich mich auf die Bank ihr gegenüber setze.

»Wie geht es dir?«, fragt sie.

Auch sie hat rote Augen. Verschwollene rote Augen. Trotzdem sieht sie toll aus.

»Ziemlich beschissen. Und dir?«

»Ich habe zwanzig Minuten am Stück geheult«, antwortet sie. »Hab's auf der Uhr an der Mikrowelle gesehen.«

Warum war ich nicht hier? Warum bin ich nicht früher gekommen? »Bei mir waren es ungefähr fünf. Aber es war heftig. Ich hab gekotzt.«

»Echt?«

Ich zucke mit den Schultern. »Es war eher ein Würgen. Da kam nicht viel, aber du kennst ja meinen Magen. Tut alles, um Aufmerksamkeit zu bekommen.«

»Ich weiß, dass du ihn sehr gemocht hast.«

»Tue ich noch.«

Sie nickt, streicht sich eine Strähne hinters Ohr und nimmt meine Hand. Ihre Finger sind weich und kühl. Viel kleiner als meine. Dann umfasst sie mit der anderen Hand auch meine Prothese.

Es überrascht mich, dass mir das nichts ausmacht. Mein Handkomplex wäre jetzt auch albern. Ich konzentriere mich nur darauf, wie es aussieht. Ihre schöne Hand, die meine bionische Hand hält.

Es sieht okay aus. Nicht so schlimm, wie ich es mir vorgestellt hatte. Ich korrigiere die Geste, damit die Hand in einer besseren Position ist, aber das surrende Geräusch ihres inneren Mechanismus erscheint laut und sorgt dafür, dass ich mich befangen fühle. Und dämlich.

Ich glaube, es macht mir doch etwas aus.

Jetzt ist es zu spät. Wir halten Händchen.

»Was kann ich tun, um zu helfen?«, erkundigt sich Daryn.

Irgendwo im Camp springt ein Generator an.

»Das hier ist gut.«

»Sollen wir für Travis beten? Für seine Familie?«

Das überrascht mich. »Sicher.«

Wir beten, in Stille, aber gemeinsam. Für Low. Für seine Exfrau und für seinen Sohn, den es viel schlimmer trifft, als es mich getroffen hat. Ich hatte achtzehn Jahre mit meinem Dad. Lows kleiner Junge – Austin – hatte nur drei.

Völlig unvermittelt muss ich plötzlich daran denken, wie sich Suarez und Low vor ein paar Tagen in der Großmarkthalle bei einer Pizza über mich lustig gemacht haben.

Hey, Low. Du hast was verpasst. Blake hat gerade einen Witz gemacht.

Echt? Das lässt hoffen, Mann. Er versucht es schon so lange.

Low. Der Mann war echt einmalig.

Eine weitere der gewaltigen Gefühlswellen des Tages erfasst mich. Ich vergrabe den Kopf zwischen meinen Armen und zähle von tausend rückwärts.

Neunhundertneunundneunzig.

Neunhundertachtundneunzig.

Daryn gleitet neben mich auf die Bank und legt mir eine Hand auf die Schulter. Der leichte Druck ist schon bald das Einzige, was ich fühle. Ich möchte sie ansehen, sie festhalten, aber das scheint wahnsinnig und könnte schiefgehen, also zähle ich weiter.

Sie streicht mir langsam über den Rücken. Es hat eine vollkommen andere Wirkung als die, die sie meiner Meinung nach beabsichtigt, also zähle ich einfach weiter, fühle mich erhitzt und durcheinander, weiß nicht mehr, wo oben und unten ist, als wäre ich bloß ein Tier, das auf alles reagiert – Leben und Tod und Lust.

Ich komme bis neunhundert, bevor ich mich sicher genug fühle, um mich aufzurichten.

Ich sollte gehen, aber ich kann mich nicht überwinden. Ich will bleiben, aber meine emotionalen Bremsen sind ausgebrannt. Mein Blick fällt auf das Tagebuch auf dem Tisch. Mein Name springt mir ins Auge. In Daryns Handschrift.

»Moment mal, steht da …« Ich hole es näher heran und lese, was da steht. Dann lese ich es noch einmal. »Wie hast du es geschafft, ein Foto von meinem *Hintern* zu machen? Wann? Und *warum*?«

Daryn zuckt zusammen. »Gib das her.« Sie greift nach dem Buch, aber ich halte es fest, und wir kabbeln uns darum. »Gideon, gib es her! Das ist peinlich.«

»›Gründe‹?« Ich lache, als ich die Überschrift der Liste lese. »Was für Gründe sind das denn genau?«

»Ich weiß es nicht *genau*. Es sind einfach Gründe. Gründe, glücklich zu sein. Gründe, weiterzumachen. Gründe, zu leben, zu lachen und zu lieben. Für mich ist das alles irgendwie dasselbe.«

»Für mich nicht. *Lachst* du über meinen Arsch? Oder *liebst* du ihn? Großer Unterschied.«

»Musst du das wirklich fragen?«

Ich lasse das Notizbuch los und lehne mich zurück. Schlagartig nüchtern. Nein, besser als nüchtern. Ich bin kugelsicher.

Daryn nimmt das Notizbuch, schlägt es aber nicht zu. Sie

schiebt es vor uns und lächelt. »Super.« Sie schüttelt den Kopf. »Ich kann nicht glauben, dass du das gelesen hast.«

»Es lag offen da. Ich konnte nicht anders. Aber es … es ist *toll.* Ehrlich, ich hatte von diesem Tag nichts Gutes mehr erwartet.«

Sie sieht mich an, ihre blauen Augen werden sanfter. »Ich bin froh, dass ich helfen konnte. Na los. Jetzt kannst du auch noch den Rest lesen.«

Ich zögere nicht und stürze mich gleich darauf.

Die ersten paar Einträge sind klasse – genauso würde ich meine Liste mit Gründen ebenfalls beginnen. Dann stutze ich. »Das Lächeln von Marcus? Ist es echt so gut?«

»Ja. Er hat ein umwerfendes Lächeln. Unglaublich.«

»Okay, langsam. Ganz langsam.« Ich lese weiter. »Jodes schräge britische Eigenarten?«

»So gut.«

»Da stimme ich voll und ganz zu.« Ihre Mutter ist natürlich auch auf der Liste. Ebenso ihr Dad und ihre Schwester. Je weiter ich nach unten gelange, desto deutlicher wird, dass es eine Mischung aus Leuten und scharfen Beobachtungen ist. Nichts davon ist besonders überraschend für mich, was ich cool finde. Ich kenne dieses Mädchen. Sie versucht, Abstand zu halten, aber ich kenne sie.

Dann komme ich an einen weiteren Punkt mit meinem Namen darin, und mein Kopf explodiert.

Steht das wirklich da? Meine Lippen haben »unfassbare Macht«?

Ich habe sie *zwei Mal* geküsst. Beide Male war ich so schockiert, dass es passierte, dass ich gar nicht versucht habe, mein Bestes zu geben. Und *das* ist meine Einstiegsnote?

Ich kann es gar nicht verarbeiten. Das übertrifft alles. Von allem, was ich je erreicht habe, ist das das Beste.

Daryn schaut mich unverwandt an, wartet auf meine Reaktion.

»Das ist eine echt gute Liste, Martin. *Echt* gut. Nummer vierzehn gefällt mir besonders.«

»Ich habe eine Hyperbel verwendet. Eine Übertreibung, für den literarischen Effekt.«

»Steh einfach dazu. Brauchst dich nicht zu schämen.« Sie knufft meinen Arm. Ich lache. »Ich meine es ernst. Vierzehn ist bis jetzt der mit Abstand beste Punkt. Außer dass hier auch steht, ich würde dich glühend ansehen, was nicht stimmt. Was immer es bedeutet.«

»Doch, tust du.«

»Auf keinen Fall.« Tue ich das? Ich erinnere mich an mein Gesicht im Spiegel der Flughafentoilette. »Quatsch.«

»Du tust es jetzt auch. Es ist in deinen Augen. Sie sagen die Wahrheit.«

»Ich bin nur müde. Es war ein übler Tag.«

»Glühend.«

Ich schaue wieder auf das Notizbuch, bevor meine Augen ihr verraten, dass sie gerade perfekt aussieht, mit ihrem schläfrigen Blick und ihrem sexy Lächeln. »Es gibt sechzehn Punkte hier. Wie viele Gründe werden es am Ende?«

»Keine Ahnung. Darüber habe ich nicht nachgedacht. Vielleicht hundert?«

»Schön. Kann ich auch einen aufschreiben?«

Ihre Augenbrauen wandern nach oben. »Natürlich.«

»Bist du sicher?«

»*Ja*. Ich möchte, dass du es tust. Schreib so viele dazu, wie du magst. Irgendwie ist es jetzt unsere Liste.«

»Ich kann es gar nicht abwarten.«

»Schreib, bevor ich es mir anders überlege.«

Ich nehme den Stift, den sie mir hinhält. Dann fällt mir ein, dass ich bis letztes Jahr mein Leben lang Linkshänder war. »Daryn, meine Handschrift ist nicht …«

»Sie ist perfekt. Mach schon.«

Ich tue, was sie sagt.

17. Daryns tatsächlicher Hintern – kein Foto davon, sondern der echte

Daryn lacht. »Ernsthaft?«

»Und wie. Hast du ihn dir mal angesehen?«

»Meinen Hintern? Nicht wirklich. Er ist irgendwie hinter mir.«

»Na ja, es ist jedenfalls ein verdammt guter Grund, und außerdem ist es nur fair.« In die nächste Zeile schreibe ich das, was ich eigentlich hinzufügen wollte. Der Grund ist kürzer als der vorherige, aber ich brauche länger dafür, weil meine Augen wieder überlaufen. Aber schließlich schaffe ich es.

18. Low

Ich lehne mich zurück und hole ein paarmal tief Luft, bis ich wieder normal atmen kann.

Daryn legt ihren Kopf auf meine Schulter. So bleiben wir sitzen. Starren auf den Namen Low.

Die Erinnerungen kommen. Ich denke immer wieder an all die Dinge, die ich von ihm vermissen werde.

Ich habe das oft getan.

Ich tue es fast täglich, mit Dad.

Um die Zeit herum, als er starb, lag er mir noch immer ständig wegen der schmutzigen Klamotten in den Ohren, die auf dem Boden in meinem Zimmer herumlagen. Ich sollte jeden Tag mein Bett machen, die Zahnpastatube wieder zuschrauben, Mom und Anna jedes Mal umarmen, wenn ich durch die Tür kam. Selbst wenn ich nur kurz aus dem Haus war, um eine Pizza zu holen. Ich fand es verrückt, das alles zu tun. Totale Zeitverschwendung. Jetzt tue ich es. Allerdings wird er es nie sehen.

So ist das mit dem Tod. Vorher verpasst man alles, und nachher vermisst man alles, das hätte sein sollen.

Daryn gähnt und schaut auf die Uhr an der Mikrowelle. »Es ist fast drei Uhr morgens. Wirst du versuchen zu schlafen?«

»Wahrscheinlich.« Es ist besser, als die ganze Nacht über deprimierende Gedanken zu wälzen.

»Willst du hier schlafen?«

Wow.

»Ja.«

Sie steht auf, und ich folge ihr, nehme an, dass wir hinten in das Schlafzimmer gehen, aber sie bleibt vor dem eingelassenen Einzelbett im Flur stehen, das vermutlich für kleine Kinder oder Gartenzwerge gemacht wurde.

»Das Schlafzimmer hat Maia. Sie ist jetzt bei Suarez, aber sie könnte später wiederkommen.«

»Das hier ist wunderbar.«

»Ich weiß nicht.« Daryn sieht mich an, als würde sie meine Größe abmessen. »Bist du sicher, dass du da reinpasst?«

»Klar. Ich schlafe einfach in Kanonenkugelstellung.«

Sie lacht, macht das Licht aus und klettert hinein.

Ich stoße mir den Kopf, als ich versuche einzusteigen. *Langsam, Blake. Beruhige dich.*

Ich erkenne sofort, dass sich das Ganze nur als Team bewerkstelligen lässt. »Du solltest dich auf die Seite drehen. Dann haben wir mehr Platz.«

»So?«

»Ja. Was macht dein Rücken? Kann ich meinen Arm um dich legen?«

»Besser – ja. Kann ich meine Beine über deine legen?«

»Klar.« *Breite dich ganz über mir aus. Ehrlich, das ist völlig in Ordnung.*

»Und komm näher. Zu mir, Martin.« Irgendwann liegen wir zusammengepresst da, ich auf dem Rücken, sie mit dem Kopf auf meiner Schulter. Ich kann meine Beine nicht ausstrecken, also hänge ich die Füße hinaus in den Flur.

Da über und unter uns Schränke sind, ist das Dach echt niedrig. Wir sind auf drei Seiten von Holzvertäfelung umgeben. Ich war noch nie klaustrophobisch, aber jetzt weiß ich, wie sich das anfühlen muss. Es ist unglaublich unbequem – und unglaublich aufregend.

Ihr Haar riecht phantastisch. Ihr Körper fühlt sich phantastisch an. Ich spüre, dass ihr Herz ganz schnell schlägt, genauso wie meins, und ich bin schläfrig, aber auch hellwach.

Angeknipst. Ich wünschte, wir wären nicht beide komplett angezogen. Und dass diese Situation bettartiger wäre – nicht so, als hätte man uns zusammen in Isolationshaft gesteckt.

»Gideon …« Ihre Stimme ist so nah an meinem Ohr, dass ich fast eine Gänsehaut bekomme. »Ist es unbequem?«

»Nein. Für dich?«

»Nein. Willst du dich anders hinlegen?«

»Nein.«

»Gut. Ich auch nicht.« Sie schmiegt sich an meine Brust, und damit schwindet die Chance, dass ich in dieser Nacht noch etwas Schlaf bekomme. Game over. Völlig aussichtslos.

»Ich denke die ganze Zeit, ich hätte sie daran hindern müssen, mit uns in die Kluft zu gehen. Ich hatte von Anfang an kein gutes Gefühl.«

Vielleicht werde ich ja doch schlafen. »Ja, ich weiß. Ich hätte auf dich hören sollen.« Ich schiele zu ihr herunter. »Ich hätte deiner Einschätzung vertrauen sollen. Du hattest recht.«

»Ich wünschte, es wäre nicht so gewesen.« Sie blinzelt. »Und ich wünschte, ich hätte mich bei anderen Dingen nicht so geirrt.« Ich warte darauf, dass sie weiterredet. Da kommt offensichtlich noch mehr. »Gideon, was du gestern Abend zu mir gesagt hast, äh …?« Sie seufzt und rückt dann direkt mit der Sprache heraus. »Nachdem ich über dich hergefallen bin?«

»Es war ein gegenseitiges Herfallen. Ich glaube, eigentlich hatte ich die Nase vorn.«

Sie lächelt. »Fraglich. Ich meine das, was du danach gesagt hast. Erinnerst du dich?«

»Ja.« Ich sagte ihr, dass ich sie will. Dass wir es, zumindest was mich betrifft, miteinander versuchen sollten. »Ich habe nur versucht zu verstehen, Daryn. Ich wollte nur verstehen, was uns im Weg steht. Du musst es mir nicht sagen.«

»Aber ich *will* es dir sagen. Aber nicht heute Nacht. Später. Bald.«

»Okay. Fortsetzung folgt.«

»Fortsetzung folgt«, bestätigt sie. »Wir sollten versuchen, ein wenig zu schlafen.«

»Klar.« Aber es ändert sich nichts. Wir liegen da, unsere Gesichter nur Zentimeter voneinander entfernt. Es ist Wahnsinn. Sie nur zwinkern zu sehen. Ihren Atem zu spüren. Aber nach ein paar Minuten wollen meine Augen einfach nicht mehr offen bleiben. Ich lasse sie zufallen.

»Gute Nacht«, sagt sie.

»Nacht.«

»Ich hoffe, ich träume von diesem … von genau diesem Augenblick.«

Umwerfend zu hören. Umwerfend. »Ich hoffe, ich träume von Grund Nummer vierzehn. Tu ich bestimmt.«

»Es war echt ein Fehler, dir diese Liste zu zeigen.«

»Martin, du hast ja keine Ahnung.«

17
Daryn

Das Geräusch von abreißendem Klettband weckt mich.

In der Dunkelheit brauche ich eine Sekunde, um mich zu orientieren. Ich liege in meinem Bett im Wohnmobil. Das warme bernsteinfarbene Licht der morgendlichen Wüste umrahmt die heruntergelassenen Rollos im Küchenbereich.

Gideon ist schon wach. Er sitzt auf der Bettkante, den Rücken zu mir. Er hat sein Hemd ausgezogen und zieht an der schwarzen Halterung seiner Handprothese, steckt sie unter den Ellbogen und drückt sie an seine Seite, während er versucht, die Riemen zu entwirren.

Maias leises Schnarchen dringt durch die dünne Schlafzimmertür.

Schweigend sehe ich zu, wie Gideon mit den Riemen kämpft. Sein Rücken ist beeindruckend, mit klar definierten Muskeln, die in einer schmalen Taille auslaufen. Ich könnte noch eine Stunde hier liegen und ihn bewundern, wenn die Trauer mich nicht überkommen und für einen dumpfen Schmerz tief in meiner Kehle sorgen würde.

Wie oft habe ich gesehen, dass er beiläufig seine Handprothese in die Hosentasche gesteckt oder die Arme vor der Brust verschränkt hat, um sie vor mir zu verbergen.

Er glaubt, ich würde es nicht bemerken. Aber er irrt sich.

Irgendeine Macht, die stärker ist als ich, lenkt meine Hand zu seinem Unterarm.

Er fährt zusammen, erstarrt, als hätte ich ihn erschreckt. Dann wendet er sich mir leicht zu und zieht die Riemen von seinem Arm, während er mich über die Schulter hinweg ansieht. Er versteckt alle Hinweise auf das Ding, über das wir nie gesprochen haben.

»Habe ich dich geweckt?«, fragt er leise.

»Nein.«

»Doch, das hab ich.«

Er hat recht. Und das hier geht schon in die falsche Richtung. Ich will mehr Ehrlichkeit zwischen uns, nicht weniger. »Ja, du hast mich geweckt. Aber das macht nichts.«

»Daryn, ich muss gehen.« Er steht auf, aber ich halte ihn am Arm fest. »Daryn …«

»Hasst du mich deswegen?« Ich flüstere die Frage, obwohl Maia noch immer gleichmäßig nebenan schnarcht. Im Dämmerlicht kann ich nur die Konturen seines Kiefers und den Schwung seiner Wimpern erkennen.

»Das ist gar nicht möglich.«

»Gibst du mir die Schuld daran?«

»Ich glaube, das habe ich am Anfang versucht. Ungefähr eine Minute lang.«

»Ich hätte nie zugelassen, dass es geschieht, wenn ich es gewusst hätte. Ich hätte alles getan, um dich zu schützen.«

»Ich weiß.«

»Warum bist du dann …?«

»Warum ich mich dann so seltsam deswegen verhalte, wenn du in der Nähe bist?« Er lässt den Kopf auf die Seite fallen, und die Muskeln an seinem Hals bewegen sich wellenförmig, als er schluckt. »Gute Frage.«

Wir verfallen in Schweigen, und die Anspannung lässt diesen winzigen Raum noch kleiner erscheinen. Ich weiß, dass er sich schrecklich fühlt, kann spüren, dass er unbedingt wegwill.

»Geh nicht, Gideon.«

»Ich bin doch bei dir.«

»Ich will dich öfter bei mir.« Ich ziehe ihn am Arm zurück. Zuerst wehrt er sich, doch dann lässt er es geschehen legt sich neben mich auf die Matratze.

Seine Handprothese plumpst auf den Boden.

Er starrt an die niedrige Decke; seine Brust hebt und senkt sich, sein Magen hebt und senkt sich. Genauso außer Atem wie ich. »Willst du mir den Tag vermiesen?«

»Nein.« Ich weiß nicht, was das Gegenteil von »vermiesen« ist – das Wort will mir einfach nicht einfallen –, aber das wünsche ich ihm: das Gegenteil von »vermiesen«. »Lass mich einfach machen.«

»Was?«, will er wissen.

Aber wir beide kennen die Antwort.

Ich fahre mit der Hand über seinen rechten Arm, über das Kreuz-Tattoo. Dann über den Namen Bas. Drei Buchstaben in Schreibschrift, überraschend fließend und sehr schön.

Gideon ballt die Hand zur Faust, so dass die Adern an seinem Unterarm hervortreten.

Er schließt die Augen, und ich weiß, dass ich seine Erlaubnis habe.

Ich schaue auf seinen anderen Arm, der am Handgelenk endet.

Es ist nichts Befremdliches daran. Es ist sofort normal – so normal, wie *er* für mich normal ist. Was ganz und gar nicht normal ist.

Er könnte nicht weiter davon entfernt sein.

Er ist außerordentlich. Stark. Schön.

»Sind wir fertig?«

»Nein.«

Seine Augen öffnen sich ein wenig, und er sieht mich durch halbgeschlossene Wimpern an.

Er schluckt. »Ändert das … etwas? Findest du es krass …?«

»Ja, Gideon. Es ändert die Dinge.«

Er runzelt die Stirn, wirkt verletzt. Aber als ich über ihn klettere und mich mit den Knien zu beiden Seiten seiner Hüften abstütze, tritt Überraschung an die Stelle von Verletztheit.

Ich lege mein Haar über eine Schulter und befehle meinem Herzen, sich nicht vom Fleck zu rühren, noch nicht direkt aus meiner Brust zu springen. Dann beuge ich mich langsam nach unten und küsse seine Lippen, ein Mal, sanft.

Als ich mich aufrichte, ist der Ausdruck in seinen blauen Augen so unglaublich verletzlich und menschlich, dass es mich fast umhaut.

Ich bewege mich weiter, weil ich sonst die Nerven verliere. Ich küsse seine Schulter, dann seinen Bizeps, folge einem Pfad über warme Haut und Muskeln, die sich unter meinen Lippen anspannen. Bis ganz hinunter zu seinem Handgelenk, das auf seinem Bauch liegt.

Dort angekommen, blicke ich auf. Er hält den Atem an. Seine Augen sind wieder geschlossen. Ich könnte weinen, als ich sehe, wie schwer das für ihn ist. Wie schwer es die ganze Zeit gewesen ist.

Ich habe nicht dasselbe durchgemacht wie er, aber ich verstehe, wie es ist, einen Teil von sich selbst zu verlieren. Ohne die Sehergabe habe auch ich es schwer. Ohne meine Familie. Ich weiß, wie es ist, ohne etwas zu sein, auf das man angewiesen war, das man sogar für selbstverständlich hielt.

In entscheidender Hinsicht unvollständig.

»Gideon.«

Er schüttelt den Kopf.

»Doch«, sage ich. »Lass mich.« Ich drücke einen langen Kuss auf den starken Knochen seines Handgelenks und spüre, wie sein Atem stockt. Ich weiß nicht, ob er spüren kann, was ich denke, aber ich hoffe es. *In meinen Augen bist du perfekt. Glaub mir.*

Dann verfolge ich meinen Pfad zurück nach oben und halte bei seinem Mund an.

Mein Plan ist, hier ein wenig Zeit zu verbringen, aber eins nach dem anderen.

»Ich habe eine Frage.«

»Nur zu.« Er sieht mich eindringlich an, glühend.

»Die hier.« Ich tippe auf meine Lippen. »Was Macht betrifft, wie sind sie? Unfassbar?«

Er zieht mich auf seine Brust und schlingt die Arme um mich. »Mein Gott, Daryn …« Er küsst meinen Kopf. *»Ja.«*

Als Maia sich im Nebenzimmer zu regen beginnt, geht Gideon. Doch wenn er vorhatte, heimlich zu verschwinden, hat er Pech gehabt.

Als er das Wohnmobil verlässt, tauchen Soraya und Sophia auf. Ich höre, wie er vor der Tür mit ihnen redet.

»Wir wissen nicht, was wir tun sollen«, sagt Soraya.

»Oder wohin wir gehen sollen«, ergänzt Sophia.

»Ja«, entgegnet er. »Ich glaube, das geht uns heute allen so.«

Sie unterhalten sich noch eine Weile darüber, wie es den Verletzten geht. Dann ist er fort, und die beiden kommen herein zu mir und Maia.

Wir unterhalten uns kurz am Küchentisch. Danach sitzen wir da und reden *nicht*. Wir alle sind seelisch und körperlich am Ende. Und völlig ohne Ziel.

Den Rest des Vormittags bewegen wir uns wie ein kleines Rudel. Zunächst tun wir so, als würden wir frühstücken. Dann wandern wir zur Krankenstation und zurück zum Wohnmobil, immer in der Hoffnung auf Neuigkeiten von Ben, der in ein nahe gelegenes Krankenhaus geflogen wurde.

Gideon sehe ich an dem Tag nicht mehr. Er bleibt in seinem Wohnmobil bei Jode und Marcus.

Ich frage mich, wo wir beide stehen. Wir hatten so viele Starts und Stopps – aber im Grunde hat er recht: Es liegt an mir. Ich bin diejenige gewesen, die auf die Bremse getreten ist. Ich war so dämlich. So fest entschlossen, mich selbst zu schützen. Warum habe ich mich *vor ihm* geschützt?

Zurück im Wohnmobil, erreicht uns um elf Uhr die Nachricht, dass Bens Zustand stabil ist.

Man hat ihm zwar die Milz herausnehmen müssen, aber es lässt sich auch ohne Milz leben. Ben hat noch einen langen Weg vor sich, aber die Ärzte gehen davon aus, dass er vollständig genesen wird.

Soraya und Sophia fallen sich in die Arme und lösen sich in Tränen der Erleichterung auf.

Maia atmet lange durch die Zähne aus. »Okay. Gut gemacht, Ben«, sagt sie, als wäre er hier bei uns. Dann schaut sie mich an.

»Ich gehe schießen. Kommst du mit?«

»Ja.« Mir ist alles recht, solange ich nicht mehr hier herumsitzen und mir Sorgen machen muss.

Sie requiriert einen Jeep, und wir verbringen eine Stunde auf dem Schießplatz des angrenzenden Militärstützpunkts. Maia gibt mir eine Lehrstunde. Tipps zur Atmung, Haltung, Technik. Sosehr ich mich auch bemühe, aber es fühlt sich falsch an, die Waffe zu halten – als hätte ich statt eines Gewehrs einen Stuhl in der Hand, während es bei ihr wie eine natürliche Erweiterung des Körpers aussieht. Selbst mit dem frisch vernähten Bein unter ihren Cargohosen steht und schießt sie wie ein Profi. Es ist beeindruckend, ihr zuzusehen.

Als die anderen Leute auf der Basis bemerken, wie gut sie ist, hören wir auf und fahren zurück.

»Und, was ist mit dir und Krieg?«, fragt sie schließlich, als wir auf die Hauptstraße abbiegen. »Hab gesehen, dass er über Nacht geblieben ist. Und all das Augenhockey, das ihr beiden gespielt habt. Wir alle wussten ja, dass da schon vorher was gelaufen war.«

»Ja, also, wir ...« Ich weiß nicht, was ich sagen soll. Ich gebe ihr die Wasserflasche zurück, die wir uns geteilt haben. »Da läuft was zwischen uns.«

Maia lacht. »Das kann man wohl sagen. Blake ist ein Spitzentyp. Heiß wie Frittenfett.« Ich schaue sie an. »Ups. Darf ich das so sagen?«

»Natürlich. Ich bin bloß überrascht, dass ich mich gut fühle. Ich meine, ich bin natürlich traurig wegen all dem, was passiert ist ... aber es geht mir auch gut.«

Das liegt zum Teil auch an Maia – das ist mir klar. Einfach mit ihr Zeit verbringen. Ganz zwanglos etwas mit ihr unternehmen, das ich sonst nie tun würde. Das Lager verlassen, durch die Gegend fahren, eine Flasche Wasser teilen. Einfach ... die fehlenden Teile akzeptieren und *weitermachen.*

»Ich verstehe dich«, erwidert sie. »Das Leben ist verdammt seltsam, nicht wahr?«

»Unglaublich seltsam.«

Als wir ins Lager kommen, werden wir zu einer Versammlung im Kommandozentrum gerufen.

Maia und ich setzen uns nebeneinander. Die Stühle rund um den Tisch beginnen, sich zu füllen, aber was mir auffällt, sind die Abwesenden.

Kein Ben. Kein Suarez.

Kein Low.

Ohne sie kommt es mir vor, als wären wir nur halb so viele wie noch vor zwei Tagen – obwohl das nicht stimmt.

Marcus kommt herein und schaut in meine Richtung. Jode folgt direkt dahinter. Dann Gideon, den ich nicht direkt ansehen kann – selbst dann nicht, nachdem ich mich innerlich angeschrien habe, dass ich ein Feigling bin. Nicht einmal, als er sich direkt neben mich setzt und sagt: »Hey.«

Ich murmle eine Begrüßung in mich hinein.

Er muss bemerken, dass ich verstummt bin, denn er wendet sich an Maia. »Hab gehört, ihr wart schießen. Wie lief es denn?«

Maia antwortet, dann sagt er wieder etwas, und sie unterhalten sich wie erwachsene Menschen. Ich versuche, ihnen zu folgen, während mein Hirn mir ein Bild von ihm sendet, wie er mich von der anderen Seite des Kopfkissens aus angesehen hat.

»Hat Daryn auch geschossen? Wie war's?«, erkundigt er sich und redet noch immer so, als seien wir alle drei an dieser Unterhaltung beteiligt.

Maia antwortet für uns beide, fungiert als meine Sprecherin. Ich sitze da wie ein Klotz, fahre mit dem Daumen über einen imaginären Kratzer in der Tischplatte. Augenkontakt? Worte? Momentan Fehlanzeige.

Ich fühle mich ihm zu nah. Habe meine Schutzhülle verloren, meine Fähigkeit, mein Verhalten anzupassen, mich zu verstecken, abzulenken oder die Coole zu spielen. So habe ich mich noch nie gefühlt. Ich habe Angst, dass ich nicht mehr auf anständig und professionell zurückschalten kann. Ich habe Angst, dass ich einfach aufstehe, auf seinen Schoß krabble und ihn mit Herzchen in den Augen anhimmle, anstatt zu antworten: *Ja, ich habe zum ersten Mal in meinem Leben mit einem Gewehr geschossen, und es hat mir nicht besonders gefallen.*

Ich werde aus meiner neuerlichen Verlegenheit befreit, als Natalie Cordero hereinkommt. Das leise Murmeln der Gespräche endet, als sie um den Tisch herum zu ihrem Platz geht.

Sie sieht furchtbar aus. Ihr Gesicht ist fast genauso grau wie der Trainingsanzug, den sie trägt. Ihr Kopf ist bandagiert, und ihre Wangen sind mit kleinen Schnittwunden übersät.

Ihre Augen liegen tief in den Höhlen.

Sie sieht aus, als hätte sie die ganze Nacht nur geheult, genau wie der Rest von uns.

Aber Cordero ist nie wie der Rest von uns gewesen.

Sie faltet die Hände vor sich auf dem Tisch, blickt darauf und beginnt zu sprechen. »Ich komme direkt zur Sache.« Sogar ihre Stimme klingt brüchig. Sie ist rau, fast nicht zu hören. »Ich übernehme die volle Verantwortung für das, was geschehen ist. Ich habe Travis Lows Tod auf dem Gewissen, also belasten Sie Ihres nicht damit. Die Verletzungen von Jared, Ben und Maia ebenfalls. Ich bin dafür verantwortlich. Wahrscheinlich ist das kein Trost für die, die leiden, aber ich bitte alle aufrichtig und von ganzem Herzen um Entschuldigung.«

Sie seufzt, lässt ihre Worte wirken.

Neben mir lehnt Gideon sich vor und stützt die Ellbogen auf den Tisch.

»Ich habe die Entscheidung getroffen«, fährt sie fort, »diese Operation mit sofortiger Wirkung zu beenden. Es werden keine weiteren Anforderungen an Sie alle gestellt …« Sie holt Luft. »Sie sind von allen Pflichten entbunden. Morgen wird eine Crew eintreffen, um das Camp abzubauen. Sie werden alle mit dem Hubschrauber zurückgebracht. Sollte jedoch jemand schon jetzt das Camp verlassen wollen: Es stehen genügend Geländewagen zur Verfügung, um alle zu befördern, wenn Fahrgemeinschaften gebildet werden, und die Wohnmobile sind ebenfalls eine Option. Soraya ist die Ansprechpartnerin für den Transport.

Was die Zukunft dieses Teams betrifft, so steht eine Entscheidung noch aus. Zunächst einmal müssen Berichte geschrieben und geprüft werden. Außerdem wird es eine Untersuchung geben, möglicherweise mehrere. All das dürfte einige Zeit in Anspruch nehmen, aber ich werde alle Anwesenden benachrichtigen, sobald wir weitere Anweisungen erhalten.«

Sie macht eine Pause. »Gibt es irgendwelche Fragen?«

Jode spricht als Erster. »Sie beenden alles? Die Suche? Was ist mit Sebastian?«

Diese Frage beschäftigt uns alle.

Cordero schaut ihn erschöpft an. »Die Suche ist bis auf weiteres ausgesetzt.«

»Und sie wird nicht weitergehen, nicht wahr?«, hakt Jode nach. »Das ist keine Aussetzung. Es ist ein Abbruch.«

Cordero antwortet nicht.

Wut steigt in mir hoch. Wie in einem Vulkan. Irgendwie schaffe ich es, nicht zu explodieren.

Wie kann sie Sebastian einfach aufgeben?

»Cordero, Sie haben *gesehen*, was da drin los war«, schaltet sich Gideon ein.

»Ja, Gideon. Das *habe* ich«, entgegnet Cordero. »Und genau deshalb ist es vorbei. Das Risiko ist zu groß.«

»Sie lassen Bas im Stich?«, fragt er. »Sie überlassen ihn diesen Monstern?«

Der Ausdruck in Corderos Gesicht verrät mir, was sie nicht aussprechen will. Sie hält Sebastian für tot.

»Im Augenblick haben wir keine Wahl. Dieser Gefahr werde ich niemanden von euch mehr aussetzen. Und ich werde es auch nicht riskieren, dass diese Wesen auf die andere Seite gelangen.«

Gideon schiebt seinen Stuhl zurück und geht hinaus. Marcus ist nur einen halben Schritt hinter ihm, dicht gefolgt von Jode. Und plötzlich bin ich die Einzige, die noch da ist.

Ich. Diejenige, die all das nie gewollt hat. Weder die Beteiligung all dieser Leute noch diesen Militärzirkus mitten in der Wüste.

Das Gewicht von einem Dutzend Augenpaaren lastet auf mir. »Sie können nicht aufgeben.«

»O doch, das kann ich«, entgegnet Cordero. »Wenn ich damit Leben retten kann.«

Ich schüttle den Kopf. Das hier ist das Letzte, was passieren darf. Wir können Bas nicht in der Kluft zurücklassen. Ich will und muss meinen verlorenen Freund finden. Erst dann kann ich mein Leben weiterleben.

»Willst du mir sagen, ich hätte auf dich hören sollen?«, fragt Cordero. »Nur zu, wenn du dich dann besser fühlst.«

Nein, es wird nichts nutzen. Es gibt nur eines, womit ich das erreichen kann.

Ich stehe auf und gehe.

Direkt zum Wohnmobil der Jungs, öffne die Tür und trete ein.

Sie stehen in der Küche und reden. Alle gleichzeitig und aufgeregt. Sie kommen mir vor wie drei kleine Kinder, die sich um etwas streiten.

Als sie mich sehen, verstummen sie.

»Wir diskutieren gerade darüber, ob wir dich fragen sollen, was du davon hältst, in die Kluft zurückzukehren«, erklärt Jode. Er schaut Gideon an, der ganz auf mich konzentriert ist. »Du kennst die Gefahren.«

»Ja, und ihr braucht mich nicht zu fragen. Ich frage euch.«

»Wir sind dabei, selbstverständlich«, antwortet Jode sofort. »Wann?«

»Heute Nacht. Nur wir vier.«

18
Gideon

Wir fangen sofort an, unsere Rückkehr in die Kluft zu planen.

Angesichts der herrschenden Sicherheitsmaßnahmen im Camp können wir ohne Hilfe nicht unentdeckt von hier weg.

»Maia«, schlägt Daryn vor.

Wir alle stimmen zu. Perfekt.

Daryn nimmt das Funkgerät, das auf dem Küchentisch liegt, und ruft sie an.

Fünf Minuten später betritt Maia das Wohnmobil und sieht sich langsam um. Marcus hat sich auf der Couch ausgestreckt, und der Rest von uns sitzt am Küchentisch. Alle sind ernst und schweigsam, als würden wir Lows Tod verarbeiten, aber sie weiß es besser. »Was gibt's, Leute?«

»Wenn wir heute Nacht mit den Pferden ausreiten wollten«, sagt Daryn, »wäre das ein Problem?«

»Um wie viel Uhr?«

»Gegen zwei?«

Maia beißt sich auf die Unterlippe und überlegt. »Ich muss mit Soraya und Sophia reden. Aber ich glaube, es dürfte kein Problem sein.« Sie bleibt an der Tür stehen. »Wenn jemand von euch bei diesem ›Ausritt‹ verletzt wird, trete ich euch in den Hintern. Also, passt auf euch auf, okay?«

Sobald sie weg ist, arbeiten wir die Strategie für unseren Aufenthalt im Splitterreich aus.

Wir wissen nicht, wie die Gräuslinge auf uns aufmerksam geworden sind, aber uns allen ist aufgefallen, dass wir unbemerkt geblieben sind, solange wir uns still verhalten haben. Also werden wir schweigend als Gruppe reiten und uns dabei in einer Richtung orientieren.

Was die Suche nach Bas betrifft, beschließen wir, Daryn auf Schatten die Führung zu überlassen. Sebastians Pferd reagiert so sensibel auf ihn wie der Rest unserer Pferde auf seinen jeweiligen Reiter. Möglicherweise wittert die Stute ihn und kann uns zu ihm führen.

Es ist ein dürftiger Plan. Könnte definitiv besser sein. Aber besser als nichts.

»Was ist mit dem Mustang und der Hütte?«, will Jode wissen. »Und mit den weißen Blumen?«

Daryn schüttelt den Kopf. »Keine Ahnung. Ich habe darüber nachgedacht. Sie scheinen so etwas wie emotionale Auslöser zu sein.«

»Zu welchem Zweck? Um uns aus der Kluft zu vertreiben?«

»Ich weiß es nicht.« Sie schaut mich an, und meine Emotionen werden ausgelöst. Jede Menge neue Entwicklungen, über die ich nachdenken muss. Später. »Ich habe mich gefragt, wie Samrael in euren Geist eindringen konnte«, fährt sie fort. »Und wieso ich, als er mich im Herbst dazu brachte, das Portal zu öffnen, das Gefühl hatte, dass ein Teil von ihm dort hineingesickert ist. Es schien, als würde er es kontaminieren.«

Kontaminieren. Perfektes Wort. Ich fühlte mich kontaminiert, als er in meinem Kopf herumwühlte.

»Glaubst du, diese Fähigkeit von ihm ist dort irgendwie eingedrungen?«, frage ich sie.

»Es war nur eine Idee«, antwortet Daryn. »Aber das erklärt nicht die Blumen oder die Hütte. Er konnte nicht in *meinen* Kopf sehen – nur in euren.«

Schweigen macht sich breit. Jode kratzt sich am Kinn. »Wenn es psychologische Angriffe sind, dürfen wir sie nicht zulassen.«

»Einverstanden.« Es ist wie ein Chor. Ein Pakt. Aber ich weiß nicht, wie wir ihn einhalten können, wie dieses »Nicht-Zulassen« genau aussehen soll.

Jode sieht mich an. »Wir haben noch nicht über Samrael gesprochen oder über das, was er zu Daryn gesagt hat.«

»Was gibt es da zu besprechen, Jode?«

»Er muss sterben«, meint Marcus. »Abgehakt. Was noch?«

»Du glaubst nicht, was er zu Daryn gesagt hat? Dass er weiß, wo Sebastian ist?«

Marcus schüttelt den Kopf.

»Gideon?«

»Ich glaube grundsätzlich nichts von dem, was ein Dämon sagt.«

»Daryn, du bist diejenige, mit der er gesprochen hat. Was meinst du?«

»Ich …« Sie seufzt. »Ich bin es langsam leid, ›ich weiß nicht‹ zu sagen. Wenn ich alles berücksichtige, was ich bis jetzt weiß, bin ich unentschieden.«

»Unentschieden. Also würdest du ihm möglicherweise glauben?« Ich sollte nicht so sauer wegen etwas sein, das noch nicht einmal *feststeht*.

Farbe steigt in ihre Wangen, aber ihr Blick bleibt fest. »Ja, Gideon. Das habe ich gesagt.«

»In Ordnung, nächste Frage«, schließt Jode die Diskussion ab. »Haben wir eine Rückzugsstrategie? Wie lange können wir deiner Meinung nach dortbleiben?«

Daryn gleitet von der Sitzbank und hebt ihren Rucksack vom Boden auf. Sie holt die Kugel heraus und legt sie auf ihre Handfläche. »In dem ganzen Durcheinander hat Cordero sie bis jetzt noch nicht zurückverlangt. Nicht, dass ich sie ihr gegeben hätte.«

Wir treten näher, um sie uns genauer anzusehen.

»Das könnte unsere Entscheidung beeinflussen«, erklärt sie. »Sie zerfällt so stark. Jedes Mal, wenn ich durch das Portal gegangen bin, ist es schlimmer geworden.«

Die Kugel sieht aus, als bestünde sie aus tektonischen Platten: Ihre Oberfläche ist brüchig und voller Risse, als würde sie gleich auseinanderfallen. Sie ist bereits unvollständig. Eine der Platten fehlt. Ein ganzes Stück ist verschwunden – der Splitter, der irgendwo in Wyoming vergessen wurde.

»Ich bin nicht sicher, ob wir danach noch einmal in die Kluft kommen«, fährt sie fort. »Heute Nacht ist vermutlich unsere letzte Chance.«

»Werden wir wieder rauskommen?«, fragt Jode.

»Ich hoffe es.«

Ich schaue die anderen an. Wir alle hoffen es.

Um zwei Uhr gehen wir zum Stall. Die Luft ist schwer vor Feuchtigkeit. Dichte Wolken ziehen heran wie eine dunkle Welle, begleitet von einem anhaltenden Donnergrollen.

Das Camp hingegen liegt ruhig da. Niemand geht Streife,

und die üblichen Wachtposten sind unbesetzt. Als wir uns dem Stall nähern, sehe ich ein paar Leute, die im Licht der Scheinwerfer zusammenstehen.

Ich hebe die Hand, denn ich weiß, dass es Maia und noch ein paar andere sind, die sie gebeten hat, uns bei unserem Plan zu helfen.

Im Stall beginnt Daryn sofort, Schatten zu satteln. Die Jungs und ich rufen Rüstungen und Sattelzeug herbei. Dann reiten wir unter den blitzenden Gewitterwolken in die Wüste, aus denen sich schon bald ein sturzflutartiger Regen ergießen wird.

Der Sturm bricht los, als wir die Stelle erreichen, an der wir beim letzten Mal das Portal durchquert haben. Im Licht der zuckenden Blitze erkenne ich das getrocknete Blut, die Hufabdrücke und Wagenspuren von gestern. Ich bin froh, dass bald alles fortgespült sein wird.

Trotz des Wetters läuft dieses Mal alles besser.

Daryn hat die Kugel. Die Pferde sind ruhiger ohne die Araber, besonders Schatten. Genauso wie wir, obwohl wir um die Gefahren im Splitterreich wissen und uns der Tatsache bewusst sind, dass dies vielleicht unsere letzte Chance ist, Bas zu retten.

Daryn hatte recht. So hätte es von Anfang an sein sollen.

Das begreife ich jetzt. Ich fühle es, und Rebell ebenfalls.

So ist es viel besser, Gideon. Bald werden wir wieder vollständig sein. Zusammen. Ich hasse Regen.

Daryn ist jetzt viel schneller mit der Kugel. Versierter. Sie wirft sie hoch wie einen Ball. Dann bleibt die Kugel in der Luft stehen, wird heller, entfaltet sich und saugt uns in eine ganz andere Art von Sturm hinein.

Ich erlebe die gleichen Höllenqualen wie gestern, diesen zerreißenden, spaltenden Schmerz. Er ist nur ein kleines bisschen leichter zu ertragen, weil ich weiß, dass er bald vorbei sein wird. Dann werde ich in den Wald ausgespuckt, kann mich kaum im Sattel halten. Ich bin völlig desorientiert, mir ist speiübel, und ich habe hämmernde Kopfschmerzen.

Wie beim ersten Mal gibt es keine Übereinstimmung zwischen dem Wetter, das an unserem Ausgangspunkt geherrscht hat, und dem Wetter, das wir in der Kluft vorfinden. Wir haben die stürmische Wüste hinter uns gelassen und befinden uns in einem stillen nächtlichen Wald.

Für den Bruchteil einer Sekunde sehe ich Daryn nicht, und mein Herzschlag setzt aus. Aber dann entdecke ich den Schimmer ihres blonden Haars.

Auf Schatten und ganz in Schwarz gekleidet, verschwindet sie praktisch in diesem Licht.

Jode kommt auf Luzian an meine rechte, Marcus auf Ruin an meine linke Seite.

Daryn lenkt Schatten vorwärts und sammelt die Kugel ein, die sich noch immer in der Luft dreht. »Los geht's«, sagt sie leise.

Wir machen uns auf den Weg.

Ich bin aus mehreren Gründen nicht gerade versessen auf die Dunkelheit. Es wird schwerer für uns sein, Bas oder die Gräuslinge zu entdecken. Ich reite ein brennendes Pferd. Luzian leuchtet wie ein Lampion. Und obwohl Ruin nicht so hell ist, schimmert sie trotzdem wie Kupfer. Wir sind *extrem* auffällig.

Die Chancen, unser Ziel zu erreichen, sind denkbar gering, aber es gibt keine Alternative.

Nach nicht einmal fünf Minuten sehen wir die weißen Begonien.

Daryn reitet weiter, aber Jode und Marcus sehen einander an, und das Gewicht des Schwerts auf meinem Rücken macht sich bemerkbar.

Die Zeit driftet vorbei. Langsame Zeit. Schnelle Zeit. Messbar in Atemzügen. In Hufschlägen und Bäumen. Ich höre die Gräuslinge nicht, rieche nicht ihren verbrannten Gestank oder höre den Wind auffrischen.

Als der Wald überall fast unerträglich einförmig wird, bemerke ich plötzlich vor uns eine Veränderung.

Ein umgestürzter Baum, vertrocknet und entlaubt, liegt auf dem Boden.

Marcus springt von Ruin herunter und untersucht ihn mit Hilfe seiner Sense. Das Ganze wirkt merkwürdig. Die Baumrinde ist abgerissen, teilweise zerschreddert wie Maisbart. Ich sehe kein Kernholz und kein Splintholz – der Baum ist hohl, das Innere schwarz verbrannt.

Ich habe den beunruhigenden Gedanken, dass er wie ein Kokon aussieht. Als hätte sich etwas den Weg nach draußen freigekrallt.

Marcus schüttelt den Kopf. »Das gefällt mir nicht.« Er steigt wieder in den Sattel.

Wir reiten weiter.

Meine Gedanken wollen immer wieder abschweifen. Ich beherrsche mich, richte meine Konzentration wieder auf Bas, auf die Gräuslinge, auf meine Sinne.

Aber die Eintönigkeit des Waldes fühlt sich an, als würde man auf eine leere Wand starren – und so etwas lässt sich unmöglich stundenlang durchhalten.

Wahllos kommen mir alle möglichen Dinge in den Kopf, etwa die Diskussion, die ich mit Bas auf einem Bahnhof in Dänemark hatte – darüber, ob es okay wäre, ein Danish, ein dänisches Plunderteilchen, zu bestellen, oder nicht. Oder ob es politisch unkorrekt sei, Gebäckteile nach anderer Leute Staatsangehörigkeit zu bezeichnen.

Gideon, das gehört sich nicht. Du würdest doch auch keinen Amerikaner bestellen.

Wenn mich jemand nach einem Amerikaner fragen würde, dann würde ich sagen: »Steht direkt vor Ihnen.«

Du verstehst nicht, worum es geht. Sie würden dich nach einem Amerikaner fragen, weil sie nach was Essbarem suchen.

Ich bin sicher, dass ich phantastisch schmecke.

Okay. Pass auf. Du gehst zu den Mädchen dahinten und fragst sie, ob sie Hunger auf einen Amerikaner haben.

Ich hätte es getan, um ihn zum Lachen zu bringen. Aber an diesem Punkt dachte ich bereits nur noch an Daryn. Sie war das einzige Mädchen, dem ich erlaubt hätte, mich aufzufressen.

Außerdem ertappe ich mich dabei, dass ich mich an die Fallschirmspringerschule erinnere. Ich denke an das doppelte Fallschirmversagen, das mich getötet hat – für kurze Zeit, bis ich *Krieg* wurde.

Es wäre echt ätzend, wenn ich tatsächlich hier in der Kluft sterben würde.

Warum? Warum denke ich darüber nach?

Ich fahre mir über den Hinterkopf. Die Kopfschmerzen sind nicht besser geworden, eher schlimmer.

»G?«, fragt Marcus.

Ich schaue ihn an. Dann steigt Rebell plötzlich auf die

Hinterbeine – und auch die anderen Pferde steigen hoch, als die Erde zu beben anfängt.

Ein lautes Geräusch wie ein Donnerknall kommt aus dem dichten Wald vor uns. Die Bäume erzittern, und ich höre nur noch das Splittern und Schnappen von Ästen.

Wir stürmen darauf zu. Keine Ahnung, was uns erwartet.

Gräuslinge? Samrael? Sebastian?

Aber das massive Objekt, dem wir uns nähern, würde ich überall sofort erkennen.

Die C-130 ist das Arbeitspferd unter den Militärflugzeugen, groß und massig. Es ist die Maschine, aus der ich vor etwa einem Jahr in den Tod gesprungen bin.

Als wir näher kommen, steigt sie noch immer aus dem Boden auf wie eine sprießende Pflanze; die Nase drückt sich durch die Baumwipfel und verschwindet dahinter.

Das Zittern endet genauso schnell, wie es begonnen hat, und da ist sie. Direkt vor uns. Nur noch die Heckflosse steckt im Boden.

Stille klingelt in meinen Ohren. Ein paar Sekunden lang bin ich vollkommen perplex.

Daryn hatte uns von den Blumen erzählt, die sich über ihre Mutter ausbreiteten, aber jetzt sehe ich selbst zum ersten Mal etwas Unglaubliches.

»Ah, ja.« Ich fahre mir mit der Zunge über die Lippen. »Ich frage mich, von wo das reingeflogen ist.«

Marcus schaut mich an. Er lacht nicht.

Alle wissen, dass es aus meiner Vergangenheit stammt. Nicht nötig, es überhaupt auszusprechen.

Rasch steige ich aus dem Sattel, um es mir näher anzuschauen. Jode kommt mit, legt im Gehen einen Pfeil an die Sehne seines Bogens.

Ich berühre das Flugzeug. Das Metall fühlt sich solide und echt an. Jedes Detail ist genau so, wie ich es in Erinnerung habe. Das Einzige, was fehlt, sind Menschen.

Endlich entspannt sich Jodes Stirn, und er stößt zischend die Luft aus.

»Warum?«

»Keine Ahnung. Aber ich habe vorhin daran gedacht.«

»Echt?«

»Ja. Es war allerdings nicht das Einzige, woran ich gedacht habe.« Ich habe auch an Bas gedacht. An meine Mutter und meine Schwester. Meinen Dad.

»Aber es ist das Einzige, was erschienen ist.«

»Bis jetzt.«

»Ja. Bis jetzt.« Er schüttelt den Kopf. »Es scheint, als würden wir unserer eigenen Psyche begegnen.«

Als ich Daryn auf dem Weg zurück zu Rebell in die Augen sehe, begreife ich mit einem Schlag, wie hart es für sie gewesen sein muss, ihre Mutter hier zu sehen.

Diese Dinge sind nicht real – weder das Flugzeug noch ihre Mom –, aber sie *fühlen* sich vollkommen real an.

Wenn ich meiner Mom in der Kluft begegnen würde, ich würde durchdrehen. Aber wenn mein *Dad* hier wäre?

Allein die Vorstellung versetzt meinen Magen in Aufruhr.

»Schön, dich zu sehen, Flugzeug aus meiner Vergangenheit«, sage ich, als ich in den Sattel steige.

Gut gemacht, Gideon. Wenn du dich positiv fühlen willst, sei *positiv.*

»Danke, Pferd«, murmle ich und tätschle Rebells Hals.

Kaum habe ich die Gedanken an das Flugzeug abgeschüttelt, stoßen wir auf die nächste Überraschung; sie kommen jetzt in schneller Folge.

Dieses Mal gibt es keine bebende Erde oder schnappende Äste. Wie der Mustang von Marcus steht er plötzlich einfach vor uns.

Noch ein Wagen.

Ein Range Rover, der mit einem Baum kollidiert ist, *frontal* dagegengekracht. Das Auto hat sich fast vollständig um den Stamm gewickelt.

»Meiner«, verkündet Jode trocken. »Der gehört zu mir.«

Er springt von Luzians Rücken und geht zu dem Rover, um sich den zerquetschten Innenraum anzusehen. Er ist leer, aber ich bin sicher, dass er sich selbst darin sieht, denn auch ich sehe ihn darin.

Ich kenne die Geschichte. Jode ist in diesem Auto ums Leben gekommen, es ist seine Version der C-130.

Ich stelle mir seine letzten Sekunden vor dem Unfall vor, bevor er starb und als Sieg wiederkehrte. Sie müssen *meinen* letzten Sekunden sehr ähnlich gewesen sein. All diese Dinge zu bereuen, die man tun und sagen und sein wollte, es aber nie geschafft hat. Nichts gibt einem eine solche Perspektive auf das Leben wie diese Augenblicke kurz vor dem Tod.

Als Jode zurückkommt, ist sein Gesicht kreidebleich, aber er versucht, ein Grinsen aufzusetzen. »Ziemlich beeindruckende Tour durch unsere Transporttragödien.«

»Nicht alle. Bei meiner Mutter war es anders«, gibt Daryn zu bedenken. »Auch ihre Blumen. Sie stehen nicht alle mit tragischen Unfällen in Verbindung.«

»Hast du vorher an sie gedacht?«

»Ich weiß es nicht mehr.« Daryn runzelt die Stirn. »Habt ihr daran gedacht?«

»Ja. Gideon auch.«

»Ich glaube, ich auch«, sagt Marcus. »Ich erinnere mich nur, dass ich Kopfschmerzen hatte, bevor der Mustang auftauchte.«

»Die hatte ich auch vor dem da«, erinnert sich Jode und deutet mit dem Kinn auf den Range Rover.

»So ging es mir vor dem Flugzeug.«

»Seit wir hier sind, spüre ich einen Druck auf dem Kopf«, sagt Daryn.

Jode schaut uns alle nacheinander an. »Lasst uns mal nachdenken. Wir könnten diese Absonderlichkeiten durch unsere Gedanken hervorrufen. Diese Möglichkeit dürfen wir nicht außer Acht lassen. Und die Kopfschmerzen könnten eine Vorankündigung sein, also seid wachsam.«

»Ja, aber …« Ich schüttle den Kopf. »Nicht so wichtig.«

»Doch, sag es, Gideon. Wir brauchen jetzt jeden Anhaltspunkt.«

»Daryn, du hast vorhin gesagt, es sei dir so vorgekommen, als hätte Samrael diesen Ort hier vergiftet, als du zum ersten Mal das Portal geöffnet hast. Dass er ihn kontaminiert hat. Das waren deine Worte.«

»Ja, so hat es sich angefühlt.«

»Na ja, Samrael ist wahrscheinlich nicht nur *in* meinen Kopf eingedrungen, um zu sehen, was da los ist. Er hatte noch ganz andere Dinge auf Lager. Er hat Jagd auf meine Erinnerungen gemacht. Auf meine Ängste. Und er wird mir Gedanken eingepflanzt haben. Wenn dieser Ort hier also etwas von ihm aufgenommen hat und seine Fähigkeiten besitzt, dann können sich nicht nur unsere Gedanken hier manifestieren. Wir sind ihm völlig ausgeliefert. Die Jagd auf unsere schlimmsten Ängste ist eröffnet.«

Ein paar Sekunden sagt niemand etwas.

Dann fährt sich Jode mit beiden Händen durch die Haare und meint: »O *Scheiße*. Echt tolle Aussichten.«

19
Daryn

Ich weiß nicht, ob es stimmt, was Jode und Gideon angedeutet haben.

Stammen diese Erscheinungen tatsächlich aus unseren Gedanken? Schaut die Kluft in unsere Köpfe und konfrontiert uns mit unseren Ängsten?

Das ist absolut unglaublich. Unmöglich.

Andererseits haben wir das Unmögliche inzwischen schon zu oft erlebt, um an seiner Existenz zu zweifeln.

Nur eines verstehe ich nicht: Wozu das Ganze? Welchen Zweck verfolgt die Kluft mit dieser Psychofolter? Will sie uns damit vertreiben? Das wird nicht passieren.

Während wir an der endlosen Parade der immer gleichen Bäume und Wälder vorbeireiten, werde ich ein klein wenig paranoid im Hinblick auf meine eigenen Gedanken: Schließlich könnten sie physische Macht besitzen.

Ungeordnete Bilder schießen mir durch den Kopf. Sie sausen herab wie Spatzen. Ich kann sie nicht aufhalten.

Ich sehe Schattens blauschwarzen, sich bauschenden Schweif.

Isabels warme Hände, um eine Tasse Tee gelegt.

Josies Schokokekse.

Dad, der sich nach seinem wöchentlichen Tennismatch das hochrote Gesicht mit dem Handtuch abtrocknet.

Mom auf den Knien in einem ihrer Blumenbeete, die Gartenhandschuhe übergestreift.

Währenddessen wandert mein Blick weiterhin über den Waldrand: Ich rechne jeden Augenblick damit, dass sich einer von ihnen materialisiert. Aber es vergehen Stunden, bis ich etwas zu sehen bekomme – und dann ist es nichts, woran ich gedacht habe.

Es ist ein Hund.

Ein kleiner weißer Hund mit einer dünnen violetten Leine, festgebunden an einer Baumwurzel. Schneeweißes Fell und schwarze Knopfaugen.

Er hat eine violette Schleife um den Hals.

Ich liebe Hunde und wollte immer einen haben. Deshalb denke ich auch immer wieder an Chief – der Welpe, der mir gehört hätte, wenn ich nur zu Hause in Connecticut geblieben ware.

Ich kann mich nicht daran erinnern, jemals in meinem Leben einem Hund begegnet zu sein, den ich nicht auf Anhieb mochte. Aber dieses kleine weiße Fallknäuel fängt wütend an zu bellen und an der Leine zu zerren, als wir uns ihm nähern.

Etwas an ihm stößt mich ab – ein gemeiner Wesenszug, der so gar nicht zu seinem süßen Aussehen passt.

Dann sagt Jode: »Ah, ich Glücklicher. Schon wieder meiner. Also eigentlich der von meiner Mum. Er heißt Baudelaire. Bodie, in Kurzform.«

»Er scheint ... ganz niedlich zu sein«, sage ich.

»Ja«, bestätigt Jode. »Ganz reizend, wie man sieht.«

An seinem angespannten Gesichtsausdruck erkenne ich,

dass sich hinter diesem Hund eine Geschichte verbirgt. Vielleicht gehört Baudelaire nicht zu einer Tragödie, wie einige der anderen absonderlichen Erscheinungen, auf die wir bisher gestoßen sind. Aber er ist vermutlich auch nicht mit vielen glücklichen Erinnerungen verbunden.

»Rebell möchte Bodie fressen«, erklärt Gideon. »Darf er?«

Jode lacht humorlos. »Nein.«

»Wie ist der Plan? Nehmen wir ihn mit?«

Jode schüttelt den Kopf. »Geht nicht. Er ist zu laut.«

»Also lassen wir ihn hier?«

»Kann ich nicht machen. Er gehört meiner Mum.«

»Okay, was sollen wir also tun?«

Jode schaut von Bodie zu Gideon. »Dieser Hund ist vor fünf Jahren gestorben.«

»Oh.«

Schweigen senkt sich über uns.

Baudelaire hat aufgehört zu kläffen. Seine winzige rosafarbene Zunge hängt ihm aus dem Maul, während er hechelnd Jode ansieht. Dann dreht er sich plötzlich um und rennt frontal in einen Baum.

In ein hohles Astloch.

In das Astloch hinein.

Und verschwindet.

Die Leine löst sich schnappend, und der kleine weiße Hund schleift sie hinter sich her wie eine Drachenschnur; dann zieht sich der Knoten plötzlich zusammen. Schneller, als ich sehen kann, sind Hund und Leine verschwunden. Ohne den geringsten Laut.

Dann meint Marcus: »Der Baum hat gerade den toten Hund gefressen.«

»Ja«, pflichtet Jode ihm bei. »So sieht es aus.«

»Jode, hast du an ihn gedacht, bevor wir auf ihn gestoßen sind?«, will ich von ihm wissen.

»Ganz kurz. Aber schon vor einer Stunde, nicht gerade eben.«

Wir schauen uns an, hoffen darauf, dass sich daraus irgendeine Theorie ableiten lässt. Aber ohne Erfolg. Alles, was wir haben, sind Fragen, und wir haben sie schon alle gestellt.

Die Kluft gibt keine Antworten.

Weitere Diskussionen sind unnötig. Was gibt es noch zu diskutieren? Wir sitzen in unseren Sätteln und versuchen, diese Tatsache still und leise abzuhaken, zu akzeptieren, dass an diesem Ort alles möglich ist.

Die Stunden reihen sich aneinander, eine nach der anderen. Wir sehen keine Flugzeuge, Autos oder Hunde mehr. Auch meine Mutter sehen wir nicht, nur gelegentlich ein paar Blumen, die sich durch die Bäume winden.

Es wird hell. Dann erreicht die Sonne ihren Zenit. Und irgendwann bricht wieder die Dämmerung herein.

Nichts Neues ist erschienen, und von Bas fehlt immer noch jede Spur. Müdigkeit durchdringt jede meiner Muskelfasern, aber meine Phantasie kennt kein Halten. Ich stelle mir vor, dass die Bäume Augen und Münder haben und uns mit tiefen, dröhnenden Stimmen verspotten. Bilde mir ein, dass sie kleine Hunde in ihren Stämmen verstecken. Ich sehe *Sebastian* darin. Und Gräuslinge. Sie drängeln und winden sich in den Stämmen wie faulige schwarze Maden.

Die Kühle der Luft fällt mir erst auf, als Gideon spricht.

»Es wird bald dunkel. Wir müssen ein Lager aufschlagen«, meint er.

Er sieht nicht so aus, als sei er glücklich über seinen Vorschlag.

Wir reiten inzwischen seit fünfzehn Stunden und haben seit doppelt so langer Zeit nicht geschlafen. Die Pferde werden nicht müde, im Gegensatz zu uns. Ich bin sicher nicht die Einzige, die erschöpft ist.

Als ich absteige, fühlen sich meine Beine wie Pudding an, und mein Magen ist verkrampft vor Enttäuschung. Wir haben nichts erreicht. Und wir werden versuchen, hier zu *schlafen.*

Das ist natürlich nötig. Aber irgendwie auch äußerst unklug.

Nachdem wir die Vor- und Nachteile eines Feuers abgewogen haben, entscheiden wir uns dafür, damit wir uns aufwärmen können. Dank Rebell und Luzian sind wir ohnehin schon von weitem zu sehen. Da macht ein Feuer auch keinen großen Unterschied mehr. Und wir wollen nicht nur von Gräuslingen und Samrael unbemerkt bleiben: Wir wollen auch, dass Bas uns sieht.

Jode und Marcus gehen Holz suchen. Gideon schaut sich kurz auf der Lichtung um, als könne er etwas anderes entdecken als das, was wir bereits den ganzen Tag zu sehen bekommen haben.

Ich bleibe bei Schatten, da sich die Kugel in ihrer Satteltasche befindet; diesen Fehler werde ich nicht noch einmal begehen. Ich nehme ihr Sattel und Zaumzeug ab, und als ich mit den Fingern ihre Mähne ausbürste, spüre ich, wie sie sich entspannt.

»Du wirst es uns schon sagen, nicht wahr? Wenn Bas in der Nähe ist?«

Sie bewegt sich nicht, zuckt mit keinem Muskel. Aber ich weiß, was sie denkt.

Natürlich mache ich das.

»Hey«, sagt Gideon.

Ich drehe mich um, und da steht er: groß und in seiner Rüstung ganz anders als der Gideon, der gestern Nacht in langärmligem T-Shirt und Jeans in mein Wohnmobil kam. Als Krieg wirkt er ziemlich einschüchternd – zumindest wäre er das, wenn ich ihn nicht kennen würde.

»Bei dir alles in Ordnung?«, erkundigt er sich mit zusammengezogenen Augenbrauen. Er schaut ernst, aber seine Mundwinkel zeigen nach oben, als würde er über ein Lächeln nachdenken.

Ich empfinde das Gleiche. Glück. Schmetterlinge im Bauch. Das Verlangen, zu lachen. Verlangen. So viel davon. »Ja, den Umständen entsprechend. Meine Beine funktionieren noch.« Ich klinge ein wenig zu enthusiastisch.

Er schaut auf meine Beine. »O ja. Ganz schön viel geritten heute.«

»Es ist *verrückt*. Was ist mit dir? Sind deine Beine müde?« Meine Güte! *Komm runter, Daryn*. Was ist bloß los mit mir?

Er legt langsam den Kopf auf die Seite und lächelt mich an. »Meine Beine sind okay.«

Ich nicke, schaue nicht auf seine Beine und verkneife mir jeden weiteren Kommentar. Ich starre nur in seine blauen Augen und verzichte aufs Reden, was mir am klügsten erscheint.

»Alles klar bei euch?«, fragt Jode.

Noch vor einem Augenblick haben er und Marcus im

Wald Feuerholz gesucht. Jetzt schauen sie uns beide mit einem breiten Grinsen im Gesicht zu.

»Ich habe ihnen nichts von uns erzählt, Daryn. Es sind einfach Idioten.« Gideon zuckt leicht zusammen, als ihm bewusstwird, was er gesagt hat. »Ich habe damit nicht gemeint, dass es irgendwas zu sagen gäbe.«

»Nein?«

Etwas in seinen Augen verfestigt sich. Eine Aufrichtigkeit. Ein Versprechen, als gehöre dieser Moment nur ihm und mir. Nur uns beiden. Als er näher tritt, fängt mein ganzer Körper an zu kribbeln. Ich spüre eine regelrechte elektrische Spannung.

»Ich war nicht ganz nüchtern letzte Nacht«, gesteht er mit gesenkter Stimme. »Wahrscheinlich hast du es bemerkt. Aber ich wollte dir sagen, dass ich mich an alles erinnern kann. Und ich habe alles ernst gemeint.«

»Ich auch.«

Er grinst, und es ist echt und atemberaubend. Ein Lächeln, das ich in Tag- und Nachtträumen sehen werde, da bin ich sicher. »Das wollte ich hören.«

»Gideon, wenn du so weit bist, könntest du dann dein Pferd holen?«, fragte Jode. »Wir brauchen eine Flamme. Das Lagerfeuer brennt nicht von selbst.«

»Bring uns zum *Brennen*, G.« Das ist Marcus.

Dann wieder Jode: »Ja, Gideon. Du bist so *heiß*.«

Ich muss lachen, aber Gideon lacht nicht. »Bin gleich wieder da«, sagt er zu mir, ohne wegzusehen. Dann beugt er sich dicht zu meinem Ohr herab. »Alles wird gut, Daryn. Ich verspreche es dir.« Und dann gibt er mir einen zarten Kuss auf die Wange, als sei es das Natürlichste auf der Welt.

Wir suchen uns jeder einen Platz um das Feuer herum und packen Decken, Früchte, Cracker, Käse und Wasser aus. Dann essen wir mechanisch.

Es ist kein Genuss. Wir brauchen Nahrung, Wasser und Schlaf. Wir laden einfach unsere Akkus auf, damit wir weitermachen können. Ich bin weder hungrig noch satt. Kauen ist Arbeit.

Die Stimmung ist gedämpft. Mein gestohlener Augenblick mit Gideon ist dagegen wie ein leuchtender Kanarienvogel im Käfig – er kann nirgendwohin fliehen, ist aber trotz der düsteren Umstände wunderschön.

Als wir mit dem Essen fertig sind, hüllen wir uns in unsere Decken und starren mit sehnsüchtigen Augen ins Feuer. Sehnsucht nach Zuhause. Nach Bas. Nach Entschlossenheit.

Die Dunkelheit senkt sich immer tiefer über unseren goldenen Kreis, und vor meinem geistigen Auge sehe ich ständig Gräuslinge jenseits des Lichts. Wie sie auf den Ästen der Bäume kauern, hinter den dicken Stämmen hervorschauen und uns beobachten.

Du hast nur Erfolg, wenn du scheiterst … Deine einzige Hoffnung ist Kapitulation.

Die Worte des Gräuslings, den ich mit dem Lasso an den Baum gefesselt habe, gehen mir im Kopf umher wie ein Rätsel.

Dann Samraels Worte. *Er ist bei mir. Er ist in Sicherheit. Sebastian geht es gut.*

Hat er die Wahrheit gesagt?

Schließlich höre ich das Echo von Isabels Worten, bei unserer letzten Begegnung. *Das Böse vernichtet sich selbst.*

Es sind Teile eines Ganzen, die ich nicht zusammensetzen

kann. Ein kaleidoskopischer Blick auf das, was direkt vor mir ist.

Gideon neben mir bewegt sich, legt sich zurück, stützt sich auf einen Ellbogen und legt die Füße über Kreuz. Seine Pose ist unbewusst verführerisch. Ein Athlet in Ruhestellung. Auf seinem Gesicht spielt flackerndes, sanftes goldenes Licht. Aber seine lässige Haltung täuscht nicht darüber hinweg, dass er angestrengt nachdenkt. Irgendwie weiß ich: Woran auch immer er gerade denkt, es geht um das Wohl eines Menschen, der ihm etwas bedeutet. Alle Intensität in ihm entspringt der Liebe.

Und der Leidenschaft.

Meine Wangen röten sich von meinen eigenen Gedanken. Es ist so seltsam, das alles zu fühlen – was auch immer es ist, das da zwischen uns heranwächst –, an diesem Ort, zu dieser Zeit. Wie kann *hier* etwas so Gutes geschehen?

Gideon bemerkt meine Aufmerksamkeit, und seine Mundwinkel heben sich zu einem subtilen, privaten Lächeln. Erwischt – mir bleibt nur zurückzulächeln, während mein Herz sich sehnt, ausdehnt und größer wird, um Momente wie diesen für immer zu bewahren.

Jode kratzt sich das Kinn mit den hellen Bartstoppeln, und mir wird bewusst, dass dies – abgesehen vom Knacken des Feuers – das erste Geräusch ist, das ich seit einer ganzen Weile wahrnehme.

»Ich übernehme wieder die erste Wache«, bietet er an. »Ich bin total übermüdet und aufgedreht, kann sowieso nicht schlafen.«

Niemand hat Einwände. Sie würden ohnehin nichts ändern.

Nachdem ich ein paar Minuten krampfhaft die Augen geschlossen halte, sehe ich ein, dass auch mir so bald kein Schlaf vergönnt sein wird, und gebe den Versuch auf.

Ich setze mich auf und hole mein Notizbuch aus dem Rucksack. Marcus ist zwischen seinen Decken verschwunden. Über das Feuer hinweg zwinkert Jode mir zu und sucht dann wieder den Waldrand ab. Neben mir schläft Gideon, keine fünfzig Zentimeter entfernt.

Ich schlage eine neue Seite auf und schreibe den Namen Sebastian in all seinen Varianten auf:

Sebastian. Bastian. Bas.

Seb – so nannten ihn seine Brüder in Nicaragua, hatte er uns erzählt.

Dann schreibe ich: *Hunger.* Und ich schaue nicht einmal zu Gideon, aber mein Herz rast trotzdem.

Ich blättere zu »Gründe«. Es ist zur Gewohnheit geworden, diese Liste immer weiter zu ergänzen.

Es würde sich unvollständig anfühlen, mich schlafen zu legen, ohne die Gründe des Tages festzuhalten. Ich lese die letzten Einträge noch einmal und setze sie dann fort.

19. Humor – im Angesicht des Schrecklichen und Bizarren
20. Überzeugung in Zeiten, da Hoffnung knapp ist
21. »Alles wird gut, Daryn. Ich verspreche es dir.«– Ich verspreche es auch. Angst kann mich nicht aufhalten

Ich klappe das Notizbuch zu und packe es in meinen Rucksack, wobei ich zweimal nachsehe, ob die Kugel auch sicher verstaut ist.

Dann drehe ich meine Haare zusammen und stecke sie auf dem Kopf fest.

»Fürs Protokoll«, wirft Jode von der anderen Seite des

Feuers ein. »Ich glaube, die jüngsten Entwicklungen, die ich beobachtet habe, sind hervorragend.«

Ich lächle. »Danke, das glaube ich auch. Und wer weiß? Vielleicht wird er die Sache mit Anna jetzt lockerer sehen.«

»Das kann man nur hoffen«, meint Jode ironisch und ohne jegliche Hoffnung.

Im Interesse des neuen Eintrags Nummer einundzwanzig und des Muts, den ich aufbringen muss, um mein Versprechen zu halten, rücke ich nah an Gideon heran, hebe seine Decke hoch und schmiege mich an seinen Rücken.

Seine Rüstung ist nicht schwer – viel robuster als Leder, doch genauso dünn und flexibel –, aber dennoch ist er dadurch weit von mir entfernt. Ich kann das Leben in ihm nicht spüren, aber darum geht es nicht.

Es geht darum, dass ich hier bin.

Gideons Muskeln bewegen sich, als er meine Nähe spürt. Kühles Metall gleitet über meine Hüfte, dann entspannt er sich wieder.

Eine Weile bemerke ich seine Handprothese auf meiner Hüfte. Ich bin nur überrascht, wie sehr es mir gefällt – dieser adoptierte Teil von ihm, der ihn so einzigartig macht. Dann überkommen mich Wellen der Müdigkeit. Als ich wegdämmere, erfüllt mich eine verschwommene, strahlende Freude.

Er sagte mir, dass alles gut wird, und das wird es. Ich werde nicht davonlaufen, wie ich es sonst immer tue. Selbst wenn *er* verletzt wird und ich es nicht wiedergutmachen kann, oder selbst wenn *ich* verletzt werde und er es nicht wiedergutmachen kann, ich werde bleiben.

Alles wird gut.

20
Gideon

»Habe ich irgendwas verpasst? Hast du ihnen gesagt, sie sollen verschwinden?«, fragt Daryn und deutet mit dem Kinn auf Jode und Marcus.

»Nein. Ich habe nichts gesagt.« Statt mit uns an diesem Morgen am Feuer zu sitzen, haben sie sich ungefähr dreißig Meter entfernt, um zu frühstücken. Ich glaube, sie wollen Daryn und mir ein wenig Zeit allein geben, bevor wir uns wieder auf den Weg machen. Das ist die einzige logische Erklärung.

»Aber ziemlich cool von ihnen, oder? Das ist praktisch unser erstes Date.«

Sie lacht. »Das ist auf jeden Fall denkwürdig.«

»Was willst du zum Frühstück?« Ich greife in einen unserer Proviantbeutel. »Studentenfutter, Studentenfutter oder einen Müsliriegel – also zusammengeklebtes Studentenfutter? Denk daran, dass wir wahrscheinlich in fünf Minuten aufbrechen müssen.«

»Hmm. Schwierig.« Sie schaut nachdenklich in den Himmel. »Ich werde mich für mein Lieblingsfrühstück entscheiden müssen. Studentenfutter.«

»Gute Wahl.« Sobald ich versuche, die Verpackung zu öffnen, wird mir mein Fehler bewusst. Das Plastik ist dünn und glatt, aber dick genug, um sich nur schwer öffnen zu lassen – eine echte Herausforderung mit nur einer funktionierenden Hand, und ich kann die Packung ja schlecht mit den Zähnen aufreißen.

Ich versuche, sie mit Robohand auf meinem Oberschenkel festzuhalten und mit der rechten Hand auseinanderzuziehen. Die Packung fällt mir ein paarmal hin, oder ich reiße statt Plastik Luft auseinander.

Nichts funktioniert, und es ist mir verdammt peinlich. Ich spüre, wie mein Gesicht zu glühen beginnt und mein Herz schneller schlägt. Ich fange an zu schwitzen. Und ich bin mir deutlich der Tatsache bewusst, dass Daryn meine Hände beobachtet und nichts sagt.

Bitte, sag nichts. Frag nicht, ob ich Hilfe brauche.

Als ich kurz davor bin, alles hinzuschmeißen, gibt das Plastik nach.

Ich reiche ihr die geöffnete Packung.

»Danke.« Sie beugt sich vor und gibt mir einen Kuss auf die Wange, bevor sie den Inhalt auf ihre Handfläche schüttet.

Sie akzeptiert die Dinge einfach, wie sie sind.

Wie ich jetzt bin. Hier drin. Im Allgemeinen.

Es ist das Beste, was sie tun konnte. Eine Welle der Dankbarkeit und des Staunens trägt mich davon. Zu viel, um sie in mir zurückzuhalten. Plötzlich möchte ich mir Daryn schnappen und jeden einzelnen Teil von ihr küssen, aber sie ist ganz darauf konzentriert, Nüsse aus der Packung zu holen und sie nach Art zu sortieren. Ich bringe es nicht fertig, sie dabei zu stören.

»Welche Reihenfolge hast du?«

Sie lächelt. »Natürlich die Haselnüsse zuerst. Dann die Pekannüsse und dann meistens die Cashews.«

Sie geht sie alle durch – die gesamte Nusshierarchie des Studentenfutters. Bei den Cashewnüssen schweifen meine Gedanken ab. Sie ist einfach superhübsch, so ganz verschlafen. Und klug und cool. Großzügig und lustig. Ein bisschen eigenwillig. Und *zäh.* Immer wieder wird mir schlagartig klar, dass sie eine unglaubliche Kombination all dieser verschiedenen Eigenschaften ist.

Wie Studentenfutter.

Ich muss lachen.

Sie lacht mich an. »Was ist?«

Ich bin kurz davor, es ihr zu sagen. Ich glaube, ich habe sogar schon den Mund geöffnet und will sprechen, als es plötzlich in meinem Kopf zu hämmern beginnt. Kopfschmerzen sind unsere Vorwarnung.

»Gideon, was ist los?«

Die Flammen des Lagerfeuers schlagen höher – abrupt, als hätte jemand Benzin hineingeschüttet.

Daryn und ich springen nach hinten.

Die Holzstücke geraten in Bewegung. Aber die Asche steigt nicht nach *oben*, das Holz sinkt nach *unten.* Das Feuer brennt ein Loch – *in den Boden.*

Die Erde unter unseren Füßen beginnt zu zittern und auseinanderzubrechen. Sie gibt nach und stürzt ein.

Reißt uns mit.

Daryn zerrt an meinem Arm. »Gideon!«

Wir rudern zusammen zurück, strampeln mit den Beinen, aber der Boden gibt zu schnell nach. Keine Chance, dem Ganzen zu entkommen.

Wir fallen in diese Senkgrube.

»Gideon! Daryn!«

Jode und Marcus stehen oben an der Abbruchkante, eine Klippe, die immer steiler wird. Glut und Asche fliegen vorbei, brennen mir auf der Haut von Gesicht und Armen. Lawinen aus Wurzeln und Dreck werden mir in Augen und Nase geschleudert.

Marcus schwenkt die Sense so herum, dass der Griff zu mir nach unten zeigt, aber mit meiner guten Hand halte ich schon Daryn fest – und ich werde sie nicht loslassen.

Dann ist es zu spät. Sie sind fast dreißig Meter über uns. Dreihundert. Weg.

Ich kann sie nicht mehr sehen. Höre sie nicht mehr rufen.

Dunkelheit zieht sich über uns zusammen, aber wir stürzen weiter. Ich schlinge die Arme um Daryn. Ihr Körper ist steif vor Angst. Sekunden werden zu Minuten.

»Wann hört das auf?«, schreit sie und fängt an zu husten.

»Keine Ahnung.«

Ich schaue nach unten, aber es gibt kein Unten. Ich sehe absolut gar nichts.

Mein Dad ist in den Tod gestürzt. Genau wie ich.

Eine berechtigte Angst. Aber jetzt weiß ich, was schlimmer ist als ein Sturz in den Tod: endlos weiterzufallen. Den Rest seines Lebens zu fallen.

Nach fünf Minuten habe ich das Gefühl, verrückt zu werden: Ich kann mich nicht bewegen, es nicht aufhalten. Es gibt nur diesen unendlichen Absturz.

Dann sehe ich, dass etwas von unten aus der Dunkelheit auf uns zuschießt.

Als es näher kommt, erkenne ich, dass es sich um eine Kugel handelt. Golden. Gewaltig.

Wir werden gleich in einen Planeten krachen. Ich sehe Bergkämme, dann Täler. Dann kommt der Boden rasend schnell näher.

»Halt mich fest. Lass mich nicht los.«

»Nein, ich lasse nicht los.«

Kurz vor dem Aufprall schießen mir die gleichen brutalen Gedanken durch den Kopf wie beim letzten Mal, nach meinem Fallschirmunfall.

Ich will mehr vom Leben. Ich will es *besser* machen.

Ich sehe Dreckklumpen, und dann durchfährt mich ein Ruck.

Daryn und ich werden auseinandergerissen, aber es ist völlig schmerzlos.

Ich bin geblendet, kann nichts sehen. Kann nichts *spüren*. Dann erscheinen verschwommene Bilder um mich herum und werden allmählich deutlicher.

Auf meiner Brust entsteht ein leichter Druck, und ich begreife, dass ich in einem Transporter sitze. Auf dem Beifahrersitz, angeschnallt.

Der Transporter der Firma meines Vaters.

Scheiße. Nicht das.

Die Klimaanlage in dem Wagen ist voll aufgedreht, aber ich spüre trotzdem die Sommerhitze, die von draußen durch die Fenster dringt.

Ich trage ausgewaschene Jeans und ein verschwitztes T-Shirt und halte das Handy in der Hand, das ich vor etwa zwei Jahren hatte.

Daryn sitzt neben mir auf dem Fahrersitz. Das Lenkrad vor ihr hat feine Risse und ist abgenutzt.

Sie schaut nach draußen. Verwirrt.

An ihr ist keine Erde, keine Asche. Auch an mir sieht man keinerlei Spuren des Sturzes, den wir gerade erlebt haben. Als sei das Ganze gar nicht geschehen.

Wir parken in einer Wohngegend. Die Häuser sind klein, adrett. Blumenkästen an den Fenstern. Zeitungen auf den Auffahrten. Aber keine Menschen, anders als an jenem Tag. Auch keine Vögel oder Autos.

Ich habe diese Szene Hunderte von Malen gesehen. Habe sie immer wieder durchlebt. Aber nicht so.

»Gideon«, haucht Daryn, als könne uns jemand hören. »So ist dein Dad gestorben.«

»Ja.« Der Transporter steht vor dem gelben Bungalow, wo es passiert ist. Meine Augen wandern vorbei an der Veranda, vorbei an den zwei kleinen Fahrrädern, die an dem Holzgeländer lehnen, und bleiben an der Stelle auf dem Steinweg hängen, auf der mein Dad aufgeprallt ist. Er ist nicht zu sehen.

Ich schaue hinauf zum Dach. Dort ist er auch nicht.

Ich sehe nur das schiefe Schindeldach und darüber den klaren blauen Himmel.

»Ich habe es in einer Vision gesehen«, sagt Daryn. »Ich sah es, noch bevor ich dich überhaupt kannte.«

Ich habe mich immer gefragt, ob sie es gesehen hat. Als Seherin gab es wahrscheinlich viele Dinge, die sie wusste und für sich behalten hat. Aber ich weiß nicht, was ich entgegnen soll.

Mein Körper stellt sich noch immer darauf ein, dass er nicht mehr fällt. Ich fühle mich seekrank vom Fallen. Und ich bin mir nicht sicher, ob ich träume oder tot bin oder ob die Kluft uns erst jetzt wirklich ihre Macht demonstriert.

»Wir waren hier, um einen Kostenvoranschlag für das Dach zu machen«, höre ich mich sagen. »Siehst du den Knick in der Regenrinne über dem Fenster? Genau da hat er gestanden, als er den Schlaganfall hatte. Ich war hier im Wagen und hab eine SMS an meine Kumpels geschrieben, als es passierte.«

»Ich weiß.«

»Klar. Musst du ja, wenn du es gesehen hast.« Ich habe Mühe, meine Lungen mit Luft zu füllen. Die Straße weiter vorne schwankt. Genauso wie die Vorgärten und die Bäume. Sie flimmern wie eine Fata Morgana. Im Rückspiegel sehe ich, dass es hinter uns das Gleiche ist. Und über uns. Das Flimmern füllt den gesamten Himmel aus.

»Irgendeine Ahnung, was jetzt passiert?«, frage ich sie, obwohl ich nicht sicher bin, ob ich es wirklich wissen will. Wir sind durch die Erde in eine meiner schlimmsten Erinnerungen gefallen. Was als Nächstes kommt, kann nicht gut sein.

Daryn schüttelt abwesend den Kopf, hat ihre Aufmerksamkeit auf etwas anderes gerichtet.

Sie beugt sich zu mir herüber und duckt sich dann, um hinauf zum Dach des gelben Bungalows zu schauen. »Gideon …«

Ich ducke mich ebenfalls und folge ihrem Blick.

Jemand ist da oben auf dem Dach, genau an der Kante, wo Dad damals gestanden hat.

Es ist eine Frau, die ich noch nie zuvor gesehen habe – aber ich weiß, wer sie ist.

Daryns Mutter hat ein weißes Kleid an, das sanft im Wind weht.

Ihr schulterlanges Haar ist von einem helleren Blond als Daryns, und auch ihre Hautfarbe ist heller als der gebräunte Teint ihrer Tochter. Aber beide haben die gleichen langen Beine und die gleiche aufrechte Haltung. Und auch in den Augen von Daryns Mutter liegt eine stille Herausforderung. Sie ist nicht feindselig, sondern verlangt nur, dass man stets sein Bestes versucht.

Sie tritt an die Dachkante heran, als wolle sie gleich herunterspringen.

»Mom?«, sagt Daryn. *»Mom!«*

Angst packt mich. Daryn zerrt am Türgriff. »Es ist abgeschlossen! Gideon, es ist abgeschlossen!«

Die Tür auf meiner Seite ebenfalls. Es ist ein mechanisches Schloss, aber es gibt nicht nach. Ich ramme meine Schulter gegen die Tür. Daryn schreit und schlägt auf die Fahrertür ein, und es gibt keinen schlimmeren Ton als die nackte Angst in ihrer Stimme.

»Gideon, wie komme ich hier raus? Wie kann ich sie aufhalten?«

Ich weiß es nicht. Und das bringt mich fast um. Immer wieder werfe ich mich gegen die Beifahrertür, ramme meine Schulter in sie hinein. Sie fühlt sich an, als wäre sie aus Beton, und plötzlich weiß ich, warum wir hier nicht rauskommen sollen. Nichts, was wir tun, ändert irgendetwas an dem, was geschehen wird.

Dicke schwarze Wolken ziehen über den Himmel. Sie kommen in Wellen, werfen Schatten auf die Straße und das Haus, tauchen uns von einem Augenblick auf den anderen in Zwielicht. Windböen rollen vorbei, lassen Blätter auffliegen und blasen sie über den Rasen in den Vorgärten.

Innerhalb von Sekunden wird es *dunkel*. Die Häuser am Ende der Straße verschwinden. Dann auch die in unserer Nähe.

»Tu das nicht, Mom«, fleht Daryn. Ihre Mom hat sich noch ein paar Zentimeter weiter nach vorne bewegt. »Ich komme nach Hause. Ich komme zurück, Mom. Ich komme nach Hause.«

Ich packe Daryns Hand. Nie habe ich mich nutzloser gefühlt.

Das Letzte, was ich sehe, bevor die Dunkelheit alles verschluckt, sind die wehenden Haare ihrer Mutter, als sie von der Dachkante springt – wie eine goldene Flamme, die hell aufleuchtet und dann verglüht.

In der Stille des Transporters höre ich nur Daryns und meinen Atem.

»O Gott. Was ist da gerade passiert?«

Darauf habe ich keine Antwort. Ich fasse sie an der Schulter und ziehe sie auf meinen Schoß.

»Gideon, ich verstehe nicht! Was ist passiert? Ist sie gesprungen? Ich habe es nicht gesehen. Ich habe sie nicht fallen sehen.«

Ich vergrabe meine Hand in ihrem Haar und führe ihre Stirn an meine. Ich bin froh, dass sie mein Gesicht in der Dunkelheit nicht sehen kann. Ich bin da durchgegangen. Ich habe es erlebt. Ich habe meinen Vater wirklich in den Tod stürzen sehen. Ich will nicht, dass sie sich so fühlt, diesen Schmerz erfährt.

Plötzlich fängt der Transporter an zu wackeln. Instinktiv klammern wir uns aneinander.

Los geht's.

Ich höre das Geräusch von sich biegendem, ächzendem Metall.

Etwas Raues und Trockenes kriecht über meine Handgelenke. Der Geruch von Erde steigt mir in die Nase.

Wurzeln. Ich werde von Wurzeln gefesselt.

Sie schlingen sich mir um Beine und Arme. Auch Daryn wird von ihnen umhüllt. Dann werden wir nach oben gezogen, heben von den Sitzen des Transporters ab. Ich halte sie fest, und wir steigen höher und immer höher. Wieder der höllische Sturz, das endlose Fallen, nur umgekehrt.

Erde fällt auf mich. In meine Augen und meinen Mund.

Daryn hustet heftig, und auch ich muss um Luft ringen, als wir brutal nach oben katapultiert werden.

Wir stoßen durch eine Mauer, die ich nicht sehen kann – eine Mauer, die mich überall trifft. Dann dringen wir in kühle Luft vor und sind von Tageslicht umhüllt. Überall Bäume.

Für einen Augenblick in der Luft, fliegend.

Eine Lebensspanne.

Dann treffen wir hart auf; Daryn landet direkt auf meiner Brust; mein Rücken prallt auf Erde, die sich hinter uns schließt. Um uns schlängeln sich Wurzeln so schnell wie zuckende Aale in die Erde zurück und verschwinden.

Jode und Marcus kommen angerannt, fluchend und mit gezückten Waffen. Bereit, alles zu tun, um zu helfen.

Ich versuche noch immer, mich zu vergewissern, dass es vorbei ist. Was auch immer *es* sein mag.

Daryn rollt sich von mir weg. Sie hustet, streicht sich die Haare aus den Augen und setzt sich auf, sieht mich an.

»Das war sie nicht«, versichere ich ihr. »Es war nicht real.«

Leere Worte. Sie ändern nichts an dem Ausdruck der Fassungslosigkeit in ihrem Gesicht.

Es gibt wirklich absolut gar nichts zu sagen.

Es fühlt sich an, als hätte ich sie verraten, als sollte ich einfach gehen. Gleichzeitig möchte ich sie ganz eng an mich drücken, sie in mich hineinziehen.

Aber keins von beidem ist jetzt möglich.

Die Bäume rascheln in einer Brise, die nach Rauch riecht. Wir wissen, was dieser Geruch mit sich bringt – und Gräuslinge sind so ziemlich das Letzte, was ich jetzt sehen will.

Wir steigen in den Sattel und reiten weiter.

Meine Stimmung ist auf dem absoluten Nullpunkt, und Rebell spürt es.

Er hüllt uns beide in Flammen und will sie nicht dämpfen.

Er brennt so heftig, dass er eine Spur verkohlter Hufabdrücke hinterlässt. Und das ist ein Problem: Falls die Gräuslinge da draußen sind und uns erledigen wollen, sollten wir sie nicht auch noch unbedingt auf uns aufmerksam machen.

Ich lege die Hand auf seinen Widerrist, versuche, ihn zu überzeugen, dass mit mir alles in Ordnung ist – aber solange wir nicht wissen, ob es Daryn gutgeht, stimmt das eigentlich nicht. Das Ganze ist eine Kettenreaktion.

Eine Stunde später ist der Brandgeruch verschwunden. Der Wind hat sich gelegt, und die Blätter hängen reglos an den Zweigen. Da wir uns vor den Gräuslingen relativ sicher fühlen, reiten wir nebeneinander, damit wir über das Geschehene sprechen können.

Marcus will alles wissen. Jode will *jede Einzelheit* wissen. Und sie haben ein Recht darauf: Schließlich sind auch sie diesem Ort ausgeliefert.

Ich beschreibe unseren Sturz durch den Boden, unseren scheinbar endlosen Fall durch die Dunkelheit und schließlich unsere Landung in Dads Transporter.

»Ihr habt den Tod deines Dads gesehen?«, hakt Marcus ungläubig nach. Er wirkt betroffen, denn er weiß, dass mich dieser Tag noch immer verfolgt.

Ich schüttle den Kopf. »Er war nicht da. Wir waren nur vor Ort, vor dem Haus, wo es passiert ist.«

»Ihr habt also in dem Transporter gesessen. Was ist dann passiert?«, will Jode wissen.

»Dann wurde es plötzlich dunkel, und irgendwelche Wurzeln haben uns in die Zange genommen und wieder an die Oberfläche gezerrt.« Etwas hält mich davon ab, ihnen die ganze Geschichte zu erzählen: dass wir nämlich Daryns Mom auf dem Dach des gelben Bungalows gesehen haben.

Ich werfe ihr einen Blick zu. Sie beobachtet mich mit wütend zusammengekniffenen Augen. »Du musst mich nicht beschützen, Gideon«, sagt sie.

Dann treibt sie Schatten an und reitet weiter.

Ich will ihr nach. Aber zuerst muss ich herausfinden, was ich falsch gemacht habe.

Marcus sieht mich nur an. Dann gibt er Ruin die Sporen, um Daryn einzuholen.

»Verräter«, murmele ich.

»Ganz genau«, sagt Jode trocken. »Er kann es gar nicht abwarten, dich zu verraten.«

Der Tag wird immer strahlender und schöner, bis das Sonnenlicht selbst unter das dichte Blätterdach dringt.

Sonnenstrahlen fallen auf Staubpartikel, die in der Luft schweben. Sie sprenkeln den Waldboden mit hellen Flecken und beleuchten unsere Tour durch unser persönliches psychologisches Minenfeld. Nach dem zu urteilen, was Daryn und ich gerade erlebt haben, ist diese Tour jetzt interaktiv.

Wir sind darauf vorbeitet, so gut es geht. Jeder von uns hat stetige leichte Kopfschmerzen. Der Druck ist so gleichbleibend, dass wir ihn kaum noch wahrnehmen.

Das Spiel läuft, Kluft. Du bist am Zug.

Wir kommen an ein rotes Kanu, das auf dem Waldboden liegt. Es besteht aus echtem Holz und sieht echt aus, handgefertigt und alt – wie etwas, das über Generationen weitervererbt wurde.

Ich höre, wie Daryn Marcus erklärt, dass es zu der Hütte ihrer Familie in Maine gehört. »Meine Schwester und ich haben viele Sommer in diesem Kanu verbracht. Meine Mom hat es angestrichen.«

Weiter sagt sie nichts, aber ich weiß, dass sie daran denkt, was wir heute Morgen erlebt haben. Keine Ahnung, wie wir es hingekriegt haben, nicht darüber zu sprechen. Es zu ignorieren. Vielleicht liegt es an mir.

Habe ich dafür gesorgt, dass es so kam?

Wir sehen meinen Catcher-Handschuh im Dreck liegen. Dieses Ding, das vor zwei Jahren ein wichtiger Bestandteil meines Lebens war, liegt einfach so da. Baseball war alles für mich. Ich wollte im College spielen. Hab mir den Arsch aufgerissen, um ein Stipendium zu bekommen, und alles schien sich in die richtige Richtung zu entwickeln. Jetzt habe ich keinen Dad mehr, nur noch eine Hand und ein brennendes Pferd. Vor ein paar Stunden dachte ich, ich hätte eine Freundin – die erste, die ich je wirklich wollte. Aber auch da bin ich mir jetzt nicht mehr so sicher.

Marcus entdeckt eine dicke Flanelldecke über einem Ast, von der er behauptet, sie würde ihm gehören. Doch er verrät nicht, was es mit der Decke auf sich hat. Dann entdecken wir eine Flöte, die an einem Baumstamm lehnt. Jode hebt die Hand und sagt: »Meine. Bitte keine weiteren Kommentare.«

Wir gehen dazu über, diese physischen Objekte als Relikte zu bezeichnen, Relikte aus unserer Vergangenheit. Aber wir fallen nicht durch den Boden oder stehen Auge in Auge dem Tod gegenüber. Immerhin. Dieser Ort sorgt dafür, dass ich meine Maßstäbe neu definiere.

Weitere Stunden vergehen. Wir waren so sehr darauf konzentriert, am Leben zu bleiben, und so mit den Relikten beschäftigt, dass die Suche nach Bas in den Hintergrund gerückt ist – was ein echtes Problem darstellt. Und bald werden uns Wasser und Proviant ausgehen – ebenfalls ein echtes Problem.

Ich denke gerade darüber nach, dass wir noch einen Tag verloren haben, als Daryn sagt: »Seht mal, Jungs.«

Sie zeigt nach vorne, wo der Wald sich lichtet.

Wir reiten auf die Lichtung zu und treffen auf ein Feld mit umgestürzten Bäumen. Sie sind verbrannt, genauso wie der Baum, den wir gestern gesehen haben: aufgebrochen, von innen verkohlt. Abgebrochene Äste und abgeplatzte Rinde liegen herum wie Gefallene auf einem Schlachtfeld.

Brandgeruch dringt mir in die Nase. Kein Wunder bei all dem verbrannten Holz. Aber mein Herz beginnt zu rasen, und ich suche die Ränder des Felds nach sich bewegenden Zweigen und Blättern ab.

»Jungs, hier drüben!« Daryn ist schon in der Mitte des Feldes.

Sie beugt sich vor, und Schatten verfällt in einen Galopp.

Rebell startet auf mein Kommando ebenfalls durch. Wir preschen hinter ihr her, lassen abgestorbene Äste hochfliegen und setzen über Baumstämme.

Auf der gegenüberliegenden Seite des Feldes steigt Daryn ab. »Seht nur.« Sie geht zu einem Bogen Papier mit groben, unregelmäßigen Rändern, der an eines der Baumgerippe genagelt ist.

Sie reißt den Zettel ab und beginnt zu lesen.

21
Daryn

Ich lese den Zettel zweimal.

Nach dem zweiten Mal muss ich einfach lachen vor Freude und Glück: In meinem Herzen geht förmlich die Sonne auf.

»Was ist?«, fragt Jode.

»Es ist … Am besten lese ich es einfach laut vor.« Ich schaue auf das Blatt und hebe meine Stimme.

Jode, Gideon, Daryn, Marcus,
ich weiß, dass ihr gekommen seid, um mich zu holen, aber ich kann noch immer nicht glauben, dass ihr tatsächlich hier seid!
Es ist zu gefährlich für mich, euch zu sagen, wie ihr mich findet.
Bleibt einfach in der Nähe des Sees, dann finde ich euch.
Wisst ihr, wo der See ist? Ich habe den Weg markiert, um auf Nummer Sicherheit zu gehen.
Danke, Leute. Ich kann es nicht erwarten, euch und Schatten zu sehen. Ich kann es nicht erwarten, nach HAUSE zu kommen!
– Bas

Gideon reagiert als Erster. Er springt von Rebell herunter und ist mit schnellen Schritten bei mir, schaut auf das Blatt. »Könnte ein Trick sein.«

»Nein, ist es nicht! Es ist von ihm.«

Er nimmt das Papier und liest die Nachricht. Der finstere Ausdruck auf seinem Gesicht verändert sich nicht.

Er reicht es Jode, der den Zettel ebenfalls liest und dann an Marcus weitergibt.

»Könnte auch ein Relikt sein«, meint Jode. »Noch so ein Gegenstand aus unserer Phantasie.«

»Nein! Der Brief ist von *ihm*«, erwidere ich. »Von Sebastian. Seht doch – er schreibt ›auf Nummer Sicherheit zu gehen‹. Das *muss* er sein. Nur Bas würde das so verdrehen. Er will uns damit zu verstehen geben, dass er es ist. Da bin ich sicher. Wir reiten zu diesem See und warten dort. Leute … wir haben ihn gefunden.«

Marcus und Gideon unterhalten sich wortlos, mit ein paar Blicken, aber ich weiß, was ihnen Sorgen macht. Ich spüre ihre Skepsis.

Jode ebenfalls. Sie sind kurz davor, Hinterhalte, Fallen und hundert andere »Was-ist-wenn«-Szenarien zu diskutieren. Aber ich werde mich nicht länger raushalten und nur zusehen. Ich werde nicht darauf warten, dass Visionen mir Gewissheit bringen, Strategien diskutieren oder sonst irgendetwas. Was für ein Plan wäre hier überhaupt realistisch – an diesem Ort, an dem nichts so ist, wie es zu sein scheint?

Instinkt. Vertrauen. Darauf kann ich zählen. Ich weiß nicht, was sich aus meinem Glauben an die Echtheit dieses Briefs entwickeln wird. Aber ich weiß, dass ich die Art von

Mensch sein *möchte*, der an positive Wendungen glauben kann. Nicht alles muss darauf aus sein, uns zu zerstören.

Wie Isabel schon gesagt hat: Ich muss vertrauen.

Ich nehme Marcus den Brief aus der Hand. »Ihr müsst ja nicht mitkommen und auf ihn warten, aber ich mache mich jetzt auf den Weg.«

»Daryn, warte.«

»Nein, danke.« Ich bleibe nicht stehen. »Ich gehe. Kommt mit oder lasst es. Eure Entscheidung.«

Während ich zu Schatten gehe, bete ich, dass meine Entschlossenheit ausreicht, um sie zu überzeugen.

Sie reicht aus.

Eine halbe Stunde später, geleitet von einem Pfad aus zerbrochenen Zweigen, den Bas für uns angelegt hat, erreichen wir den See.

Wir sehen uns um und suchen das Ufer in beide Richtungen ab, wobei Jode seinen Bogen nie länger als eine oder zwei Sekunden senkt. Abgesehen von den Begonien, an deren Anblick wir uns inzwischen alle gewöhnt haben, gibt es keine Anzeichen von Gefahr – oder von Bas. Wir ziehen Zweige über den Waldboden, um unsere Spuren zu verwischen. Dann schlagen wir abseits des Ufers ein Lager auf.

Als wir damit fertig sind, ist es fast dunkel, und Marcus und Jode sammeln Holz für ein Lagerfeuer. Gideon und ich gehen hinunter zum See, um Wasser zu holen.

Unterwegs schweigen wir, aber die Stille ist unbehaglich. Seit diesem schrecklichen Erlebnis – unserem gemeinsamen Albtraum – haben wir nicht wirklich miteinander gesprochen. Vermutlich sollten wir es tun – aber das ist das Letzte, was ich jetzt will.

Gideon steckt sein Schwert in die Scheide, als wir das kiesige Ufer erreichen. Der See ist riesig, die Bäume am anderen Ufer winzig. Das Wasser schimmert matt wie Zinn im Licht der Sterne, und Nebelschwaden ziehen über die Oberfläche. Nach so langen Stunden unter dem erdrückenden grünen Blätterdach erfüllt der Anblick der weiten Wasserfläche und der immer heller werdenden Sterne am dunstigen Himmel meine Lungen mit neuer Hoffnung.

»Meinst du, es ist vergiftet?«, fragt Gideon.

»Das Wasser? Nein. Aber nur für den Fall: Am besten trinkst du zuerst.«

Blaue Augen wandern zu mir herüber, und er lächelt. »Ich hoffe sehr, dass das kein schlechter Witz wird. Sollen wir zusammen?«

»Klar.«

Wir füllen unsere Feldflaschen auf, zählen bis drei und trinken. Es ist köstliches, kühles Wasser, und keiner von uns beiden stirbt.

»Echt eine Erleichterung«, findet er.

»Ja. Aber auch irgendwie enttäuschend, oder?«

»Ja. Ziemlich Schmalspur für die Kluft. Warte … O nein.« Er sinkt auf die Knie, verdreht die Augen, hustet und fasst sich dramatisch an den Hals. Ich halte mir den Bauch und krümme mich, als sei ich vergiftet worden, zappele wie ein Fisch auf dem Trockenen.

Wir lachen gute fünf Minuten ohne Pause, können einfach nicht aufhören.

»Warum war das so komisch?«, frage ich ihn, als ich wieder sprechen kann.

»Keine Ahnung. Weil man den Tod hier immer auf der

Rechnung haben muss?« Mir tun die Beine weh, als ich aufstehe und zurückgehen will. »Daryn – warte. Wollen wir nicht noch ein wenig bleiben?«

Ich setze mich wieder auf den Kies. »Okay.«

Er schaut mich offen an. Dann rückt er zu mir herüber und legt den Arm um mich. »Gut?«

Mein Körper – bereits jenseits der Erschöpfung – schmilzt an seiner Brust dahin. »Besser als gut. Du gibst einen tollen Stuhl ab.«

»Und ein noch besseres Bett. Im Ernst«, beteuert er, als ich anfange zu lachen. »Die Katze unseres Nachbarn zu Hause schläft immer auf mir.«

»Du wirkst eher wie ein Hundetyp.«

»Na ja, jetzt bin ich der Pferdetyp. Aber ich liebe Hunde. Und bald werde ich mir einen zulegen, aus einem Tierheim oder so. Ich habe schon oft daran gedacht.«

»Das ist super – solltest du unbedingt machen. Meine Eltern haben auch gerade einen Hund zu sich genommen, und sie sind definitiv *keine* Hundetypen.« Er muss meine Stimme brechen hören, denn er zieht mich fester an sich. Ich schließe die Augen und spüre seinen Herzschlag an meinem Rücken.

»Dein Herz schlägt ganz schön schnell. Befürchtest du, es könnte wieder passieren?«

»Definiere ›es‹«, sagt er.

»Durch den Boden fallen. Noch einen solchen Albtraum erleben.«

»Ich will nicht, dass es passiert. Aber ich mache mir keine Sorgen. Ich kann nichts tun, um es zu verhindern. Also kein Grund, sich verrückt zu machen.« Seine Lippen drücken sich oben auf meinen Kopf. »Willst du wissen, weshalb ich mir wirklich Sorgen mache?«

»Ja.«

»Weil ich mich vorhin dämlich verhalten habe. Dir gegenüber.«

»Über welches dämliche Verhalten reden wir genau?«

»Du hast eine echt boshafte Ader, Martin.«

Ich muss lachen. »Entschuldige. Was wolltest du sagen?«

»Du glaubst, ich hätte das, was ich Jode und Marcus erzählt habe, zensiert, um dich zu schützen. Was wir gesehen haben … deine Mom. Ich *habe* es zensiert, weil ich dachte, du solltest selbst entscheiden, ob du es ihnen sagen willst. Ich wollte nicht respektlos sein. Ich wollte dir nur die Wahl lassen.«

Angst breitet sich in meiner Brust aus. »Ich will nicht darüber reden.«

Ich bin im Begriff aufzustehen, als er sagt: »Ich habe geahnt, dass du das machen würdest. Es ist, als wärst du immer bereit abzuhauen.«

Ja, ich *bin* immer bereit abzuhauen – das kann ich nicht leugnen. Aber jetzt kann ich nicht weg, sonst würde ich ihn nur bestätigen. Also versuche ich, mich wieder zu entspannen. Wieder Trost in seinen Armen zu finden. Allerdings rast mein Herz jetzt auch. »Diesen Ruf habe ich wohl verdient.«

»Warum tust du es?«

»Wegrennen?« Eine so einfache und doch so furchteinflößende Frage. »Ich weiß es nicht.«

Er sagt nichts, aber ich spüre seine Enttäuschung. *Sag es ihm, Daryn.* Ich habe es ihm versprochen. Und so schwer es auch sein wird: Ich möchte doch, dass er es weiß. Ich räuspere mich. »Ich habe dir doch von meiner Mutter erzählt, weißt du noch? Als wir in Rom waren?«

»Du hast gesagt, sie leidet unter Depressionen.«

»Ja, genau. Als ich jünger war, wurde es manchmal …« Er hat so prompt und genau geantwortet. Als wolle er den Test über meinen Hintergrund mit Bestnote bestehen. Eine Sekunde lang macht es mir zu schaffen, wie wichtig ich ihm bin. Ich muss noch einmal neu ansetzen. »Als ich jünger war, wurde es manchmal richtig schlimm. Sie blieb dann wochenlang in ihrem Schlafzimmer und weinte nur. Es war wirklich hart. *Sehr* hart. Ich habe es gehasst, sie so traurig zu sehen und nichts dagegen tun zu können. Manchmal konnte man einfach nichts tun. Es war genau das gleiche Gefühl wie in deinem Transporter, Gideon. Genau das gleiche.

Zeit war das Einzige, was half und was sie zu uns zurückbrachte. Doch bis uns das klar war, haben wir einfach alles versucht. Dad brachte sie zu jedem Spezialisten im Land. Mom probierte alle möglichen Medikamente, jede Art von Therapie. Manches davon half, aber wie gesagt: Es gab Zeiten, da half gar nichts.

Nach einer Weile zermürbte es Dad wohl einfach. So hilflos zu sein und sie in diesem schlimmen Zustand zu sehen. Ich glaube, er konnte es nicht ertragen, in ihrer Nähe zu sein, also verbrachte er immer mehr Zeit im Büro. Tage. Nächte. Ganze Wochenenden. Bis wir ihn kaum noch zu Gesicht bekamen. Da Mom so krank war, kümmerte sich meine Schwester Josie um alles. Sie kochte, machte die Wäsche, bekam überall nur beste Noten. Josie sorgte für uns. Sie wurde zu meiner Mom.

Ich versuchte, nicht im Weg zu sein. Dachte, das sei das

Beste, was ich tun konnte. Aber ich ließ mich oft genug blicken, damit sie sich keine Sorgen machen mussten. Ich lief Kurz- und Mittelstrecken und war gut in der Schule. Aber innerlich brachte es mich um, meine Familie auseinanderbrechen zu sehen.

Dann hatte ich die ersten Visionen. Und damit richtete sich die Aufmerksamkeit auf mich. Eine Tochter, die paranoide Wahnvorstellungen hat? Das ist heftig, und das hätte weithin für Aufsehen gesorgt. Ich konnte sofort sehen, welche Angst es meinem Dad machte. Da er die psychiatrischen Untersuchungen bereits mit meiner Mom durchgemacht hatte, kannte er die besten Ärzte und die besten Einrichtungen. Man könnte sagen, er machte kurzen Prozess mit mir und brachte mich in die Einrichtung, von der ich dir erzählt habe – und aus der ich abgehauen bin.

Natürlich wusste ich von Anfang an, dass ich nicht schizophren war. Ich sah in die Zukunft. Die Visionen waren ein Segen. Aber meine Eltern hätten mir nie geglaubt – nicht bei unserer Familiengeschichte in Sachen Geisteskrankheiten. Und wenn ich daheimgeblieben wäre, hätte ich nur die Mittel beansprucht, die meine Mom benötigte.«

»Also bist du abgehauen.«

»Ja. Schrecklich, nicht? Ich habe sie im Stich gelassen. Ich lief fort und reiste als Seherin durch die Welt. Ich glaube, damals fing das mit dem Wegrennen an. Ich war in Bewegung, physisch und emotional. Seitdem ist es einfacher, mich von Dingen abzuwenden, die mir zu nah kommen. Es ist sicherer.

Gideon, ich war vorhin nicht sauer auf dich, weil du deine Geschichte zensiert hast. Ich war sauer, weil du jetzt diesen

Teil von mir besitzt. Dieses furchtbare, geheime Wissen, dass ich schon mein ganzes Leben entsetzliche Angst um meine Mom habe. Entsetzliche Angst. Ich bin es einfach nicht gewöhnt … Menschen zu vertrauen. Sie an mich heranzulassen.«

»Ich werde dieses Wissen niemals missbrauchen, Daryn. Du brauchst keine Angst zu haben, mir zu vertrauen. Ich bin nicht deine Eltern.«

»Meine Eltern? Was sagst du da?«

»Sie haben dich im Stich gelassen, Daryn. Das siehst du doch, oder nicht?«

»Meine Mom ist krank, Gideon. Depressionen sind eine Krankheit. *Ich* habe *sie* verlassen.«

»Ist es eine Krankheit, sich hinter seiner Arbeit zu verstecken?«

»Meinst du meinen Dad?«

Er zuckt mit den Schultern – eine kurze, frustrierte Geste. »Es ist deine Familie. Ich sollte nichts sagen.«

»Sag es. Ich will es wissen.«

»Was dein Dad getan hat, war falsch. Man kehrt seinen Kindern nicht den Rücken, weil man zu sehr leidet, um mit allem fertigzuwerden. Er war der Erwachsene in der Situation, und er hat euch verlassen. Deine Mom auch. Vielleicht konnte sie nicht anders, weil sie krank war, aber sie haben *dich* verlassen, bevor du sie je verlassen hast. Es ist echt scheiße, dass dir das passiert ist. Wenn du dich deine ganze Kindheit über so gefühlt hast wie vorhin in dem Transporter, so verängstigt – und dein Dad war nicht da, um dir zu helfen? Ich möchte auf etwas einschlagen, wenn ich darüber nachdenke. Es könnte dein Dad sein, falls er mir je begegnet.«

Gefühle steigen in mir auf und krachen wie Becken gegeneinander. Plötzliche Wut prallt auf eine intensive Sehnsucht danach, alle wieder versöhnen und nach Hause zurückkehren zu können.

Ich schaue hinauf zu den Sternen, aber vor meinen Augen verschwimmt alles.

»Ich hätte den Mund halten sollen«, sagt er.

»Nein. Ich wollte deine Meinung hören. Und … du hast recht.« Die ganze Zeit lang war ich davon überzeugt, dass ich sie im Stich gelassen habe, aber Dad hat *mich* im Stich gelassen. Er hat mich aufgegeben. Ich weiß nicht, wieso ich das nie sehen konnte. Warum ich dachte, ich hätte stärker sein müssen. Ich war außer mir vor Angst. Und ich hatte niemanden. Trotzdem vermisse ich ihn. Wie kann ich ihn vermissen *und* mich von ihm verlassen fühlen? »Ich glaube, ich muss nach Hause.«

»Das wirst du. Du wirst nach Hause zurückkehren und es klären.«

Es hört sich so einfach an, wie er es sagt, aber ich kann mir die Gespräche nicht einmal vorstellen, die ich führen muss. Wird Dad mir verzeihen, dass ich fortgegangen bin? Und Mom? Kann ich *ihnen* verzeihen? Es gibt so vieles zu klären. Aber ich will es. Ich muss.

»Deshalb hattest du also Angst vor mir?«, fragt Gideon nach einer Weile. »Du denkst, ich könnte mich genauso aus dem Staub machen wie dein Dad? Verschwinden, wenn du mich brauchst?«

»Erstens, ich hatte niemals Angst *vor dir*. Es hat mir Angst gemacht, mit dir *zusammen* zu sein. Zweitens, umgekehrt wird ein Schuh draus: Ich wusste, du würdest nicht abhauen.

Ich fürchtete, dass *ich* es tun könnte. Ich hatte Angst, dass mir das ›Dableiben‹-Gen fehlt und dass ich mich einfach verabschieden würde, wie mein Dad. Ich dachte, solange alles oberflächlich bleibt, könnte ich uns die größere Verletzung ersparen, wenn ich gehe.«

Er lehnt sich ein wenig zurück und seine Stirn entspannt sich. Dann nickt er. »Korrekte Einschätzung von mir, Martin. Aber du irrst dich, was dich selbst betrifft.«

»Tue ich das?«

»Hundert Prozent. Du gehst zwar manchmal auf die Walz, aber richtig abhauen tust du nie. Du bist hier, um Bas zu suchen, oder? Und du fährst nach Hause zu deiner Familie, wenn das hier vorbei ist. Du steigst nicht aus. Schon gar nicht, wenn es um mich geht. Wenn es um mich geht, hängst du dich echt rein. Ich meine, du bist in eine Militärbasis eingedrungen, um ein Foto von *meinem Hintern* zu machen. Es hat dich voll erwischt. Glaub mir. Du gehst nirgendwohin.«

Ich will ihm widersprechen, aber ich muss einfach nur lachen.

So albern es auch ist: Seine Worte trösten mich. Und ich bin erleichtert. Aber vor allem habe ich das tiefe Bedürfnis, genau da zu bleiben, wo ich gerade bin.

»Erinnert ihr euch an die Geburtstagstorte von Bas?«, fragt Jode, nachdem er Sebastians Nachricht zum dritten Mal gelesen hat. Er reicht sie weiter an Marcus, der sie dann mir zurückgibt.

Das Misstrauen der Jungs ist verschwunden. Als ich über das Feuer schaue, ist ihre Hoffnung auf ein Wiedersehen mit

Bas fast mit Händen zu greifen. Ich sehe sie in ihren glänzenden Augen. Ihrem ungezwungenen Lächeln. In der Tatsache, dass sich keiner über Studentenfutter zum Abendessen beschwert hat.

Bas weiß, dass wir hier sind. Er könnte *jeden Moment* auftauchen.

Wir sind so nah dran. *So* nah.

Wir alle spüren es.

»Du meinst unsere gemeinsame Nichtgeburtstagstorte in Deutschland?«, frage ich nach. »Wie könnte ich das vergessen?« Wir waren im Zug, irgendwo in der Nähe von Frankfurt, auf der Flucht vor der Sippschaft, als Bas mit einer Geburtstagstorte in unser Abteil kam. Eine Amaretto-Sahnetorte mit einem Überzug aus weißer und dunkler Schokolade. »Ich denke regelmäßig an diese Torte.«

Nicht nur, weil sie so köstlich war. Da keiner von uns Geburtstag hatte, beschloss Bas, unsere Nichtgeburtstage zu feiern.

Und das taten wir – mit allem Drum und Dran, samt Geburtstagslied.

Es war typisch Bas. Chaotisch und lustig. Er machte aus gewöhnlichen Momenten etwas Besonderes.

Während die Jungs in ihren Erinnerungen schwelgen, nutze ich die Gelegenheit, um etwas in mein Notizbuch einzutragen. Es ist kalt geworden, und meine Finger fühlen sich steif an. Ich muss sie erst am Feuer aufwärmen.

22. Feuer, wenn es kalt ist 23. Rebell, zum Feuermachen, wenn es kalt ist 24. Die Nachricht von Sebastian (Komm zu uns, Bas! Wir sind hier. Wir warten auf dich!) 25. Sebastians Nichtgeburtstagstorte in Frankfurt 26. Zu Hause, in naher

Zukunft (ich werde hinfahren und mich entschuldigen, und sie werden mich um Verzeihung bitten.) 27. Gideon, ich weiß, dass du mir über die Schulter schaust …

Er lacht. »Ich dachte, es ist jetzt *unsere* Liste.«

»Das stimmt auch, aber du lenkst mich ab.«

»Ich lenke dich ab, Daryn?« Er lächelt, und seine Augen werden schwer.

Er *ist* eine Ablenkung. Sein Lächeln. Seine Aufmerksamkeit. Alles an ihm. Ich habe ihn geküsst, ihn berührt, und ich kann jetzt beides tun, wenn ich möchte, so wie vorhin am See. Es ist umwerfend. Wenn wir jetzt nicht gerade in einem Dämonenreich wären, könnte ich diese neue Entwicklung wirklich sinnvoll nutzen.

»Möchtet ihr beide uns nicht den Rücken zuwenden, damit ihr uns noch effektiver ausschließen könnt?«, fragt Jode.

»Wir ergänzen nur die Liste.« Ich halte mein Tagebuch hoch.

»Daryn.« Gideon schüttelt den Kopf und tut so, als wäre er enttäuscht. »Es ist *unsere* Liste.«

»Eine Liste?« Jode lehnt sich zurück und legt den Kopf auf seinen Rucksack.

»Was hat es damit auf sich?«

Statt es ihm zu erklären, reiche ich ihm einfach das Buch.

Gideon legt seine Hand aufs Herz und zuckt zusammen. »Ich hasse es zu teilen, Martin.«

Ich beuge mich zu ihm vor und flüstere ihm ins Ohr: »Manche Dinge sind nur für dich.«

Er schaut mich lange und eindringlich an. Mein Gesicht brennt, und mein Körper fühlt sich leicht und heiß an.

»Das ist eine Unverschämtheit«, meint Jode trocken. »Ich

werde hier drin nur einmal erwähnt und Gideon … zwei-, drei-, *viermal*?«

»Dreimal«, korrigiere ich. »Das letzte Mal zählt nicht wirklich.«

»O doch, es zählt«, protestiert Gideon.

»Wie oft stehe ich drin?«, will Marcus wissen.

»Macht ihr daraus jetzt etwa einen *Wettbewerb*?«

»Natürlich.«

»Klar.«

»Auf jeden Fall. Und ich bin vorne.«

»Mal ehrlich«, bittet Marcus. »Wie oft stehe ich drin?«

»Einmal, wie ich. Wegen deines gewinnenden Lächelns.« Jode klappt das Notizbuch zu und wirft es Marcus zu. »Aber lass dir das nicht zu Kopf steigen. Gideons Arsch ist auch ein Punkt auf der Liste.«

Gideon schaut mich an und blinzelt. »Sag ich doch, ich liege vorne.«

»Dare, kann ich mal deinen Stift haben?«, fragt Marcus.

Das überrascht mich. »Ja.« Ich lächle und werfe ihm meinen Kuli zu. Es ist perfekt. Was immer er schreibt, es ist jetzt schon perfekt.

Während Marcus schreibt, lehnt sich Jode zurück und schaut hinauf in die Bäume.

»Du glaubst, dass du gleich fünfmal drinstehst. Stimmt's, Gideon?«

»Du kennst mich echt gut, Ellis.«

Als Marcus fertig ist, legt er den Stift in die Falz des Buches und reicht es Gideon. Ich beuge mich vor, um zu lesen, was er geschrieben hat.

Seine Handschrift ist flüssig und elegant – fast erstaunlich elegant. Und seine Worte sind perfekt, wie ich erwartet habe.

Noch besser ist, dass Gideon sie laut vorliest.

»›Achtundzwanzig. Die Familie, die ihr seid‹.« Er schaut Marcus an.

»Und ob, Mann. Das ist der beste Eintrag.« Er sieht mich an. »Zusammen mit Nummer vierzehn.«

»Ah, ja«, spöttelt Jode. »Gideons Superlippen.«

Marcus schüttelt den Kopf und sieht mich an. »Warum?«

»Es war ein Fehler. Ich habe es geschrieben, bevor die Liste öffentlichbekannt wurde. Was willst du hinzufügen, Jode? Es kann alles sein. Alles, was dir wichtig ist.«

»Komplettes englisches Frühstück«, antwortet er, ohne nachzudenken. »Eier, Speck, Würstchen, gebackene Bohnen, Grilltomate, Pilze, Toast, Orangenmarmelade. Mit Tee natürlich. Zweifellos eine der größten Freuden im Leben.«

Mir läuft sofort das Wasser im Mund zusammen. »Na ja, ist zwar kein Studentenfutter, aber auch nicht schlecht.« Ich ergänze die Liste um »Englisches Frühstück«. »Was noch?«

»Noch ein Eintrag?« Jode kneift nachdenklich die Augen zusammen. »Also, ich glaube nicht, dass es Superlippe gefallen wird.«

»Dann sag es nicht«, rät Gideon.

»Sag es, Jode.« Marcus lächelt. »Jetzt *musst* du es sagen.«

»Alter«, warnt Gideon. »Nein.«

»Nummer dreißig«, sage ich und tue so, als würde ich schreiben. »Wenn Gideon verlegen wird.«

»Ich bin nicht verlegen.«

»Bist du doch.«

»Bin ich *nicht.*« Er schaut zu Jode. »Spuck's aus, Drummond. Nummer dreißig.«

»Na gut. Wenn du darauf bestehst. Aber ich muss etwas weiter ausholen, damit ihr es versteht.« Jode streckt die Beine aus und lehnt sich wieder an seinen Rucksack. »Deine Schwester hat einen Kurs in Freier Kunst belegt. Malerei, Öl auf Leinwand. Ihr Thema ist die menschliche Figur, aber ihr Stil ist expressionistisch bis abstrakt. Sie schickt mir Fotos von dem, was sie macht. Sie sind phantastisch.«

Das Grinsen in Gideons Gesicht will nicht verschwinden. »Okay? Ich kenne die Bilder meiner Schwester. Sie hängen überall bei uns zu Hause.« Er schaut zu mir.

»Schreib es auf. Nummer ...«

»Moment, ich bin noch nicht fertig«, unterbricht ihn Jode. »In diesem Kurs beschäftigt sich Anna mit dem Konzept der Ganzheit. Ihre Figuren sind kühn und lebendig, aber ihnen allen fehlt ein Körperteil. Das Bild mit der Figur ohne Augen zum Beispiel drückt Weisheit aus. Das mit der Figur ohne Torso besitzt eine gewisse Festigkeit. Die Figur ohne Mund sieht aus, als würde sie gleich anfangen zu singen. Sie sind alle verdammt gut. Aber das Gemälde der Figuren ohne Hände ist für mich ihr bestes. Sie findet es auch, ebenso wie alle anderen, die es gesehen haben.

Sie sind fast spiegelbildlich. Der einen Figur fehlt die linke, der anderen die rechte Hand. Nichts wird eindeutig dargestellt, aber man kann sehen, dass die Figuren sich aneinander festhalten. Sie *haben* keine Hände, aber sie *halten* sich an den Händen. Das Gefühl, das es ausstrahlt, ist Liebe. Es ist Einheit ... und es ist Kunst. Im wahrsten Sinne des Wortes ist dieses Gemälde Kunst.«

Jode kratzt sich am Kinn, als er sich aufsetzt und Gideon unverwandt anschaut. »Als Punkt dreißig schlage ich also dieses besondere Gemälde vor. Das Bild, das sie von euch beiden gemalt hat.«

Gideon bleibt eine ganze Weile völlig reglos. Dann setzt er sich auf, stützt die Ellbogen auf die Knie und legt den Kopf in die Hände. Er lacht. »Jetzt *bin* ich verlegen.« Als er mich kurz darauf anschaut, strahlen seine Augen, und sein Lächeln bricht mir fast das Herz. Die Liebe zu seiner Schwester ist so offensichtlich. Ich will Anna unbedingt kennenlernen. »Dreißig«, sagt er.

Ich schreibe es auf.

Und wir machen weiter; jeder von uns zählt seine eigenen »Gründe« auf.

Ich bin erstaunt, wie eifrig die Jungs bei der Sache sind; im Handumdrehen haben wir die Fünfzigermarke geknackt. Mit jedem neuen Eintrag scheinen wir uns zu erneuern, uns selbst daran zu erinnern, dass die Dinge, die uns etwas bedeuten, *uns* gehören.

Wir entscheiden, was auf diese Liste kommt.

Ein wenig ist es so, als würden wir uns gegen die Macht der Kluft auflehnen.

22
Gideon

Am nächsten Morgen ist Schatten verschwunden.

Ich bin allerdings nicht besonders beunruhigt. Wir binden unsere Pferde nicht an, weil sie nicht fortlaufen. Es liegt in ihrer Natur, uns zu beschützen, also entfernen sie sich nie besonders weit.

Aber nachdem wir eine halbe Stunde im Lager hin und her gelaufen sind, nach Schatten gerufen, in die Schatten gestarrt und nach Schatten gesucht haben, gelangen wir zu der Überzeugung, dass wir ihr Verschwinden ernst nehmen sollten.

Wir teilen uns in zwei Suchtrupps auf: Während Jode und ich das Lager abbrechen und alles einpacken, gehen Marcus und Daryn zum See. Daryn will dort warten, wo sie und ich uns gestern unterhalten haben, weil sie hofft, irgendwo am Ufer Schatten zu entdecken. Marcus will die Umgebung des Sees im Uhrzeigersinn nach der Stute absuchen. Sie werden sich nicht weit voneinander entfernen – für den Fall, dass etwas passiert.

Als sie weg sind, sieht Jode mich an. »Kein Zeichen von Sebastian, und jetzt ist auch Schatten verschwunden?«

»Schatten könnte Bas gefunden haben. Er könnte jede Minute auf ihr angeritten kommen.«

»Stimmt. Hier scheint ja immer alles in unserem Sinne zu laufen.«

Wir packen die letzten Sachen zusammen. Ich bin mir nicht sicher, ob das die richtige Entscheidung ist. Wenn die Nachricht wirklich von Bas stammt, sollten wir bleiben, wo wir sind – aber es fühlt sich instinktiv richtig an, mobil zu sein und schnell reagieren zu können.

»Was meinst du?«, fragt Jode und schwingt sich in den Sattel. »Haben wir Marcus und Daryn auch verloren?«

»Mach keine Witze, Mann.«

»Es macht mir Sorgen, wenn du besorgt bist, Gideon.«

»Zum See?«

»Ja.« Ich binde Ruin an Luzians Sattel fest, dann reiten wir los – zwei Reiter, drei Pferde und keine Seherin.

»Sie könnten sich da unten prächtig amüsieren und gar nicht ahnen, dass wir uns Sorgen machen«, meint Jode.

»Wenn das wirklich der Fall ist, werden sie nicht mehr lange ahnungslos sein.«

Wir kommen an den See. Daryn ist nirgends zu finden.

Ihr Rucksack liegt am Ufer – der Rucksack mit der Kugel, den sie nie aus den Augen lässt.

Sofort sehe ich nach, ob die Kugel noch da ist.

»Und?«, fragt Jode.

Ich nicke. Ja, sie ist noch da.

Erleichtert atmet er durch die Zähne aus. »Was jetzt?«

Als ich wieder in den Sattel steige, verfolgen mich Rebells bernsteinfarbene Augen mit ungewöhnlicher Intensität. Weil er sich so auf mich konzentriert, horche ich ebenfalls in mich hinein.

»Jode, ich kriege Kopfschmerzen.«

»Ich auch.«

»Mist.« Wir entfernen uns vom exponierten Seeufer, ziehen uns zurück in den Schutz der Bäume. Keine Ahnung, mit welcher Art von Bedrohung wir es zu tun haben. Wieder eine Albtraumlandschaft? Oder die Gräuslinge? Die abgefahrenen Relikte, auf die wir gestoßen sind? Werde ich an einem Schuh vorbeireiten oder durch den Boden fallen? »Wir bewegen uns im Uhrzeigersinn, wie Marcus. Vielleicht hat Daryn ihn begleitet und …«

Plötzlich erfüllt ein ohrenbetäubendes Geräusch die Luft. Es erinnert mich an den Moment, als das Flugzeug auftauchte, aber dieses hier ist gleichmäßiger – ein kontinuierliches Knacken und Krachen. Und es kommt vom See.

Wir drehen ruckartig um, zurück zum Ufer, das wir gerade erst hinter uns gelassen haben.

Noch bevor wir durch die Bäume sind, sehen wir, dass sich auf dem See Eis bildet.

Er friert von der Mitte aus zu, ein weißer Fleck, der sich auf dem blauen Wasser ausbreitet. Die Spiegelung des Himmels verschwindet von der Oberfläche des Sees, wird durch frostiges Weiß ersetzt.

Und es passiert *schnell.*

Als wir ans Ufer kommen, erstarren die Wellen, die auf die Kieselsteine schwappen, zu Eis.

Genau in dem Moment wird mir klar, dass Rebell zu schnell ist.

Ich ramme die Hacken in seine Seiten und zerre so fest an den Zügeln wie noch nie. *»Rebell!«*

Aber er ist hundertmal stärker als ich. Die Zügel schneiden in die Innenseite meiner rechten Hand. Er lässt sich nicht bremsen. Der See ist plötzlich direkt vor uns – und dann heben wir ab.

Wir fliegen an die fünf Meter weit durch die Luft, bevor seine Hufe aufsetzen.

Für einen Moment.

Er rutscht, gerät ins Schlingern. Schwankt nach rechts und zuckt dann ruckartig zurück.

Ich werde aus dem Sattel gerissen und fliege über seine Ohren nach vorne. Lande mit Ellbogen, Kinn und Brust auf dem Eis. Meine Zähne knallen auf die bretthartc Oberfläche. Schließlich liege ich auf dem Bauch, und der Frost kriecht in mein Gesicht.

Kaum bin ich zum Stillstand gekommen, als ich Rebells Sturz *spüre* – ein Zittern auf dem Eis. Ich höre das Knirschen und Knacken hinter mir und sein tiefes Schnauben.

Blitzschnell komme ich auf die Füße, rutsche weg, fange mich und fasse mir ans Kinn. Es blutet, und zwar ordentlich. Ich habe einen roten Streifen auf dem Eis hinterlassen.

Dann sehe ich mich nach meinem Pferd um.

Einen Augenblick lang, während Rebell und ich versuchen, uns auf den Beinen zu halten, ist es fast komisch – als würden wir an einem Stepptanz-Wettbewerb teilnehmen. Als wir dann einigermaßen stabil stehen, sehe ich mich um, und plötzlich wird mir unsere Lage klar.

Die kräftigen Muskeln in Rebells Beinen und Brust zittern, als würde ihn ein Stromschlag durchfahren. Dichte Atemschwaden strömen aus seinen Nüstern – wie Drachenatem. Seine bernsteinfarbenen Augen sind weit aufgerissen, fast nur das Weiße ist zu sehen.

Ein zischendes Geräusch, als der Frostüberzug auf seinem

roten Fell in Sekundenschnelle schmilzt. Er steigt als Dampf in die Luft und tropft als Wasser an ihm herab. An seinen Knien kämpfen noch ein paar Flammen ums Überleben. Dann sehe ich seine Hufe, tiefrot vor Hitze.

Sie sinken in das Eis ein, als stünde er in Treibsand.

Wenn die Eisdecke schmilzt, ertrinkt er. Er wird es niemals zurück an die Oberfläche schaffen. Ich werde ihn verlieren. Und dann werde ich auch mich selbst verlieren, weil ich ihm hinterherspringe.

Rebell hebt den Kopf und stößt ein tiefes Schnauben aus, während seine hinteren Hufe hin und her rutschen.

Gideon, hilf mir. Was soll ich tun?

»Okay, Big Red. Ganz ruhig.« Wir sind an die sechs Meter vom Ufer entfernt. Aber da schon ein einziger Schritt unmöglich scheint, könnten wir genauso gut auch tausend Meter weit entfernt sein.

Ich trete auf ihn zu. Weiße Spinnweben breiten sich knisternd unter meinen Stiefeln aus, und mir ist eiskalt. Rebells enormes Gewicht hat bei seinem Sturz für lange und breite Risse im Eis gesorgt – weiße Adern, die unseren Weg aufeinander zu und in Richtung Sicherheit durchkreuzen. Jede Bewegung belastet das Eis.

»Beweg dich nicht!«, brüllt Jode vom Ufer. »Beweg dich nicht, sonst brichst du ein!«

»Danke, Jode! Das ist mir auch schon aufgefallen! Irgendeine Idee?«

»Rebell, hier! Zu mir!«, schreit er.

Nichts passiert. Rebell regt sich nicht. Er sieht nicht einmal in Jodes Richtung.

»Vielleicht noch andere Ideen, Jode?«

»Noch nicht.« Ruin ist völlig aus der Fassung über Rebells Lage und zerrt an der Leine, die an Jodes Sattel festgebunden ist. Jode springt ab und macht die Stute los.

Marcus' bronzefarbenes Pferd prescht sofort am Ufer des Sees auf und ab. Alle erkennen, wie schrecklich die Situation ist. Und mit jeder Sekunde wird sie schlimmer.

»Gideon.« Jodes Gesicht wird starr vor Angst, als er an mir vorbeischaut. *»Sieh mal.«*

Ich folge seiner Blickrichtung und verstehe endlich, warum Rebell auf den See hinausgerannt ist.

Schatten steht in der Mitte des Sees. Groß und dunkel hebt sie sich deutlich vom Eis ab. Sie beobachtet uns. Wartet ab.

Als sie feststellt, dass wir sie beobachten, wendet sie sich ab und schreitet auf ihren langen, fragilen Beinen davon.

Fort.

Zum *gegenüberliegenden* Seeufer.

Als ich in die Richtung schaue, in die Schatten geht, bleibt die Zeit stehen.

Dort steht jemand. Zu weit entfernt, um ihn genau erkennen zu können. Aber er ist groß und schlaksig wie sein Pferd.

»Gideon, siehst du das auch? Ist er das?« Jode wedelt mit den Armen. »Sebastian! Bas!«

Ich kann nicht sagen, ob Bas reagiert. Wenn ja, dann jedenfalls nicht offensichtlich. Er schreit nicht oder winkt. Trotzdem bin ich sicher, dass er es ist.

Und er ist nicht allein.

Neben ihm steht eine Figur. Samrael. Er ist es, auch da bin ich sicher.

Jede Zelle, jede Faser in mir scheint zu verbrennen.

Rebell stößt laut schnaubend die Luft aus und lenkt meine Aufmerksamkeit zurück zu dem unmittelbaren Problem.

»Komm schon, Rebell. Komm.« Ich mache einen Schritt Richtung Ufer. Dann noch einen.

Rebell folgt mir vorsichtig.

Wir haben fünf Schritte gemacht, als es passiert: Ein riesiges Eisbrett bricht ab, wo wir eben noch gestanden haben. Wasser spritzt auf und trifft Rebell, der aufschreckt und instinktiv zurückweicht. Er ist zu schnell und gerät wieder ins Rutschen. Außerdem bewegt er sich in die falsche Richtung, weg vom Ufer.

Ich kann nur hilflos zusehen, wie seine Hinterbeine wegknicken. Wie er sich wieder aufrappelt und fast drei Meter auf steifen Beinen übers Eis rutscht.

Sein Fell fängt an zu brennen, denn er ist völlig panisch. Dann seine Hufe. Es ist ein Teufelskreis: Seine Panik lässt ihn immer heftiger brennen und bringt damit das Eis unter ihm zum Schmelzen.

Ich renne hinter ihm her, stoße mich so schnell und so leicht mit den Füßen ab, wie ich kann.

Inzwischen sind wir durch eine Rinne aus zerbrochenem Eis voneinander getrennt. Das letzte Stück muss ich springend überwinden. Ich lande, rutsche und krache in seine Seite, weil ich nicht mehr bremsen kann.

Rebell brüllt und trampelt, und ich verliere fast meine Zehen.

»Ruhig, Junge! Ruhig!« Ich packe ihn bei den Zügeln. »Alles in Ordnung, Big Red. Du musst dich bewegen, Rebell. *Jetzt.*«

Ich liebe dieses Pferd wie sonst kaum etwas. Rebell hat mir mein Leben zurückgegeben, meine Seele geheilt. Ich suche nach einem Weg durch das Labyrinth aus Eisschollen, kann aber keinen entdecken.

»Gideon!«

Jode läuft auf einem breiten Pfad über glattes Eis und kommt auf uns zu. Er hat eine zusammengerollte Rettungsleine über der Schulter, die sich leuchtend grün von seiner weißen Rüstung abhebt. Ein Stück hinter ihm folgt Luzian, den großen Kopf gesenkt, als würde er am Eis riechen.

Am anderen Ende des Sees kann ich jetzt niemanden mehr erkennen. Weder Bas noch Samrael.

»Jode, was hast du vor?«, schreie ich.

Ganz dicht neben uns knackt das Eis. Rebell und ich weichen zurück. Er kann jede Sekunde das Gleichgewicht verlieren, stürzen und einbrechen.

Jode bleibt ungefähr fünf Meter von uns entfernt stehen. Ein perfekter Hockeystopp, als sei er auf dem Eis groß geworden. Er zieht das Seil über seinen Kopf und verknotet es zu einer Schlinge. »Ich ziehe ihn raus!«

»Das wird nicht funktionieren!« Es ist eine beschissene Idee. Luzian ist ein ganzes Stück entfernt und hat Mühe, sich aufrecht zu halten – es gelingt ihm kaum besser als Rebell. »Er schafft es ja nicht einmal bis hierher!«

Jode dreht sich um und sieht erst jetzt, wo sein Pferd ist. »Oh, *verflucht*! Luzian, komm her!«

»Das war in deinem Plan wohl nicht vorgesehen? Wolltest *du* Rebell rausziehen?«

»Ja! Das wollte ich! Können wir das später diskutieren?«

Plötzlich erschüttert ein lauter Knall den See, und Wasserfontänen schießen in die Luft. Rechts und links von mir. Hinter mir. Unter mir. Scharfe Eiskanten springen hoch; dann löst sich der Teil der Scholle ab, auf dem Rebell und ich stehen, und wird zu einer sechs mal sechs Meter großen Inselplattform.

Rebell und ich krachen ineinander, geraten ins Schwanken und versuchen, irgendwie auf den Beinen zu bleiben. Ich packe mein Schwert und ramme es ins Eis. Dann halte ich mich am Knauf fest, warte darauf, dass Rebell wieder gegen mich rutscht und schlinge den Arm um seinen Hals.

»Rebell, steh! Rebell, du sollst stehen bleiben!«

Seine Beine versteifen sich, und er vertraut darauf, dass ich ihn ruhig halte.

Seine ganzen fünfhundert Kilo.

Jeder Muskel in meinem Körper spannt sich an, um ihn zu stabilisieren, bis die Eisscholle endlich aufhört zu schaukeln. Halbgefrorenes Wasser läuft an meinen Stiefeln vorbei. Rebell gibt resignierte Laute von sich, ein schreckliches Wimmern, das ich noch nie von ihm gehört habe – und nie für möglich gehalten hätte.

Jode steht gebückt am Rand unserer Eisscholle und richtet sich langsam auf. Wir sind von schwarzem Wasser umgeben; Eisbrocken schwimmen vorbei.

Dann lässt Jode das Seil fallen und spannt seinen Bogen. Er schießt drei Pfeile in den Himmel. *Bsst, bsst, bsst.* Aber wir wissen, dass es ein sinnloser Hilferuf ist.

Wir sind keine zufälligen Opfer der Gefahr: Sie *verfolgt* uns. Die Kluft verfolgt uns.

Es gibt keine Lösung. Rebell zittert vor Angst. Ich zittere vor Wut und Anstrengung. Vor Ohnmacht.

Weitere Eisstücke brechen ab und landen spritzend im Wasser. »Ich habe langsam genug davon«, sagt Jode. Er spannt die Sehne, legt einen weiteren Pfeil an und schaut zu mir. »Auf dein Kommando.«

Ich schaue zu Rebell, der um sein Leben kämpft. Aber da wir ohnehin einbrechen werden, können wir genauso gut selbst den Zeitpunkt bestimmen. Also ziehe ich das Schwert aus dem Eis, stecke es in die Scheide und halte Rebells Hals noch fester umklammert. »Los!«

Jode feuert auf die glatte Eisfläche zwischen uns.

Eine Sekunde passiert gar nichts. Dann kippt die Welt.

Rebell und ich landen auf dem Eis und gleiten in den Schlund des eisigen, dunklen Wassers.

23
Daryn

»Gideon, warte.« Ich muss ihm nachlaufen, um ihn einzuholen.

»Wo willst du hin?«

»Ich muss Marcus suchen«, antwortet er, ohne langsamer zu werden.

»Marcus? Er ist vielleicht …«

»Ich werde ihn schon finden. Geh zurück«, ruft er mir über die Schulter hinweg zu.

Okay, das war irgendwie echt barsch. Aber er hat recht: Ich sollte tatsächlich zum See zurückkehren – und den Rucksack holen, den ich dort vergessen habe.

Aber ich laufe weiter neben ihm her. Irgendetwas stimmt nicht.

Vor fünf Minuten kam er zu mir ans Ufer stolziert und fragte nach Marcus, ohne mich eines Blickes zu würdigen.

Als ich antwortete, ich hätte Marcus vorhin gesehen, wandte er sich ab, noch bevor ich meinen Satz beenden konnte.

Ich sprang auf und folgte ihm.

Folge ihm noch immer.

Und ich weiß noch immer nicht, was los ist.

»Habt ihr euch gestritten?« Wieder muss ich ein paar

Schritte laufen, um sein Tempo mitzuhalten. Ich kann nicht glauben, dass ich das frage. Soweit ich mich erinnere, haben Gideon und Marcus seit den ersten Tagen, als sie sich kennenlernten, nie mehr wirklich Streit gehabt. Am Anfang war es echt übel – so als hätten sie sämtliche Feindseligkeiten, die es in ihrer Freundschaft hätte geben können, an den Anfang gepackt und abgehakt. Aber das liegt hinter ihnen. *Oder?*

»Kannst du bitte mal für eine Sekunde langsamer rennen?« Wieder keine Reaktion. Er scheint mich gar nicht zu hören. *»Warte.«*

Ich packe ihn am Arm. »Gideon, was …?«

Als sich seine blauen Augen endlich auf mich richten, werden meine Beine starr, und Angst schießt durch mein Rückenmark.

Ich habe mich sofort in seine Augen verliebt. Aufrichtige, gefühlvolle Augen. Und sie sind wunderschön. Ich habe seine Augen geküsst, und die Veränderung, die ich jetzt in ihnen erkenne, erschüttert mich.

Ich sehe nicht Gideon. Ich sehe einen Menschen oder ein Wesen ohne Seele.

Blitzartig ziehe ich meine Hand zurück.

»Geh zurück«, wiederholt er. »Ich muss Marcus finden. Er muss eine Lektion lernen.«

Eine Lektion?

Er dreht sich abrupt um, starrt für eine Sekunde in die dichten Bäume und sprintet dann los.

Hinter mir, aus Richtung des Sees, höre ich ein unglaublich lautes Krachen.

Jode ist vermutlich zum Ufer zurückgelaufen, aber irgendetwas stimmt hier ganz und gar nicht. Ich entscheide mich im Bruchteil einer Sekunde, folge Gideon – oder dem Wesen, das so aussieht wie er – und sprinte durch den Wald hinter ihm her.

»Marcus!«, brüllt er im Laufen; seine Handprothese blitzt in der Morgensonne auf. »Wo bist du?«

Die Stimme klingt anders: rau und fast brutal. Ich frage mich, warum mir das vorher nicht aufgefallen ist.

Er rennt einen Hang hinauf. Meine Oberschenkel fangen an zu brennen, aber Angst und Schrecken treiben mich voran. Mein Blick fällt auf das Schwert, das in der Scheide auf seinem Rücken steckt. Wenn ich es ihm abnehmen kann, hat er keine Waffe, um Marcus zu verletzen. Ich mobilisiere alle Kraft, die ich habe, beschleunige und greife danach.

Er wirbelt herum und packt mich so schnell am Handgelenk, dass ich fast in ihn krache. Sein Griff ist wie ein Schraubstock, und ich schreie auf vor Schmerz.

»Du kannst uns nicht aufhalten«, sagt er.

Uns?

O nein.

Rechts von mir nehme ich Bewegung wahr: Noch jemand läuft durch den Wald. Ich erkenne eine tiefrote Rüstung und rotblondes Haar. Seine leichtfüßigen, athletischen Schritte.

Gideon?

Als er näher kommt, sehe ich, dass er es *tatsächlich* ist.

Noch einer.

»Marcus! Wo bist du?« Seine Augen suchen angestrengt den Wald ab. Er ist ebenfalls auf der Jagd, rennt direkt an mir und Gideon – nein, dem Trugbild, das mein Handgelenk umklammert – vorbei, ohne einen Blick oder ein Zeichen des Wiedererkennens.

Rasch drehe ich mich zu den dumpfen Schritten hinter mir um.

Noch eine Gestalt – erneut ein Gideon, der sich ebenfalls blitzschnell und begierig bewegt.

»Schau nur, Seherin.« Der Gideon vor mir lächelt – ein Lächeln voller grausamer Absichten. »Mehr von meiner Sorte.«

Bei diesen Worten läuft es mir eiskalt den Rücken hinunter: Es sind die Worte, die der Gräusling zu mir sagte, als ich allein in der Kluft war.

»Wer bist du? *Was* bist du?«

»Eine Folter. Ein Spuk.« Er lässt mein Handgelenk los und wendet sich in die Richtung, aus der Marcus' Stimme kommt.

Marcus ist ganz nah, und er hat die Rufe gehört.

»Ich bin hier! Gideon! Ich bin hier!«

»Marcus, nein!«, schreie ich und erkenne augenblicklich meinen Fehler: Marcus wird nur noch schneller in meine Richtung kommen, wenn er glaubt, dass ich in Schwierigkeiten stecke.

Zielstrebig läuft das Trugbild davon. Wieder renne ich hinter ihm her, springe über knorrige Wurzeln, sehe den Wald nur verschwommen aus den Augenwinkeln.

Das kann doch nicht real sein. Was haben sie vor?

Kurze Zeit später gelange ich mit brennenden Lungen und Oberschenkeln an eine Lichtung.

Marcus steht in der Mitte, die Sense neben sich aufgestellt. Er ist umgeben von Doppelgängern von Gideon.

Ich zähle ein Dutzend.

Falls Marcus von dem Anblick verblüfft ist, zeigt er es

nicht. Er sieht sich ganz ruhig um und wirkt fast desinteressiert. Dann bleibt sein Blick an mir hängen, und in seinen Augen sehe ich, dass er begreift. Er weiß, dass zumindest *ich* real bin.

»Du glaubst, wir sind Brüder, Marcus?«, fragt einer der Doppelgänger. »Das denkst du doch, oder? Aber das sind wir nicht. Du hast nicht mein Blut. Du bist kein bisschen wie ich. Du bist wertlos.«

Marcus regt keinen Muskel. Aber die Worte versetzen ihm einen Schlag, den selbst ich spüren kann.

Sie nähern sich Marcus wie ein Rudel Wölfe, das gemeinsam auf Jagd ist. Flammen züngeln auf Schwertern, laufen über die Klingen und ihre Arme hinauf.

So habe ich Gideon noch nie gesehen. Brennend, ohne Rebell.

»Bleibt stehen!«, schreie ich. Sie tun es natürlich nicht. Den Versuch hätte ich mir sparen können.

Als sie bis auf drei Meter an Marcus herangekommen sind, schnelle ich vorwärts, drücke mich fest mit den Füßen ab, um zu sprinten. Ich weiß nicht, was ich tun kann, um zu helfen, aber ich kann nicht zulassen, was da geschieht.

Sie sehen mich kommen. Blitzschnell fahren zwei Schwerter aus und kreuzen sich vor mir.

Viel niedriger als Hürden.

Ich springe darüber. Als ich lande, katapultiert mich der Schwung gegen Marcus, der mich mit seinem freien Arm auffängt.

»Marcus«, keuche ich außer Atem. »Das ist nicht Gideon.«

»Du glaubst *ihr*?«, fragt einer der falschen Gideons. »Sie schert sich auch nicht um dich. Niemand tut das, Marcus.

Niemand. Deine Eltern haben es jedenfalls nicht getan, das steht fest. Keine deiner Pflegefamilien. Deine Trainer genauso wenig. Und mir bist du *definitiv* egal. Glaubst du, ich will, dass du bei uns wohnst? Meinst du, es gefällt mir, wie du dich von meiner Mom durchfüttern lässt? Wie du meine Schwester ansiehst? Ich habe jede Menge Freunde, Marcus. Ich brauche dich nicht. Und wir sind ganz bestimmt keine Familie. Du bist ein Fall für die Wohlfahrt, weiter nichts. Wieso kapierst du das nicht? Du bist nichts wert. Nicht einmal die Luft, die du atmest.«

Es sind nicht nur die Worte aus Gideons Mund, die mich erschüttern – viel mehr ist es der Hass in seinem Gesicht, die Eiseskälte.

»Du lügst«, entgegnet Marcus.

»Nein. Es ist die Wahrheit«, widerspricht einer.

Dann fügt ein anderer hinzu: »Weißt du, was noch die Wahrheit ist? Ich werde dich töten.« Er durchschneidet zweimal kurz die Luft mit seinem Schwert, um seine Worte zu unterstreichen. »Es hat keinen Sinn, sich zu wehren. Du wirst verlieren und es noch schlimmer machen. Du wirst daran schuld sein, dass Daryn verletzt wird.«

»Marcus.« Ich komme ihm so nah, dass meine Schulter gegen seine Brust drückt und ich seinen hämmernden Herzschlag spüre. »Sie werden uns nicht angreifen.«

»Nein?«, sagt einer von ihnen.

Plötzlich stürmen sie alle vorwärts – eine wilde, verschwommene Masse aus Stahl und Muskelkraft.

Es geschieht so schnell, dass Marcus keine Zeit bleibt, seine Sense zu schwingen. Vielleicht bringt er es auch nicht über sich.

Wir wenden uns einander zu, folgen dem primitiven Instinkt, uns aneinander festzuhalten, uns gegenseitig Schutz zu bieten. Dann spüre ich es. Ein durchdringender Schmerz, immer wieder, wie Blitzschläge. Ich spüre jedes einzelne der Schwerter, die in mich eindringen, meine Arme, meine Beine und mein Herz durchschneiden.

Marcus zuckt in meinen Armen zusammen – oder bin ich es, oder sind es wir beide gleichzeitig? Der Schmerz ist unvorstellbar und dauert scheinbar ewig. Ich will, dass er aufhört, zu Ende geht – oder *mir* ein Ende macht. Meine Beine zucken, mein Geist zuckt. Und trotzdem höre ich ihr Geschrei und ihren Spott.

»Ich werde dich vernichten, Marcus!«

»Du bist erbärmlich!«

Sie kommen jetzt aus allen Richtungen, unbarmherzig und blutrünstig.

Dann stürmt plötzlich Stille auf uns ein. Tosende Stille.

Schwach höre ich mich selbst nach Luft schnappen, höre Marcus dicht neben mir schnaufen. Mit jedem Atemzug wird der Schmerz aus mir herausgespült. Mit jedem Atemzug fühle ich mich stärker.

»Sind sie weg?« Meine Stimme gleicht einem Krächzen. Marcus' Arme sind schwer wie Betonplatten. Er lässt mich los, und wir treten schwankend einen Schritt zurück.

Keiner von uns hat einen Kratzer, aber mein Magen dreht sich, und ich kann mich kaum noch auf den wackligen Beinen halten.

Die Lichtung ist leer; außer uns ist niemand zu sehen.

»Marcus …« Ich räuspere mich und versuche, wieder zu

Stimme zu kommen. »Gideon würde das nicht sagen. Er würde so etwas niemals sagen.«

Marcus stemmt die Hände in die Hüften und schaut auf den Boden. Ich kann noch immer den Schmerz in ihm erkennen. Der Zweifel, die Verletzung hat sich in seinem Körper festgesetzt.

»Glaub mir, Marcus. Er würde so etwas nicht einmal *denken.*«

Er blickt auf. »Du weißt nicht, was in seinem Kopf vorgeht.«

»Aber ich weiß, dass ich recht habe.«

»Du sagst das, um ihn zu schützen. Er könnte all das denken, was wir gerade gehört haben. Vielleicht denkt er die ganze Zeit *genau das.* Er könnte …«

Ich stelle mich vor ihn und schaue ihm in die Augen. »*Nein.* Du darfst nicht zulassen, dass dieser Ort eure Freundschaft zerstört, dass er dein Herz vergiftet. Gideon liebt dich, Marcus. Wahrscheinlich hat er es nie direkt gesagt, aber …« *Aber was, Daryn?* »Aber er hat auch nie gesagt, dass er mich liebt, und …« *Und was, Daryn?* »Und ich weiß, dass er mich mag, zumindest.«

Ein Lächeln leuchtet in seinen Augen auf. »Zumindest.« Er schüttelt den Kopf. »Daryn …« Er schaut sich langsam auf der Lichtung um. »Ich will nicht an ihm zweifeln.«

»Dann entscheide dich, es nicht zu tun.«

»Du denkst, man entscheidet selbst, was man glaubt?«

»Ja«, antworte ich, ohne nachzudenken. Ohne zu wissen, ob ich es ernst meine. Aber Marcus und Gideon müssen sich unbedingt vertragen. Unbedingt – sonst werden wir Bas nie finden.

Er packt den Stab der Sense, zieht sie aus dem Boden und legt sie sich über die Schulter. »Wir sollten zurückgehen.«

Unterwegs schweigen wir. Ich frage mich immer wieder, wohin das alles führen wird. Wir werden von Erscheinungen heimgesucht, und bis jetzt ist es uns gelungen, zusammen und weitgehend unbeschadet zu bleiben.

Aber ich kann mir nicht vorstellen, dass uns das auf Dauer gelingt. Die Kluft wird uns verändern, wenn wir lange genug hierbleiben. Letztendlich könnte sie uns zugrunde richten.

Was mich an Bas denken lässt, der seit acht Monaten hier ist.

Wie hat er die Kluft überlebt?

24
Gideon

Als Rebell und ich einbrechen, hört mein Herz auf zu schlagen, und die Kälte umklammert meine Muskeln.

Um uns herum wirbelt das Chaos. Eisstücke krachen gegen uns wie Ziegelsteine. Durch die Blasen und das aufgewühlte Wasser kann man unmöglich etwas sehen.

Rebell reißt sich los, aber meine Arme reagieren nicht, tun nicht das, was sie tun sollen, und ich kann mich nicht an ihm festhalten.

Er strampelt wie wild, galoppiert unter Wasser, geht unter. Galoppiert nach oben, an die Oberfläche, zu mir.

Aber dann sinkt er wie ein Anker.

Die Flammen an seinen Beinen erlöschen zuerst. Es folgen die an seinem Körper und schließlich die an Mähne und Schweif.

Mein Pferd wird dunkel wie ein sinkendes Schiff, dessen Lichter ausgehen.

Es verschwindet.

Ich weiß, dass ich nicht laut schreien kann, also halte ich die Schreie zurück, was sich schrecklich anhört. Wie ein Schluchzen.

Ich trete und tauche, aber meine Beine haben keine Kraft, meine Arme sogar noch weniger. Weiße Punkte zerplatzen vor meinen Augen, meine Lungen drohen zu bersten. Ich brauche Luft.

Ich höre auf zu schwimmen und schaue nach oben. Ich kann die Wasseroberfläche nicht mehr sehen.

Dann tauche ich weiter nach unten. Auf keinen Fall werde ich so mein Pferd verlieren.

Aber es fühlt sich an, als würden sich meine Lungen mit Säure füllen, und ich kann mich nicht mehr zurückhalten.

Mit meinem letzten Atem rufe ich nach Rebell.

Dann mache ich mich darauf gefasst, dass eisiges Wasser in meine Kehle schießt.

Stattdessen strömt kalte Luft in meine Lungen, die sie gierig aufsaugen, während mein Verstand im Dreieck springt, um das alles zu begreifen.

Ich *atme.*

Unter Wasser.

Oder … schwimme ich durch die Luft?

Jetzt ist nicht die Zeit, das herauszufinden. Rebell braucht mich. Ich suche weiter nach ihm, kämpfe mich durch eiskaltes schwarzes Wasser, das ich irgendwie atmen kann. Meine Augäpfel erstarren, meine Finger werden taub. Kälte bohrt sich in meine Kehle.

Von unten steigen Blasen auf. Schwärme von Blasen, die immer dichter werden und mir die Sicht nehmen.

Dann werden sie grün.

Zuerst blass, dann hell und schließlich dunkel.

Alle Schattierungen von Grün.

Während ich das alles zu begreifen versuche, wird ihre Oberfläche brüchig, sobald sie meine Haut an Armen und Gesicht berühren. In meinen Ohren steigt ein Geräusch auf, ein Rascheln wie von Blättern im Wind, und ich spüre das sanfte Peitschen sich biegender Äste an Beinen und Rücken.

Ich schwimme durch Blätter.

Und ich bin zu schnell.

Mein Gehirn sucht nach Begründungen – Gravitation, freier Fall, Fallen durch Baumäste.

Nichts davon ergibt einen Sinn, und als die Äste plötzlich verschwinden, trifft es mich völlig unvorbereitet. Ich falle durch das Blätterdach, schlage um mich und boxe in die Luft.

Über mir sehe ich ein Labyrinth aus Ästen und Zweigen, ein dicker Baumstamm blitzt auf, und im nächsten Augenblick lande ich krachend auf dem Boden, flach auf dem Rücken.

Die Luft wird aus meinem Brustkorb gepresst wie bei einem Ballon, der gleich platzt. Ich warte auf die Gegenbewegung, das Einatmen, aber meine Lunge brennt wieder, ist wie ausgehungert und kann keine Luft aufnehmen.

Über mir taucht Jodes Gesicht auf. Er runzelt besorgt die Stirn; Tropfen aus seinem nassen Haar fallen mir auf die Stirn. »Alles in Ordnung? Gideon, kannst du dich bewegen?«

Ich schlage mir auf die Brust.

»Hat's die Luft aus dir rausgehauen?« Der besorgte Ausdruck verschwindet aus seinem Gesicht. »Dann sieh besser zu, wie du das wieder hinkriegst, denn ich werde dir keine Mund-zu-Mund-Beatmung verpassen. Das wäre zu seltsam, wegen Anna.«

Ich zeige ihm den Stinkefinger.

Er lächelt. »Na also. Geht doch.« Er setzt sich auf, aber ich bleibe noch eine Minute liegen. Zitternd. Völlig durchnässt. Eisig kalt. Und außerdem tut mein Kinn weh.

»Pferde?«, keuche ich – endlich in der Lage, mich umzusehen. Wir sind wieder im Wald. Zurück auf der Lichtung, wo wir unser Lager aufgeschlagen hatten. Wo ich noch vor knapp einer Stunde gewesen bin.

»Gleich da vorne. Deiner kocht vor Wut. Er steckt gleich den ganzen Wald in Brand.«

»Lass ihn.«

Jode hat recht. Rebell ist außer sich.

Große Flammen züngeln an seinen Beinen und seiner Brust empor. Seine bernsteinfarbenen Augen sind weit aufgerissen und starren ins Leere. Zum ersten Mal, seit ich ihn kenne, kann ich nicht spüren, was er fühlt.

Ich lehne den Kopf gegen seine breite Stirn, bis seine Augen etwas ruhiger werden. Bis er stärker wird, seine Stärke auf mich überträgt.

»Du bist ein gutes Pferd, Rebell.«

Er schnaubt zustimmend.

Und du bist ein guter Mensch, Gideon. Aber du hättest mich warnen können wegen dem Eis. Ich mag keine zugefrorenen Seen.

Ich tätschle seinen Hals. Dann hänge ich die Arme über den Sattel und lasse ihn mein Gewicht tragen, was dafür sorgt, dass wir uns beide besser fühlen.

Jode ist mit etwas beschäftigt, das ich nicht sehen kann. Ich höre, wir er hinter mir auf und ab geht, die Reißverschlüsse von Taschen auf- und wieder zuzieht und leise mit Luzian und Ruin spricht.

»Hast du deine Wunden jetzt lange genug geleckt?«, fragt er mich, als er Luzian und Ruin an den Zügeln zu uns führt.

»Hab noch nicht mal angefangen.«

»Kannst du es abkürzen? Wir müssen Marcus und Daryn finden und Schatten und …«

»Hast du wirklich geglaubt, du könntest Rebell mit einem Seil aus dem See ziehen? *Du?* Mit deinen eins achtzig und siebzig Kilo?«

»Das erschien mir vielversprechender, als neben ihm auf zerbrechendem Eis zu stehen.«

»Ich hatte einen Plan, Drummy.«

»Ach ja? Und was für einen?«

»Nicht zu sterben. Und er ist aufgegangen.«

Er hebt eine Augenbraue. »Das lässt sich nicht bestreiten.« Dann seufzt er und schüttelt den Kopf. »Warum?«, fragt er und blickt in die Baumwipfel.

»Kein Ahnung. Ich glaube, ich hatte irgendwann einmal genau so einen Albtraum.«

Er schaut mich an. »Glaubst du, die Kluft will uns vernichten?«

»Jedenfalls versucht sie irgendetwas.« Mir wird bewusst, dass ich hier nichts und niemandem vertrauen kann – weder den Bäumen noch dem Himmel. Es scheint, als könnte sich alles im Bruchteil einer Sekunde ändern. Im Augenblick vertraue ich nur Jode.

Jode und den Pferden.

Jode fährt sich mit der Hand über den Kopf, so dass seine feuchten Haare abstehen. »Er war es, Gideon. Am anderen Ufer. Es war Sebastian. Aus einem anderen Grund wäre Schatten nicht weggelaufen.«

»Er war nicht allein.«

»Das habe ich auch gesehen. Glaubst du, er war real? Oder Teil der Prüfung?«

Prüfung nennt er es. Dabei hat es sich eher wie Folter angefühlt.

»Keine Ahnung«, antworte ich. Selbst Schatten da draußen, mitten auf dem Eis, hätte eine Täuschung gewesen sein können. »Ein Teil von mir hofft es jedenfalls.«

Jode runzelt die Stirn. »Du hoffst, dass sie *nicht* real waren?«

»Bas stand dort neben Samrael, Jode. *Bei* ihm. Vielleicht irre ich mich, aber er sah nicht so aus, als würde er zu etwas gezwungen.«

»Du denkst, wir haben ihn an Samrael verloren«, folgert Jode.

Es klingt wie eine Feststellung, und das stört mich. »Das habe ich nicht gesagt. Ich meine nur, es ist möglich, dass Samrael es versucht hat. Du weißt, dass sie so vorgehen.« Im Herbst wollte die Sippschaft mich rekrutieren. Ihr Anführer dachte, ich hätte Potential. Wenn Bas die letzten acht Monate hier mit Samrael verbracht hat und seinem Einfluss ausgesetzt war … Samrael könnte versucht haben, auch ihn zu überzeugen. »Wenn es Samrael gelungen ist, ihn umzudrehen, müssen wir uns darauf einstellen und damit umgehen.«

»Irgendwelche Ideen, wie wir ›damit umgehen‹ sollen?«

»Ich arbeite daran.«

Jode stößt einen langen Seufzer aus. »Ist denn hier drin gar nichts einfach?«

»Nein. Ach ja, ich habe ganz vergessen, es dir zu sagen: Wir haben nichts mehr zu essen.«

»Kein Studentenfutter mehr? Das ist mir egal.«

Eine halbe Stunde später finden wir Marcus und Daryn. Noch bevor wir abgestiegen sind, fragt Daryn nach Schatten.

»Habt ihr sie gefunden? Wo ist sie?«

»Wir hatten ein paar Schwierigkeiten auf dem See«, antwortet Jode. Während er unsere Eiskapade beschreibt, fällt mir der Ausdruck in Marcus' Gesicht auf: Es ist derselbe Blick wie damals, als wir einander noch hassten. Als wolle er mir permanent in den Arsch treten. Und zwar heftig.

Ich unterbreche Jode. »Marcus, was ist?«

»Nichts.«

Ich schaue Daryn an. »Warum ist er sauer auf mich?«

»Du hast ihn attackiert«, sagt sie. »In einer Erscheinung.«

Erscheinung? Sofort wird mir alles klar: Sie und Marcus haben ihre eigene Prüfung erlebt. »*Ich* habe ihn attackiert??«

»Ja. Ein Dutzend von dir. Perfekte Doppelgänger.«

»Ein Dutzend Gideons?« Jodes Augenbrauen schießen in die Höhe. »Der Sarkasmus muss unerträglich gewesen sein.«

Keiner lacht. Marcus wendet sich ab und geht Richtung See.

»Marcus«, rufe ich ihm nach. Aber er bleibt nicht stehen. »*Marcus.* Komm schon, Mann.«

»Am besten, du lässt ihn erst mal in Ruhe«, meint Jode und läuft ihm nach.

Wut steigt in mir auf und findet kein Ventil. Warum muss ich den Kopf für etwas hinhalten, das ich gar nicht getan habe? Ich bin fast *ertrunken*. Ich habe gerade zugesehen, wie *mein Pferd* fast ertrunken wäre. Warum zum Teufel werde *ich* jetzt bestraft?

Die Kluft.

Sie treibt ihr Spiel mit uns. Sie zwingt uns in die Knie, ohne ein einziges Mal zuzuschlagen.

»Wie schlimm ist es?«

Daryn schaut zu Boden, zögert. »Ziemlich schlimm.«

Ein Bild blitzt vor meinem inneren Auge auf. Ich sehe mich selbst, wie ich meinen besten Freund grün und blau schlage. Wie ich auf den besten Kerl einprügele, den ich kenne.

»Er weiß, dass es nicht real ist, Gideon. Aber es war trotzdem hart, das durchzumachen. Er braucht ein Weilchen, um das Ganze abzuschütteln.«

Ich weiß, dass sie daran denkt, wie sie ihre Mutter auf dem Dach des gelben Bungalows gesehen hat. Ich weiß, dass auch sie ein Weilchen brauchen wird, um das abzuschütteln. Genauso lange, wie ich brauchen werde, um zu vergessen, wie Rebell im dunklen Wasser verschwunden ist. Und Daryn, wie sie gegen das Fenster von Dads Transporter hämmerte. »Du hast es als Erscheinung bezeichnet.«

»Nur, weil … na ja, *du* hast es gesagt.«

»Ich soll das gesagt haben? Daryn, was habe ich zu dir gesagt? Habe ich dich auch verletzt? Sag es mir.«

Sie tritt näher, schlingt die Arme um mich und legt den Kopf an meine Brust. »Lass es uns wegumarmen.«

»Wie wäre es mit: nicht jetzt?« Jetzt ist nicht der richtige Zeitpunkt für *Umarmungen*.

Sie hebt den Kopf. »Dann lass es uns wegküssen.«

Jetzt hat sie meine Aufmerksamkeit. Mein ganzer Körper hört zu.

»Was passiert, wenn ich wieder nein sage? Wird das Spiel weitergesteigert? Was kommt nach Küssen?«

»Wirst du wieder nein sagen?«

»Martin, wenn du solche Sachen sagst, schaltet mein Gehirn ab. Dann kann ich nicht mehr ...«

Das Getrommel von Hufschlägen unterbricht mich. Meine Augen suchen den Wald ab.

Jemand nähert sich uns auf einem schwarzen Pferd. Auf Schatten.

Bas?

Sebastian?

Ich kann nicht glauben, was ich sehe.

»Bas?«, fragt Daryn ungläubig und wirbelt herum. »Bas!«

»Warte. Vielleicht ist er es nicht. Er könnte nicht allein sein.«

»Er *ist* es.«

Sie lächelt, ist vollkommen überzeugt. Hat sie nicht gerade ein Dutzend gefälschte Versionen von mir gesehen? Er kann es nicht sein. Nachdem wir ihn so lange gesucht haben, kann er unmöglich einfach angeritten kommen.

Sie löst sich von mir und läuft auf ihn zu.

»Daryn – warte!« Aber ich kann sie nicht mehr aufhalten.

Mein Puls rast und dröhnt in meinen Ohren. Ich mache mich darauf gefasst, dass sich die Erde auftut. Dass sich Eis bildet. Ich rechne mit Wind, Gräuslingen, Samrael und Erscheinungen.

Aber nichts passiert.

Bas – wenn er es denn ist – kommt näher.

Als er vor uns stehen bleibt, schaut er von mir zu Daryn. Hin und her, genauso wie mein Verstand.

Bist du real?

Oder bist du nur ein weiterer Spuk der Kluft?

25
Daryn

Ich laufe zu Bas, lasse Gideon zurück.

Vermutlich wäre größere Vorsicht angebracht – die Kluft hat mich schon oft zum Narren gehalten. Aber ich werde es mir nie verzeihen, wenn ich an Bas zweifle, und er ist es wirklich. Lieber irre ich mich und trage die Konsequenzen dafür. Nach allem, was er durchgemacht hat, braucht er uns jetzt.

Unser Vertrauen. Unsere Unterstützung. Unseren Glauben an ihn.

Sebastian hält Schatten an und springt herunter. Tränen stehen in seinen braunen Augen, als er auf mich zukommt, und ich erkenne einen Anflug von Schmerz, der neu ist und intensiv. Dann erstrahlt ein Lächeln auf seinem Gesicht, das so vertraut ist – genau das, was ich jetzt brauche. Und bevor ich mich versehe, lache ich und stürme mit ausgebreiteten Armen auf ihn zu.

»Endlich haben wir dich gefunden! Ich habe mir solche Sorgen gemacht, Bas. Wir alle waren *so* besorgt.«

»Ihr seid hier!« Er hebt mich hoch und wirbelt mich herum. »Ich habe darum gebetet. Ich kann nicht glauben, dass ihr hier seid.«

»Natürlich sind wir hier. Wusstest du nicht, dass wir kommen würden?«

Er setzt mich ab und sieht mir in die Augen. »O Daryn. Bitte weine nicht, sonst muss ich auch heulen.«

»Ich bin einfach so froh.«

»Nicht so froh wie ich.«

Wir drehen uns um, als Gideon auf uns zukommt. Jode und Marcus sind bei ihm, gerade vom See zurück. Alle drei haben fast den gleichen Gesichtsausdruck – als rechneten sie damit, dass Bas mir jede Sekunde ein Messer an die Kehle hält.

Das Lächeln verschwindet aus Bas' Gesicht. »Was ist mit ihnen passiert?«

»Es ist dieser Ort.« Sie haben vergessen, wie man vertraut.

»Das verstehe ich«, entgegnet Bas.

Ich schaue ihn an und sehe einen weiteren Schatten des Schmerzes über sein Gesicht huschen. Er hat sich deutlich verändert. Seine Züge haben etwas Reifes bekommen, alle Spuren von Jungenhaftigkeit sind verschwunden, und mit seiner beträchtlichen Größe strahlt er ein neues Selbstvertrauen aus. Außerdem ist er noch attraktiver geworden – auch wenn das kaum möglich scheint. Aber da ist auch noch eine andere, weniger fassbare Eigenschaft. Ich kann sie nicht benennen, aber sie macht mich traurig.

Die Jungs bleiben ein paar Meter von uns entfernt stehen. Schweigend und wachsam. Jeder von ihnen wartet darauf, dass jemand anderes den ersten Schritt macht.

Ich ertrage es nicht. »Nichts für ungut, Leute, aber das ist das beschissenste Wiedersehen, das man sich vorstellen kann.«

»Genau«, stimmt Bas mir zu. »Das allerbeschissenste. So habe ich mir das ganz und gar nicht vorgestellt.«

Jode bricht als Erster das Schweigen. Er lacht sein ausgelassenes, gackerndes Lachen, drückt Bas an sich und klopft ihm auf dem Rücken, wobei er den gleichen Unsinn verzapft wie ich vor ein paar Minuten.

Dann kommt Marcus. Er zeigt das süßeste Lächeln, das er aufgesetzt hat, seit wir in der Kluft sind, da bin ich ganz sicher. »Bas. Bro …« Sie umarmen sich, und als Bas wieder einen Schritt zurücktritt, gelingt es ihm nicht mehr, die Tränen zurückzuhalten.

Jetzt, da nur noch Gideon übrig ist, scheint die misstrauische Stimmung zurückzukehren.

Gideon steht schweigend da und schaut ihn argwöhnisch an.

Bas schüttelt ihm die Hand. »G, Alter. Kein guter Witz.«

Ich sehe Gideons Grinsen aufblitzen, kurz bevor er vorwärtsspringt und Bas umwirft.

Sofort wird eine ausgelassene Rangelei daraus, laut und voller Ellbogen, Geschiebe und Gelächter. Unwiderstehlich. Ich grabe mich auch hinein und werde augenblicklich verschluckt. Es ist ein glückseliges Chaos.

Unentwirrbar intensiv.

Ich kann nur an eines denken: Wir sind wieder vollständig.

Ganz.

Als wir uns voneinander lösen, reden alle gleichzeitig, und Bas weiß nicht, wo er hinschauen soll. Er versucht, die Fragen von vier Leuten zu beantworten, aber es dringt keine Information durch. Gideon und Marcus geben es auf und springen ihn wieder an.

Ich schaue nach Schatten, frage mich, ob sie auch diese tiefe Zufriedenheit spürt, und bemerke, dass sie mich beobachtet.

In ihren Augen liegen Dankbarkeit, Solidarität und Liebe.

Es war nicht die Sehergabe, die mich zu diesem Augenblick führte. Es war ein schwarzes Pferd, das meinen Schmerz kannte, ihn teilte und bei mir blieb.

»Genug jetzt, ihr Affen«, ruft Jode, dessen englisches Gefühl für Anstand an seine Grenzen gelangt ist. »Kann jetzt mal wieder Ordnung einkehren?« Niemand will Ordnung. »Können wir das wenigstens in Nevada fortsetzen, wo es nicht diese verdammten Bäume und auch keine Gräuslinge gibt?«

Damit erreicht er alle.

»Du hast recht. Lasst uns von hier verschwinden«, pflichtet Gideon ihm bei. Seine Augen strahlen vor Freude. »Bas, wir bringen dich nach Hause, Mann. Was meinst du?«

Bas lächelt nicht mehr. »Nein – noch nicht. Ich bin noch nicht so weit.«

Es ist, als hätte jemand die Pausentaste gedrückt. Alles erstarrt.

»Bas«, sagt Gideon. »Wie meinst du das?«

»Ich bin noch nicht so weit.« Er schaut uns nacheinander an und sieht irgendwie bekümmert aus. »Ich kann es jetzt nicht erklären. Ich brauche einfach noch ein wenig Zeit. Ich bin so lange hier gewesen und muss erst mit ein paar Dingen klarkommen, bevor ich gehe.«

Seine Worte verpassen unserer fröhlichen Stimmung einen Dämpfer. Niemand von uns kann wirklich beurteilen, was er durchgemacht hat, oder verstehen, was er fühlt. Er hat ein Anrecht auf diese Bitte. Hat dafür gelitten. Wir können sie ihm erfüllen, also stimmen wir zu.

Wir schlagen ein Lager für die Nacht auf.

Es ist irre, denke ich, während ich Äste und Zweige für das

Feuer sammle. Hier in der Kluft hat es so viele Überraschungen gegeben, aber das ist bis jetzt die größte.

Wir haben Bas gefunden.

Aber wir sind immer noch hier.

Nach kurzer Zeit haben wir uns um das Feuer versammelt und teilen uns das Essen, das Bas aus seiner Ledertasche geholt hat. Zwei Sorten Käse, knuspriges braunes Brot, dicke Scheiben Speck, Äpfel und riesige Erdbeeren. Nach Tagen nur mit Müsliriegeln und Studentenfutter sind mir die Laute und Gesichtsausdrücke rund um das Lagerfeuer fast peinlich. Einschließlich meiner eigenen.

Statt Bas wieder mit Fragen zu bombardieren, lassen wir ihn erzählen, aber reden scheint zweitrangig. Im Augenblick wollen wir nur die Tatsache genießen, dass er hier ist, dass wir alle wieder zusammen sind.

»Am Anfang ging es mir mit dem Essen hier genauso«, sagt er. »Ich fragte mich, ob ich verhungern würde. Ich hatte solchen Hunger, dass ich darüber nachdachte, Dreck zu essen. Ich hatte keine Ahnung, ob es besser werden würde, aber dort, wo ich mich die ganze Zeit aufgehalten habe, gibt es eine Farm. Wir haben Obstwiesen, Gärten, Hühner, Milchkühe und genügend anderes Vieh, um …«

Plötzlich verlegen, nimmt er einen Stock und zeichnet Linien in den Staub, wobei ihm die Haare in die Stirn fallen. Unser Schauspieler, der zu schnell zu viel preisgegeben hat. Ich lausche dem Feuer, bin stolz auf die Jungs, dass sie so geduldig und sensibel sind, sich nicht einzumischen.

»Du lebst also, Mann«, sagt Gideon dann und verdirbt diesen subtilen Moment.

Bas blickt auf und lacht humorlos. »Da war ich mir eigentlich gar nicht so sicher, bis ich euch vorhin gesehen habe. Ich weiß, dass ihr euch fragt, was mit mir passiert ist. Ihr habt bestimmt Tausende von Fragen, aber …« Er stützt seine langen Arme auf die Knie. »Ich würde wirklich lieber zuerst hören, wie es euch ergangen ist.«

Wir sehen einander an.

»Wir haben dich gesucht«, beginnt Jode. »Wir haben versucht, eine Möglichkeit zu finden, dich zurückzuholen.«

Bas lächelt. Ein entwaffnendes Lächeln, wie damals, als er mich zum ersten Mal sah. Ich hatte ganz vergessen, wie schön er ist. Hohe Wangenknochen und volle Lippen. Eine lange, gerade Nase und Augen in der Farbe dunkler Schokolade, die tatsächlich die Bezeichnung ›verträumt‹ verdienen. Wieder sehe ich diese neue Eigenschaft in ihnen, aber inzwischen verstehe ich sie ein wenig besser. Sie erinnert mich an Marcus und Gideon – auch sie mussten ein paar schwere Schläge im Leben einstecken. Aber das macht Bas nur noch attraktiver. In seiner schwarzen Rüstung ist er ganz der listige Krieger, der einen zum Lachen bringt, um von seinen dunklen Geheimnissen abzulenken.

»Danke, Jode. Das ist schön zu hören«, sagt Bas mit seiner typischen Freimütigkeit. »Aber das war doch sicher nicht alles, was ihr getan habt. Jemand muss sich ja wohl mit interessanteren Dingen beschäftigt haben.«

Gideon beugt sich vor. »Also, es ist dir vielleicht nicht aufgefallen, aber ich habe meine Hand verloren.«

»Doch, das ist mir aufgefallen.«

»Verstehe. Aber ich habe die hier als Ersatz bekommen.

Sie ist eigentlich ziemlich cool, wenn ich nicht hier drin bin. Weil sie funktioniert.«

Bas lächelt. »Sie steht dir.«

Etwas so Einfaches. Es ist kein Mitleid, und es ist auch keine Lüge. Ich sehe, dass es Gideon gefällt. Es bedeutet ihm viel.

»Ich war in Wyoming und habe auf einer Ranch gearbeitet«, erzähle ich und versuche, Bas zu geben, was er eigentlich will. Ich verstehe, wie er sich fühlt. Noch vor gut einer Woche hatte ich auch das Gefühl, nicht eingeweiht zu sein. »Ich bringe kleinen Kindern das Reiten und Lassowerfen bei. Und wir malen und basteln.«

»Da erinnerst du mich an was.« Gideon springt auf die Füße und geht zu einer der Satteltaschen. Dann kommt er mit Bastians Waagschalen zurück. »Hier, das sind deine, Mann.«

Sebastians Lächeln verblasst, als er die Waffe nimmt – eine Kette aus rauchfarbenem Stahl mit zwei Waagschalen, die jetzt aufeinanderliegen. Während er sie liebevoll anschaut, wird mir plötzlich klar, wie viel er in all diesen Monaten entbehrt haben muss – ohne einen einzigen Gegenstand von Zuhause, den er sein Eigen nennen konnte. »Danke.«

»Kein Thema.«

Wieder lächelt Bas und schaut in die Runde. »Was noch?«

»Also, ich bin in Cambridge gewesen«, sagt Jode.

»Jode ist jetzt mit Anna zusammen«, fügt Marcus mit einem verschmitzten Lächeln hinzu.

Gideon schüttelt den Kopf. »Ein bisschen mehr Respekt, ja?«

Ich stelle erfreut fest, dass sie sich wieder gegenseitig aufziehen. Die Nachwirkungen der Erscheinung hatten mir

Sorgen gemacht, aber jetzt, da Sebastian wieder da ist, sind alle glücklich. Vereint.

Bas reißt die Augen auf und schaut von Jode zu Gideon. »Warte. Moment mal. Deine *Schwester*? *Die* Anna?«

»Ja, die Anna«, bestätigt Jode. »Und ich verstehe wirklich nicht, warum du damit so ein Problem hast, Gideon. Es ist ja nicht so, als hätte ich Einzelheiten über …«

»Noch ein Wort, Jode. Im Ernst, Mann. Noch ein Wort.«

Jode lacht. »Wie auch immer.« Er deutet auf mich und Gideon. »Ich glaube, wir übersehen gerade das Offensichtliche.«

Auf Sebastians Gesicht erscheint ein breites Grinsen. »Ihr beiden? Im Ernst? Das ist ja toll!«

»Ich habe ihre Abwehr durchbrochen«, erklärt Gideon sachlich.

»Hat er nicht«, widerspreche ich. »Meine Abwehr ist vollkommen intakt. Wir führen freundschaftliche Verhandlungen.«

»Unsere Verhandlungen sind weit mehr als nur freundschaftlich.«

»Gelegentlich.«

»Diese Leidenschaft«, meint Jode. »Einfach elektrisierend.«

Aber Bas genießt es. »Ich habe immer darüber nachgedacht, was ihr alle wohl gerade macht. Und ich habe mir diesen – genau diesen – Moment vorgestellt. Wir fünf wieder vereint, wie wir uns alles erzählen. Als Rael sagte, er hätte dich gesehen, Daryn, wusste ich, dass es nur noch eine Frage der Zeit war. Ich wusste, dass ihr kommen würdet, um mich zu suchen. Ich habe eine Nachricht hinterlassen – habt ihr sie gefunden?«

Er beendet den Satz langsam und stockend, weil er bemerkt, dass wir ihm nicht mehr zuhören. Die Spannung ist spürbar, so dicht wie der Rauch in der Luft. Mein Gesicht brennt, und mein Herz rast. Am liebsten würde ich jetzt die Zeit anhalten, weil ich weiß, dass ich die schönen, friedlichen Momente verlieren werde, die wir gerade geteilt haben.

»Ich habe versucht, den richtigen Zeitpunkt zu finden, um es euch zu sagen«, erklärt Bas, aber seiner Stimme fehlt ihr üblicher Klang.

»Wie wär's mit jetzt?« Gideon starrt ihn unverwandt an. »Weißt du, was ich noch gern wissen möchte, Bas? Wer zum Teufel ist Rael, wenn ich fragen darf?«

Er spricht den Namen genauso aus wie Bastian: *Rell.* Aber wir alle kennen die Antwort bereits. Seit ich Samrael zum ersten Mal hier in der Kluft sah, hat ein Teil von mir versucht, diese Möglichkeit einzubeziehen. Bas war in einem denkbar schlechten Zustand, als er durch das Portal ging. Es wäre ein Wunder gewesen, wenn er den Wechsel aus eigener Kraft überlebt hätte.

»Gideon, du musst das verstehen …«

»Moment mal. Wir sprechen von *Samrael,* nicht wahr? Der Dämon, der dich vergiftet hat? Der Dämon, der meine Hand abgeschnitten hat? Ist *das* Rael, Bas? Ist das derjenige, von dem wir sprechen?«

Bastian hält seinem Blick stand. »Ich wäre gestorben, wenn er mich nicht gerettet hätte. Ich verdanke ihm mein Leben.«

»*Er* war derjenige, der versucht hat, dich zu *töten.*«

»Er hat sich verändert. Ich weiß, was du denkst. Dass das nicht möglich ist. Aber er hat sich wirklich verändert.

Die Sippschaft ist Vergangenheit. Samrael war ein Untertan. Nein – es war mehr als das. Er war ein Sklave von Ra'om. Ra'om kontrollierte ihn, er kontrollierte sie alle. Das *weißt* du. Er hatte das Sagen. Er gab ihnen ihre Macht und sagte ihnen, wie sie sie anzuwenden hatten. Wenn sie sich ihm widersetzten, wurden sie bestraft. Du hast ja keine Ahnung, Gideon. Du weißt es einfach nicht. Du kannst nicht einfach hier auftauchen und denken, dass du alles verstehst. Denn das tust du nicht.«

»Samrael befahl deinen *Tod*. Hörst du überhaupt, was ich sage? Und er tötete den Wachmann in Los Angeles. Dazu haben wir drei Leute in Wyoming verloren. Er ist ein *Killer*.«

»Genau wie *du*! Genau wie Jode und Marcus. Ihr rechtfertigt es nur, indem ihr behauptet, es aus den richtigen Gründen zu tun.«

»Ich soll mich dafür entschuldigen, dass ich Dämonen getötet habe? Eher friert die Hölle zu.«

»Nein, das sollst du nicht.«

Gideon breitet die Arme aus. »Was dann? Was redest du da? Warum sprechen wir über einen Dämon, als sei er wichtig? Warum sind wir noch immer in diesem Höllenloch?«

Bas springt auf. »Du hast ja keine Ahnung, was ich durchgemacht habe!«

Gideon ist genauso schnell auf den Füßen. »Warum sind wir noch immer hier, Sebastian?«, fragt er fordernd. Jedes Wort ist wie ein Schlag in die Luft.

»Weil ich nicht ohne ihn gehe!«

Weil ich nicht ohne ihn gehe.

Die Worte rollen in meinem Schädel herum wie Murmeln in einem Glas: Es gibt keine Ordnung, keinen Kontext und keine Permutation, in der sie einen Sinn ergeben. Es kommt mir vor, als hätte Bas eine fremde Sprache gesprochen.

»Ich weiß nicht, was zum Teufel du da sagst, aber Samrael geht nirgendwohin«, stellt Gideon klar. »Das wird nicht passieren, Bas.«

»Dann gehe ich auch nicht«, erwidert Bas entschieden.

Gideon setzt sich wieder. Kalte Skepsis erfüllt seine blauen Augen und wäscht alle Spuren seiner guten Laune fort.

Marcus lässt den Kopf in die Hände sinken.

Jode schließt die Augen, als könne er nicht glauben, was gerade geschehen ist.

Etwas Dunkles hat in unseren Kreis Einzug gehalten. Ein rauer Schmerz entsteht in meiner Kehle, und ich beeile mich, die Nähe wiederherzustellen, die wir noch eben empfunden haben. »Wenn du bleibst, dann bleiben wir alle.«

Er schaut mich niedergeschlagen an. »Es tut mir leid, Daryn. Ich kann ihn nicht zurücklassen, genauso wenig, wie ich einen von euch zurücklassen könnte. Du musst mir glauben. Er hat sich verändert. Er hat es nicht verdient, hier gefangen zu sein. Er ist jetzt ein anderer.«

»Da ist er nicht der Einzige«, sagt Gideon.

»Du hast recht. Ich habe mich auch verändert. Ich habe jetzt keine Angst mehr, Stellung zu beziehen, Gideon. Ich weiß, was richtig und was falsch ist. Und deshalb lasse ich ihn nicht im Stich. Du kannst also mit deinen Überzeugungsversuchen aufhören.«

Die Wut, die Gideon ausstrahlt, ist fast greifbar. Selbst Rebell, ein Stück entfernt bei den anderen Pferden, spürt sie: Die Flammen seines Fells schlagen höher, und seine Augen leuchten wie Glut in der Nacht.

26
Gideon

»Was ist da vorhin passiert? Hast du irgendeine Erklärung für mich, Big Red? Ich könnte eine Stimme der Vernunft jetzt sehr gut gebrauchen.«

Rebell hört zu, während er neben mir herläuft. Ich musste weg vom Lagerfeuer, weil ich fürchtete, ich könnte anfangen, brennende Holzscheite in die Bäume zu schleudern.

Also legen Rebell und ich eine Pause als Reiter und Pferd ein.

Ich bin beunruhigt, Gideon. Ich bin beunruhigt, und ich möchte gern weg von hier.

»Ich auch, Pferd. Ich bin *wirklich* beunruhigt. Und ich möchte *wirklich* gern hier weg.«

Ich bleibe stehen und schaue durch die Bäume. Ich kann das Feuer nicht sehen, nur die dunklen Umrisse der vier Personen, die dort versammelt sind. Auch ihre Stimmen kann ich nicht deutlich hören, darum überrascht es mich, als ich sie lachen höre.

Um ehrlich zu sein: Es verletzt mich.

Wie können sie sich amüsieren? Wie können sie vergessen, dass Samrael ein Dämon ist? Dass er in meinen Gedanken herumgewühlt, mich gefoltert und sogar verstümmelt hat?

Warum steht es überhaupt zur Diskussion, ihn hier rauszulassen?

»Du kannst zehn Einträge hinzufügen, wenn du willst, Bas! Hier, schreib sie auf.«

Daryns Stimme ist hoch genug, um sie zu hören. Scheint, als würde sie Sebastian die »Gründe« erklären.

Ich will einen *einzigen* guten Grund hierzubleiben, der nicht völlig wahnsinnig ist. Ich meine – *Samrael.* Seinetwegen setzen wir uns dieser interaktiven Psychose-Sphäre aus?

Rebell gibt ein sanftes Schnauben von sich und nickt mit dem Kopf.

Du solltest wieder zum Feuer gehen, Gideon. Ich weiß, dass du das gern willst. Ich will auch, dass du gehst.

»Schon gut, Rebell. Wenn ich seinen Namen – Samrael oder nein, *Rael* – noch einmal höre, drehe ich durch. Dann kann ich für nichts garantieren.«

Also, das ist nicht gut. Okay, dann bleiben wir eben hier.

Stunde um Stunde vergeht. Ich lehne gegen einen Baumstamm und finde keine Lösung, während es rund ums Feuer still wird. Ich bin schon halb eingeschlafen, als ich Daryn auf mich zukommen sehe.

Sie setzt sich dicht neben mich. »Hey, Rebell.«

Ich muss lächeln. Wahnsinn, dass sie zuerst an ihn denkt. Das findet er auch.

»Wie geht es dir?«, fragt sie und rammt mir ihren Ellbogen in die Seite.

»Echt super. Und dir?«

»Alles andere als super.«

Sie legt den Kopf auf meine Schulter und schlingt ihre Arme durch meine. Allein ihre Nähe sorgt dafür, dass es mir bessergeht. Ich will den Augenblick nicht verderben, indem ich von Samrael anfange, aber ich kann mich nicht zurückhalten. »Ich habe beschlossen, Bas einfach bewusstlos zu schlagen und hier rauszubringen. Guter Plan, findest du nicht auch?«

»Nicht, wenn du weiterhin mit ihm befreundet sein willst. Ich glaube nicht, dass er dir das verzeihen wird. Er ist ziemlich entschlossen, Gideon.«

»Das bin ich auch.«

»Ich weiß.«

Ich stoße den Atem aus und versuche, den Knoten in meiner Brust zu lösen.

»Was passiert jetzt, Martin? Wohin gehen wir?«

»Bas will mit uns dorthin zurück, wo sie wohnen. Es ist eine befestigte Siedlung, die er das Graue Fort nennt.«

»Klingt ja lustig.«

»Er meint, wenn wir mit Samrael reden und uns anhören, was er zu sagen hat, würden wir es verstehen.«

»Verstehen, wohin wir unsere Pfeile und Klingen richten müssen?«

»Gideon, was Bas sagt, stimmt mit dem überein, was Samrael zu mir sagte, als ich ihn das erste Mal hier sah. Er wollte mich zu Bas bringen, bot mir Schutz an, Sicherheit. Damals habe ich ihm nicht geglaubt. Aber wenn ich es getan hätte, wäre das vielleicht alles nicht passiert. Vielleicht wäre Low nicht gestorben, und wir hätten nicht …«

»Nein. Du hast das Richtige getan.«

Sie hebt den Kopf. »Wie kannst du so sicher sein? Was wäre, wenn Bas recht hat und Samrael sich wirklich verändert hat?«

»Das hört sich an, als wolltest du den Typen verteidigen, der mir die Hand abgeschnitten hat.«

»Nein, das will ich nicht. Aber ich will nach Hause, ich will Bas nach Hause bringen, ich will, dass wir alle von hier fortkommen. Ich will das Richtige tun, selbst wenn es verdammt hart ist, und ich sehe keine Alternative hier. Menschen machen Fehler. Sie verdienen eine zweite Chance. Wenn ich das nicht glauben würde, hätte ich niemals den Mut, nach Hause zurückzukehren. Ich muss einfach daran glauben, dass meine Eltern und meine Schwester mir verzeihen, dass ich sie verlassen habe. Hast du nie etwas ändern wollen, was du gesagt oder getan hast? Hast du nie etwas wiedergutmachen wollen?«

Die ganze verdammte Zeit, denke ich. Sie hat einen Nerv getroffen. Ich bin unübertroffen, wenn es darum geht, die Beherrschung zu verlieren und Dinge zu tun oder zu sagen, die ich hinterher wieder geradebiegen muss. Ich *bin* nicht Krieg, *es ist mein Laster.* Es ist das, womit ich jeden Tag kämpfe. »In Ordnung. Menschen verdienen eine zweite Chance. Aber auch Dämonen?«

»Dämonen waren einst Engel. Samrael war ein Diener Gottes. Ein direkter Diener. Ich kann mir nicht vorstellen, dass man größeres Bedauern empfindet, als sich davon abgewandt zu haben.«

Noch ein gutes Argument.

Warum hat sie so viele gute Argumente?

»Hast du überhaupt eine Vorstellung davon, was er mir weggenommen hat, Daryn? Ich habe noch nie etwas so sehr gehasst wie ihn. Ich würde ihn eher umbringen, als ihm eine zweite Chance zu geben.«

»Du glaubst, dass du dich besser fühlen würdest, wenn du ihn tötest?«

»Unbedingt.«

»Und was ist mit deinem Dad? Er ist gestorben, aber du liebst ihn noch immer, nicht wahr?«

Es gefällt mir nicht, in welche Richtung diese Unterhaltung geht. »Natürlich.«

»Es geht also über den Tod hinaus. Man könnte sagen, die Liebe, die du empfindest, ist ewig.«

»Könnte man sagen.«

»Warum glaubst du, dass es mit deinem Hass anders sein wird? Wenn Liebe über den Tod hinaus währt, warum dann nicht auch Hass?«

»Weil Samrael es verdient hat zu sterben, aber mein Dad nicht.«

Daryn starrt mich an. »Ich glaube nicht, dass du deinen Hass loswirst, indem du Samrael umbringst. Du würdest nur weitere Schuld auf dich laden. Ich kenne dich. So kaltblütig bist du nicht.«

Bastians Worte schießen mir durch den Kopf. *Ihr rechtfertigt es nur, indem ihr behauptet, es aus den richtigen Gründen zu tun.* »Das ist zu viel der Ehre.«

»Ist es nicht. Du hast ein großes Herz und ein großes Gewissen.«

»Ich habe ein noch größeres Schwert. Es geht hier nicht nur um mich. Wenn wir Samrael rauslassen, bringen wir alle in Gefahr. Dann sind wir genau da, wo wir angefangen haben. Wir wissen, dass er unsere Gedanken manipuliert. Ich weiß, wozu er imstande ist – und das ist nichts Gutes, Daryn. Er nutzt deine schlimmsten Ängste und richtet sie gegen dich. Ich habe es erst vor ein paar Wochen erlebt. Bas ist schon seit Monaten hier.«

»Du denkst, er hat Bas einer Gehirnwäsche unterzogen?«

»Was für eine Erklärung gibt es sonst?«

»Bas sagt die Wahrheit. Samrael hat sich verändert. Warum sollte er sonst hier wegwollen? Im Herbst war es sein einziges Ziel, hier hereinzukommen, um Macht anzuhäufen, erinnerst du dich? Er wollte eine Armee des Bösen mit der Sippschaft bilden. Vielleicht will er das nicht mehr. Vielleicht hat Bas ja recht, und er will einen Neuanfang.«

»Nein. Genau das möchte Samrael uns glauben machen – aber er hat sich nicht verändert. Wenn wir ihn aus der Kluft herauslassen, bricht die Hölle los. Er wird seine eigene kleine Bande von rebellischen Dämonen bilden, und alles wird sich wiederholen. Nur noch schlimmer. Wir haben die Sippschaft im Herbst ausgeschaltet, Daryn. Und das muss auch so bleiben. Ich habe kein Problem damit, persönliche Schuld auf mich zu laden, wenn damit Tausende, vielleicht sogar Millionen von Menschen geschützt werden können.

Wenn wir Bas zu dieser befestigten Siedlung folgen, ist die Wahrscheinlichkeit groß, dass ich Samrael töte oder er mich tötet. Das ist einfach die Realität. So liegen die Dinge nun mal.«

Daryn schaut mich an und blinzelt. Dann nimmt sie mein Handgelenk und legt meinen Arm um sie, presst ihre Wange an meine Brust, als würde sie auf meinen Herzschlag horchen.

Ich erstarre, beiße die Zähne so fest zusammen, dass ich Kopfschmerzen bekomme. »Du bringst mich aus dem

Gleichgewicht, Martin. Was ist das überhaupt für eine Taktik?«

»Es gefällt mir einfach, wie du dich anfühlst.«

Ich höre mich lachen. Es klingt wie das Lachen von jemand, der Schmerzen hat.

Sie umfasst meine Taille fester, und ich spüre die Wärme ihres Körpers. Rieche ihren Duft. Mit jedem Atemzug besiegt sie mich. Ich entspanne mich und ziehe sie an mich. »Du bringst mich um, Martin«, flüstere ich in ihr Haar. »Ich mag dich wirklich.«

Sie greift nach meiner Handprothese und verschränkt ihre Finger mit den Metallfingern, als seien sie ein Teil von mir. »Gleichfalls.«

Es ist so still, dass ich ihren Atem hören kann. Ich suche den Wald um uns herum ab, schaue nach Relikten, Erscheinungen, Gräuslingen. Ich weiß nicht, wie es sich anfühlt, *keine* Gefahr mehr zu erwarten.

»Gideon«, sagt Daryn schließlich mit sanfter, zärtlicher Stimme. »Wir müssen jede Möglichkeit in Betracht ziehen.«

Ich dachte, wir wären mit dem Thema fertig. Ich wäre gern damit fertig. »Ich kann nicht, Daryn. Ich will nicht starrköpfig sein. Aber ich kann Samrael nicht verzeihen, was er getan hat. Wir könnten noch ein Jahr darüber reden. Ich werde es nie so sehen wie du.«

»Dann vertrau mir. Vertrau darauf, wie *ich* es sehe.«

»Du weißt, dass ich dir vertraue. Bring mich nicht in diese Lage.«

Sie lehnt sich zurück und sieht mich an. »Kannst du wenigstens darüber *nachdenken*?«

Wie kann ich dazu nein sagen? Ich nicke.

Sie lächelt. »Danke.« Sie gleitet in meinen Schoß und schlingt die Arme um meinen Hals. Dann gibt es nur noch sie.

Als Daryn mich zum Lagerfeuer zurückführt, sagt sie mir, dass jetzt noch gar nichts entschieden werden muss. »Sei einfach in unserer Nähe. Das Wichtigste ist jetzt, dass wir wieder zusammen sind.«

Ich halte die Klappe. Das Wichtigste ist jetzt, dass wir hier rauskommen. Dass wir ein echtes Problem haben, mit dem wir uns bald auseinandersetzen müssen.

Wir haben Glück gehabt, dass wir den Gräuslingen aus dem Weg gehen konnten, seit wir das letzte Mal mit Corderos Team hier waren. Und die Erscheinungen waren echt ätzend, aber wir haben sie überlebt. All das könnte sich von jetzt auf gleich ändern. Wir brauchen einen Plan, um diesen Ort zu verlassen. Wir müssen handeln.

Als wir zum Lagerfeuer kommen, schlafen Jode und Sebastian, nur Marcus ist auf und hält Wache.

»Ich übernehme«, sage ich ihm und setze mich mit dem Rücken an einen Baum. »Ich halte die Augen auf.«

Er nickt, denn er weiß, dass ich ohnehin nicht schlafen werde. Dann rollt er sich in seine Decke.

Ich bin noch immer nicht sicher, wo wir stehen. Ich weiß nicht, ob er noch sauer auf mich ist wegen etwas, das ein Dutzend Doppelgänger von mir getan haben.

Daryn lässt sich neben mich fallen. »Ich bleibe auch wach«, sagt sie und formt ihren Rucksack zu einem Kopfkissen.

»Schon gut. Besser, wenn nur einer von uns müde ist.«

Sie lächelt. »Okay. Dann schlafe ich.«

Sie streckt sich neben mir aus. Ich wickle das wellige Haar an ihrem Nacken um meine Finger und sehe, wie ihr die Augen zufallen.

Ich frage mich, wie es sein wird, wenn wir hier raus sind. Ob sich etwas ändern wird. Ob ich noch immer solche Dinge tun werde, sie so berühren werde, als sei sie mein. Ich stelle mir vor, wie es sein wird, wenn Anna sie kennenlernt. Die beiden werden sich bestimmt sehr gut verstehen – eine Malerin und eine Schriftstellerin. Ich sehe es vor mir, wie ich sie Mom vorstelle, und mir schnürt sich die Kehle zu bei dem Gedanken, dass Dad sie nie kennenlernen wird.

Nach einer Weile werden meine Gedanken düsterer. Ich sehe aufbrechende Erde und zersplitterndes Eis, sehe Lows brutal zugerichteten, leblosen Körper vor mir.

Dann wandere ich zurück in die Vergangenheit und sehe Dinge, die Samrael damals in meinen Kopf gepflanzt hat.

Meine Mutter, die an meinem Grab steht.

Mein Vater, der in den Tod stürzt.

Meine Schwester, die den Verstand verliert.

Daryn, bei Samrael.

Mit ihm *zusammen*, genauso, wie sie vor einer Weile mit mir zusammen war.

Es dauert nicht lange, und ich knirsche mit den Zähnen, bin völlig außer mir. Ich atme tief durch, versuche, die Anspannung loszuwerden, und mein Blick fällt auf Daryns Notizbuch. Ich nehme es, schlage es auf und suche »Gründe«.

Sofort fallen mir die unterschiedlichen Handschriften auf.

Ich erkenne die lächerlich elegante Schreibschrift von Marcus. Er schreibt, als würde er die Unabhängigkeitserklärung der Vereinigten Staaten unterzeichnen. Die von Daryn kenne ich natürlich. Und Jodes Notizen, eine abgeschwächte Variante von Marcus' Schrift. Meine Klaue in den wenigen Zeilen, die ich hinzugefügt habe. Und dann sind da Zeilen in Druckbuchstaben, leicht nach links geneigt, als würden sie sich zurücklehnen.

Sie stammen von Bastian.

Offenbar haben sie das Buch herumgereicht, und jeder hat etwas geschrieben. Aber irgendwann war es nur noch Sebastian, denn die letzten zehn Einträge stammen von ihm.

Ich setze mich auf und halte das aufgeschlagene Notizbuch so, dass es vom Licht des Feuers beleuchtet wird, und lese.

65. Das Ende einer langen Wartezeit. Warten ist das Schlimmste! – S. L.
66. Die Tatsache, dass gute Freunde sich nie besonders verändern, auch wenn man einander lange nicht gesehen hat. (Ich wusste, dass wir wieder vereint sein würden!) – S. L.
67. SCHOKOLADE! Schokostückchen im Studentenfutter! Schokolade ist das beste aller Lebensmittel! – S. L.
68. G und ich Sockensurfen in den Gängen eines Zugs, irgendwo in Schweden? – S. L.
69. Jodes Lachen. Psycho! (Muss es irgendwann mal bei einer Rolle einsetzen.) – S. L.
70. Diese Liste! Ich liebe sie! – S. L.
71. Die Gewissheit, dass jemand nur vorübergehend sauer auf dich ist. Gute Freunde verzeihen. – S. L.
72. Loyalität und das Gleichgewicht zwischen alten und neuen Freunden zu finden. – S. L.

Verdammt.

»Was hältst du davon?« Marcus ist noch wach. Er setzt sich auf und fährt sich mit der Hand übers Gesicht.

»Von der Liste?«

Er schüttelt den Kopf. »Von dem, was Bas will. Dass er mit uns zu dieser Siedlung will, um Samrael zu treffen.«

»Die beschissenste Idee, die ich je gehört habe. Ich übertreibe nicht. Die allerbeschissenste.« Ich erwische mich dabei, wie ich Bas' Worte verwende. Es geht schon los – ich übernehme bereits seine Sprüche. »Was meinst du? Und was ist mit Jode?«

»Er hat nichts gesagt. Hat nur zugehört und Fragen gestellt.« Marcus zuckt mit den Schultern. »Genauso wie du.«

Das alles überrascht mich nicht. Und ich weiß auch schon, wie das letzte Mitglied unserer Gruppe denkt. Daryn hat die Beine angezogen und sich zu einer Kugel zusammengerollt. Sie lächelt fast im Schlaf. »Wie sie zu dieser Idee steht? Sie verteilt Vertrauen, als sei es gratis.«

Marcus fährt sich mit der Hand durch die Haare. »Du meinst, das ist es nicht?«

»Nein. Du etwa?«

»In meinem Leben nicht. Jedenfalls habe ich es nicht so gelernt.« Er legt sich auf den Rücken und schaut in den Nachthimmel, durch Zweige und Blätter. »Aber vielleicht sollte es gratis sein.«

Wir schweigen eine Weile. Ich überlege, ob ich die Vergangenheit hervorkramen soll. Nie eine gute Idee, aber ich tue es trotzdem. »Bist du noch sauer auf mich?«

Er sieht mich an. »War nicht gerade ein schönes Gefühl.«

»Du weißt, dass ich das nicht war. Wenn ich könnte, würde ich zurückgehen und mich in alle meine Hintern treten.«

»Ich weiß.«

»Gut. Dann machst du also nicht mit mir Schluss, nicht wahr?«

Er grinst. »Ich gebe dir noch eine Chance.«

Ich wusste, dass wir uns verstehen. Es würde sehr viel mehr passieren müssen, um unsere Freundschaft zu zerstören. Aber es tut trotzdem gut, das zu hören. »Marcus, wenn wir das für Bas tun, darf ich nicht in die Nähe von Samrael kommen.«

»Glaubst du, ich etwa?«

»Nein. Aber Jode. Ich glaube, Ellis könnte es tun.«

»Und Dare«, ergänzt er.

Ich beiße mir auf die Unterlippe. Mein Bauch sagt mir, dass es falsch ist, Samrael auch nur den geringsten Spielraum zu lassen. Aber ich habe gelernt, Daryns Instinkten zu vertrauen. Wir müssen es tun.

»Morgen werden wir zu dieser Siedlung reiten, Marcus. Wir beide bleiben zurück und behalten die Kugel bei uns. Bas, Jode und Daryn reiten weiter und treffen Samrael.«

»Verdammt«, sagt Marcus kopfschüttelnd.

»Ich weiß, Mann. Ich weiß.« Aber es gibt keine guten Alternativen.

Wir müssen das ein oder andere Risiko eingehen.

27
Daryn

»Wir haben ein paar Tage rund um den See Ausschau gehalten«, sagt Bastian. »Rael und ich wussten, dass wir euch dort finden würden. Es ist die einzige Süßwasserquelle weit und breit.«

Er dreht sich um und lächelt mich an. Dann schaut er über meine Schultern hinweg zu Gideon, und das Lächeln verschwindet aus seinem Gesicht.

Wir sind auf dem Weg zu Samrael.

Gideon ist eine große und schweigende Präsenz in meinem Rücken. Ich reite zusammen mit ihm auf Rebell; so nah bei ihm spüre ich unwillkürlich die Spannung in seinem Körper.

Heute Morgen habe ich zu meiner Überraschung erfahren, dass alle mit Bas' Plänen einverstanden sind.

Jode hat zugestimmt, genauso wie Marcus, aber erstaunlicherweise auch Gideon, der fast den ganzen Vormittag kaum etwas gesagt hat und eindeutig nicht glücklich mit dieser Entscheidung ist.

Aber wir sind unterwegs.

In zwei Tagen werden wir Samrael im Grauen Fort treffen, der kleinen befestigten Siedlung, in der er und Bas wohnen. Und dann weiß ich nicht, was passieren wird.

Jode und ich werden mit Samrael reden? Eine Entscheidung darüber treffen, ob er es verdient, die Kluft zu verlassen?

Keine Ahnung, wie wir das anstellen sollen.

Wie beurteilt man den Charakter eines Menschen? Wie *urteilt* man darüber?

Welchen Maßstab legt man an, um die Moral einer Person zu bewerten?

Ja, du hast um die siebzig Prozent für Freundlichkeit erzielt, aber in Sachen Aufrichtigkeit gerade mal zwanzig. Tut mir leid, aber du musst hierbleiben.

Wie geht das? Und seit wann sind Jode und ich die Moralpolizei?

Aber ich sollte mir selbst nichts vormachen. Die eigentliche Verantwortung lastet auf mir. Ich habe die Kontrolle über die Kugel. Ich bin die Wächterin des Portals, ob ich will oder nicht.

»Wir sahen Schatten auf dem Eis, aber ich hatte ihre Nähe bereits gespürt«, fährt Bas fort und klopft ihr auf den Hals. Ich hatte ganz vergessen, wie gern er Geschichten erzählt. Ohne ihn ist es viel zu still gewesen. »Ich wusste, dass du nicht weit entfernt sein konntest, nicht wahr, mein Mädchen? Und dann entdeckten wir Jode und Gideon auf der anderen Seite des Sees. Ich war so glücklich, dass ich kein Wort herausbrachte. Ich drehte völlig durch vor Freude. Rael und ich waren uns einig, dass ich mich zuerst allein mit euch treffen sollte, um alles zu erklären. Er ritt zurück und nahm mein Pferd mit. Mein normales Pferd, meine ich. Habe ich euch erzählt, dass wir welche haben? Zwar nicht viele, aber immerhin. Jedenfalls ging ich um den See herum und fand zuerst Schatten und dann euch. Ich wäre direkt über das Eis zu euch gelaufen, aber ich wusste, dass es eine Erscheinung war. Ich hätte euch nicht helfen können.«

»Moment mal«, unterbricht ihn Jode. »Eine Erscheinung?«

Marcus und ich sehen uns an.

»Ja. Die Veränderungen, die an diesem Ort passieren. Das Ganze hier ist eine gigantische Bühne mit beweglichen Teilen, Falltüren und Spezialeffekten. Sie kann deine Gedanken durcheinanderwirbeln und sie dir wieder ins Gesicht spucken. Es ist verrückt. Wie ein realer Albtraum. Ich hasse es. Aber nicht alle Erscheinungen sind schlecht; einige können sogar ziemlich cool sein. Ich habe sogar einige erlebt, die wirklich wunderschön waren.«

»Echt?«, fragt Jode erstaunt. »Du hattest *gute* Täuschungen?«

»O ja. Frag mich nicht, wie das sein kann, denn ich weiß es nicht. Es ist einfach so. Man weiß auch nie, wann es passiert. Hier gibt es keine Regeln. Alles ist möglich.«

Gideons Hand umfasst meine Hüfte fester. Mir gefällt auch nicht, was ich da höre.

»Was ist mit den Gräuslingen?«, will Jode wissen. »Die gespenstischen verhüllten Kreaturen?«

»Oh, die hasse ich *wirklich*. Wir nennen sie die Verlorenen, aber ›Gräuslinge‹ gefällt mir.« Bas nickt. »Ja, das passt viel besser zu ihnen. Es gibt mehr von ihnen in der Nähe des Grauen Forts. Rael glaubt, es sei das Leben in uns, das sie anlockt. Wenn wir uns der Siedlung nähern, müssen wir besonders vorsichtig sein. Aber macht euch keine Sorgen, ich bringe uns hin.«

Natürlich machen wir uns trotzdem Sorgen. Jeder Einzelne von uns.

Im Laufe des Tages serviert die Kluft uns weitere persönliche Relikte.

»Sie sind wie Mini-Erscheinungen«, erklärt Bas, als wir an einem umgekippten Fahrrad mit sich drehenden Rädern vorbeikommen. »Vielleicht nicht sehr groß, aber sie wühlen trotzdem in deinem Kopf herum.«

Wir gehen auf die übliche Weise mit diesen Relikten um, indem wir das Objekt zuordnen und ein paar Worte zu seiner Geschichte sagen – jedes Mal ein bizarrer Vortrag.

Das Rad gehört zu Bastian. Eines seiner Lieblingsfahrräder, die er als Kind in Nicaragua zurückließ, als er in die Staaten zog.

Marcus reklamiert ein einfaches Bücherregal für sich, mit ein paar Ordnern, zerlesenen Büchern, Trophäen und einem Fußball in einem Block aus dickem Acryl – von einem Coach, den er als »in Ordnung« beschreibt.

Der alte Jeep mit der abblätternden Farbe gehört zu Gideon, wie wir alle wissen. Er wollte ihn zusammen mit seinem Vater wieder fitmachen.

»Das ist meine«, verkünde ich, als wir an einer großen dunkelroten Samtcouch vorbeikommen, auf der sich Dutzende von Kissen türmen. Die Farbe der Couch heißt »Goldenrod«. Ich weiß es, weil ich Mom beim Aussuchen geholfen habe. »Das ist der Lieblingsplatz meiner Mom bei uns zu Hause. Direkt vor einem großen Erkerfenster in unserem Wohnzimmer. Die Mittagssonne fällt darauf und wärmt den Samt. Es ist unmöglich, nachmittags auf dieser Couch nicht einzuschlafen.«

Damit wird eine Kettenreaktion von Gähnen und sehnsüchtigen Blicken in Richtung Couch ausgelöst. Wir alle brauchen dringend Schlaf.

Während wir einer nach dem anderen daran vorüberziehen, erlebe ich einen Anfall von Nostalgie. Josie und ich bei unseren Filmmarathons – bei den seltenen Gelegenheiten, wenn sie wirklich mal runterkommen und abschalten konnte von ihren Verpflichtungen in der Schule, beim Cross-Country oder zu Hause.

Wir backten Schokoladenkekse und zogen uns alle Folgen von *Der Herr der Ringe*, *Harry Potter* und *Star Wars* rein. Jede Verfilmung und Fernsehfassung der Romane von Jane Austen – und das sind eine Menge.

Ich habe diese Wochenenden geliebt.

Wieder überkommt mich der Wunsch, nach Hause zu fahren. Ich möchte das Gesicht meiner Schwester sehen, wenn ich nach eineinhalb Jahren plötzlich wiederauftauche. Und das meiner Mom, das von Dad. Ich möchte Isabel und Maia sehen, Ben, Sophia und Soraya, Jared Suarez. Ich will wieder Stadionrunden laufen, in Statistik und Geologie Dinge lernen, die ich wahrscheinlich nie mehr im Leben brauche. Die Sehnsucht nach einem geregelten Leben zerrt an mir wie ein Haken in meiner Brust.

Zum ersten Mal habe ich das Gefühl, dass es ein Segen ist, die Sehergabe verloren zu haben. Ich bin keine Seherin – und das ist mir vorgekommen wie ein Mangel. Ein Scheitern. Aber was, wenn es das gar nicht ist? Was, wenn der Verlust ein Geschenk ist?

Ich bin keine Seherin, ich kann mein Leben wiederaufnehmen.

Ich bin bereit dafür.

Ich will es.

Bis auf Sebastian sind wir alle überrascht, als sich die endlosen Wälder allmählich lichten und sich die Landschaft verändert.

Wir reiten an Wiesen und Flüssen vorbei, die lebendig funkeln, an kleinen Felsformationen und Sträuchern. Dann überqueren wir ein weiteres verbranntes Feld mit toten Bäumen, das jedoch weitaus größer ist als das letzte.

Als das Gelände ansteigt und wir bergauf reiten, haben wir Ausblicke auf den endlosen Wald vor und hinter uns. In der Ferne sehen wir eine blasse Gebirgskette vor einem dunstigen weißen Himmel; es sieht aus wie Berge, die aus Pauspapier ausgeschnitten sind.

Bas teilt uns mit, dass dies unser Ziel ist. Das Graue Fort liegt in diesen Bergen.

Moms weiße Blumen sind fast ständig präsent. Manchmal sind sie bereits da, wenn wir vorbeireiten. Dann wieder erblühen sie aus dem Boden und öffnen sich wie Anemonen.

Hier ist nichts mehr überraschend.

Ich nehme es als ein gutes Zeichen und stelle mir vor, dass Mom genauso an mich denkt, wie ich an sie denke, wenn ich diese weißen Blumen sehe.

Bei Sonnenuntergang schlagen wir wieder ein Lager auf. Die Stimmung ist gedrückt; morgen werden wir in ein Gebiet voller Gräuslinge gelangen. Wir werden Samrael sehen. Und die unterschwellige Spannung zwischen Gideon und Bas ist etwas, das wir alle spüren und das uns belastet.

Ein angespanntes Verhältnis zwischen den beiden ist das Letzte, was ich erwartet hätte.

Gideons Beziehung zu Jode ist eine Schlacht des trockenen Humors. Ein Sarkasmus-Wettbewerb, in dem keiner dem anderen etwas schenkt. Aber zwischen ihnen herrscht Respekt. Ich glaube, Gideon bewundert Jodes Intellekt, und Jode beneidet Gideon um dessen Entschlusskraft.

Mit Marcus verbindet Gideon eine Freundschaft, deren Wurzeln bis zum Erdkern reichen. Man kann die Verbindung zwischen ihnen regelrecht spüren. Ich habe gesehen, wie sie einander anschauen und aus keinem ersichtlichen Grund plötzlich lachen, als würden sie eine Frequenz auffangen, die dem Rest der Welt entgeht.

Aber mit Bas war es immer *laut*. Ein ausgelassener und fröhlicher Lärm in Form von Geschichten, Witzen, Streichen und Gelächter. Letzten Herbst bespaßten sich Bas und Gideon ständig, was für den Rest von uns sehr unterhaltsam war. Es fällt auf, dass es jetzt nicht mehr so ist. Das Fehlen des Lärms ist laut.

Außerdem wird meine trübe Stimmung nicht gerade besser, wenn ich den ganzen Tag Bas auf Schatten sehen muss. Zuerst war es toll, die beiden wieder zusammen zu sehen – ich hatte es mir so lange gewünscht –, aber ich spüre den Verlust immer deutlicher. Als Bas nicht da war, gehörte sie mir. Und ich liebe sie.

Kaum habe ich diesen Gedanken, dreht sich Schatten, die ein Stück weiter weg bei den anderen Pferden steht, um und schaut zu mir.

Ich glaube, sie weiß, wie ich mich fühle. Und ich glaube, ihr geht es genauso.

Nachdem wir Feuer gemacht und gegessen haben, legen wir uns schlafen. So machen wir es seit Tagen.

Ich habe gerade den Kopf auf meinen Rucksack gelegt, als Jode sagt: »Daryn? Du schläfst doch bestimmt noch nicht?«

Ich richte mich wieder auf. Ein Viertel meines Hirns hat schon abgeschaltet. »Was? Warum?«

»Die Liste! Ich warte schon den ganzen Tag darauf. Gib uns die *Liste des Lebens.*«

»Ja«, bekräftigt Bas und zeigt das erste Lächeln seit dem Morgen. »Wir müssen sie weiterführen. Wir sind bei Punkt dreiundsiebzig, nicht wahr?«

Sind wir. Ich hole das Notizbuch heraus und werfe es Marcus zu, freue mich schon auf weitere Einträge in seiner schönen Handschrift.

Marcus nimmt es und schlägt es auf.

»Du bist dran, Gideon«, fordert Bas ihn auf. »Wir haben gestern Abend alle schon was geschrieben.«

Gideon runzelt die Stirn, und ich weiß, warum. Es ist, als hätte ihm Bas gerade ein Friedensangebot gemacht.

»Okay.« Gideon zuckt mit den Schultern und schaut mich an. Zuerst wirkt er genervt, aber dann erkenne ich einen leisen Anflug von Übermut, der seine Augen zum Leuchten bringt. »Daryn und ich haben etwas bekanntzugeben. Es ist zwar noch sehr früh dafür, aber wir sind wirklich sehr aufgeregt und … was soll's. Wir sagen es ihnen einfach, was meinst du?«

»Oh, unbedingt«, entgegne ich, obwohl ich nicht die geringste Ahnung habe, was er vorhat.

»Super.« Seine große Hand verschluckt meine in einem warmen Griff, und er wendet sich wieder an die Jungs. »Irgendwann später in diesem Jahr … in ein paar Monaten, sollte ich sagen, denn wir sind uns wegen des Zeitpunkts nicht sicher. Aber in ein paar Monaten wird etwas wirklich Besonderes passieren, und wir wollen, dass ihr die Ersten seid, die es erfahren. Ihr drei. Also, wie gesagt, in ein paar Monaten werden wir ein …« Er neigt den Kopf und legt die Stirn auf meinen Handrücken. »Entschuldigung. Aber ich bin wirklich sehr aufgeregt.«

»Diese Schauspielkunst«, sagt Jode. »Macbeth empfand nie solche Qualen.«

»So schlecht«, meint Marcus und schüttelt den Kopf.

»Schh, Leute. Mir gefällt es«, widerspricht Bas. »Mach weiter. Was passiert in ein paar Monaten?«

Gideon blickt auf, und tatsächlich glänzen Tränen in seinen Augen – ich glaube allerdings, sie stammen von seinem unterdrückten Lachen.

»Wir werden ein Wiedersehen in Connecticut feiern. Zu Hause bei Daryn. Und ihr seid alle eingeladen. Das wollte ich sagen.«

Ich sehe ihn an. »Das ist wirklich eine tolle Idee.«

»Ahhh«, sagt Bas und nickt zustimmend. »Eine Wiedersehensfeier, schön. Ich komme.« Er kneift die Augen zusammen, als würde er Potential erkennen.

»Du hast irgendwie Talent, Gideon. Ich könnte einen großen Schauspieler aus dir machen.«

»Nicht nötig, danke.«

Ich knuffe ihn in die Rippen. Er lächelt und legt den Arm um mich.

»Doch, du bist gut«, fährt Bas unbeirrt fort. »Es ist mir schon vorher aufgefallen. Erinnerst du dich an die Schokolade zum Probieren in Kopenhagen?«

Gideon lacht. »Ja, allerdings.«

Etwas passiert zwischen ihnen; die kühle Distanz, die sie den ganzen Tag zueinander gewahrt haben, scheint aufzutauen.

Jode macht eine Geste, die so viel sagen soll wie *Raus damit.* »Erzählt schon. Was haben wir verpasst?«

Bas lächelt. Seine Schultern werden locker, als er in den Geschichtenerzählermodus übergeht. »Es war während der Zugfahrt von Rom nach Norwegen. Ich glaube, es war an dem Tag, nachdem ich die Geburtstagstorte gefunden habe. Wisst ihr noch?«

Vier Stimmen wie eine: »Ja.«

»Okay. Also, wir hatten ungefähr eine Viertelstunde Aufenthalt am Bahnhof. Ich weiß nicht mehr, an welchem Ort, aber Gideon und ich machten uns auf die Suche nach was zu essen – was wir ja ziemlich oft taten.«

»Du, Bas. Ich bin nur mitgekommen.«

»Na ja, das stimmt wahrscheinlich. Jedenfalls fanden wir eine Bäckerei und bestellten zwei gefüllte Croissants. Die Frau hinter der Ladentheke ging nach hinten, um sie aufzuwärmen, also warteten wir. Dann sahen wir direkt vor unserer Nase einen Teller mit Probierstückchen stehen. Schokolade oder eine Art Buttertoffee. Wir kosteten, und sie waren so lecker, dass wir weiterkosteten. Als die Frau mit unseren Croissants zurückkam, hatten wir fast den ganzen Teller verputzt. Ich glaube, Gideon hatte ein schlechtes Gewissen, denn er sagte: ›Diese Kostproben waren hervorragend. Vielen Dank.‹

Sie antwortete auf Dänisch. Wir verstanden natürlich nicht, was sie sagte, aber die Botschaft in ihrem Gesicht war kristallklar: Es waren keine Kostproben. Wir hatten gerade die Reste vom Teller eines Gastes gegessen, der noch dasaß.

Der Bäckereiverkäuferin war das unendlich peinlich. Ich glaube, wir kauten noch. Aber als echter Meister der Improvisation schaute Gideon mich an und meinte: ›Ich hab kein Wort verstanden. Du etwa?‹ Und natürlich verneinte ich. Keine Ahnung, was sie gesagt hatte.«

Ich kann nicht aufhören zu lachen. Keinem von uns gelingt das. Marcus schüttet sich dermaßen aus, dass ihm mein Notizbuch aus dem Schoß rutscht.

»Und was passierte dann?«, frage ich.

»Nichts«, entgegnet Bas. »Wir bezahlten unsere Croissants und gingen.«

»Und verpassten fast den Zug, weil wir uns nicht mehr einkriegten vor Lachen«, fügt Gideon grinsend hinzu. »Die Schokolade war echt gut.«

»Ich kann nicht glauben, dass ihr uns das nicht schon vorher erzählt habt«, beschwere ich mich.

»Ihr wollt gar nicht *alle* Geschichte hören.«

»Wenn sie lustig sind, schon.«

»Ich auch«, stimmt Marcus mir zu.

Bas und Gideon sehen einander an, als würden sie beide im Geiste einen Katalog durchgehen. »Erzähl die Geschichte mit deiner Rüstung und dem deutschen Typ«, sagt Bas.

Gideon lacht überrascht auf. »O ja. Die ist gut.«

Es ist die erste von mehreren Geschichten, und jede ist lustiger als die davor. Wir lachen, bis uns alles weh tut. Wir ergänzen die Liste der »Gründe«, wenn sich etwas Passendes ergibt.

Meine Augen brennen vor Müdigkeit, aber ich will nichts verpassen. Ich vergrabe mich unter Gideons Arm, schließe die Augen und höre zu.

Ihre Stimmen sind so unterschiedlich, erfassen jeweils genau ihre Persönlichkeit, aber sie ergeben einen Chor, der so beruhigend ist wie Gideons körperliche Gegenwart und die Wärme des Lagerfeuers. Ich bin fast vollkommen entspannt, als ich höre, wie die Pferde – alle vier – kurz und heftig schnaufen.

Alles steht still, als wir den Wald danach absuchen, was sie aufgeschreckt hat.

»Gräuslinge.« Bas springt auf die Füße und setzt eine Explosion von Bewegungen in Gang. Die Jungs greifen nach ihren Waffen. Ich packe meinen Rucksack, denke an die Kugel.

»Hörst du sie?«, fragt Jode.

Die Pferde haben sich blitzschnell umgedreht und schauen alle in dieselbe Richtung. Konzentriert schaue ich ebenfalls dorthin. Ich horche auf den Wind, der ihnen vorausgeht. Auf ihr blutrünstiges Geheul. Halte Ausschau nach ihren raschen Bewegungen und ihren zerlumpten Umhängen. Das Aufblitzen von Zähnen und Klauen. Ich kann nichts sehen, nichts hören.

Da. Ich nehme eine Bewegung in der Dunkelheit wahr.

Aber es sind nicht die Gräuslinge, die sich nähern.

Es ist Samrael.

Mit anmutigen Schritten tritt er aus der Dunkelheit heraus, die Hände erhoben, um anzuzeigen, dass er wehrlos ist.

»Ich wollte euch nicht erschrecken«, sagt er. »Ich bin unbewaffnet.« Er schaut zuerst zu Bas, dann zu mir und schließlich zu Gideon. »Ich habe eine dringende Nachricht.«

28
Gideon

Ich treffe keine bewusste Entscheidung, ihn anzugreifen. Ich tue es einfach.

Ich stürze mich auf Samrael, das Schwert in der Hand, die Schultern für maximale Schlagkraft nach hinten gedreht.

Als ich den höchsten Punkt der Ausholbewegung erreicht habe, wird die Klinge von etwas festgehalten.

Ich spüre einen Ruck in der Schulter, und das Schwert wird mir fast aus den Fingern gerissen.

Verwirrung packt mich, bis ich Bas sehe. Er hält die Scheibe an einem Ende der Waage. Die am anderen Ende ist um die Klinge geschlungen – die Klinge, die genau jetzt durch Samrael sausen sollte.

»Nein, Gideon!«, schreit er.

Jede Faser meines Körpers verlangt Rache. Ich bin wie besessen davon, vor meinen Augen verschwimmt alles. Sebastians Stimme klingt unwirklich, hallt in meinem Kopf nach.

Samrael ist stehen geblieben, wartet ab, was passiert.

Marcus starrt ihn mit Mordlust in den Augen an. Jode hat einen Pfeil auf ihn gerichtet, die Sehne seines Bogens gespannt.

»Ich lasse jetzt los«, sagt Bas zu mir. »Beweg dich nicht … mach einfach nichts, okay?«

Mit einer perfekten Drehung des Handgelenks, als habe er die Waagschalen in den vergangenen acht Monaten ständig benutzt, hakt er die Scheibe aus der Kette aus und befreit mein Schwert von ihr.

Ich will es sofort wieder versuchen. Noch einmal ausholen. Oder das Schwert auf ihn werfen.

Ich könnte Samrael treffen.

Aber darauf wartet Bas nur. Er ist bereit, mich wieder davon abzuhalten.

»Jode, Marcus«, rufe ich. »Übernehmt ihr ihn. Macht ihn fertig.«

Noch bevor ich den Satz beendet habe, springt Bas vor Samrael und breitet die Arme aus, die Ketten um eine Faust gewickelt.

»*Nein!* Das werde ich nicht zulassen.« Er ist entschieden, herausfordernd. Aggressiv. Vorher war er nichts von all dem. »Zuerst müsst ihr mich umbringen.«

Ich glaube ihm. Wenn Bas stets eins war, dann selbstlos. Er würde sein Leben opfern, um einen anderen zu schützen. Das hat ihn hierhergebracht.

»Gideon, bitte …«, sagt er. »Hör ihm einfach *zu*.«

Ich schaue an ihm vorbei zu Samrael. Seine Augen blicken gefühllos. Als seien wir Objekte für ihn. Als habe er in seinem ganzen Leben noch nie etwas *gefühlt*.

Bas will, dass ich zuhöre? Nein. Ich will kein Wort aus seinem Mund hören. Ich will nur sein schwarzes Herz durchbohren.

»Wir hatten einen Plan, Gideon«, sagt Daryn. »Weißt du noch?«

Ich erinnere mich nicht. Dann fällt es mir wieder ein.

Aber ich habe nie zugestimmt, dass wir Friedensgespräche führen. Das werde ich niemals tun.

Der Wind um uns herum wird stärker und trägt den schmutzigen Brandgeruch der Gräuslinge heran. Ich kann jetzt ihr Geheul hören – die aufgeregten Laute von Rudeltieren, die Witterung aufgenommen haben.

Ein heißes, übles Gefühl steigt in meiner Kehle auf. Ich kann es unmöglich leugnen. Wir stecken in Schwierigkeiten. Ich muss umschalten.

»Zehn Sekunden«, sage ich. »Länger gebe ich dir nicht.«

»Ihr seid hier nicht sicher«, entgegnet Samrael und kommt sofort zur Sache. »Die Verlorenen nähern sich eurem Lager.«

»Gräuslinge«, sagt Bas. »Sie nennen sie Gräuslinge.«

Samrael nickt. »Zwei Rudel zu je dreißig. Ich sah sie vom Vorgebirge aus. Die Zeit drängt. Ihr müsst mir folgen. Wenn wir sofort aufbrechen, können wir sie vielleicht abschütteln.«

»Du glaubst wirklich, ich würde dir folgen?«

»Ich bedaure, was zwischen uns passiert ist, Gideon. Ich hoffe, Sebastian hat versucht, euch zu erklären, in welcher Situation ich damals war. Hoffentlich hat er euch gesagt, dass ich … dass ich es wiedergutmachen will.«

»Du gibst mir also meine Hand zurück?«

Darauf hat er keine Antwort. Die Gräuslinge kommen näher, ihre Schreie werden lauter. »Ra'om kontrollierte uns«, erklärt Samrael. »Wir waren machtlos gegen ihn. Wir taten, was er befahl, oder wir wurden bestraft. Du kannst dir gar nicht vorstellen, wozu er fähig war. Ich verstehe, dass du mir wahrscheinlich nie vertrauen wirst. Was ich getan habe, kann ich nicht mehr ändern. Aber ich weiß, dass auch du erfahren hast, was Reue bedeutet. Du weißt, wie es ist, wenn man sich wünscht, man hätte sich anders verhalten. Vielleicht kannst du das verstehen.«

Ich schaue zu Marcus. »Redete dieses Stück Scheiße etwa von meinem Dad?«

Marcus' Antwort besteht darin, seine Sense durch die Luft zu schwingen, sie vor und hinter sich zu drehen und wieder zurückzuziehen. Es ist beeindruckend, wie die große Sichelklinge die Nacht durchschneidet. Etwas, das man sonst nur in Vorführungen zu sehen bekommt. Aber Marcus tut nie etwas wegen des Showeffekts. Er macht Lockerungsübungen, bereitet sich vor.

Samrael schaut zum Wald. »Leider haben wir jetzt keine Zeit für dieses Gespräch.« Er schaut zu Daryn. »Kommt mit. Ihr alle. Wir können das diskutieren, sobald wir in Sicherheit sind.«

»Gideon«, sagt Bas. »Er hat mir geholfen. Nur ihm habe ich es zu verdanken, dass ich noch lebe. Du kannst ihm vertrauen. Wenn wir jetzt nicht verschwinden, werden wir in Stücke gerissen. Oder Daryn könnte uns von hier fortbringen. Aber dann kommt Samrael auch mit.«

»Nein«, widerspricht Daryn. »Ich bringe euch nicht durch das Portal, bevor ich mir nicht sicher bin.« Sie sieht mich an. »Ich werde es öffnen. Ihr geht durch und bringt Bas hier raus. Ich bleibe. Ich bin die Einzige, die hier sein muss, um …«

»Nein.«

»Auf keinen Fall«, bekräftigt Marcus.

»Wir müssen jetzt schnell eine Entscheidung treffen«, drängt Jode.

»Wir müssen Bas von hier fortbringen, Gideon.«

»Wir *alle* müssen von hier fort, Daryn. Du eingeschlossen.«

Warum muss ich das überhaupt sagen? Was denkt sie bloß? Dass es für mich in Ordnung ist, sie hier zurückzulassen? Mit Samrael? »Und was ist, wenn die Kugel auseinanderbricht?«

»Ich bin nicht sicher. Ich weiß es nicht.«

Das Heulen wird immer lauter. Es kommt aus zwei Richtungen, als hätten die Rudel sich aufgeteilt, um uns zu flankieren.

»Entweder wir reiten jetzt los«, mahnt Samrael, »oder wir sterben.«

Sosehr es mich auch wurmt, es zuzugeben, aber es stimmt. Wir werden jeden Augenblick überrannt. Flucht ist die einzige Option. »Dann los.«

Alle steigen auf.

Samrael führt zwei Pferde nach vorne – große Apfelschimmel.

Bas und Daryn diskutieren kurz etwas, aber ich kann nicht hören, was sie sagen. Dann schwingt sie sich auf eines der Pferde.

»Daryn, was …«

»Falls wir kämpfen müssen, ist es einfacher, wenn wir nicht beide auf Rebell sitzen.«

Stimmt, aber ich hasse die Vorstellung. Ich will sie bei mir haben oder auf Schatten, aber ehe ich mich versehe, reiten wir los.

Samrael reitet voran. Ich folge ihm.

Einem Dämon.

29
Daryn

Wir rasen in halsbrecherischem Tempo durch die Bäume.

Jedes Stolpern, jede Wurzel könnte tödlich sein. Aber die Gräuslinge sind ohne Frage ebenfalls tödlich, also reiten wir, als hinge unser Leben davon ab.

Mein grauer Wallach ist langsamer als Schatten und die anderen Pferde. Ich falle zurück ans Ende der Gruppe. Samrael, der ebenfalls ein normales Pferd reitet, wird auch nach hinten durchgereicht.

Gideon vorne sieht mich und versucht, Rebell zu verlangsamen. Auch Jode, Marcus und Bas bemerken es und nehmen Tempo raus.

»Nein! Reitet weiter!«, rufe ich, aber es ist zwecklos.

Nach kurzer Zeit lässt es sich nicht mehr leugnen: Egal, wie schnell wir reiten, es ist nicht schnell genug. Die Gräuslinge sind uns dicht auf den Fersen. Es ist fast, als wüssten sie genau, in welche Richtung wir unterwegs sind.

Als ihr rauchiger Gestank in meine Nase dringt, weiß ich, dass uns nur noch Minuten, vielleicht sogar nur Sekunden bleiben, bis sie auf uns zustürmen mit ihren scharfen Klauen und unergründlichen Augen.

»Wir sind zu viele! Zu gut sichtbar!«, ruft Samrael nach vorne.

Es stimmt. In der Dunkelheit lassen sich Luzian und Rebell unmöglich verbergen, und das bronzefarbene Fell von Ruin ist kaum weniger auffällig. Sie sind wie Zielflugfunkfeuer.

Meine Idee von vorhin kommt mir wieder in den Kopf. Ich fasse kurzerhand einen Entschluss. »Stopp! *Stopp!*«

Alle reagieren sofort.

Die Pferde kreischen und tänzeln, als sie zum Stehen kommen, und überall um mich herum höre ich Ausrufe des Erstaunens.

Ich nutze den Tumult, hole mein Messer aus der Seitentasche meines Rucksacks und verstecke es unter meinem Hemd.

»Wir können nicht entkommen. Sie haben uns umzingelt«, verkünde ich.

»Wir können auch nicht kämpfen«, meint Samrael.

»Feigling«, schleudert Gideon ihm entgegen. »Wir werden uns nicht ergeben. Wir kämpfen.«

»Du hörst doch die Scouts. Hinter ihnen kommen noch viele von ihnen.«

Während sie diskutieren, bugsiere ich mein Pferd näher an das von Samrael. Dann ziehe ich die Füße aus den Steigbügeln und zähle bis drei.

Ich bündle alle Kräfte, springe auf meinen Sattel, stoße mich ab und lande hinter Samrael auf dessen Pferd. Sofort schlinge ich den Arm um seinen Hals.

Verblüfft macht sein Pferd einen Satz nach vorne. Ich werde nach hinten geworfen, halte mich aber fest, weil ich damit gerechnet habe. Dann drücke ich die Klinge an seine Kehle. »Beweg dich nicht.«

»Ich versuche nur, das Pferd zu beruhigen«, erwidert er.

»Daryn, was machst du?«, ruft Gideon.

Die Hand, mit der ich das Messer halte, zittert. Ich bin sicher, dass Samrael es merkt. »Ich öffne jetzt das Portal.« Mit meiner freien Hand greife ich hinter mich in den Rucksack. »Ihr müsst von hier fort, Leute. Ich bin die Einzige, die hierbleiben muss. Bas, ich bleibe, um herauszufinden, ob es stimmt, was du sagst.«

Ich weiß nicht, warum ich nicht sage, was genau ich damit meine. *Ich bleibe, um festzustellen, ob Samrael es* verdient, *die Kluft zu verlassen.*

Die Worte kommen einfach nicht über meine Lippen.

»Was soll das bringen?« Jode klingt verzweifelt. Unsere Situation *ist* verzweifelt. »*Du* bist dann noch immer in Gefahr.«

Samrael antwortet an meiner Stelle. »Ein Pferd ist weniger auffällig als ein ganzer Reiterzug. Ich kann ein Pferd verstecken. Wir können ihnen entkommen.«

»Zwei.« Gideon zieht mit einem zischenden metallischen Geräusch sein Schwert. »Ich bleibe auch. Marcus, Jode – bringt Bas hier raus. *Geht.*« Das ist nicht das, was ich will, aber ich weiß, dass ich ihn nicht umstimmen kann.

Ich habe nicht einmal Zeit, es zu versuchen.

»Wenn du versuchst, durch das Portal zu gehen«, warne ich Samrael und drücke die Klinge fester an seinen Hals, »machst du eine Mörderin aus mir.«

Ich werfe die Kugel in die Luft, bevor ich darüber nachdenken kann, was ich gerade gesagt habe.

Samraels Rücken strafft sich, als er sie vor uns schweben sieht. Die Sippschaft war letzten Herbst besessen vom Kampf um die Kugel. Er brachte jedes ihrer Mitglieder zu Fall, bis auf Samrael.

Ich öffne das Portal. Der Vorgang ist inzwischen vertraut, geschieht instinktiv.

Die Gräuslinge sind so nah, dass ich spüre, wie die Luft zittert und die Bäume schwanken.

Ich schaue zu Sebastian. Er beobachtet das Portal voller Ehrfurcht, und Erleichterung funkelt bereits in seinen Augen. Das ist seine Rettung, seine Rückkehr nach Hause. Aber dann sieht er mich scharf an. »Wir können dich nicht hierlassen.«

»Geh, Bas. Geh nach Hause«, fordert Gideon ihn auf.

»Wirst du Samrael eine faire Chance geben?«

Die Frage kommt von Bas, nicht von Gideon.

»Ja. Ich verspreche es.«

»Danke«, sagt Bas und wendet sich dann zu Samrael; seine Gefühle sind ihm deutlich ins Gesicht geschrieben.

Plötzlich fühlt es sich falsch an, ein Messer an Samraels Kehle zu halten. Ich ziehe es zurück und fahre damit an seinem Rücken hinab.

»Wir sehen uns draußen«, sagt Bas und führt dann Schatten in das Portal.

Als er darin verschwindet, schnappe ich nach Luft, überwältigt von einer Flut von Gefühlen. Er kehrt nach Hause zurück – das ist alles, was ich seit Monaten sehen wollte. Aber Schatten geht mit ihm, fort von mir. Ihre Abwesenheit raubt mir die Kraft, schwächt alle Knochen in meinem Körper.

»Geh, Marcus«, sagt Gideon. Marcus sieht nicht so aus, als würde er irgendwohin gehen. »Ihr müsst gehen.« Er schaut zu Jode. »Beide. Sofort.«

Gideon verlangt das Unmögliche von ihnen.

Wir alle wissen, was für ein Gefühl es ist, einen Freund hier zurückzulassen.

Sie wenden ihre Pferde und treten ein. Zuerst Jode und dann Marcus. Beide werden sie schnell verschluckt vom Tumult und Chaos des Portals.

Weg.

Ich schließe das Portal und forme es rasch zurück in die Kugel. Dann rufe ich sie zu mir zurück, spüre das Knistern schwindender Energie, als sie sich auf die Innenfläche meiner Hand herabsenkt. Als ich sie wieder in meine Tasche gleiten lasse, sehe ich, dass der Riss größer geworden ist und die Kugel fast in zwei Hälften teilt.

»Können wir losreiten?«

Samraels Stimme holt mich zurück. »*Los.*«

Gideon auf Rebell weicht uns nicht von der Seite, als die Schimmel in Galopp fallen.

Ich halte mich an Samrael fest, weil ich muss, aber die Lebendigkeit, die ich durch sein Hemd spüre, lässt mich zittern. Er ist warm, muskulös, normal – und ein Dämon.

Furcht kreischt in mir auf, als Zweige an uns vorbeipeitschen. Ich bleibe die ganze Zeit angespannt, sehe hinter jedem Baum Gräuslinge. Ich warte darauf, dass sie wie eine zerlumpte schwarze Welle über uns hereinbrechen. Und ich frage mich noch immer, was ich da gerade getan habe.

Warum bin ich hier? Hat sich Samrael tatsächlich verändert?

Als ich zu Gideon schaue, treffen sich unsere Blicke.

Ich wollte nicht, dass er bleibt. Das war nicht Teil meines Plans.

Nur ich sollte hier sein.

30
Gideon

Wir können sie nicht abhängen.

Können uns auch nicht vor ihnen verstecken.

Samrael und Daryn wäre es vielleicht gelungen, aber mit Rebell ist jede Tarnung sinnlos. Ich habe das alles nicht durchdacht – einfach nur reagiert. Aber um nichts in der Welt hätte ich sie allein in der Kluft zurückgelassen.

Ich habe keine Wahl; ich muss Stellung beziehen. Zeit schinden, damit Daryn entkommen kann.

Zusammen mit meinem Erzfeind.

»Los, Daryn! Weiter!« Ich ziehe mein Schwert, wende Rebell und bereite mich auf die erste Angriffswelle vor.

Die Gräuslinge stürzen sich augenblicklich auf uns. Es sind zwei, ausgefranst und knochig. Sie galoppieren auf Händen und Füßen durch den Dreck.

Der Erste springt und gibt eine gute Zielscheibe ab. Ich ramme mein Schwert in seinen Bauch und ziehe es rasch wieder heraus. Er schreit auf und taumelt zu Boden. Der Zweite zögert – gerade lange genug für Rebell, ihm einen Tritt zu verpassen. Ein übles Knacken ist zu hören, als der Gräusling stürzt. Im nächsten Augenblick wird er zertrampelt.

»Gideon!«

Daryn und Samrael haben angehalten. »Daryn, du musst *fort*!«

Warum?

Warum haben sie *angehalten*, statt zu *fliehen*?

Die Antwort ist nahezu unglaublich. Samrael schwingt blitzschnell eine Klinge, die ich nur allzu gut kenne. Wie Daryn kämpft auch er. Um *mir* zu helfen.

Ich sehe den Gräusling, bevor es einer von den beiden tut – ein kleines Exemplar, das sie streift wie eine Kugel. »Daryn, links von dir!«, schreie ich. Aber er springt und klammert sich an Daryn fest, hüllt sie in seinen Umhang ein.

Das Pferd steigt hoch, als der Gräusling an Daryn zerrt. Schreiend hält sie sich an Samrael fest. Er wirbelt herum und vergräbt die Klinge in der Schulter des Ungeheuers. Es stößt einen spitzen Schrei aus und stürzt in die Dunkelheit, zieht dabei aber etwas hinter sich her.

»Mein Rucksack!«, schreit sie. »Gideon – die Kugel!«

»Reitet weiter! Ich hole sie! Verschwindet!« Eine Gruppe von Gräuslingen pirscht sich an mich heran. Sie kommen langsam, wägen ab. Greifen nicht wie sonst blind an. Ich zähle ein Dutzend von ihnen. Dann höre ich auf zu zählen.

Einige von ihnen haben kurze Dolche, die bernsteinfarben und golden aufblitzen und Rebells Feuer reflektieren, als sie sich anschleichen. Aber vor allem beunruhigen mich die Gräuslinge mit aufgerollten Ketten um den Hals. Ketten sind für ein Schwert schwer zu durchtrennen – selbst für meins. Aus gutem Grund gab es früher Kettenhemden. Rebell bewegt sich ruckartig und schnaubt heftig. Er ist auch nicht glücklich über sie.

Daryn schreit etwas, während sie mit Samrael zurückweicht. Ich kann sie über das Rauschen der Bäume und das Geheul hinweg kaum hören.

Dann ist sie nicht mehr zu sehen, verschluckt vom Schatten des Waldes.

Ich kann die Kugel nicht hierlassen, und Flucht wäre ohnehin sinnlos. Diese Kreaturen sind schneller als Rebell.

Ich schaue mich um. Weit und breit kein Rucksack in Sicht, und ich habe es mit einer Übermacht von Feinden zu tun. Aber der Soldat in mir trotzt der Panik. Ich kann nur versuchen, sie aufzuhalten, um Daryns Fluchtchancen zu verbessern. Also konzentriere ich mich auf die unmittelbarste Bedrohung.

Sie alle.

Sie kommen in einem Schwarm – plötzlich und gemeinsam. Schleudern Ketten durch die Luft, die sich bogenförmig über mir ausbreiten wie metallene Leuchtgeschosse.

Sie treffen uns überall.

Rebell brüllt.

Mein Schwert ist am Griff umschlungen, meine Hände am Handgelenk. Mein Pferd um den Hals. Dann fällt eine Kette auch um meinen Hals und streift über meine Schulter, bevor sie festgezogen wird.

Schmerz explodiert in meiner Luftröhre.

Rebells Vorderbeine knicken ein, und wir gehen nieder wie ein umstürzender Baum, kippen einen unendlich langen Moment.

Er fällt mit seinem ganzen Gewicht auf mein Bein. Meine Knochen zerbrechen wie Zweige. Im Oberschenkel, im Schienbein und im Fuß. Vor meinen Augen verschwimmt alles, und ich bestehe nur noch aus Schmerz.

Rebell lodert wie ein Signalfeuer. Ich bin unter ihm eingeklemmt, kann aber sehen, dass Ketten um seine Hufe geschlungen sind und von allen Seiten an ihm gezerrt wird.

»Fasst mein Pferd nicht an! Ich bringe euch um!« Die Kette um meinen Hals schnürt mir die Kehle zu, und meine Stimme klingt wie ein Motor, der nicht anspringen will. Meine Drohung geht ins Leere.

Als die Gräuslinge uns einkreisen, bäumt sich Rebell auf und zappelt, zermalmt meine Beinknochen mit jeder Bewegung zu Kies.

Ich spüre, wie ich das Bewusstsein verliere. Geräusche werden schwächer, mein Blick verengt sich.

Ein fauliger Geruch steigt mir in die Nase, schwebt wie ein Gift in der Luft, als sich einer der Gräuslinge über mich beugt. Eine blasse weiße Narbe zieht sich über seine faltige Wange.

Hätte er Augen, würde er mich anstarren.

Und wenn ich noch die Kraft zu sprechen hätte, würde ich ihm sagen, dass er als Erster dran ist, wenn ich mich räche.

31
Daryn

Das Fell der grauen Stute ist von schäumendem Schweiß überzogen, als Samrael sie zum Stehen bringt.

Auch Samrael selbst ist schweißgebadet. Sein Hemd unter meinen Händen fühlt sich heiß an und klebt auf seiner Haut. Er atmet schwer vor Anstrengung.

Aber ich bin mir nicht sicher, ob ich überhaupt atme.

Ich weiß nicht einmal, ob mein Herz noch schlägt. Ich fühle nichts, außer einem scharfen Stechen in der Kehle, als hätte ich Säure getrunken.

Wir müssen wohl lange geritten sein.

Was ist gerade passiert?

Samrael dreht sich leicht zu mir um. Das Zwielicht der Dämmerung zeichnet sein Profil mit einer dünnen Linie. Lange, gerade Nase, hohe Stirn, Wangen und Kinn wie aus Stein gemeißelt.

»Es wird wahrscheinlich kein Trost sein«, sagt er leise, »aber sie hätten uns getötet, wenn wir noch länger geblieben wären. Wir konnten nichts tun. Und er ist ein starker Kämpfer. Das weiß ich aus eigener Erfahrung. Ich bin sicher, dass er entkommen konnte.«

Gepackt vom plötzlichen Bedürfnis, mich von ihm zu entfernen, klettere ich vom Pferd.

Ich mache drei Schritte, bevor meine Beine nachgeben, ich auf die Knie sinke und sich ein schreckliches Gefühl in jeder Zelle meines Körpers ausbreitet.

Reue. Reue auf einer subatomaren Ebene.

Noch nie – nicht einmal, als ich von zu Hause fortlief oder als ich Bas an die Kluft verlor – habe ich diesen schrillen innerlichen Alarm gefühlt, der mir sagt, dass ich etwas getan habe, was *sofort* rückgängig gemacht werden muss.

Gideon ist da draußen.

Gideon.

Mühsam komme ich auf die Füße. »Wir ...« Meine Stimme versagt. Ich schlucke und versuche es noch einmal. »Wir müssen zurück. Wir müssen ihm helfen.«

Samrael steigt ab und kommt zu mir. Er runzelt die Stirn vor Verärgerung oder Sorge. Ich kenne ihn nicht gut genug, um es beurteilen zu können. Außerdem habe ich das Gefühl, als würde ich einer Kobra in die Augen schauen. »Ich will dir deine Hoffnung nicht nehmen ...«

»Dann tu es nicht. Außerdem kannst du es auch gar nicht. Selbst wenn du es versuchst.«

»Auf die Gefahr hin, dich zu entmutigen: Jetzt ist nicht der Zeitpunkt, umzukehren. Wir sind nicht in der Lage, ihm zu helfen. Die Gräuslinge sind in der Überzahl. Wir werden ihm helfen. Aber wir müssen logisch vorgehen. Wir brauchen eine Strategie. Wenn wir zum Grauen Fort reiten ...«

»Gideon ist da draußen, und er braucht uns *jetzt.*« Woher weiß ich das? Was macht mich so sicher? Ich war mir nicht annähernd so sicher, als ich Bas verlor. Ich hatte zu große Angst, mir selbst zu vertrauen. Ohne die Sehergabe fühlte ich mich führungslos. Jetzt nicht mehr. *Hab Vertrauen, auch wenn es schwierig ist. Besonders, wenn es schwierig ist.* »Wir müssen zurück.«

Samrael schaut zu der Stute. Sein Kiefer wirkt angespannt, entschieden, aber ich gebe nicht nach. »Sebastian sagte, du hättest ihm geholfen. Er erzählte uns, du hättest ihm das Leben gerettet und dich geändert. Wenn das stimmt, dann drehst du jetzt um, um Gideon zu helfen. Er hat gekämpft, um uns das Leben zu retten. Er ist zurückgeblieben, damit wir entkommen konnten.«

»Er ist geblieben, um dein Leben zu retten, nicht meins.«

»Seinetwegen bist du noch hier.« Mein Blick wandert zu seinem Unterarm. Durch die Risse in seinem Ärmel sehe ich die klaffende Wunde, die der Gräusling ihm zugefügt hat; sie sieht genauso aus wie die Schnitte auf meinem Rücken, als sie frisch waren.

Blut tropft von seiner Hand und versickert im Boden; jeder Tropfen markiert die Zeit, die wir verschwenden. Ich starte einen neuen Versuch. »Die Kugel ist gestohlen worden. Der Gräusling, der uns angegriffen hat, ist der Dieb.«

Seine edelsteinharten Augen leuchten kurz auf. Echtes Interesse. »Die Kugel war in dem Rucksack?«

»Ja. Ohne sie kommt keiner von uns hier raus.«

Einen erschreckenden Moment lang frage ich mich, ob Samrael vielleicht genau das will. Dass ich mit ihm für immer in der Kluft gefangen bin.

»Gut. Wir reiten zurück, aber nicht sofort«, sagt er. »Die Verlorenen – die Gräuslinge – schlafen bei Tag und jagen in der Dunkelheit. Wenn sie schlafen, ist es der Schlaf der Toten. Solange wir sie zum richtigen Zeitpunkt überraschen, sollte es kein Problem sein, den Rucksack zu holen und Gideon zu suchen. In ein paar Stunden können wir umkehren und bis zur Abenddämmerung nach ihm Ausschau halten.«

Er macht eine Pause und wartet ab, aber ich werde ihm nicht dafür danken, dass er etwas tut, das so offensichtlich das einzig Richtige ist.

Samrael geht zurück zu der Stute und fasst sie bei den Zügeln. »Sie braucht Wasser. Nicht weit von hier gibt es einen Fluss.«

Er scheint zu erwarten, dass ich ihn begleite. Doch das tue ich nicht.

Ich lausche auf das sich entfernende Getrappel ihrer Hufe. Dann senkt sich Stille um mich herum und lässt meinen Atem zu laut, meine ängstlichen Schritte noch lauter erscheinen.

Ich vermisse so vieles.

Gideon, der irgendwo da draußen ist. Auf der Flucht? In irgendeinem Versteck?

Gefangen?

Die Kugel, die gestohlen wurde.

Marcus, Jode, Bas und Schatten, die nicht mehr da sind.

Ich habe das Gefühl, vollkommen allein zu sein. Eine Gefangene der Kluft.

Langsam bekomme ich Panik, zittere vor Angst – wie eine Glocke, die nicht aufhört zu klingeln.

Dann halte ich es nicht mehr aus. Alles ist besser, als im eigenen Gedankensaft zu schmoren.

Ich renne den Pfad hinunter, den Samrael genommen hat, und werde erst langsamer, als ich ihn durch die Bäume hindurch sehe.

Die Stute steht mitten im Fluss; Wasser rauscht an ihren

Knien vorbei, und ihr Hals ist nach unten gereckt, während sie trinkt. Samrael sieht ihr vom Ufer aus zu.

Ich überlege, ob ich mich bemerkbar machen soll, aber ich will seine Gesellschaft nicht. Ich will nur nicht allein sein.

Rasch schlüpfe ich hinter einen Baum und knie mich hin.

Meine Gedanken sind bei Gideon. Sie werden sich auch nicht auf etwas anderes richten. Ich frage mich, ob er denkt, ich hätte ihn verlassen. Nein – er weiß, dass ich das nie tun würde.

Tränen steigen mir in die Augen, als ich mir vorstelle, was er empfinden muss, aber ich unterdrücke sie.

Samrael führt die Stute aus dem Fluss heraus und kümmert sich liebevoll um sie, reibt sie mit einem Stück Sackleinen ab. Entweder sieht er mich nicht, oder es ist ihm egal, dass ich da bin. Dann geht er wieder zum Fluss, zieht sich sein Shirt über den Kopf und geht in die Knie, um sich Wasser ins Gesicht zu spritzen. Er fährt sich ein paarmal mit den Fingern durch die schwarzen Haare und wäscht die Schnittwunden an seinem Unterarm aus, die der Gräusling ihm zugefügt hat.

Auf seinem Rücken sehe ich zwei hässliche Narben. Sie verlaufen jeweils von seinen Schulterblättern bis zur Mitte der Rippen. Dort, wo Flügel ansetzen könnten. Wo sie einst waren.

Ich weiß, dass er einmal ein Engel war. Aber den sichtbaren Beweis vor mir zu haben lässt mich bis in die Zehenspitzen erschaudern.

»Ich bin sehr dankbar, dass Sebastian nach Hause zurückgekehrt ist«, sagt Samrael plötzlich. Er wendet sich nicht zu mir, sondern schaut beim Sprechen nach unten. Auf das Hemd in seinen Händen. »Es ist … merkwürdig, ohne ihn hier zu sein. Aber ich bin sehr froh, dass er gehen konnte. Danke.«

»Ich habe es nicht für dich getan.«

»Natürlich nicht.«

Ich kann den Blick nicht von den Narben auf seinem Rücken abwenden. »Warum hast du so viel aufgegeben? Wie konntest du aus der Gnade fallen, so *tief* fallen und *so* werden?«

Die Fragen kommen aus meinem Mund, ohne dass ich darüber nachdenke.

»So?« Endlich wendet er sich mir zu, mit einer Mischung aus Neugier und Herausforderung in den Augen. »Du meinst bedauernswert? Abstoßend? Oder ist es simpler? Willst du mich fragen, wieso ich mich entschieden habe, böse zu werden?«

»Such dir etwas aus. Es trifft alles zu.«

»Ich habe einen Fehler begangen, der mich für lange Zeit vom Weg abgebracht hat«, sagt er fast herablassend. »Und mir ist bewusst, dass ich noch einen langen Weg vor mir habe, bis du mich siehst.«

»Ich sehe dich.«

»Du siehst das, was ich war.«

»Es ist mir egal, was du warst oder wer du bist.«

»Und trotzdem bist du hier, um über mich zu urteilen«, entgegnet er.

»Ich bin wegen *Bas* hier. Ich bin hier, um ein Versprechen einzulösen.«

»Soweit ich mich erinnern kann, bestand das Versprechen

darin, mir eine faire Chance zu geben. Ist das deine Vorstellung von Fairness?«

Mein Gesicht wird ganz heiß vor Wut. Aber ich kann ihm nicht widersprechen. Ich bin nicht fair, ich bin voreingenommen und wertend.

Wie beurteilt man einen Charakter, ohne zu werten?

Worauf habe ich mich da bloß eingelassen?

Er seufzt. Wendet sich wieder ab und schaut auf das Hemd, das er in den Händen hält. »Daryn, es tut mir leid. Ich entschuldige mich für meinen Ton. Ich trage die Schuld für … alles, was passiert ist. Ich muss den Preis dafür zahlen. Jeden Tag bereue ich das Unrecht, das ich begangen habe. Es ist die Verdammnis meiner Seele. Und doch hoffe ich …« Er macht eine Pause, und seine Schultern heben sich, als er tief einatmet. »Ich hoffe, dass ich eines Tages wiedergutmachen kann, was ich getan habe. Ich hoffe auf Erlösung.«

Dazu habe ich nichts zu sagen. Ich kann nicht beurteilen, ob er aufrichtig ist oder ob er eine Show abzieht, während er abschätzt, wie er mich reinlegen kann. Was ich an geistiger Kraft für heute noch übrig hatte, ist aufgebraucht.

Samrael richtet sich auf und watet zu seinem Pferd, dass er dann langsam zurück zum Ufer führt. Aus der Satteltasche nimmt er ein Leinentuch, in das Brot, Äpfel und Käse gewickelt sind. Er sieht mich an, als würde er überlegen, ob er mir anbieten soll, sein Essen mit ihm zu teilen.

»Bemüh dich nicht.«

Er setzt sich hin und isst allein.

Ich bin körperlich und emotional so erschöpft, dass ich an der rauen Borke hinabrutsche und mit dem Kinn auf einem Astknoten liegen bleibe. Ich ziehe Arme und Beine in die

Nische zwischen den großen Wurzeln und rolle mich zusammen. Unter mir sprießen weiße Blumen, die meine Glieder mit ihrer weißen Weichheit polstern.

Ich bete für Gideon. Dann für Rebell.

Für Bas, Jode und Marcus, dass sie auf der anderen Seite und in Sicherheit sind.

Dann gehe ich die Liste weiter durch: Mom, Dad, Josie. Isabel. Maia. Ben. Low. Lows Sohn.

Das andere Flussufer füllt sich langsam mit weißen Blüten.

Samraels Aufmerksamkeit richtet sich auf mich; er wartet auf meine Reaktion. Er weiß nicht, dass es normal ist. Ein Geschenk, das die Kluft mir macht.

Ich schließe die Augen, um die Gegenwart meiner Mutter besser spüren zu können … und erst als ich ein sanftes Schubsen an meinem Fuß bemerke, wird mir klar, dass ich eingeschlafen sein muss.

Blitzschnell springe ich auf und versuche fieberhaft, zu begreifen, was los ist.

Samrael steht vor mir – groß und aufrecht. Schaut mich mit marmorgrünen Augen an. Die Stute ist wieder gesattelt, und das Licht fällt in sanften Strahlen durch die Bäume.

»Es ist Zeit«, sagt er.

32
Gideon

»Wasser für dich. Zum Trinken.« Die Stimme des Gräuslings hört sich an, als würden zwei Felsen gegeneinanderreiben. »Trink es in deinen Körper.«

Er führt mit seinen knochigen Händen eine Holzschale an meinen Mund.

Ich drehe den Kopf. »Warte. Wo ist das Mädchen?«, krächze ich, schlimmer als der Gräusling. Ich spüre einen brennenden Schmerz tief in der Kehle. Als wäre ein Baseballschläger gegen meinen Adamsapfel gekracht. »Die zwei Personen auf dem grauen Pferd? Wo sind sie?«

Sag mir, dass sie entkommen konnten. Sag mir, dass sie schon lange fort sind.

»Nicht reden. Wasser für dich. Zum Trinken. Trink es in deinen Körper?«

Ich bin wirklich dehydriert und brauche Wasser. Also trinke ich es in meinen Körper. Mein Kopf pocht schmerzhaft mit jedem Schluck, aber ich trinke die Schale bis zum letzten Tropfen aus. Dann lehne ich mich wieder gegen den Baum, an den ich gekettet bin.

Ich hätte es nicht für möglich gehalten, diese Bäume noch mehr zu hassen, aber ich tue es.

Ich *hasse* diese Bäume.

»Was ist mit meinem Pferd?« Ich versuche, mich umzudrehen und zu sehen, was hinter mir ist. Explosionsartig breiten sich Schmerzen in meinem linken Bein und im Fuß aus.

Der Wald dreht sich. Das Wasser kommt wieder hoch.

Jeder Tropfen, den ich gerade getrunken habe.

Der Gräusling schaut mit den leeren Höhlen, in denen seine Augen sein sollten, auf die Pfütze neben mir. Wie sieht er bloß? »Sorgen nicht, ich bringe mehr. Sorgen nicht?«

»Okay. Ich mache mir keine Sorgen.«

Das Ding lächelt mich an. Sein Mund sieht aus wie das Innere einer Höhle, die Zähne wie Stalagmiten. »Ich komme wieder mit Wasser zum Trinken, du sorgen nicht. Ich bringe Wasser.«

»Guter Plan.«

Das Lächeln wird breiter. Dann geht er gebückt davon, und der schwarze Umhang schwebt auf einer unsichtbaren Luftströmung hinter ihm her.

Ich schließe wirklich seltsame Freundschaften.

Zentimeter für Zentimeter, um mein Bein stillzuhalten, lehne ich mich an den Baum. Neben meinen pulverisierten Knochen und meiner ramponierten Luftröhre schmerzen meine Schultergelenke, weil mir seit Stunden die Hände auf den Rücken gefesselt sind.

Den ganzen Tag lang habe ich immer wieder das Bewusstsein verloren.

Um mich herum sind ein Dutzend Gräuslinge. Sie haben sich haufenweise um Baumstämme versammelt oder auf die Äste gehockt, und die Bäume sehen aus, als würden sie schwarze Pullover tragen. Sie sind vollkommen still. Mein

Gräusling-Kumpel ist der Einzige, der wach ist. Der Rest von ihnen schläft tief und fest, und viele von ihnen geben ein unheimliches, schnurrendes Geräusch von sich. Ihr Gestank ist so heftig, dass ich ihn schmecken kann – ein Geschmack wie ein eingeweichter Aschenbecher.

Genau in der Mitte der schlafenden Gräuslinge entdecke ich Daryns Rucksack. Er liegt da im Dreck, als besitze er keinen besonderen Wert. Als befinde sich darin nicht unsere einzige Hoffnung, jemals hier rauszukommen.

Ich kann Rebell nirgends sehen und auch nicht spüren, ob er in der Nähe ist.

Immer wenn ich an ihn denke, sehe ich, wie er ertrinkt oder mit Ketten zu Boden gezwungen wird.

Ich hoffe, er ist noch am Leben. Und dass ich am Leben *bleibe.*

Ich habe nicht die geringste Ahnung, was die Gräuslinge mit mir vorhaben.

Warum haben sie mich nicht einfach getötet?

Die Einschätzung meiner Lage wird allmählich zu deprimierend, also denke ich an die positiven Dinge, die geschehen sind.

Bas ist rausgekommen, genau wie Jode und Marcus.

Das ist schon mal was. Nicht schlecht.

Dann kommt mein Kumpel mit mehr Wasser zurück.

»Hast du einen Namen?«, frage ich ihn.

»Namen?«

»Ja. Wie machst du deine Freunde auf dich aufmerksam?«

»Freunde?«

»Mist. Schon gut.«

»Du musst …«

»Nein.« Fast muss ich lachen. »Nein, ich muss gar nichts. Du bist wie ein Papagei. Hast du mal *Fluch der Karibik* gesehen? Den Film? Da gibt es einen Papagei namens Cotton, glaube ich. Der redet genauso wie du.«

»Cotton?«

»Ja, Baumwolle. Flauschiges weißes Zeug. Eigentlich der perfekte Name für dich.«

Er sagt nichts. Ich glaube, ich habe ihn verwirrt.

»Mehr Wasser?«, fragt er schließlich. »Trinken. Mehr für dich.«

Während ich trinke, bemerke ich, wie er auf meine Handprothese schaut. »Bist du neugierig?« Ich bewege mich ein wenig zur Seite, damit er meine Hand besser sehen kann. »Nur zu.«

Der Gräusling wartet ab, als rechne er mit einem Trick. Gute Instinkte, aber dafür ist es noch zu früh. Ich muss meinen Plan noch ausarbeiten und mein Bein heilen lassen. Schließlich beugt er sich über meine Handprothese und schnüffelt daran. »Anfassen?«

»Bitte sehr.«

Lange Fingernägel, gelb wie Holzleim, tippen auf das Metall. *Tick, tick, tick.* »Bewegt sich?«

»Nicht hier. Sie funktioniert hier drin nicht.« Er wirkt enttäuscht, aber noch immer interessiert, hängt fasziniert über Robohand, als sei sie ein außerirdisches Baby. Das bringt mich auf eine Idee. »Wenn du mich zu meinem Pferd bringst, kannst du sie haben. Du musst mir nur zeigen, wo es ist, Cotton.«

Pause. »Gibst Cotton?«

»Ja, genau. Gideon gibt sie Cotton.«

Er richtet sich auf. Er ist überraschend groß – ich habe die Gräuslinge bisher immer nur auf allen vieren gesehen. Er schaut auf die schwarz umhüllten Äste um ihn herum, auf die Haufen von knochigen Lumpen auf der anderen Seite der Lichtung. Kein einziger der Gräuslinge regt sich; ihr heimtückisches Brummen hält an und erfüllt weiterhin den Wald.

Cotton löst die Ketten, mit denen ich an den Baum gefesselt bin, packt mich unter den Ellbogen und wirft mich über seine Schulter wie einen Sack Mehl.

Schneidende Schmerzen durchfahren mein gebrochenes Bein und lassen mich fast wieder ohnmächtig werden. Blut schießt in meinen Kopf, und ein durchdringendes Geräusch überflutet meine Ohren. Jeder Schritt ist eine Qual. Nach etwa fünfzig Schritten kippe ich zum Glück auf meine rechte Seite zu Boden und kann meinem rechten Bein die Wucht des Aufpralls weitgehend ersparen. Aber wieder ist der Schmerz allumfassend. Kalter Schweiß bricht mir aus, und mein Körper will nicht aufhören zu zittern.

»Pferd«, sagt der Gräusling und zeigt zu einem etwa dreißig Meter entfernten Teich. Er ist klein. Von Bäumen umgeben. Nur ein Tümpel mit fauligem Wasser; ich kann es von hier aus riechen.

In dem blendenden Sonnenlicht und der dichten Kulisse aus Ästen sehe ich Rebell fast nicht. Er steht bis zu den Schultern im Morast. Ketten sind um seinen Hals gewickelt und an den Bäumen rund um den Teich festgemacht, damit er nicht weglaufen kann. Seine Mähne ist tropfnass. Nicht eine einzige Flamme, nicht das geringste Flimmern von Hitze an ihm. Das wenige, was ich von seinem Körper sehen kann, ist dunkelrot, wie nasser Ziegelstein. Sogar seine Augen sind leblos. Klumpen kalter Kohle. Ohne seine feurige Erscheinung ist er getarnt und verschmilzt perfekt mit der Umgebung.

Als er mich sieht, versucht er, sich zu bewegen, löst damit aber nur ein kaum wahrnehmbares Kräuseln der schmutzigen Wasseroberfläche aus.

Hilf mir, Gideon. Hilf mir.

Er ist zu schwach oder steckt zu sehr fest – und ich könnte heulen, ihn so zu sehen. Mir schnürt sich die Kehle zu vor Verzweiflung und Wut.

Ich brauche einen Plan. Rasch sehe ich mich nach einem großen Stein oder einem Stock um. Irgendetwas.

»Cotton, wir müssen uns jetzt mal ernsthaft unterhalten. Mit dieser Art von Behandlung komme ich nicht klar.«

»Hand«, entgegnet der Gräusling.

»Was?«

»Hand.« Cotton schaut auf meine Prothese und wartet darauf, dass ich mein Versprechen einlöse.

»Befreie mein Pferd und mach mich los. Dann gebe ich sie dir.«

»Losmachen?«

»Ja. Sie ist mit einer Halterung an meinem Arm befestigt. Ich muss sie erst abschnallen, bevor ich dir die Hand geben kann.«

Cotton kriecht näher an mich heran. Seine Hände schweben kurz über die Ketten um meine Handgelenke. Dann ist er blitzschnell hinter mir und hält mir den Mund zu.

Er zieht mich so schnell einen Baum hinauf, dass mir der Magen in die Kniekehlen rutscht. Dann schiebt er mich auf einen dicken Ast und hält mich dort fest. »Guck«, sagt er, die Hand noch immer auf meinem Mund. »Guck mit Cotton.«

Ich kann nichts sehen. Ein Teil seines Gewichts lastet auf meinem zerschmetterten Bein. Tränen laufen mir aus den Augen, und wieder bin ich kurz davor, ohnmächtig zu werden. Ich blinzle angestrengt und erkenne schließlich zwei Figuren, die sich durch den Wald bewegen. Sie sind zu Fuß und laufen gebückt, als wollten sie unentdeckt bleiben.

Mir stockt der Atem, als ich Daryn erkenne. Es ist eine unglaubliche Erleichterung, zu sehen, dass sie unverletzt ist. Sie ist gekommen, um mich zu suchen. Eine weitere Welle der Gefühle erfasst mich. Es ist phantastisch – und ich bin nicht überrascht.

Aber Samrael ist bei ihr.

Es kommt mir vor wie ein Albtaum, die beiden gemeinsam zu sehen.

Ich hatte eine Befürchtung, die dieser Szene allzu ähnlich ist.

Verdrängt zu werden. Sie an ihn zu verlieren.

Als sie etwa zwanzig Schritte entfernt sind, bleiben sie stehen – nah genug, um die dunklen Ringe um ihre Augen und den Ausdruck der Entschlossenheit in ihrem Gesicht zu erkennen.

Ich versuche zu schreien, aber Cotton übt noch mehr Druck auf mein Bein aus.

Knochensplitter bohren sich in meine Muskeln, und ich grunze vor Schmerz, aber Cotton drückt mir die Nase zu und verhindert, dass ich irgendein Geräusch von mir gebe.

»Du machst Krach, du hörst auf zu atmen. Mädchen hört

auf zu atmen. Gideon hört auf zu atmen«, flüstert mir Cotton ins Ohr. »Machst Krach?«

Ich kriege keine Luft, schüttle den Kopf. Er lässt meine Nase los.

»Sie sind da vorn«, sagt Samrael und zeigt auf die große Gruppe von Gräuslingen, an der Stelle, wo ich noch vor knapp zehn Minuten gefesselt war. Er ist so nah. Seine Stimme klingt zwar gedämpft, aber jedes Wort ist kristallklar. »Denk daran: Wenn wir einen von ihnen aufwecken, wecken wir sie alle.«

Stimmt nicht, denke ich. Einer von ihnen *ist* wach.

»Und wir müssen uns beeilen. Seltsame Geräusche und Gerüche wecken sie auf. Bist du bereit?«

Daryn nickt, ohne den Blick auch nur eine Sekunde von den Gräuslingen abzuwenden. »Ja.«

Dann sind sie verschwunden.

Fort.

Ich kann sie nicht mehr sehen. Cotton hält mich so umklammert, dass der Baumstamm mir die Sicht nach rechts versperrt, wo Daryn und Samrael jetzt sein müssten.

Zum Glück gibt mir mein neuer Kumpel eine Zusammenfassung.

»Laufen, laufen, laufen. Die Tasche nah bei Mädchen. Nah. Nah. Ah, sie findet sie. Hängt sie sich um. Der Junge, Gideon, nicht nah bei dem Mädchen. Junge bei Cotton. Findet sie Jungen?« Lachen. Fauchen. Lachen.

Daryn und Samrael müssen etwa eine Viertelstunde gesucht haben, bevor sie wieder auftauchen. Dieses Mal fast direkt unter mir. Der Tag endet, die Dämmerung bricht an.

Daryn nimmt ihren Rucksack von der Schulter, hockt sich

auf den Boden und holt die Kugel heraus. Sie ist inzwischen sehr beschädigt. Die Kugel löst sich langsam auf – fast so, als würde Daryn Staub in den Händen halten.

Ich bin froh, dass sie sie gefunden hat. Sie könnte damit immer noch auf die andere Seite gelangen. Zumindest hat sie mit der Kugel ein Druckmittel gegen Samrael.

»Okay«, sagt sie. »Sie ist hier.« Sie steckt die Kugel wieder in die Tasche. »Aber ich habe Gideon nirgendwo gesehen.«

Ihre Stimme bricht.

Mein Herz bricht.

»Ich auch nicht«, erwidert Samrael. Er sieht tatsächlich so aus, als fühle er mit ihr. »Warte hier. Ich habe eine Idee.«

Er verschwindet wieder. Leise wie die Flügel einer Motte flüstert Cotton in mein Ohr: »Mädchen hübsch«, und ich möchte mich in eine Handgranate verwandeln und den Stift ziehen.

Drei Meter unter mir murmelt Daryn etwas, immer und immer wieder.

Ich glaube, sie sagt: »Wo bist du?«

Würde sie nach oben schauen, hätte sie die Antwort.

Würde sie dreißig Schritte in die andere Richtung gehen, würde sie den Teich und Rebell sehen.

Sie tut weder das eine noch das andere.

Ihr ständiges *Wo bist du* hört auf. Sie schweigt, als würde sie nachdenken.

Rasch holt sie die Kugel wieder aus dem Rucksack, huscht zu dem Baumstamm und schiebt die Kugel in ein Astloch. Dann läuft sie weg und bindet ein Halstuch, das sie im Rucksack findet, um den Ast eines Baumes in der Nähe, um die Stelle zu markieren.

All das, ohne mich zu sehen.

Sie zieht den Reißverschluss ihres Rucksacks zu und wartet.

Ein paar Minuten später kommt Samrael zurück und schleppt einen Gräusling hinter sich her. Die Kreatur ist in einer ähnlichen Lage wie ich: Messer an der Kehle, Mund zugehalten, bewegungsunfähig.

Cotton beginnt kaum wahrnehmbar, dicht an meinem Ohr zu schnurren.

»Wenn du nur einen Mucks von dir gibst, bist du tot.« Samrael nimmt die Hand vom Mund des Gräuslings. »Erzähl ihr von dem Reiter mit dem roten Pferd.«

Die Kreatur richtet ihre leeren Augen auf Daryn. »Reiter und Feuerpferd entkommen.«

Daryn unterdrückt einen herzzerreißenden Laut. »Wo?«, fragt sie. »Wann?«

»In Wald«, antwortet der Gräusling. »In Bäume.«

Daryn stellt immer wieder die gleichen Fragen, aber die Antwort ändert sich nicht.

Ich möchte schreien, dass ich *im* Baum bin. Genau jetzt, genau hier oben.

»Es tut mir leid, Daryn«, sagt Samrael schließlich, »aber wir können nicht hierbleiben. Geh. Ich kümmere mich um ihn. Dann komme ich sofort nach.« Der Gräusling, den er gepackt hat, muss zum Schweigen gebracht werden, weil er sonst die anderen weckt. Zum Schweigen bringen heißt in diesem Fall wahrscheinlich töten.

Daryn wirbelt herum und läuft los. Rennt davon, als versuche sie, Gefühlen zu entkommen.

Samrael lässt den Gräusling frei und steckt sein Schwert

wieder in die Scheide. »Zurück zu den anderen. Mach schon.«

Die Kreatur schleicht davon wie ein geprügelter Hund.

Samrael schaut nach oben, direkt zu mir. »Kein Glück bei der Suche nach dem Reiter und seinem brennenden Pferd. Wie schade.«

Selbst wenn ich sprechen könnte – es gäbe nichts zu sagen.

Die Zeit für Worte ist vorbei. Es gibt nur noch zwei Möglichkeiten: Leben oder Tod.

Eine für jeden von uns.

»Baum, schau rein«, sagt Cotton. »Schau in Loch von Baum.«

Samrael sieht das Astloch. Er greift hinein und holt die Kugel hervor.

»Cleveres Mädchen.« Er lässt sie in seine Manteltasche gleiten. »Bring ihn mit«, befiehlt er dem Grausling, der mich festhält. »Ich will, dass er heute Abend dort ist.«

33
Daryn

»Daryn?« Samrael weckt mich aus meiner Benommenheit. »Ab hier gehen wir zu Fuß.«

Wir reiten seit Stunden. Sie verschwimmen ineinander; an keine von ihnen habe ich eine deutliche Erinnerung. Im einen Augenblick herrschte Dämmerung, als wir die Gräuslinge verließen, dann war es Nacht, und der Nebel zog herein – durch den Wald und in meinen Geist.

Könnte es sein, dass ich mich vollkommen von der Realität entfernt habe?

Gideon steckt noch immer da draußen. Ich muss ihn finden.

Das Bedürfnis ist wie eine Sirene, die unablässig in mir heult, aber ich muss klug vorgehen. Samrael meinte, er habe Hilfe im Grauen Fort – Leute, die bei der Suche helfen können, was die Chancen, ihn zu finden, verbessert. Ich werde diese Hilfe annehmen. Ich werde alles tun, um Gideon zu finden.

Wie kommt es, dass ich noch immer *nach Menschen suche, die ich liebe?*

»Es ist einfacher, wenn du zuerst absteigst«, fügt Samrael hinzu, da ich mich nicht rühre.

Ich springe vom Pferd und lande ungebremst, mit einem

dumpfen Aufprall, so dass meine Zähne aufeinanderschlagen.

Jeder einzelne Körperteil fühlt sich an wie Blei. Kalt. Hart.

Samrael hingegen steigt mit fließender Leichtigkeit ab. Er gibt der Stute einen Klaps auf den Rumpf. »Nach Hause«, sagt er. Sie trottet davon, ihr graues Fell verschwindet im Nebel.

Samrael geht langsam weiter und schaut auf den Boden. Dann bleibt er stehen. Er hockt sich hin, wischt Dreck und Blätter beiseite und legt einen eisernen Griff frei. Eine Holztür ist bündig in den Boden eingelassen.

Hier draußen.

Ich hätte sie in diesen Wäldern niemals gefunden. Nicht in einer Million Jahren. Weil ich niemals *erwartet* hätte, sie hier zu finden.

Ich gehe zu ihm hinüber, und Angst dringt in meinen entrückten Geist bei der Erinnerung daran, wie ich mit Gideon während einer Erscheinung durch den Boden gefallen bin.

Die Eisenscharniere knarren, als Samrael die Falltür anhebt und Erdreich von ihr herunterrutscht. Die Erde stößt einen kühlen Atem aus, der meine Wangen streift. Es riecht modrig, wie nasser Stein, und schwach nach Verfall.

»In diesem Gebiet gibt es überall Gräuslinge«, erklärt er. Unten flackert eine Fackel. Ihr Licht strömt unebene Steinstufen hinauf. »Wir benutzen geheime Eingänge, jedes Mal einen anderen. Ansonsten würden sie uns auflauern, und wir könnten nie ins Freie – und wieder zurückkommen.«

Er streckt eine Hand aus, um mir zu helfen. Ich nehme sie nicht.

Ich hole tief Luft und steige hinunter.

Es fühlt sich an, als würde ich buchstäblich in mein Verderben hinabsteigen. Die Luft weicht langsam aus meinen Lungen. Geräusche werden dumpf. Die Treppen sind so schmal, dass ich die Füße seitlich aufsetzen muss.

Unten verläuft ein langer Gang. Wände, Boden und Decke aus Stein. Lichtkreise der in regelmäßigen Abständen angebrachten Leuchter durchbrechen die überwältigende Dunkelheit.

Die Flammen flackern und schwanken wie wild hin und her, als Samrael die Tür schließt, und richten sich dann wieder auf.

»Geradeaus.«

Macht er Witze? Es geht nur geradeaus.

Beim Gehen werde ich mir der Nähe von Samrael hinter mir bewusst – was seltsam ist. Ich habe stundenlang zusammen mit ihm im Sattel gesessen. Aber hier kann ich nirgendwohin fliehen, und jeder Schrei würde ungehört verhallen.

Wen würde ich überhaupt um Hilfe rufen? *Gräuslinge?*

Mir fällt das Messer in meinem Rucksack ein. In Gedanken gehe ich durch, wie ich es benutzen werde, wenn sich meine Ängste bewahrheiten.

Warum habe ich überhaupt Angst? Er braucht mich, um die Kluft zu verlassen. Wenn er mir weh tut, bringt ihn das seinem Ziel nicht näher.

Die Stille lastet auf mir – ein Gewicht, das auf meine Ohren drückt. Es ist noch beklemmender als die feuchte Luft oder die Dunkelheit. »Warum willst du hier weg? Ich dachte, das wäre es, was du wolltest. Hierherzugelangen.«

»Das war es«, antwortet er hinter mir. »Ra'om hat mich dazu gezwungen. Aber ich habe mich verändert. Hier gibt es keinen Frieden und keine Erfüllung. Es ist eine ständige Prüfung. Vielleicht hast du das auch schon bemerkt.«

Das habe ich, aber ich will nicht über mich reden. »Warum hast du Bas verschont, als ihr beide damals durch das Portal gegangen seid?«

»Das müssen wir nicht jetzt diskutieren. Dazu ist später noch reichlich Zeit.«

»Ich will es aber jetzt diskutieren.«

»Die einfachste Antwort ist Neugier. Ich habe viele Menschen kennengelernt. Nur wenige sind arglos und gut.«

In seiner Antwort schwingt eine gewisse Frustration mit.

»Du hast sein Leben verschont, weil du ihn *interessant* fandest?«

»Ich habe sein Leben gerettet. Er war krank, als er durch das Portal kam. Musste wochenlang behandelt und gepflegt werden. Während dieser Zeit hat er mir nie etwas vorgeworfen. Er beschwerte sich nie über seine Situation, sondern machte das Beste daraus. Zuerst hielt ich ihn für einen Idioten. Simpel. Unwissend. So dachte ich, bis ich eines Tages begriff, dass er für mich unentbehrlich geworden war. Zu einer Zeit, als ich alles verloren hatte, heiterte er mich auf.«

Meine Gedanken wandern blitzschnell zu Schatten – genauso ging es mir mit ihr. Als ich daran denke, wie weit sie von mir entfernt ist, fängt mein Herz an zu rasen. Viel zu schnell. Ich fühle, wie sich eine Panikattacke anbahnt: Meine Lungen schalten ab wie das Versorgungsnetz einer Stadt. Ich kann nicht schnell genug atmen, um die Luft zu bekommen, die ich brauche.

Die Welt kippt. Ich renne wie eine Betrunkene gegen die

Mauer. Klammere mich daran wie an den Rand einer Klippe.

»Daryn, alles in Ordnung?« Samrael stürmt zu mir. »Kann ich dir helfen?«

Ich schüttle den Kopf. »Ich brauche nur … einen Augenblick.«

»Schon gut. Lass dir Zeit.« Samrael lehnt sich gegen die Mauer und schaut mich an, die Augenbrauen besorgt zusammengezogen. Ich konzentriere mich auf meine Atmung. Entspanne mich, atme und überzeuge meinen Körper, dass alles in Ordnung ist.

Als die Panik mich endlich wieder verlässt, richte ich mich auf.

»Ich habe mich gefragt, wann du es begreifen würdest«, sagt Samrael. »Es tut mir leid für dich.«

»Er ist nicht tot!«, werfe ich zurück. »Rede nicht, als wäre er nicht mehr da!« Zittrig atme ich aus und hasse es, dass er mich in einem so erbärmlichen Moment gesehen hat. »Und was kümmert es dich? Warum sollte es dir leidtun? Du hasst ihn.«

Er schüttelt den Kopf. »Das wollte ich damit nicht sagen. Und ich hasse ihn auch nicht. Er hielt mich für böse, was auch stimmte. Wenn es irgendein Gefühl in mir gibt, dann ist es Neid. Gideon hat sich Ra'om nie ergeben so wie ich. Ich muss für immer mit meiner eigenen Feigheit leben.«

Während ich ihm zuhöre, achte ich auf falsche Töne in seiner Stimme. Suche nach Lügen, die in seinen grünen Augen verborgen sind.

Er überrascht mich, indem er lacht.

»Was?«

»Das ist neu für mich«, antwortet er. »Ich habe so etwas noch nie getan – meine Schwächen eingestanden. Aber ich will ehrlich zu dir sein, um dir zu beweisen, dass ich mich geändert habe. Ich glaube, ich werde dir von allen erzählt haben, bevor das hier vorbei ist.«

»So lange werde ich nicht leben.«

Er lacht, hält meinen Kommentar für einen Scherz und nicht für die Beleidigung, als die er gemeint war. Ich überlege, ob ich ihn aufklären soll, lasse es dann aber.

»Wollen wir weitergehen?«, fragt er. »Das ist nicht gerade der freundlichste Teil des Grauen Forts.«

Wir gehen weiter den Gang hinunter. Dann den Gang *hinauf*, als der Boden ansteigt. Es folgen weitere Kurven und Biegungen. Ich versuche, sie mir einzuprägen – es scheint wichtig zu sein, dass ich meine Schritte zurückverfolgen kann –, aber unser Weg ist so willkürlich und mein Zustand so wacklig, dass es meine ganze Konzentration erfordert.

Endlich gelangen wir an eine Holztreppe. Daneben stehen Weinfässer, dem beißenden Geruch nach zu urteilen, und Säcke mit Kartoffeln oder Getreide. Samrael klettert die Stufen hinauf und drückt mit der Schulter gegen eine Deckenluke. Sie springt auf und wirbelt dabei dicke Staubwolken in die Luft.

»Entschuldigung«, sagt er stirnrunzelnd. »Ich hätte dich warnen sollen. Es ist ganz schön staubig.«

Genau. Weil Staub in meinen Haaren gerade auch ein Riesenproblem für mich ist.

Wir gelangen in einen schummrigen Lagerraum – eine Vorratskammer. Die Tür auf der anderen Seite ist einen Spaltbreit offen, und das Licht, das durch ihn hereinströmt, beleuchtet die Regale an den Wänden, in denen Keramikschüsseln, Weidenkörbe und Gefäße aus dickem Glas stehen. Gerüche dringen in meine Nase: Thymian, Basilikum und Knoblauch. Andere Kräuter und Gewürze, die mich an selbstgekochte Gerichte und Ferien erinnern, was mich extrem irritiert. Nichts daran ist beruhigend.

Wir betreten eine altmodische Küche mit offener Kochstelle, einem langen und schweren Holztisch in der Mitte und weiteren entlang den Wänden, alle von Kerzen erleuchtet.

»Ich dachte, hier wären noch andere Leute?« Alles, was ich sehen will, ist ein Suchtrupp, der bereit zum Aufbruch ist.

»Sie schlafen jetzt. Du wirst sie morgen früh treffen. Dann werden wir uns organisieren.«

Ein schmiedeeiserner Topf hängt über den glühenden Kohlen der Kochstelle. In meinem verräterischen Mund läuft mir das Wasser zusammen, als seine Düfte heranwehen. Irgendein deftiger Eintopf oder eine Suppe. Der Laib Brot auf dem Tisch macht das Ganze nicht besser. Außerdem sind wahllos Früchte und Gemüse über den Holztisch verteilt, als hätte jemand die besten Stücke der Tagesernte in seinem Hemd gesammelt und dann dort ausgeschüttet.

»Hast du Hunger?«

»Nein.«

Er weiß, dass ich lüge.

»Ich will nichts essen.«

»Vielleicht morgen.« Er reicht mir einen Kerzenleuchter, nimmt sich selbst einen und führt mich dann hinaus in ein Foyer mit einer ausladenden Doppeltreppe. Details schimmern aus der Dunkelheit auf: Lüster und kristallene Wandleuchter, kunstvoll verzierte Sessel und mit golddurchwirkten Stoffen in verschlungenen Mustern verkleidete Wände. Dieses Haus muss einst prachtvoll gewesen sein, aber sein Glanz ist verblasst.

Ich frage mich, woher es stammt. Die Smith Cabin ist irgendwo hinter mir in den Tiefen des Waldes. Sie kam von mir – aus meinem Leben. Ist dies Samraels Haus aus einer längst vergangenen Zeit seines Lebens?

»Im oberen Stock gibt es jede Menge Gästezimmer«, erklärt Samrael und bleibt am Fuß der Treppe stehen. »Mein Zimmer ist das erste auf der linken Seite. Such dir von den anderen eins aus. Da Sebastian nicht mehr da ist, sind wir die einzigen Bewohner.«

»Nur wir beide?« Dieses Arrangement gefällt mir nicht. Es ist ein riesiges Haus – es sollte mit anderen Menschen belebt sein.

»Tut mir leid, dich enttäuschen zu müssen.«

»Schon in Ordnung. Welches Zimmer war das von Bastian?«

»Oben an der Treppe rechts, dann ganz hinten auf der rechten Seite.«

Ich weiß nicht, was ich zu ihm sagen soll – *Gute Nacht? Danke, dass ich in deinem gruseligen Haus übernachten darf?* Also steige ich ohne ein Wort die Treppe hinauf, wobei ich mir bewusst bin, dass er mir nachschaut.

Ich schlüpfe in das Zimmer rechts am Ende des Gangs. Schließe von innen ab. Drehe den Knauf. Wiederhole beide Schritte. Dann schaue ich mich in meinem neuen Zimmer um, in dem Bastian so lange gewohnt hat.

Das Dekor ist wie der Rest des Hauses: kunstvoll, aber müde. Möbel mit Schnörkeln und Löwenfüßen, als könnten sie spontan zum Leben erwachen, wie alles in der Kluft.

Ich hatte angenommen, dieses Zimmer würde sich irgendwie wärmer oder *vertrauter* anfühlen, aber das ist nicht der Fall.

Ich bin nicht sicher, was ich erwartet habe. Bas konnte ja keine Fotos von zu Hause mitbringen, um dem Raum eine persönliche Note zu geben. In der Ecke steht eine Gitarre, auf der er bestimmt gespielt hat, während er hier wohnte, aber sie sieht seltsam aus: Der Korpus ist rund, und nicht geschwungen. Als ich eine der Saiten anschlage, lässt mich das blecherne Geräusch, das sie von sich gibt, erschaudern.

Ich entdecke ein angrenzendes Bad mit zum Teil freigelegten Rohren. Eine Wanne mit Löwenfüßen, natürlich. Aber ich kann mir nicht vorstellen, hier zu *baden*. Oder hier zu schlafen. Oder noch eine Minute länger hier zu verbringen.

Es gibt einen Spiegel – und als ich mich darin sehe, bekomme ich einen Schreck.

Ich sehe wild aus. Verwahrlost. Entschlossen. Und verwundet.

Zurück im Schlafzimmer, ziehe ich die schweren Vorhänge zur Seite und lege einen Fensterblick voller Nacht und undeutlichen Umrissen frei. Unten ist eine Mauer, glaube ich.

Sonst nichts zu sehen. Das ist aber kein großes Geheimnis.

Ich weiß, was da draußen ist.

Bäume. Gräuslinge. Erscheinungen.

Gideon.

Die Kugel, im Astloch eines Baumes versteckt. Weit weg von hier.

Ich habe sie dortgelassen, damit ich nicht in Versuchung gerate, das Portal zu öffnen und von diesem – von hier zu flüchten. Ich muss das Versprechen halten, das ich Bas gegeben habe. Ich *werde* es halten.

Und wenn Bas sich irrt und Samrael noch immer durch und durch schlecht ist, kann er mich nicht zwingen, das Portal zu öffnen. Keine Kugel, kein Ausgang. Solange ich nicht überzeugt bin, wird er hier nicht rauskommen.

Es ist unangenehm kühl in dem Zimmer, also gehe ich zum Kamin und zünde das Kleinholz unter dem Holzstapel an. Konzentriere mich auf die Flammen, erwecke sie zum Leben.

Als das Feuer knistert, setze ich mich auf das Bett, ziehe meine Stiefel und dann meine Jacke aus und hänge sie über den Stuhl am Schreibtisch.

Ich denke, ich habe getan, was ich konnte, zumindest für den Augenblick. Für heute. Ich schlüpfe unter die schwere Bettdecke und weine, so leise wie möglich.

34
Gideon

Ich bin in ein Verlies geworfen worden.

Es ist fast schon komisch.

Dann auch wieder nicht. Nein, es ist nicht komisch.

Vor ein paar Stunden haben die Gräuslinge Rebell aus dem Teich gezogen. Sie hievten mich auf ein anderes Pferd, banden mich am Sattel fest. Dann führten sie uns beide durch den Wald zu einer Höhle, die sich in unterirdische Tunnel verwandelte – mit Boden und Wänden aus Stein. Durch ein verflochtenes Netz aus Tunneln mit vielen Biegungen und schließlich hierher: ein Alkoven mit nur einer offenen Seite, abgeriegelt mit verrosteten Eisenstäben.

Ich habe eine Matratze aus Stroh, bezogen mit abgenutzten Laken. Einen Eimer mit Trinkwasser und einen anderen Eimer als Toilette. Meine Hände sind vor dem Körper gefesselt – selbst meine nutzlose Handprothese, was irgendwie echt zum Schreien komisch ist.

Dann auch wieder nicht. Überhaupt nicht komisch.

Die einzige Lichtquelle ist eine Öllampe: Sie hängt neben einer Steintreppe, die in die Dunkelheit hinaufführt.

Ich glaube, ich habe eine Ahnung, wer da oben ist.

Mein Blick wandert zu der Zelle gegenüber. Die Gräuslinge haben Rebell mit mir hierhergebracht; er passte kaum durch die Gänge. So schwach er auch war, er hörte nicht auf zu brüllen und versuchte, Gräuslinge gegen die Mauern zu schleudern.

»Pferd Angst«, hatte Cotton gesagt. »Gideon Angst.«

»Nein. Pferd keine Angst. Gideon auch keine Angst«, erklärte ich ihm. »Pferd und Gideon planen gewalttätige Handlungen.«

Cotton hatte gelacht und dabei seine rasiermesserscharfen Zähne entblößt. »Cotton mag.«

»Cotton mag Gideon oder gewalttätige Handlungen?«

»Ja«, antwortet er. »Cotton mag.«

Jetzt liegt mein Pferd auf der Seite und atmet kurz und rasselnd. Rebell ist in schlechter Verfassung, aber als er in dem Teich stand, war es schlimmer.

Wir werden heilen – alle beide. Meine Kehle erholt sich langsam wieder. Ich kann ohne große Schmerzen schlucken, obwohl meine Stimme noch immer heiser klingt. Und auch meinem Bein geht es besser. Wir brauchen einfach ein paar Tage. Vier oder fünf, und ich bin wiederhergestellt – wenn ich vorher nicht umgebracht werde.

Ich schließe die Augen und horche auf Rebells Atem. Schicke ihm Kraft und spüre, dass er das Gleiche für mich tut.

Ich denke an Daryn.

Frage mich, was sie macht. Ob es ihr gutgeht und ob sie an mich denkt.

Ob sie auf Samraels Lügen hereinfällt.

35
Daryn

Heute werde ich die Sache in die Hand nehmen.

Ich werde Samrael fair behandeln. Wenn er es verdient hat, die Kluft zu verlassen, darf er gehen. Aber ich lasse ihn erst gehen, wenn ich Gideon gefunden habe.

Er kennt diese Wälder und kann mir helfen, jeden Zentimeter abzusuchen. Wenn er inzwischen wirklich irgendeine Form von Mitgefühl, Güte, Nächstenliebe oder Menschenfreundlichkeit besitzt, wird er es tun.

Mit diesem Plan im Kopf ziehe ich Stiefel und Jacke an und mache mich auf die Suche nach ihm.

Ich finde ihn in der Küche mit zwei Leuten.

Menschen, keine Gräuslinge. Keine geistlosen Betrüger aus einer Erscheinung. Ein Mann und eine Frau, etwa fünfzig Jahre alt, mit freundlichen Gesichtern, die sich mir in warmer Neugier zuwenden.

»Wir dachten schon, du würdest den ganzen Tag schlafen«, sagt die Frau. »Ich bin Rayna, und das ist Torin. Wir sind hier für das Kochen zuständig. Wenn es etwas gibt, das du gern essen möchtest oder nicht magst, dann sag es uns einfach, und wir kümmern uns darum.«

»Mach keine Versprechungen, die du vielleicht nicht halten kannst, Rayna«, mahnt Torin.

»Natürlich nicht«, entgegnet sie und wirft ihm einen kurzen, genervten Blick zu.

»Wir bemühen uns, dich zufriedenzustellen, soweit es unsere Möglichkeiten zulassen. Wir kochen bestimmt nicht so, wie du es gewöhnt bist. Unser Essen ist einfacher, nehme ich an. Aber wir tun unser Bestes.«

Dann informiert sie mich über die anderen Leute im Haus, die waschen und saubermachen, und darüber, was jeder Einzelne tut, um den Betrieb am Laufen zu halten, wobei Torin sie häufig unterbricht, um sie zu korrigieren oder noch etwas hinzuzufügen.

Während sie mir erklären, wie alles geregelt ist, laufen zwei hochaufgeschossene junge Männer mit Feuerholzbündeln durch die Küche. Sie werden mir vorgestellt. Ich sage hallo, rede, wenn ich angesprochen werde, und versuche zuzuhören, wenn es erwartet wird, aber diese Situation ist so unwirklich.

Wie sind diese Leute hierhergekommen? Wurden sie, genauso wie Bas, in die Kluft hineingesaugt?

Und warum wirken sie so … *zufrieden* damit, an diesem Ort zu sein?

Samrael lächelt mich an. Offenbar amüsiert ihn meine Verwirrung – und das bringt mich nur noch mehr aus dem Konzept.

»Ich denke, das reicht für den Augenblick, Rayna. Torin. Danke«, sagt er.

Sie entschuldigen sich, und plötzlich bin ich mit Samrael allein. Schweigen legt sich wie ein schwerer Mantel über uns. Er trommelt mit schlanken Fingern auf die Platte des Holztischs.

»Gibt es eine bestimmte Vorgehensweise, die du dir vorgestellt hast?«

»Nein«, antworte ich kopfschüttelnd. »Und was ist mit dir?«

Er hebt die Schultern. »Ich dachte, ich führe dich zuerst herum und zeige dir alles. Dann können wir draußen essen. Dabei können wir darüber sprechen, wie wir Gideon suchen sollen, und über andere Dinge, die vielleicht wichtig sind. Wie klingt das?«

Obwohl er mir gestern geholfen hat, reagiere ich zunächst mit Misstrauen. Grenzwertiger Widerwille.

Du hast die Entscheidung bereits getroffen, Daryn. Gib ihm eine Chance. Ich muss Gideon finden. Und ... ich brauche etwas zu essen. Mein leerer Magen bettelt darum, gefüllt zu werden. Essen muss her. »Klingt gut.«

Samrael lächelt. »Großartig.« Er nimmt einen Leinenbeutel vom Tisch und hängt ihn sich über die Schulter.

Wir verlassen die Küche durch eine Seitentür, die über einen Pfad zu einem ordentlich angelegten Garten führt. Reihen von Hochbeeten, die überquellen vor Gemüse, Salaten und Kräutern. Der Anblick heitert mich ein wenig auf; hier ist es wesentlich heller und freundlicher als im Haus.

Als wir dem Pfad folgen, habe ich genügend Abstand, um einen ersten Blick auf das Gebäude zu werfen, in dem ich die letzte Nacht geschlafen habe: ein grauer Steinklotz, massiv und gedrungen, mit tiefliegenden Fenstern mit Rautenglas. Das Graue Fort trägt seinen Namen zurecht – es ist eher Festung als Haus. Das Dach ist mit Zinnen bewehrt, und ich rechne förmlich damit, jeden Moment Bogenschützen dahinter auftauchen zu sehen.

Dieser Gedanke bringt mich zu Jode, der mich wiederum an Marcus, Bas und Gideon denken lässt – und ich bemerke, dass ich das Gesicht verziehe, als Samrael lächelt und von mir zum Haus schaut.

»Kein besonders schöner Anblick, nicht wahr? Aber es war einmal der letzte Schrei.« Er blinzelt, als er hinauf in die dunklen Wolken schaut. »Wir könnten nass werden. Willst du lieber hierbleiben? Wir können es später noch einmal versuchen.«

»Nein.« In einen Sturm zu geraten klingt reizvoller, als in diesem düsteren Haus festzusitzen. »Regen macht mir nichts aus. Lass uns gehen.«

Samrael geht voran über einen Weg, der um die Spitze des Hügels verläuft, an dem das Graue Fort und sein kleiner Bergfried liegen. Wir kommen an Stallungen und Gehegen vorbei – idyllisch, aber auch irgendwie traurig.

Vielleicht beeinflusst meine Stimmung oder das Wetter meine Wahrnehmung. Aber ich glaube, daran liegt es nicht.

Unterwegs treffen wir auf andere Menschen. Ein junges Paar mit seinem Sohn und seiner Tochter. Zwei ältere Frauen, beleibt und mit freundlichen Gesichtern, die mit Hammer und Nägeln einen Hühnerstall ausbessern. Ein großer Mann hinter einem Pflug, der von einem graubraunen Ochsen gezogen wird. Die Menschen sind freundlich, aber auch leicht distanziert. Ein wenig zu sanft oder schweigsam und gedämpfter Stimmung – oder all das. Sie wirken sehr einfach – genauso, wie von Rayna beschrieben –, und sie scheinen nur ein Ziel zu haben: die Produktion von Nahrungsmitteln.

Ich denke an Maia, die auf mich sofort den Eindruck von Fähigkeit, Robustheit und Humor machte. An Cordero, die von Anfang an sehr fordernd war. Low, der seine näselnden Countrylieder sang und verschmitzt grinste, als würde er im Geiste ständig Leuten einen Streich spielen. Ben, der immer über seine eigenen Füße stolperte, weil er unbedingt helfen wollte.

Es stimmt wohl, dass man sofort etwas empfindet, wenn man jemandem zum ersten Mal begegnet. Sofort *irgendetwas* empfindet.

Aber bei diesen merkwürdigen Kluftbewohnern empfinde ich nichts. Nur Neugier, *weil* ich nichts empfinde.

»Verrätst du mir, was du denkst?«, fragt Samrael.

Überraschenderweise habe ich nichts dagegen. »Die Leute, die wir gesehen haben – woher kommen sie?«

»Sie sind schon sehr lange hier, und jeder von ihnen hat eine andere Geschichte, aber ich kann dir verraten, dass keiner aus freien Stücken gekommen ist.«

»Also wollen sie auch weg?«

»Eigentlich nicht. Nicht ein Einziger. Sie haben ihr früheres Selbst verlassen. Man könnte sagen, sie haben aufgegeben – oder ihre neue Existenz akzeptiert. Wenn du lange genug hier bist, dann bist du irgendwann damit zufrieden. Alles andere wäre zu erdrückend. Das haben sie mir zumindest so erzählt.«

»Aber du hast es nicht akzeptiert.«

Er sieht mich an. »Nein. Wie gesagt, ich habe Hoffnung. Ich möchte die Menschen finden, denen ich weh getan habe, und sie um Verzeihung bitten. Es ist nicht meine Art, aufzugeben.«

»Was das betrifft …«

»Du glaubst, dass Gideon noch immer da draußen ist.«

»Ja. Und ich brauche Hilfe. Ich muss weiter nach ihm suchen. Er ist da draußen; ich weiß es.«

»Siehst du diese Mauer?«, sagt er, als wir um eine Ecke biegen. Eine hohe Feldsteinmauer, gekrönt mit scharfem, rostigem Stacheldraht, der sich in alle Richtungen windet.

»So halten wir sie fern und sorgen dafür, dass wir hier drin in Sicherheit sind. Sie umschließt die gesamte Siedlung.«

»Samrael, mir ist klar …«

»Bitte nenn mich Rael. Das gefällt mir besser. Bas hat mich so genannt. Es erinnert mich an einen Neuanfang.«

Ja, genau – als würde ich ihn so nennen. »So siehst du das, worauf du aus bist? Als einen Neuanfang?«

»Das ist es.«

»Wir werden sehen.«

Ein Ausdruck der Überraschung huscht über sein Gesicht, als er stehen bleibt. Er lacht leise. Dann schließt er mit ein paar Schritten wieder zu mir auf. »Daryn, was du verlangst, ist extrem gefährlich – ich bin sicher, du weißt das. Aber ich werde dir bei der Suche nach Gideon helfen.«

Jetzt bleibe ich stehen. »Wirklich?«

»Ja. Ich habe mir schon überlegt, welche Ressourcen wir dafür erübrigen können. Pferde, Waffen, Leute. Bis heute Nachmittag habe ich einen Plan aufgestellt, wie wir vorgehen. Ich möchte helfen.«

Schlagartig überkommen mich Schuldgefühle, als ich daran denke, dass ich die Kugel versteckt habe. Ihm nicht vertraue. »Danke«, sage ich. Es ist ernst gemeint.

Der Weg schlängelt sich bergab, aber meine Stimmung beginnt, sich zu heben. Meine Lungen öffnen sich, als ich die feuchte, stürmische Luft einatme. Mit jedem Schritt entfernen sich Anspannung und Angst, und ich fühle mich besser. Ich habe Hilfe gefunden. Einen Verbündeten. Ich bin auf dem Weg, Gideon zu finden.

Halte durch, sage ich zu ihm und schaue über die Wälder, die endlos zu sein scheinen. *Ich komme und hole dich.*

Wir erreichen einen Bach, der sich nach und nach zu einem Fluss ausweitet, kristallklares Wasser, das über glatte Steine fließt. Nachdem wir ihm eine Weile gefolgt sind, gelangen wir an eine Lichtung mit einem klaren Teich.

An anderen Ende der Wasserfläche öffnet sich der Himmel, und ich kann das Rauschen eines Wasserfalls hören. Am gegenüberliegenden Ufer stehen dichte Büschel von Moms Begonien im Schatten der Bäume. Ein gutes Zeichen. Der richtige Weg.

»Lass uns hier Rast machen«, schlägt Samrael vor. Ich bin überrascht, wie wohl ich mich bei unserem Ausflug in seiner Gesellschaft gefühlt habe. »Wir sind am Rand unseres geschützten Lands angelangt. Nicht weit von hier ist ein steiler Abhang, der eine natürliche Abwehr bildet.« Er lässt den Leinenbeutel ins Gras fallen und setzt sich. »Wir haben Glück. Noch kein Regen.«

»Genau. Glück.«

Er lächelt. Ich setze mich ein Stück von ihm entfernt und sehe zu, wie er das Essen aus dem Beutel holt.

»Torin hat ihn gepackt, nicht Rayna. Wer weiß, was darin ist.«

»Molchesaug und Unkenzehe«, murmle ich.

»Hundemaul und Hirn der Krähe.« Er lächelt und wartet darauf, dass ich den nächsten Vers sage.

»Tut mir leid. Weiter weiß ich nicht.«

Er stützt seine Arme auf die Knie. »Zäher Saft des Bilsenkrauts«, fährt er in makabrem Ton fort, »Eidechsbein und Flaum vom Kauz. Mächt'ger Zauber würzt die Brühe, Höllenbrei im Kessel glühe.«

»Lecker. Ein Frühstück für Sieger.«

»Ja, mit allem, was in eine anständige Brühe gehört.«

»Und der Flaum vom Kauz kann von einem toten Tier stammen?«

»Nein, es muss ein junger, lebendiger Kauz sein.«

»Verstehe. Darum lässt sich das Rezept auch nur nachts kochen.«

»Keine anständige Brühe ohne jungen Kauzflaum.«

»Aber es sollten vielleicht noch ein paar weiche Zutaten darin sein, für einen angenehmeren Biss. Zum Beispiel Schmetterlingsflügel oder Taubenfedern.«

Seine Augenbrauen heben sich. »Du würdest Schmetterlingsflügel essen?«

»Niemals. Ich weiß auch nicht, warum ich das gesagt habe. Ich *liebe* Schmetterlinge.«

»Ein Symbol der Wiedergeburt und der Erlösung.«

»Weise, Samrael. Wirklich weise.« Ich ertappe mich dabei, dass ich lächle. Aber wenn er es gut meint – wenn er sich wirklich verändert hat –, ist ein Lächeln in Ordnung. Oder?

»Dieser Ort mag dich«, meint er.

Das bringt mich zum Lachen. »Ja, ganz bestimmt. Deshalb passieren mir auch andauernd all diese schrecklichen Dinge.«

»Sieh nur«, sagt er und reckt das Kinn.

Auf der anderen Seite des Teichs schimmern die weißen Blumen. Daran erinnere ich mich – sie sind mir vertraut seit dem ersten Mal, als ich Mom hier gesehen habe. Und seit sie verschwunden ist, fortgespült von den Blumen.

Während ich zusehe, erhebt sich der Blütenteppich vom Ufer und steigt in die Luft. Es dauert einen Augenblick, bis ich erkenne, dass sie sich in eine Wolke aus weißen Schmetterlingen verwandelt haben. Mein Herz pocht wie wild, als sie über die Bäume aufsteigen und am dunklen Himmel kreisen – leuchtende Punkte vor dem Hintergrund der schweren Wolken, die schließlich verschwinden.

Es dauert lange, bis ich mich gesammelt habe und wieder etwas sagen kann. »Schmetterlinge sollten ebenfalls ein Symbol der Hoffnung sein.«

»Ja, das finde ich auch«, bestätigt Samrael. »Du sagtest, dir seien schreckliche Dinge passiert?«

Ich schüttle den Kopf, als ich an die Erscheinungen denke. »Nicht nur mir. Und nicht alle waren schrecklich.« Ich erinnere mich an das rote Kanu. An Moms Couch. Die Begonien.

»Wir müssen nicht darüber sprechen. Ich weiß, wie es hier ist. Das ist einer der Gründe, warum ich wegwill.« Offenbar grinse ich oder verziehe in irgendeiner Weise das Gesicht, denn er fragt: »Habe ich was Falsches gesagt?«

»Nein. Mir ist nur gerade etwas klargeworden. So wenig es mir hier auch gefällt, der Wunsch, wegzukommen, ist nicht das stärkste Gefühl, das ich habe. Ich will eher … woanders sein. Das ergibt wahrscheinlich keinen Sinn.«

»Doch, ich glaube schon. Erzähl mir davon.«

Wieder spüre ich Misstrauen; es wirkt wie eine innere Bremse. Aber dieses Mal frage ich mich: Empfinde ich das, weil er ein Dämon ist? Oder liegt es nur an *mir*? Habe ich den Hang, mich zurückzuziehen, abzuschotten, dichtzumachen? »Nun, es geht mehr um die Dinge, die ich vermisse.«

»Welche?«

Antworte, Daryn.

Warum nicht? Was habe ich zu verlieren?

»Ich vermisse es, das Lachen meiner Schwester zu hören und von meiner Mutter umarmt zu werden; sie hat es jeden Morgen getan, ohne Ausnahme. Mir fehlen die langen Gespräche mit meinem Dad über meine Zukunft, auch wenn wir uns nie einig waren. Ich vermisse meine Freundin Isabel. Die Schule, das Autofahren, Milchshakes. Wahrscheinlich hört es sich für dich seltsam an – es sind so unbedeutende Dinge. Aber ich habe sie mir lange versagt. Wie auch immer: Das ist der Grund, warum ich wegwill. Damit ich all die unbedeutenden kleinen Dinge tun kann, die das Leben so einzigartig machen.«

Sofort komme ich mir lächerlich vor. Das ist wohl so ziemlich die lausigste Begründung für den Sinn des Lebens, die es je gegeben hat. Und ich kann Samrael auch nicht mehr ansehen. »Bitte hör auf, mich anzusehen, als sei ich ein unlösbares Rätsel.«

Er schüttelt wortlos den Kopf, aber sein Blick ist ernst geworden. Ich habe das seltsame Gefühl, dass meine Worte, meine alberne kleine Rede, etwas in ihm bewirkt haben.

Wir essen schweigend, aber merkwürdig einträchtig, während die dunklen Wolken am Himmel zu grollen beginnen. Als wir fertig sind, springt er auf. »Komm, ich will dir etwas zeigen.«

Ich folge ihm, als er am Ufer entlang zum anderen Ende

des Teichs geht, in Richtung Wasserfall. Ein leichter Nebel senkt sich herab und macht die Steine am Fluss glitschig.

Wir sind fast da, als Samrael vor mir ins Taumeln gerät. Blitzschnell breitet er die Arme aus, um das Gleichgewicht zu halten, rutscht dann aber mit einem Fuß ab und landet platschend im knietiefen Wasser. Er ist so überrascht von seiner eigenen Ungeschicklichkeit, dass ich lachen muss.

Er blickt auf und lächelt betrübt. »Echt jetzt?«

»Ja, echt jetzt.«

Dann zieht er auch noch den anderen Fuß ins Wasser. »Wo ich ohnehin schon nass bin.«

Als er durch das Wasser watet, kommt er schneller und leichter voran. Der Nebel verwandelt sich in Regen, also werde ich ohnehin bis auf die Knochen nass. Nach etwa fünf Sekunden zögere ich nicht länger.

Ich steige ebenfalls ins Wasser.

Sofort dringt Kälte in meine Stiefel und meine Hose und legt sich auf meine Haut. Es fühlt sich echt und belebend an. Als wir das andere Ende des Teichs erreicht haben, wo der Wasserfall beginnt, hämmert mein Herz vor Aufregung.

Vorsichtig schaue ich über den Rand, und mein Magen schlägt einen Salto. Wir sind viel höher, als ich gedacht hätte. Die Wälder tief unter uns sehen aus wie eine Decke, die sich bis weit in die Ferne entrollt. Große Teile sind braun, verunstalten das Grün wie hässliche Flecken, und ich erinnere mich an die verbrannten Bäume in den Gebieten, die wir durchquert haben.

Die Brandschäden erstrecken sich in die Ferne, so weit das Auge reicht, bis an den Berg, auf dem wir stehen. Ich denke an Gideon und frage mich, ob er wohl etwas davon aus der Nähe zu sehen bekommt.

»Die Landschaft stirbt«, bemerkt Rael neben mir.

Rael. Habe ich ihn wirklich gerade im Geiste *Rael* genannt?

»Irgendeine Plage«, fügt er hinzu.

»Es stammt vom Feuer, nicht wahr, Samrael? Ich habe es aus der Nähe gesehen. Die Bäume sind verbrannt.«

»Ja. Sie versengen, aber von innen. Es geschieht ohne Vorwarnung und befällt wahllos ganze Landstriche. Ich wache morgens auf und stelle fest, dass wieder mehrere Hektar zerstört worden sind. Irgendwann wird es uns auch erreichen. Die ganze Landschaft wird sterben, und zwar bald, wenn es in diesem Tempo weitergeht. Unsere Felder und Gärten …«

»Alles«, sage ich. »Alles wird irgendwann verschwunden sein.«

Er nickt.

Wieder dreht sich mir der Magen um. Ich liebe diesen Ort zwar nicht gerade, aber wenn ich mir die völlige Auslöschung der Kluft vorstelle, wird mir ganz anders. »Die Menschen, die ich vorhin gesehen habe – du sagtest, sie wollen bleiben. Wie gehen sie damit um? Akzeptieren sie es einfach, dass sie verhungern werden?«

»Ich kann nicht für sie entscheiden.« Er wendet den Blick ab und schaut in die Ferne. »Und ich habe kein Gefühl mehr in den Füßen.«

Ich lächle. »Ich auch nicht. Mir ist eiskalt.«

»Wollen wir weiter?«

Bevor ich antworten kann, ergießt sich der Inhalt der Wolken in großen, schweren Regenböen, und wir laufen zurück.

Nach ein paar Schritten steigt ein Lachen wie eine Blase in mir auf. Durch knietiefes Wasser zu laufen ist lächerlich langsam und albern. Als ich zu Rael schaue und ihn grinsen sehe, kann ich mich nicht mehr beherrschen. Es sieht aus, als würden wir in Zeitlupe laufen.

Lachend und nass bis auf die Knochen erreichen wir das Ufer.

»Sollen wir uns hier unterstellen oder zurücklaufen?«, fragt er mich, während das Wasser in Strömen über sein Gesicht läuft. Die nassen, eng am Kopf anliegenden Haare lassen ihn jünger aussehen; seine Wangen wirken schmaler und ausgeprägter. Seine ganze Gestalt kommt mir feingliedriger vor.

»Zurücklaufen«, antworte ich. Wir rennen los, als sei gerade ein Startsignal ertönt, sammeln unsere Sachen ein und sprinten den Weg hinauf.

Es ist die reinste Ochsentour, schlammig und rutschig. Der Fluss schwillt an und überflutet Teile des Wegs, die wir dann springend überwinden müssen. Es erinnert mich daran, wie ich meine Schritte abmessen musste, um über die Hürden zu springen. Ich konzentriere mich nur noch auf meinen Körper und auf das Gelände.

Als wir zu dem großen Steinhaus gelangen und in das leere Foyer preschen, bin ich herrlich unbeschwert. Außer Atem und triefnass stehen wir in der schwach erleuchteten Dunkelheit und lächeln. So leicht habe ich mich schon lange nicht mehr gefühlt.

Ich glaube, ihm geht es genauso.

Dann denke ich daran, dass Gideon da draußen in den Wäldern ist.

Allein und in Gefahr.

36
Gideon

Endlich passiert das, worauf ich die ganze Zeit gewartet habe.

Ein Besuch von meinem ärgsten Lieblingsfeind, Samrael.

Er kommt gemächlich die Treppe herunter und geht zuerst zu Rebells Zelle.

Mein Hengst ist noch immer schwach, aber wieder auf den Beinen. Er schnaubt, als er Samrael sieht, und die beiden liefern sich ein nettes kleines Duell mit Blicken.

»Hallo, Gideon«, sagt Samrael, als er zu mir herüberkommt. »Wie geht es deinem Bein?«

Besser. Siebzig Prozent, schätze ich. Aber das sage ich ihm natürlich nicht.

»Ich soll eine Suche nach dir organisieren«, lässt er mich wissen. Seine Augenbrauen wandern nach oben. »Hab dich gefunden.«

»Wo ist Daryn?«

»Oben. Sie ist überzeugt, dass du irgendwo da draußen bist«, sagt er und deutet mit der Hand zu dem Labyrinth aus Gängen. »Und natürlich macht sie sich Sorgen um dich. Aber es geht ihr gut. Ihr fehlt nichts.« Er macht eine Pause. »Das wolltest du doch hören, oder?«

Natürlich will ich das. Aber noch mehr will ich es glauben.

»Wir sind auf einem guten Weg. Ich glaube, ich werde bald ihr volles Vertrauen haben.«

»Wenn du ihr weh tust ...«

»Das werde ich nicht. Ich verspreche es. Ich mag sie, Gideon. Sie ist mir ein Rätsel, weißt du. Anders als du.«

Ich spüre, wie ich mich wappne, darauf warte, dass er in meinen Kopf eindringt.

»Außerdem wäre es dumm, ihr weh zu tun«, fährt er fort. »Es würde mich nicht hier rausbringen.«

»Du wirst hier nie rauskommen.«

»Doch, das werde ich, Gideon. Ich bin bereit. Ich habe lange darauf gewartet, dass sie auftaucht. Die Hüterin der Pforte. Meine Fahrkarte nach draußen, wie man so schön sagt. Ohne sie bin ich gefangen – das war nicht vorgesehen. Ra'om hatte geplant, sie hierherzulocken, da er wusste, dass wir sie brauchen, um kommen und gehen zu können. Aber mit Bas' heroischen Taten hatten wir nicht gerechnet. Ziemlich viele unliebsame Überraschungen an diesem Tag, nicht wahr? Für keinen von uns ist es so gelaufen, wie wir es wollten.«

Die Vorstellung, dass Daryn die letzten acht Monate hier verbracht haben könnte, lässt mich erschaudern. »Hast du Bas deshalb am Leben gelassen? Um ihn als Lockmittel zu benutzen? Er war dein Köder, stimmt's?«

»Ja. Aber ich habe Bas wirklich zu schätzen gelernt. Wir sind gute Freunde geworden.«

»Glaubst du?« Ich lache. »Bas hat keine Ahnung, was du wirklich bist. Wusste er, dass die Gräuslinge zu dir gehören?«

»Nein, und Daryn wird es auch nicht erfahren. Nur du weißt es.«

»Hab ich ein Glück. Kontrollierst du sie, wie Ra'om dich kontrolliert hat? Durch Folter? Du warst nichts weiter als Ra'oms …«

»Vorsicht.« Dann tut er das, was ich die ganze Zeit befürchtet habe, und dringt in meine Gedanken ein. Es ist ein vertrautes Gefühl. Schmerzhaft. Als würden Finger über meine Augen wandern, dann hineinschlüpfen und in meinem Gehirn herumwühlen. Das hat er im Herbst immer wieder mit mir gemacht.

»Wir hatten doch echt eine gute Zeit in Rom und in Kalifornien, oder?«, fragt er und greift meine Gedanken auf. Dann zieht er sich aus meinem Kopf zurück – wie ein Haken, der gelöst wird.

Ich brauche ein paar Sekunden, um die Dunkelheit abzuschütteln, die er hinterlassen hat, und meinen Kopf wieder unter Kontrolle zu bekommen. »Wie hast du all das vor Bas verbergen können?«

»Die ersten sechs Wochen war er sehr krank. Nicht bei Bewusstsein. Dann hatte er hohes Fieber. In dieser Zeit habe ich erkannt, welche Macht ich hier besitze. Als er wieder genesen war, hatte ich die Dinge so arrangiert, wie ich es wollte. Ich hatte einen Plan. Ich musste ihn auf meine Seite bringen, denn nur so konnte ich Daryns Vertrauen gewinnen.«

»Du hast ihn acht Monate lang angelogen.«

»Es hat mir keinen Spaß gemacht, aber es musste sein. Eine Zeitlang dachte ich darüber nach, ihn umzupolen und gefügig zu machen. Aber das hätte Sebastian umgebracht. Nicht viele Leute sind stark genug, um die Dunkelheit in sich zu bewahren.« Eine Pause. »Du könntest es.«

»Ist das jetzt wieder deine Verkaufsmasche? Ich liebe das.«

»Denk doch mal nach, Gideon. Alle Schuldgefühle und alle Reue, mit denen du zu kämpfen hast, würden verschwinden. Gewalt, selbst wenn sie einem guten Zweck dient, ist immer noch Gewalt. Wie kannst du das miteinander vereinbaren? Wie kannst du mit dieser Schuld leben? Das alles endet sofort, wenn du dich mir anschließt. Du musst dir diese Fragen nie mehr stellen. Wir könnten Brüder sein. Kannst du dir das vorstellen?«

»Klar, kann ich. Meine Vorstellung der Hölle.«

»Auch deine Unverfrorenheit gehört zu den Dingen, die ich an dir mag.«

»Du glaubst, das Kämpfen würde mich antreiben? Und dass ich Gewalt *genieße*?« Ich schüttle nachdrücklich den Kopf. »Du bist wirklich durch und durch schlecht.«

»Ist das deine Vorstellung von Schlechtigkeit? Das Verlangen, einem anderen Leid zuzufügen? Wenn ja, dann kann ich mir vorstellen, dass du dich gerade sehr schlecht fühlst.«

Dagegen kann ich nichts einwenden.

»Das erinnert mich daran, dass ich mit dir über deine Hand sprechen wollte. Eines Tages werde ich es wiedergutmachen.«

»Das könntest du mit deinem Tod.«

»Das ist keine Option.«

»Dann will ich nichts von dir.«

»Dasselbe kann ich umgekehrt nicht behaupten.«

Der Druck rund um meine Augen setzt wieder ein. Ich spüre, wie er in meinen Kopf eindringt, tief genug, um meine Erinnerungen zu durchsuchen.

Verschwommene Bilder erscheinen vor mir, über die ich keine Kontrolle habe.

Samrael bringt mich zurück zu dem Moment, als ich Daryn nach all den Monaten der Trennung in der Smith Cabin in Wyoming wiedersah. Ich erlebe erneut, wie ich mich damals gefühlt habe, auf der Veranda im strömenden Regen. Wie sie auf mich zukam und ich mir sagte, ich sollte mich nicht wieder in sie verlieben. Ich war so sicher, dass ich Abstand zu ihr halten konnte.

Wie sehr du dich geirrt hast.

Samraels Stimme hallt in meinen Gedanken nach.

Meine Erinnerungen springen vorwärts in der Zeit, verschwimmen zunächst, werden dann aber deutlicher. Ich bin jetzt in Nevada. Sehe den Moment in dem Wohnmobil, als Daryn und ich engumschlungen nebeneinanderlagen. Fühle diesen Moment.

Ich kann sehen, dass sie dich umgestimmt hat.

Das ist nicht … Es ist nicht …

Ah, da ist es. Eine Reaktion. Daryn ist ein so großer Schwachpunkt in deiner Rüstung. Zu groß, Gideon. Sie und dein Pferd, viel zu groß. Die erste Lektion, die ich dir als dein Mentor erteilen würde, lautet: Entwickle nie mehr Zuneigung, als du klaglos entbehren kannst.

Wir schwenken zu der Szene, als Daryn und ich über ihre Eltern redeten – nach dem Spuk, in dem sie ihre Mutter auf dem Dach des Bungalows gesehen hatte.

Ich durchlebe den Moment in allen Einzelheiten, und meine Umgebung verschwindet. Ich höre, wie ich zu Daryn sage, dass ihre Eltern sie verlassen haben. Dass sie ein Kind war und sie gebraucht hat. Ich sehe, wie die Gefühle von damals wieder von ihr Besitz ergreifen. Dann bin ich zurück in meiner Haut, und der Druck lässt nach.

»Interessant«, findet Samrael. »Sie hat Angst, verlassen zu werden. Vielleicht zeigt sie deshalb so viel Entschlossenheit, dich nicht aufzugeben. Danke, Gideon. Das ist sehr hilfreich.«

Er wendet sich ab und geht.

»Warte.«

Er bleibt stehen.

»Du durchsuchst meinen Geist nach Informationen über sie.« Es ist keine Frage; ich weiß, dass es so ist. Weil sie eine Seherin ist, kann er nicht in ihren Geist eindringen, also versucht er es über mich. »Du benutzt das, was du aus meinem Kopf gestohlen hast, um ihr näherzukommen. Ihr Vertrauen zu gewinnen, damit sie dich hier rauslässt.«

»Um ehrlich zu sein: Ich glaube, ich brauche deine Hilfe gar nicht. Ich spüre eine Verbindung zu ihr. Eine Art Verwandtschaft.« Er lächelt über seine eigenen Worte. Dann greift er in die Tasche und holt die Kugel heraus.

Er hält sie in die Höhe, als würde er sie untersuchen. »Aber ich werde nichts dem Zufall überlassen.«

37
Daryn

»Daryn?«, sagt Rael. »Tut mir leid, aber es ist schon spät. Wir müssen zurück, bevor die Gräuslinge wach werden.«

Ich fasse die Zügel der grauen Stute, die ich ausgeliehen habe. Ein Dutzend Reiter halten um mich herum an – Kluftbewohner, deren Namen ich gerade erst auseinanderzuhalten gelernt habe. Die alles stehen und liegen gelassen haben und sich nun bei der Suche nach Gideon in Gefahr begeben.

Wir reiten seit *Stunden* und haben nichts gesehen außer dämlichen weißen Blumen und Bäumen, Bäumen und noch mehr Bäumen.

Die Enttäuschung ist einfach zu groß. Zu meinem Entsetzen schießen mir Tränen in die Augen. Ich steige ab und entferne mich ein paar Schritte, bevor ich mich lächerlich mache.

»Reitet weiter, Dunnett«, sagt Rael hinter mir. »Wir holen euch schon wieder ein.«

Die Hufschläge verhallen, als der Suchtrupp zum Grauen Fort zurücktrabt.

Langsam, während ich tief durchatme, lässt meine Enttäuschung nach. Aber ich finde keine Ruhe. Ich finde Wut.

»Keine aufmunternde Rede?«, frage ich Rael, ohne ihn anzusehen. »Ich bin ein bisschen enttäuscht.« Meine Worte sind bitter, aber ich bin es so leid zu suchen und zu suchen, ohne Erfolg zu haben.

»Ich wollte dir ein bisschen Raum lassen, aber wenn du Aufmunterung brauchst, könnte ich dir vielleicht helfen.« Er springt aus dem Sattel und landet mit einem leisen, dumpfen Geräusch. »Möchtest du?«

»Aufmunterung?« Ich drehe mich zu ihm um, und er bleibt abrupt stehen. »Klar. Warum nicht?«

»Okay. Ich will zuerst sichergehen, dass ich es richtig verstehe: Du bist entmutigt, weil unsere Suche nichts ergeben hat, richtig?«

»Was für eine Seherin ist das, die nie etwas findet?«

Rael bleibt stehen und sieht mich unverwandt an. »Ich glaube, ›nie‹ ist leicht übertrieben.«

Ich rolle mit den Augen. Ich weiß, dass ich übertreibe, aber darauf aufmerksam gemacht zu werden sorgt auch nicht gerade dafür, dass ich mich besser fühle.

»Also gut«, sagt er. »Hör mir einfach einen Augenblick zu und lass dir eine Geschichte erzählen.« Er atmet leise und langsam aus. »Vor ungefähr einem Jahr war ich in Rio de Janeiro, in einer der Favelas dort – die Elendsviertel in den Bergen rund um die Stadt. Es sind Barackensiedlungen, und die Behausungen sind übereinandergebaut, wie in einem Bienenstock. Dort herrschen Armut, Kriminalität und Hunger, und das hat mich und die anderen Sippschaftler dort hingelockt.

Ich hatte die letzte Nacht mit ihnen dort verbracht, Angst verbreitet und Gewalt ausgelöst. Solche Dinge habe ich damals getan – Dinge, die mich damals nährten und für die ich Wiedergutmachung leisten muss.

Im Morgengrauen, als das Chaos der Nacht vollendet war, setzte ich mich auf einen Felsvorsprung über den Favelas; unter mir breiteten sich die Lichter der Stadt und die Bucht aus.

Während ich auf den Sonnenaufgang wartete, hatte ich so viel Wut in meinem Herzen, dass ich mich fragte, ob ich mich vielleicht selbst mit meinem eigenen Hass vergiften würde. Ich hasste, was ich tat und was ich war, aber ich machte trotzdem weiter. Ich konnte einfach nicht aufhören. Selbst wenn ich die Willenskraft aufgebracht hätte – Ra'om hätte mich auf eine derart abscheuliche und schmerzhafte Art zum Weitermachen gebracht, dass du sie dir hoffentlich niemals vorstellen kannst.

Die Sonne ging auf, aber sie linderte nicht das Grauen in mir, wie ich gehofft hatte. Ich fühlte es noch immer, und es zerstörte meine Seele. Aber dann sah ich einen Sonnenstrahl in der Straße unter mir aufblitzen. Er wurde von dem goldenen Haar des Mädchens reflektiert, das jetzt vor mir steht. Von dir, Daryn. Du warst dort unten.«

Vor Überraschung stockt mir der Atem. Ich bin nur einmal in Brasilien gewesen, aber ich erinnere mich noch genau daran. Und ich kann nicht glauben, dass *Rael* dort war. »Du hast mich *gesehen*?«

»Ja. Du bist einen Lehmweg hinaufgekommen und dann kurz unter einem Dach verschwunden, wo ich dich nicht mehr sehen konnte. Aber dann bist du wieder aufgetaucht und hast ein kleines Mädchen auf der Hüfte getragen. Für einen Augenblick dachte ich, du seist eine Entführerin. Aber ich kenne diese Art von Menschen, und obwohl sie jede Gestalt annehmen können, schien es nicht zu dir zu passen.

Vielleicht bin ich dir deshalb gefolgt. Vielleicht habe ich deshalb versucht, in deinen Geist einzudringen. Es gelang mir nicht. Und in dem Moment wusste ich natürlich, dass du eine Seherin warst.

In Wahrheit dachte ich daran, deinem Leben ein Ende zu machen. Daryn – ich sage das, weil ich will, dass du genau weißt, was ich war. Getrieben von Angst und Hass. Aber aus Gründen, die ich nicht begreife, tat ich es nicht. Stattdessen bin ich dir gefolgt.

Du bist mit dem kleinen Mädchen in ein Café gegangen. Die Spuren von Tränen waren noch auf ihrem schmutzigen Gesicht zu erkennen. Sie sprach kein Englisch, und du konntest kein Portugiesisch, aber soweit ich mich erinnere, habt ihr beide die Sprache der Süßigkeiten beherrscht. Du hast ihr ein Stück Obstkuchen gekauft, irgendein Gebäck mit Puderzucker und eine Art Donut, hast ihr den Mund mit einer Serviette abgewischt und sie angelächelt. Dann hast du ein Spiel mit der Kleinen gespielt; sie musste raten, in welcher Hand du eine Münze hattest. Schon bald, vielleicht weil sie solche Unmengen von Zucker in ihrem kleinen Körper hatte, konnte sie sich nicht mehr halten vor Lachen. Als ihr fertig wart, hast du sie wieder dorthin zurückgebracht, wo du sie gefunden hattest, und in diesem Augenblick sah ich reine und unverfälschte Freude auf dem Gesicht dieses kleinen Mädchens.«

»Sie war ein Schatz. Ich erinnere mich auch an sie. Ich hatte mich sofort in sie verliebt. Warum erzählst du mir das?«

»Du hast ihr an diesem Tag mehr als nur einen Augenblick des Glücks gegeben – du hast ihr Hoffnung gegeben, die sie in sich tragen konnte, solange sie wollte. Vielleicht irre ich mich, aber ... Bei der Sehergabe geht es nicht nur darum, Hoffnung zu erhalten, sondern auch darum, Hoffnung zu finden. Hoffnung zu geben, sie zu bewahren – ohne das könnte eine Seherin wohl nichts ausrichten. Du hast diesem kleinen Mädchen Hoffnung gegeben, und bei mir hast du das Gleiche erreicht. Wenn du also diesen Teil beherrschst – und ich weiß, dass du das tust –, dann bist du wirklich eine gute Seherin. Und«, fügt er hinzu und schaut auf den Wald, »wir *werden* ihn finden.«

Eine Welle der Dankbarkeit erfasst mich, und für einen Moment sehe ich die Herrlichkeit dessen, was er einst war. Ich habe den Impuls, ihn zu umarmen, und mache einen Schritt auf ihn zu. Erst als mir bewusstwird, was ich da tue, halte ich inne.

Raels Rücken richtet sich plötzlich auf vor Überraschung. Ein warmes bernsteinfarbenes Licht schimmert hinter ihm und wird heller. Gewaltige goldene Flügel entfalten sich an seinen Schulterblättern, mindestens drei Meter hoch. Sie streifen die Äste, als sie sich ausbreiten.

Selbst im schwachen Licht der Dämmerung sind sie wunderschön.

Majestätisch.

Überwältigend.

Als Rael sie sieht, erscheint ein Ausdruck völliger Fassungslosigkeit auf seinem Gesicht.

Aber sobald sie ganz ausgebreitet sind, regnen goldene Federn von den Flügeln herab. Sie schweben zuerst einzeln und dann zu Dutzenden hinab. In Sekunden ist nichts mehr auf seinem Rücken. Die Flügel sind nur noch Federhaufen neben seinen Füßen, die langsam im Dreck verschwinden.

Ich sage kein Wort.

Schweigend steigen wir auf die Pferde und reiten zurück zum Grauen Fort.

Als das letzte Tageslicht aus den Wäldern weicht, schaue ich ihn an.

Sein Gesicht ist blass, sein Blick entrückt.

Er hat versucht, mich aufzuheitern, aber etwas weitaus Tiefgreifenderes ist gerade mit *ihm* geschehen, und ich sehe, dass er Zeit braucht, um dessen Bedeutung in sich aufzunehmen.

Rael ist zutiefst erschüttert.

Ich denke noch immer über seine Reaktion nach, während ich ein letztes Mal in der Badewanne untertauche. Das Wasser ist nur noch lauwarm, und meine Finger sind ganz verschrumpelt, aber ich fühle mich neu belebt.

Wenn Rael recht hat und es bei der Sehergabe darum geht, die Hoffnung aufrechtzuerhalten, so kann ich das tun. Ich steige aus der Wanne, ziehe mich an und gehe nach unten.

Aus der Küche sind Stimmen zu hören. Als ich eintrete, sind Rayna und Torin mit Essensvorbereitungen beschäftigt. Rael ist auch da. Er sitzt an dem großen Holztisch in der Mitte des Raums und unterhält sich mit ihnen. Ich höre ihn Sebastians Namen sagen, seine Stimme klingt heiter, als würde er in Erinnerungen an seinen Freund schwelgen, aber als er mich sieht, verstummt er.

Dann lächelt er mich an. Er ist wieder er selbst: lässig, elegant, ruhig und gefasst. Keine Spur mehr von dem erschütterten Rael von vorhin.

»Da bist du ja«, begrüßt er mich und steht auf. »Ist es in

Ordnung? Ich dachte, wir könnten hier essen. Es ist gemütlicher als in dem steifen Esszimmer.«

Er hat sich umgezogen und trägt jetzt eine graue Hose und ein locker sitzendes schwarzes Hemd.

Auch er hat gebadet – und er sieht … gut aus. Sofort komme ich mir dämlich vor, weil ich das denke. Erstens ist es unerheblich. Und zweitens fühle ich mich irgendwie lächerlich, weil ich schon seit einer Woche dieselben Klamotten trage – und weil ich mit nassen, zu einem Dutt aufgetürmten Haaren heruntergekommen bin.

»Natürlich.«

Er zieht einen Stuhl für mich heran und setzt sich mir gegenüber.

»Gleich fertig«, ruft Rayna über ihre Schulter hinweg.

»Das klingt jetzt bestimmt seltsam, aber ich habe das Gefühl, als hätte ich dich jahrelang nicht gesehen«, sagt Rael. Er tippt mit den Fingern an den Stiel eines Weinglases, und ich werde daran erinnert, wie unglaublich alt er ist. Vielleicht ist *jahrelang* keine Übertreibung für ihn. Er muss mich für so jung halten – für ein Kind.

»Ich weiß. Mir geht es genauso.« In den letzten Tagen haben wir sehr viel Zeit miteinander verbracht. Nach Gideon gesucht. Das Graue Fort besichtigt. Geredet. Seine Gesellschaft fühlt sich allmählich normal an. Die Zeit, die wir jetzt getrennt waren, kommt mir irgendwie viel länger vor als nur ein paar Stunden. Dabei fällt mir etwas ein. »Danke, dass du versuchst, Gideon zu finden. Ich hatte bisher noch keine Gelegenheit, dir zu danken.«

»Selbstverständlich. Es tut mir leid, dass wir ihn heute nicht gefunden haben, aber morgen suchen wir weiter.«

Ich nicke. »Das klingt gut.« Ich sehe immer noch Nachbilder dieser goldenen Flügel, die sich auf seinem Rücken ausgebreitet haben. Hat er einen kurzen Eindruck davon bekommen, wie seine Zukunft aussehen könnte, wenn ich ihn aus der Kluft herauslasse? Hat er seinen »Neuanfang« gesehen?

Rayna hebt einen dampfenden Topf vom Herd und eilt damit auf die Gartentür zu. »Die Tür, Torin. Die Tür, die Tür, die Tür.«

Wir halten beide inne, um sie zu beobachten – zwei Menschen, die als eine Einheit arbeiten. Die eine kommandiert, der andere gehorcht. Es ist so harmlos. So funktionieren sie einfach. Aber ich denke daran, was Rael mir über Ra'om erzählt hat. Noch ein Duo, bei dem es um Befehlen und Gehorchen ging – aber bei weitem nicht so unschuldig.

»Vermisst du die Sippschaft?«, frage ich ihn.

»Nein.«

»Keinen von ihnen?«

»Keinen Einzigen. Wir waren keine Freunde, Daryn«, sagt er nüchtern. »Wir waren durch unsere Schwäche vereint. Das fehlt mir nicht. Vermisst du dein Zuhause?«

»Ja. Furchtbar.«

»Wie ist das? Etwas furchtbar zu vermissen?«

»Das Gefühl ist immer da. Es geht nie weg.« *Das empfinde ich auch für Gideon.* »Hast du noch nie jemanden furchtbar vermisst?«

»Keine Menschen. Aber meine Flügel.«

Ich nicke, denn ich verstehe, was er meint. Genau das habe ich vorhin in seinem Gesicht gesehen – dass er etwas furchtbar vermisst.

Eine Weile sitzen wir schweigend da.

Rayna kehrt mit ihrem leeren Topf zurück. Wie üblich folgt Torin dicht hinter ihr. »Torin, die Pastete wird anbrennen. Die Pastete, die Pastete, die Pastete.«

»Er hört besser, wenn man alles dreimal sagt«, bemerkt Rael trocken.

»Tue ich nicht, Rael«, entgegnet Torin. Er schiebt sich an Rayna vorbei, um die Pastete aus dem brennenden Holzofen zu holen. Sie ist nicht verbrannt – die Kruste wirkt goldgelb und knusprig.

Emsig schneidet Rayna Scheiben der Geflügelpastete für uns ab. Alles hier ist Tätigkeit. Ständig muss etwas getan werden, was am nächsten Tag wieder getan werden muss. Allmählich verstehe ich, warum Rael und Bas so enge Freunde wurden. Bas mit all seinen lustigen Geschichten hat bestimmt für etwas dringend benötigte Leichtigkeit gesorgt.

Dampf dringt durch die Kruste der Pastete, und die Düfte in der Küche werden noch köstlicher.

Während Rael und ich essen, wirbelt Rayna weiter durch die Küche, bereitet die Speisen für morgen vor und scheucht Torin herum.

Rael lächelt mich über den Tisch hinweg an. »Abendessen und Unterhaltung«, meint er.

»Mir gefällt es, gefällt es, gefällt es.«

Er grinst. »Du hättest es geliebt, wie Sebastian sie nachmacht.«

»Daran habe ich gerade gedacht. Und ich *werde* es lieben. Ich werde ihn danach fragen, wenn ich ihn wiedersehe.«

Rael nickt. »Das solltest du.« Er senkt den Blick wieder auf sein Essen, doch die unausgesprochene Frage schwebt unüberhörbar zwischen uns.

Wird *er* Bas wiedersehen?

Mein Gesicht wird warm, und mein Magen krampft sich zusammen. Ich lege die Gabel auf den Tisch, denn wieder wird mir die ganze Bedeutung meiner Rolle bewusst.

Kann ich ihm verzeihen?

Wenn ich es tue, muss ich alles besser verstehen. Ich muss mehr wissen.

Ich warte, bis Rayna und Torin sich für die Nacht zurückziehen. Als sie gegangen sind, wird es seltsam still in der Küche. Rael schiebt seinen Teller fort. Sein Gesichtsausdruck wechselt von zufrieden zu vorbereitet; offenbar weiß er, was kommt. Ich spüre es auch. Als würde ich die Ärmel hochkrempeln und mich an die Arbeit machen.

»Was hat dich dazu gebracht, dich zu ändern?«, will ich wissen. »Außer der Neugier auf Bas?«

Er nimmt sich Zeit für seine Antwort. »Wollen wir ein paar Schritte gehen? Ich könnte etwas frische Luft gebrauchen.«

»Gute Idee.« Ein Spaziergang würde mir auch guttun.

Wir gehen durch die Tür in den Garten hinaus und dann über den Weg zu den Stallungen. Die Luft ist kühl und riecht nach frisch umgegrabener Erde.

Heute Abend zieht kein Sturm auf; nicht einmal Wolken sind am Himmel zu sehen, nur Sterne.

Die stillen Wälder rund um das Graue Fort.

Gräuslinge.

Und Gideon – und Rebell.

Eine Zeitlang gehen wir nebeneinanderher, ohne etwas zu

sagen. Wieder bemerke ich, wie leicht es mir fällt, mit ihm zusammen zu sein. Das muss doch etwas bedeuten. Bauchgefühl.

Plötzlich sehe ich ganz deutlich Gideons linken Arm vor mir. Die sauberen Narben an seinem starken Handgelenk, das ich vor gar nicht langer Zeit geküsst habe.

Rael hat das getan.

Nein. Es war Samrael.

Und er hat anderen Leuten noch viel Schlimmeres angetan.

Soll ich ihn fragen, wie viele Menschen er getötet hat?

Kommt es darauf an?

Im Herbst habe ich einige von ihnen mit eigenen Augen gesehen – reicht es nicht, das zu wissen?

»Ich glaube, Reue ist ein guter Anfang«, meint Rael und unterbricht meine Angstspirale. Er steckt die Hände in die Hosentaschen, und unsere Schritte werden langsamer. Wir sind fast bei den Stallungen angelangt. Die Koppel erinnert mich an Schatten. »Die Zeit scheint hier stillzustehen – vielleicht hast du es noch nicht bemerkt. Es hat ein paar Wochen gedauert, bis ich wirklich das Gefühl hatte, festzusitzen. Dazu verdammt, praktisch den gleichen Tag immer und immer wieder zu erleben. Das …« Er macht eine ausholende Handbewegung. »So kann ich nicht leben. Es schien, als würde ich in der Zeit feststecken, unfähig, einen Schritt vorwärtszumachen. Keine Zukunft vor mir. Also begann ich, mir meine Vergangenheit anzusehen.

Ich dachte darüber nach, wie ich meine Tage verbracht hatte. Tausende und Abertausende von Tagen. Ich dachte an jeden einzelnen von ihnen. Im Ernst. Ich sah mir meinen unstillbaren Hunger nach Macht an. Meine Dienste für Ra'om. Meine fehlende Achtung vor dem Leben, vor Konsequenzen und … Ich ekelte mich vor mir selbst. Dieser Ort hielt mir einen Spiegel vor, und was ich dort sah, gefiel mir überhaupt nicht.«

»Dann willst du den Mann im Spiegel also verändern.«

Er lächelt. »Ja.«

»Wie?«

»Wie?«

»Ja. Wie wirst du dich verändern? Was wirst du tun, wenn du von hier fortgehst? Was erwartest du von einem Neuanfang?«

»Ich … Ich glaube …« Er wirkt ratlos und sieht aus, als sei ihm diese Frage in seinem gesamten unsterblichen Leben tatsächlich noch nie gestellt worden. »Du stellst schwierige Fragen.«

»Du verlangst auch eine Menge von mir.«

»Ja. Das tue ich.« Er holt tief Luft und schaut hinauf zu den Sternen.

»Ich glaube, ich würde das suchen, was du hast.« Er sieht mich an. »Ich weiß, dass ich das tun würde.«

»Was habe ich denn?«

»Das, was dich mit deinen Freunden verbindet. Das, was dich nach Hause, zu deiner Familie ruft. Was dafür gesorgt hat, dass du hiergeblieben bist, stark, hoffnungsvoll und entschlossen.«

Einfache Antwort. »Du meinst Liebe.«

»Nicht nur Liebe. Liebe, die größer ist.«

»Größer als was?«

»Als alles andere.«

38
Gideon

»Ist es schon Nacht?«, frage ich den Mann, der mir eine Schüssel wässriger Suppe bringt. Ich sterbe vor Hunger. Ich bekomme nicht genügend Essen, das ich bei mir behalten kann. Kluftbewohner haben keine Ahnung, was Zöliakie ist.

»Bald«, antwortet er. »In etwa einer Stunde.«

Cotton ist verschwunden.

Torin ist an seiner Stelle gekommen.

Torin ist ein Mensch, was eine Verbesserung sein sollte, aber Cotton hatte tausendmal mehr Persönlichkeit als dieser Typ, der ohne ein weiteres Wort davonschlurft und um eine Ecke verschwindet.

Die vergangenen Nächte waren brutal. Keine Besuche von Samrael. Keine Ahnung, wie es Daryn geht.

»Wenigstens habe ich dich«, sagte ich und schaue in Rebells bernsteinfarbene Augen.

Immer, Gideon. Aber ich will hier raus. Ich bin wütend, dass du hier bist.

Und das zeigt er auch. Seit ein paar Stunden schlägt er mit den Hufen gegen die Gitterstäbe. Dabei sprühen Funken, und das Klirren des Metalls ist so laut, dass es fast weh tut.

Ich reibe mir die aufgeraute Haut unter der Fessel meiner

rechten Hand, nehme die Schüssel auf und trinke mein Abendessen.

Gerade bin ich fertig, als Samrael erscheint.

Er bleibt vor meiner Zelle stehen, schiebt die Hände in die Taschen und schaut mich mit seinen ausdruckslosen Augen an. Hinter ihm schnaubt Rebell, holt mit einem Huf aus und tritt gegen die Stäbe.

Samrael schaut finster in seine Richtung.

»Ich gehe davon aus, dass dein Bein heilt. Fühlst du dich besser?«, erkundigt er sich.

Meinem Bein geht es wirklich besser. Ich kann wieder stehen, genauso wie Rebell, aber nicht sehr lange – und es tut immer noch weh. Es dauert mindestens noch einen Tag, bis ich wieder in Form bin und kämpfen kann.

»Du siehst aus, als könntest du mehr zu essen vertragen«, stellt Samrael nach einer kurzen Pause fest und führt die Unterhaltung ohne mich. »Ich werde mit Torin sprechen.«

Wieder Stille, die ich nicht unterbreche. Ich bin nicht glücklich mit dem Speiseplan hier, aber ich werde ihm nicht dafür danken, dass er sich darum kümmert.

Irgendetwas ist anders an ihm, aber ich kann nicht genau sagen, was es ist.

»Daryn und ich haben viel Zeit miteinander verbracht. Hauptsächlich damit, nach dir zu suchen, aber wir haben auch Spaziergänge gemacht und gemeinsam gegessen. In den letzten Tagen war ich nur selten nicht ihn ihrer Gesellschaft. Ich glaube, man kann sagen, dass wir einander nähergekommen sind. Entspann dich, Gideon – nicht auf diese Art. Immer so besitzergreifend. Aber ich verstehe dich. Sie ist wirklich etwas Besonderes.

Das Wissen, das ich mir bei meinem letzten Besuch von dir geholt habe? Ihre Verlustängste und ihre ständige Sorge um das Wohlergehen ihrer Mutter – glaubst du, das hätte ich nicht genutzt? Wir scheinen einander zu verstehen. Unsere Gespräche sind tiefgehend. Ich rede immer weiter, wenn ich mit ihr zusammen bin. Erzähle ihr, was ich gesehen habe. Wo ich gewesen bin. Die Wahrheit über das, was ich getan habe und … sie hört einfach nur zu.« Er senkt den Blick zu Boden, als würde er seine nächsten Worte abwägen. »Sie … will mir vergeben. Ich weiß sicher, dass sie es will.« Er schaut auf, den Blick in die Ferne gerichtet, als würde er sich erinnern. »Sie lässt mich fast glauben, dass meine Erlösung möglich ist. *Wirklich* möglich.«

»Ist sie nicht.«

»Ich habe deine Ehrlichkeit immer geschätzt. Komm. Es ist Zeit für einen Spaziergang.« Er lächelt, nimmt den Schlüssel vom Haken und schließt die Tür auf. »Und bevor du Flucht- oder Rachepläne schmiedest, will ich dich daran erinnern, dass ich sowohl Daryn als auch Rebell in meiner Obhut habe. Hoch mit dir. Mal sehen, ob das Bein verheilt ist.«

Ich drücke mich ab und komme zum Stehen; zum ersten Mal seit Tagen verlasse ich meine Zelle.

Ich kann an nichts anderes denken als an Rache, aber meine Hände sind gefesselt, und meine Beine sind noch schwach. Außerdem habe ich eine nutzlose Handprothese. Jetzt ist nicht der richtige Zeitpunkt. Selbst als ich vollkommen gesund war, ist es mir nie gelungen, ihn zu besiegen.

Samrael lässt mich vor sich hergehen und sagt mir, welchen Weg ich nehmen muss. Als wir die Zellen hinter uns lassen und in das Labyrinth aus Gängen einbiegen, höre ich Rebell, der die Hufe so laut gegen die Gitterstäbe schlägt, dass es im ganzen Tunnelsystem widerhallt.

Nach einer Weile spüre ich schmerzlich die Belastung in meinen Knochen und fange an zu humpeln. Das Geräusch meiner unregelmäßigen Schritte ist zu laut, zu verräterisch. Tapp-*tapp*. Tapp-*tapp*. Ich kämpfe dagegen an, versuche, es auszugleichen.

»Das ist doch keine Schande«, findet Samrael. »Ich würde dir ja meine Hand anbieten, wenn ich glauben würde, dass du …«

»Halt den Mund.«

»Ich bereue, dass ich sie abgeschnitten habe.«

»Ich glaube nicht, dass du das schon tust, aber du wirst es.«

Er lacht. »Du gibst wohl nie auf. Bewundernswert.«

Trotz der Schmerzen in meinem Bein ist es eine Erleichterung, nicht mehr in der Zelle zu sein und mich zu bewegen. Ich versuche vorauszuschauen – wohin bringt er mich? Wenn er mich töten wollte, hätte er das schon in der Zelle tun können.

Als wir durch eine Tür in einer Felswand treten, ist mein Bein ein einziger Schmerz, und ich bin schweißgebadet.

Oh. Na toll. Wir sind wieder im Wald. Das habe ich echt vermisst.

»Ich glaube, all diese Geständnisse haben ihre Spuren hinterlassen«, sagt Samrael. Er schaut zu den Bäumen, als würden sie ihm etwas bedeuten. »Es ist ein gutes Gefühl, endlich jemandem die Geheimnisse anvertrauen zu können, die ich so lange bewahrt habe. Ich fühle mich so verstanden.« Er sieht mich an. »Was würdest du gern sehen, Gideon? Daryn, vermutlich. Ich muss nicht einmal in deinen dicken Schädel eindringen, um das zu wissen. Hier, bitte.«

Mein Herz macht einen Satz. Ich suche nach ihr, kann aber im Wald um uns herum nichts entdecken. Wir sind allein.

Eine Bewegung lenkt meinen Blick auf eine Ansammlung von großen Steinen. Sie rumpeln und hüpfen dann auf dem Boden, als würde die Erde beben. Dann rollen sie enger zusammen und fügen sich zu einer zunächst vagen, dann *eindeutig* menschlichen Gestalt zusammen.

Daryns Haar ergießt sich in einem goldenen Lichtblitz. Ihre Schultern formen sich, ihr Hals und ihre Arme. Ihr ganzer Körper bildet sich heraus. Alles stimmt. Ihre Kleidung. Die Art, wie sie sich bewegt. Sogar, wie sie mich anlächelt.

Es ist Daryn. Sie *ist* es.

»Wir haben uns gefragt, warum es zu den Erscheinungen kommt, Gideon«, sagt sie und schaut dann Samrael an. »Er ist es. Er sucht in euren Gedanken, findet eure Ängste und macht sie sichtbar. Samrael hat die ganze Zeit dahintergesteckt. Ihr solltet Angst bekommen und verschwinden. Er wollte euch nicht hierhaben. Er braucht nur mich, um herauszukommen. Und ich werde ihn herauslassen, werde ihn aus diesem Gefängnis befreien. Ich werde mit ihm gehen. Und ich werde dich hier zurücklassen.«

Von einer Sekunde auf die andere zerfällt sie wieder zu Steinen, die über den Boden rollen. Ich starre sie noch lange an, nachdem sie aufgehört haben, sich zu bewegen, und der Zorn in mir brennt immer stärker.

Samrael. Er war derjenige, der uns durch die Hölle geschickt hat. Der Daryn dazu bringen wollte, sich gegen mich zu wenden. Der versucht hat, Marcus zu manipulieren …

Rebell …

»Schockiert?«, fragt er. »Das solltest du nicht sein. Du weißt, was ich tun kann, wenn ich in deinem Kopf bin. Meine Macht hat sich hier nur in etwas Größeres verwandelt – größer und schlimmer.«

Plötzlich ergeben unsere ständigen Kopfschmerzen einen Sinn. Er war es, der in unseren Gedanken nach Schwächen gesucht hat, um sie dann heraufzubeschwören.

»Es geht noch weiter, Gideon. Sieh mal.«

Drei der Bäume in unserer Nähe wanken, ihre Blätter und Äste zittern. Ein vertrauter Brandgeruch steigt mir in die Nase, und in der Luft baut sich Druck auf. Ein lautes Splittergeräusch dringt durch die Nacht und lässt mein Herz stillstehen, während die Borke aufplatzt.

Das Holz im Inneren ist glühend rot. Schmale schwarze Figuren sind in die Rinde eingesponnen. Sie fangen an, sich zu bewegen, zu krümmen und zu befreien. Dann richten sie ihre leeren Augen auf Samrael, als würden sie seine Befehle erwarten – was auch der Fall ist.

»Ich rufe euch, wenn ich euch brauche«, sagt er, und sie huschen davon, verschmelzen mit der Dunkelheit.

»Was hast du da getan?« Etwas Widerwärtiges ist gerade geschehen – etwas Böses. Ich spüre es.

»Immer wenn ich etwas heraufbeschwöre, werden sie erschaffen«, entgegnet er fast traurig. »Je größer die Erscheinung, desto höher der Preis. Um diesen See in Eis zu verwandeln, musste eine riesige Fläche geschaffen werden. Ich kann es dir irgendwann einmal zeigen. Tausende von Bäumen verschwanden. Tausende von Gräuslingen wurden hervorgebracht. Das ist der Deal. Ich kann ihn nicht stoppen … es ist eine Sucht.

Du hast keine Ahnung, was für ein Gefühl es ist, Leben zu schaffen – selbst wenn es nur vorübergehend ist. Die Anziehung der Macht ist unwiderstehlich. Aber es geht nicht endlos so weiter. Ich habe den Rand dieser Wälder gesehen. Sie enden, und hinter ihnen kommt nichts mehr. Wenn ich sie ausbrenne, ist nichts mehr übrig. Letzten Endes werde ich eine Armee geschaffen haben, die alles zerstören kann, die aber keinen Gegner hat. Kein Ziel. Kannst du dir vorstellen, was dann passiert?«

»Anarchie«, entgegne ich. »Sie werden sich gegenseitig bekämpfen. Und dich. Du zerstörst dich selbst.«

»Vollkommen. Jetzt weißt du, warum ich nicht hierbleiben kann.«

»Echt beschissen für dich. Aber du wirst nirgendwohin gehen.«

»Das würdest du nicht sagen, wenn du Daryn und mich zusammen sehen könntest.«

»Warum hast du mir das gezeigt? Soll ich jetzt beeindruckt sein? Soll ich dir dafür gratulieren, dass du die Armee des Bösen geschaffen hast, die du immer haben wolltest? Also gut: meinen Glückwunsch, Mann. Du bist auf dem Weg zur Weltherrschaft. Viel Glück mit dieser Scheißshow.

Weißt du eigentlich, wie erbärmlich du bist? Dir ist doch klar, dass du die Kontrolle über das Ganze verlieren wirst, oder? Selbst wenn du mitsamt deinen Gräuslingen hier rauskommst, wirst du nie zufrieden sein. Du wirst immer nur ein armseliger Dämon sein, der auf die völlig falsche Art versucht, einen Sinn zu finden. Du würdest das Glück nicht einmal erkennen, wenn es dir direkt ins Gesicht starrt, Samrael.«

Er wirkt fast verwirrt oder so, als hätten meine Worte einen Nerv getroffen. Dann schüttelt er den Kopf, als würde er wieder zu sich kommen.

»Es ist mir egal, was du von mir denkst«, sagt er abwehrend. »Und jetzt beweg dich, Reiter. Ich muss zurück. Ich bin mit Daryn zum Abendessen verabredet.«

Auf dem Rückweg durch die Gänge bemerke ich die Schmerzen in meinem Bein kaum noch. Aber die ganze Zeit über nagt etwas an mir. Als wir an meine Zelle gelangen, kann ich nicht mehr aufhören, daran zu denken.

»Daryn hat ihre Mutter zweimal in Erscheinungen gesehen«, sage ich, als er mich wieder einschließt. »Aber ich bin ihrer Mutter nie begegnet. Ich habe keine Ahnung, wie sie aussieht oder wie sie redet.« Die Couch und das Kanu fallen mir ein andere Dinge, auf die wir gestoßen sind und die ich nie zuvor gesehen habe. »Diese Informationen kannst du unmöglich von mir haben.«

Samrael lächelt. »Ah, gut. Du hast aufgepasst. Nur weiter. Du hast es fast. Wenn ich es nicht war, wer dann?«

»Daryn.« Das Blut gefriert mir in den Adern. »Sie kann das, was du kannst. Dinge herbeizaubern.«

»Korrekt. Sie tut es unbeabsichtigt. Erst gestern wieder. Einen Augenblick hat sie mir meine Flügel zurückgegeben, ohne zu begreifen, dass es ihr Tun war. Und erinnerst du dich noch an das gelbe Haus? Auf dem dein Vater starb? Ich hatte etwas Besonderes für dich geplant. Alle, die dir etwas bedeuten, sollten auf diesem Dach stehen. Dein Vater, deine

Mutter. Deine Zwillingsschwester. Daryn und deine Freunde. Stell dir vor, wie du dich gefühlt hättest, sie alle sterben zu sehen, einer nach dem anderen. Wie sie von diesem Dach stürzen. Gewaltig, nicht wahr? Wir wissen beide, wie sehr dich der Tod deines Vaters verfolgt. Aber bevor ich meine Vision vollenden konnte, kam sie dazwischen. Sie sah deine schlimmste Angst und – so vermute ich zumindest – stellte sich ihre eigene vor. Legte sie gewissermaßen über deine. Diese Erscheinung war nicht nur mein Werk, Gideon. Sie war das gemeinsame Werk von Daryn und mir.«

»Daryn hätte niemals sehen wollen, was wir sahen.«

»Natürlich nicht. Aber das ist keine bewusste Entscheidung. Das Unterbewusstsein ist ein Strom, der tief im Inneren verläuft. Die Menschen sind sich ihrer Gedanken nur selten vollkommen bewusst. Aber irgendwann wird sie die Wahrheit entdecken. Bald wird sie begreifen, was sie vermag. Dann zählt sie eins und eins zusammen und weiß über mich Bescheid. Das kann ich nicht zulassen. Ich brauche ihr Vertrauen, um hier rauszukommen. Und ich brauche es, weil …« Er macht eine Pause. »Es ist mir wichtig geworden.«

»Du willst ihr Vertrauen, also lügst du sie weiterhin an? Guter Ansatz.«

»Er hat Fehler. Das weiß ich, glaub mir. Wenn es eine Alternative gäbe, würde ich sie wählen.«

»Ich habe eine Alternative. Öffne diese Tür, und ich zeige sie dir. Ich kann deinen Tod nicht nur heraufbeschwören, ich kann ihn Wirklichkeit werden lassen.«

Er lächelt. »Nun. Ich denke, du wirst nur noch mehr motiviert sein, wenn du deinen Hengst siehst – oder sollte ich sagen, ihn *nicht* siehst? Er hat zu viel Krach gemacht, Gideon. Ich habe ihn woandershin bringen lassen. Ich konnte es nicht riskieren, dass Daryn ihn oben hört.«

Ich schaue zu Rebells Zelle. Sie ist leer.

Samrael geht davon, während ich langsam den Verstand verliere.

39
Daryn

90. Zu einem sehr schwierigen Entschluss gelangen, nach vielen Überlegungen und Gedanken

Ich klappe mein Tagebuch zu und lege es auf den Nachttisch. Dann sinke ich in die Kissen und beobachte die letzten verglühenden Kohlen im Kamin.

Ich glaube Rael.

Heute Abend beim Essen haben wir uns wieder phantastisch unterhalten.

Er sprach ganz offen über das, was er bereut. Wie er Menschen benutzt, sie manipuliert und verletzt hat.

Immer wenn er versuchte, damit aufzuhören, quälte Ra'om ihn körperlich oder geistig, um ihn in der Spur zu halten. Aber das ändert trotzdem nichts an der Tatsache, dass er als Mitglied der Sippschaft *schreckliche* Dinge getan hat – und sich für jede einzelne Tat hasst.

Die Dinge, die ich bereue, sind im Vergleich dazu eher geringfügig, aber trotzdem habe ich das Gefühl, dass mich vieles mit ihm verbindet. Wie lange habe ich gewartet, um hierherzukommen und nach Bas zu suchen? Wie sehr habe ich den Tag bereut, an dem ich ihn verloren habe? Und wie konnte ich von zu Hause fortgehen, ohne meiner Familie etwas davon zu sagen?

Wir versuchen beide, wieder auf unseren Weg zurückzufinden, nachdem wir davon abgekommen sind.

Wir versuchen beide, nach großen Fehlern weiterzumachen.

Meine Fehler verdienen es, verziehen zu werden – daran muss ich glauben.

Und wenn ich Vergebung verdiene, warum dann nicht auch Samrael?

Für solche Dinge gibt es keine Staffelung, oder?

Ich schließe die Augen, und mir wird klar, was das bedeutet. Vielleicht lasse ich ihn tatsächlich aus der Kluft heraus.

Ich werde die Kugel holen und Rael möglicherweise gehen lassen, aber ich werde hierbleiben, bis ich Gideon gefunden habe. Ich bin jeden Tag mit einem Suchtrupp in den Wäldern gewesen. Es ist nur eine Frage der Zeit, bis wir ihn finden.

Ich wälze mich im Bett herum, zu unruhig und zu besorgt, um zu schlafen. Die Zweifel wollen nicht aus meinem Körper weichen, und ich habe mich an Raels Gesellschaft gewöhnt. Es wird sich seltsam anfühlen, ohne ihn hier zu sein. Ich glaube, ich werde ihn vermissen.

Nachdem ich eine Stunde vergeblich versucht habe, zur Ruhe zu kommen, stehe ich auf und beschließe, Moms Trick für schlaflose Nächte auszuprobieren. Ein Glas Milch könnte mir helfen.

Ich ziehe mich an, binde die Schnürsenkel meiner Stiefel zu und schleiche mich nach unten.

Als ich in das Foyer komme, lassen mich gedämpfte Stimmen aus der Küche innehalten. Instinktiv schlüpfe ich in eine

Ecke. Ich lausche und starre auf den Spalt aus warmem Licht, das aus der Küche dringt.

»Wenn ich es dir sage: Er isst kein Brot«, sagt Torin.

»Wie hat er bloß überlebt, bevor er hierherkam? Für seine Größe sieht er gut genährt aus«, meint Rayna.

»Er isst alles, was nichts mit Brot zu tun hat. Gib ihm mehr von dem gebratenen Hühnchen.«

»Prima. Ganz schön wählerisch. Soll ich es auch noch für ihn schneiden?«

»Wir geben einem Gefangenen kein Messer, Rayna. Und selbst wenn er ein Messer hätte, wie soll er es mit dieser Metallhand benutzen?«

Ich schlage mir die Hand vor den Mund, um jedes Geräusch zu unterdrücken. Die Erleichterung. Den Schock. Die Euphorie. Und den unerträglichen, furchtbaren Verrat, der in meinen Magen kriecht.

Sie reden weiter, aber ein schrilles Geräusch erfüllt meine Ohren.

Gideon ist *hier*?

Als Gefangener?

Eine Tür quietscht, und ein kühler Luftzug trägt den Duft von Kräutern und Gewürzen an meine Nase. Diesen Geruch erkenne ich sofort.

Ich weiß, wohin sie gehen.

Ihre Unterhaltung wird immer leiser und ist schließlich gar nicht mehr zu hören. Ich bewege mich nicht, presse mich weiterhin gegen die Wand, aber eine wilde Kraft erwacht in mir und erfüllt meine Muskeln, meinen Geist und mein Herz mit nur einem Ziel.

Zehn Minuten später – jede Sekunde davon erscheint mir

unendlich lang – kehren Torin und Rayna in die Küche zurück. Sie pusten die Kerzen aus, und der Raum wird nach und nach dunkel. Als sie durch die Tür zum Garten in ihre Zimmer gehen, nehmen sie die letzte Kerze mit und lassen die Küche in blauem Mondlicht zurück.

Endlich. Ich zähle bis zwanzig und husche dann durch die Küche in die Vorratskammer. Vorsichtig, Zentimeter für Zentimeter, hebe ich die Falltür zum Keller an, damit sie nicht laut knarzt. Dann steige ich in die Dunkelheit hinab, schließe die Tür über mir und fange sofort an zu laufen.

Als ich mit Rael durch diese Tunnel ins Haus kam, erhielt ich eine Vorstellung davon, wie ausgedehnt sie sind, und ich habe vor, jeden Quadratzentimeter abzusuchen. Ich muss Gideon finden, bevor die Sonne aufgeht und jemand bemerkt, dass ich nicht da bin.

Ich steuere in blindem Vertrauen um Ecken, haste Treppen hinunter und biege in Gänge ein. Die Minuten vergehen, aber ich werde nicht langsamer oder gerate in Panik. Jede Bewegung fühlt sich richtig an. An einer Kreuzung wende ich mich nach links und gelange an eine Reihe von vergitterten Nischen im Fels. Es ist wie in einem düsteren Verlies, und ich bin sicher, dass ich ihn hier finde.

»Gideon?« Ich nehme eine Lampe vom Haken und laufe zu der ersten Zelle.

Er hockt auf dem Boden, die Arme über den Knien verschränkt und den Kopf gesenkt.

»Gideon, ich bin es.«

Abrupt schaut er auf. Blinzelt heftig, die Augen gegen die Helligkeit des Lampenlichts zusammengekniffen. Er erhebt sich und bleibt einen Moment lang vollkommen still stehen, starrt mich mit durchdringendem Blick an, als sei er nicht sicher, ob ich real bin.

»Der Schlüssel«, krächzt er. »Er hängt da an der Wand an einem Haken.«

Mit zitternden Händen greife ich danach, öffne die Tür und stürme zu ihm. Freude erfüllt mich wie Sonnenlicht, das in mir strahlt. Hell und kraftvoll. »Du lebst. Du bist okay.« Ich küsse seine Lippen, seine Wangen, seine Nase. Ich kann ihn gar nicht genug spüren, kann mein Bedürfnis, ihn zu berühren, nicht stillen.

Die Ketten um seine Handgelenke rasseln, als er mein Gesicht in seine Hände nimmt. Und die Tränen in seinen Augen brechen mir fast das Herz. »Ich wusste nicht, ob ich dich je wiedersehen würde.«

»Ich wusste, dass ich dich finden würde.«

»Ich konnte nicht aufhören, an dich zu denken.« Er presst seine Stirn gegen meine. »Ich habe mir solche Sorgen um dich gemacht.«

»Gideon, wir müssen hier verschwinden. Ich habe die Kugel versteckt. Wir können sie holen und …«

»Daryn, warte. Wir können nicht fort. Samrael hat die Kugel. Und er hält Rebell irgendwo gefangen.«

Das Blut läuft so schnell aus meinem Kopf, dass ich schwanke. »Er hat die Kugel genommen?«

»Direkt nachdem du sie in dem Astloch versteckt hattest.«

»Wie – wie konnte er wissen, wo sie war?«

»Ich war dort, Daryn. Ich habe es gesehen. Es gibt vieles, das du nicht weißt. Die Gräuslinge gehören zu Samrael. Die Erscheinungen auch. Er hat das alles erschaffen.«

Der Verrat trifft mich mit voller Wucht – es scheint, als

würde der Boden unter mir nachgeben. Wie der Spuk, den Gideon und ich erlebten, als wir eine gefühlte Ewigkeit lang ins Nichts fielen.

All die erfolglosen Suchtrupps und seine Versprechungen. All die Dinge, die er mir anvertraut hat. Alles *Täuschung*?

»Die Gräuslinge sind die Folge der Erscheinungen«, erklärt Gideon. »Böses bringt Böses hervor. Es ist ein Kreislauf. Samrael ist süchtig nach Macht – aber sie ist endlich. Mit der Zeit wird er sich selbst zerstören, und das weiß er.«

»Deshalb will er unbedingt hier weg.«

Er nickt. »Vermutlich, um sein Werk mit den Horden, die er erschaffen hat, fortzusetzen. Die Zerstörung aus der Kluft hinaustragen.« Er tritt einen Schritt zurück und fährt sich mit der Hand über den Mund. »Da ist noch etwas, Daryn, und es wird dir wahrscheinlich nicht gefallen, aber ... er sagte, du hättest die gleiche Fähigkeit. ›Heraufbeschwören‹, so nannte er es. Er sagte, du könntest Dinge erscheinen lassen. Und du hättest es schon getan.«

Die Mauern um mich herum stürzen ein. Gideon spricht weiter, aber ich schließe die Augen und keuche nur. Ich sehe die Blumen und Mom, versuche nachzudenken. Versuche, mich zu erinnern und zu verstehen.

Habe ich sie herbeigerufen, dafür gesorgt, dass sie existieren, ohne es zu wissen?

Plötzlich wird mir alles zu viel.

Ich stürze zu dem Wassereimer in der Ecke und beuge mich darüber, als mein Magen sich hebt. Ich zittere am ganzen Körper. »Keine Ahnung«, japse ich. »Keine Ahnung, ob ich mich übergeben muss oder ohnmächtig werde.«

Gideon ist neben mir, hält meine Haare zurück, fasst mich

fest an der Schulter. »Ich bin hier. Wir werden mit beidem fertig.«

Ich keuche und keuche, dränge das Schluchzen, das Entsetzen zurück. Ist das die Macht, die Samrael begehrt? Ich habe sie nie benutzt – nicht willentlich –, und ich hasse sie. Verabscheue sie.

Am liebsten würde ich aus mir heraustreten.

Ich habe solche Angst – *vor mir selbst.*

Wie ist das überhaupt möglich?

Als ich nicht mehr gegen die Übelkeit ankämpfen muss, führt Gideon mich zur Wand, und wir setzen uns auf den Boden. Er hebt die Arme. Ich schlüpfe unter den Ketten hindurch und lehne mich an ihn, zehre von seiner Kraft.

Wir schweigen eine Weile. Ich schließe die Augen und fühle das Pulsieren in meinem Kopf – die Kopfschmerzen, die ich in der Kluft zum ersten Mal bemerkt habe. Ich weiß jetzt, um was es sich handelt – um die Fähigkeit, Dinge heraufzubeschwören. Sekunden vergehen, und ich habe Angst, die Augen zu öffnen. Was wäre, wenn ich feststellen muss, dass ich etwas heraufbeschworen habe?

Dann räuspert sich Gideon. »Eines Tages werde ich mit dir ausgehen. Wir werden etwas extrem Normales machen. So was wie Minigolf spielen oder bowlen.« Er versucht, mich zu beruhigen. Mich dazu zu bringen, an andere, bessere Dinge zu denken. An bessere Tage. »Wir gehen ins Kino. Sehen uns nur Komödien und Trickfilme an. Filme mit Ohrwurm-Songs und sprechenden Tieren …. Daryn, hey.« Er wartet darauf, dass ich ihn ansehe. »Wir kriegen das hin.«

»Ich weiß. Ich glaube, ich weiß auch schon, wie.«

»Wie?«

»Ich gehe zurück und suche im Haus nach der Kugel. Wenn du noch hier bist und sich nichts verändert, wird Rael mich nicht verdächtigen. Er weiß nicht, dass ich hier gewesen bin. Sobald ich sie habe, bringe ich ihn um. Ich werde Samrael töten, weil er mich betrogen und dich verletzt hat.« Ich hätte nie geglaubt, mich selbst diese Worte sagen zu hören. Niemals.

Meine Finger beginnen zu zittern.

»Daryn, sei nicht …«

»Was? Ich soll nicht so sein wie du? Nicht so hassen wie du? Du wolltest doch, dass Samrael stirbt, oder nicht? Warum ist es in Ordnung, wenn du Rache willst, aber nicht, wenn ich sie will?«

»Ich will nicht, dass du verletzt wirst.«

»Ich *bin* verletzt! Er hat mich benutzt. Und sieh doch, was er *dir* angetan hat.«

Er antwortet nicht.

Und ich bin schon zu lange hier. »Ich muss gehen.«

Ich küsse ihn und schlüpfe wieder unter seinem Arm hindurch. Er fasst mich am Handgelenk, bevor ich gehen kann.

»Ich liebe dich, Daryn. Ich will, dass du das weißt.«

Unglaubliche, wunderschöne Worte. Aber ich wollte sie nie so ahnungsvoll ausgesprochen hören. Mit Angst in der Stimme.

Ich beuge mich nach unten und küsse ihn noch einmal. »Ich werde es dir auch sagen«, flüstere ich. »Ich verspreche es. Aber nicht hier.«

40
Gideon

In den letzten Stunden bin ich immer wieder kurz eingenickt, bis ich plötzlich Schritte in den Gängen höre. Ich gehe die Möglichkeiten durch: Samrael. Cotton. Torin. Marcus.

Marcus?

Fast traue ich meinen Augen nicht, als er um die Ecke biegt, dicht gefolgt von Bas.

Marcus entdeckt mich sofort. Er stellt die Sense an die Wand, nimmt den Schlüssel vom Haken und öffnet die Zellentür.

Er rammt das Ende der Sense auf meine Ketten und bricht sie auf; endlich weicht der Druck von meinen Handgelenken. Dann umarmt er mich, kurz und heftig. Der Ausdruck in seinen Augen ist grimmig, als würde er über den Mord an dem Dämon nachdenken, der für meine Situation verantwortlich ist. Aber Bas vermeidet jeden Augenkontakt mit mir.

»Kannst du gehen?«, fragt Marcus. »Jode wartet draußen auf uns, zusammen mit Rebell.«

»Wie seid ihr hier reingekommen?«

»Später, G. Wir müssen uns beeilen.«

»Daryn ist oben.«

»Ich weiß, Mann. Wir formieren uns neu und kommen dann wieder, um sie zu holen. Los.«

Wir sprinten durch das steinerne Herz des Berges. Mein Bein ist verheilt, und ich kann mit Bas und Marcus mithalten. Nach zehn Minuten klettern wir ans Tageslicht.

Jode erwartet uns bereits mit den Pferden, und Rebell nickt heftig mit dem Kopf, als er mich sieht. Ich schwinge mich in den Sattel und lege die Hand auf seinen Widerrist. »Du hast mir Angst gemacht, Rebell.«

Er flammt auf wie ein Freudenfeuer. *Das meiste war gespielt, aber es ist schön zu wissen, dass du dir Sorgen um mich machst. Ich sorge mich auch um dich, Gideon. Es ist sehr schön, wieder mit dir zusammen zu sein.*

Ich fühle mich fast so vollständig wie in den Momenten, wenn wir zusammenfalten.

Mit Bas an der Spitze reiten wir los.

Er bringt uns zu einer verlassenen Steinhütte mit eingefallenem Dach. Wir nehmen die Pferde mit ins Innere; sie füllen den einzigen Raum fast vollständig aus.

Jode steigt ab und klettert über eine Holzleiter auf einen Dachboden. Dort postiert er sich an einem zerbrochenen Fenster, den Bogen in Reichweite.

Marcus begibt sich zu einem zugenagelten Fenster und stützt sich auf die Fensterbank. Bas geht auf und ab, die Augen auf den Boden gerichtet. Er meidet noch immer den Blickkontakt mit mir.

Ich bleibe bei Rebell und lehne mich an ihn, horche auf den Atem der Pferde, der langsam gleichmäßiger wird.

Die Jungs warten wohl darauf, dass ich etwas sage, aber ich will nicht alles schon wieder erklären – was Samrael tun kann und was er getan hat. Oder was Daryn ebenfalls tun kann und getan hat.

»Wie seid ihr ohne die Kugel hier hereingekommen?«, will ich endlich wissen.

»Isabel«, antwortet Marcus. »Sie ist im Camp. Sofort nachdem wir zusammen in die Kluft gingen, tauchte sie mit dem fehlenden Stück der Kugel auf – mit der Scherbe, die abgebrochen war, als Daryn die Kugel zum ersten Mal benutzte. Sie sagte Cordero, sie solle noch warten, das Ganze sei noch nicht vorbei.«

»Sie hatte dieses Stück? Und sie hat euch damit wieder reingebracht?«

Marcus nickt. »Sie kann das Portal ebenso öffnen wie Daryn. Es ist so ein Seher-Ding. Ich bin nicht mal sicher, ob Daryn das wusste. Ja, das abgebrochene Stück reichte aus, um uns zurückzubringen. Als hätte Isabel die ganze Zeit gewusst, dass sie es brauchen würde. Dass wir es brauchen würden.«

»Wahrscheinlich wusste sie es.«

»Wahrscheinlich.«

»Woher habt ihr gewusst, wo ich bin?«

Bas hat noch immer kein Wort zu mir gesagt. Es ist, als sei ich unsichtbar für ihn.

»Rebell«, entgegnet Jode. »Kurz nachdem wir wieder hier waren, entdeckten wir ihn mit ein paar Gräuslingen, aber von dir war weit und breit nichts zu sehen. Wir brachten Rebell zurück, und er zeigte uns den Weg, führte uns direkt zum Eingang der Tunnel.«

Ich tätschle Rebell den Hals. Er gibt einen tiefen, zufriedenen Laut von sich, und seine Augen glühen in dem schummrigen Raum.

»Ich hatte diese Gänge schon einmal gesehen«, sagt Bas.

»Ich ging auf Erkundungstour, als Rael nicht da war. Als ich begriff, dass du dort warst, gab es dafür nur eine Erklärung.« Endlich sieht er mich an. Der Ausdruck in seinem Gesicht ist herzerweichend. Er sieht aus, als sei er am Boden zerstört, als würde er jeden seiner Gedanken der letzten acht Monate prüfen. Als würde er sich fragen, wie er einem Dämon und nicht seinen Freunden glauben konnte. »Er hat mich reingelegt, Gideon. Und du hast den Preis dafür bezahlt.«

»Nein, Bas. Du darfst nicht eine Sekunde denken, es sei deine Schuld, denn das ist es nicht. Wir halten zusammen, und gemeinsam sind wir stark. Alles klar?«

Er lässt den Kopf hängen und drückt die Finger auf seine Augen.

Dann schaut er auf und nickt. »Ja. Alles klar.«

41
Daryn

Die Nacht ist endlos.

Rastlos gehe ich vor dem Kamin in meinem Zimmer auf und ab und lege so lange Holzscheite nach, bis der Vorrat verbraucht ist. Schwanke zwischen himmelhoch jauchzend und zu Tode betrübt.

Gideon lebt! Er ist ganz in der Nähe!

Aber er ist gefangen.

Samrael hat mich angelogen!

Aber jetzt brauche ich nicht mehr zu entscheiden, ob ich ihn aus der Kluft herauslasse. Jetzt weiß ich, was richtig ist.

Ich habe die Macht, Dinge heraufzubeschwören!

Ich habe die Macht, Dinge heraufzubeschwören!

Diese Enthüllung hat sich mir eingebrannt und erschreckt mich zutiefst.

Ich schaue ins Feuer und stelle mir vor, Rebell herbeizurufen.

Ich schaue zum Bett und stelle mir vor, Mom herbeizurufen, wie sie gegen die Kissen gelehnt dasitzt, wie sie mich im Arm hält.

Ich schaue zu dem Hocker am Schreibtisch und stelle mir vor, den kleinen Hund zu erschaffen, der zu Hause die Möbel anknabbert.

Kann ich all diese Dinge hier herbeirufen?

Habe ich es schon getan?

Ich rufe mir jeden einzelnen Moment in Erinnerung, den ich hier verbracht habe, und versuche, eine bewusste Absicht zu erkennen, dass ich etwas erschaffen wollte, aber es gelingt mir nicht. Ich habe nicht auf meine Gedanken geachtet – es waren einfach Gedanken. Ich habe nicht einmal *gedacht*, dass meine *Gedanken* Macht haben könnten.

Aber das hätte ich tun sollen.

Wir wussten, dass Rael in unsere Köpfe eindringen konnte. Warum haben wir nicht in Betracht gezogen, dass er hinter den Erscheinungen stecken könnte? Hinter den Gräuslingen?

So neugierig ich auch bin und so stark der Drang ist, zu sehen, ob ich die Kluft manipulieren und zu dem formen kann, was ich sehen will, ich sperre es aus.

Ich bin nicht wie Samrael. Aber ich hatte angefangen, es zu glauben, war fast überzeugt gewesen, dass wir beide um Dinge kämpfen, die wir verloren haben. Nein, ich bin ganz und gar nicht wie er.

Als das Tageslicht durch alle Risse und Falten in den Vorhängen dringt und das Zimmer erfüllt, entscheide ich zumindest eins: Ich werde diese Macht nicht missbrauchen – eine Macht, die ich überhaupt nicht haben sollte.

Dann verlasse ich mein Zimmer und gehe nach unten, um Rael zu dem Morgenspaziergang zu treffen, zu dem wir uns gestern Abend beim Essen verabredet haben.

Ich kann erst fort, wenn ich die Kugel gefunden habe.

Was bedeutet, dass ich so tun muss, als habe sich nichts geändert.

Aber alles hat sich geändert.

Alles.

Rael wartet im Foyer auf mich. Die Eingangstür ist offen, und er schaut hinaus in einen bedeckten Morgenhimmel. Ich frage mich, ob er sich die Freiheit vorstellt oder den nächsten Schritt seines schändlichen Plans ausheckt.

Vielleicht denkt er auch nur daran, welchen Spaß wir bei unserem gemeinsamen Spaziergang haben werden, denn wir *hatten* Spaß. Tagelang.

Man kann sich gut mit ihm unterhalten. Er ist gebildet. Intelligent.

Weitgereist. Belesen.

Er lächelt und lacht viel.

Er ist aufrichtig. Höflich. Rücksichtsvoll.

Zerknirscht. Zumindest dachte ich das, bevor ich die Wahrheit erfuhr. Ich habe tatsächlich geglaubt, er habe damit aufgehört, Menschen zu verletzen, sie zu täuschen und sie für sein eigenes Machtstreben zu benutzen.

Wie sehr habe ich mich doch geirrt.

Als er mich auf der weitläufigen Treppe hört, dreht er sich um und lächelt mich an. Das Lächeln verschwindet aus seinem Gesicht, als ich näher komme. »Alles in Ordnung?«

Anders als Bas und Gideon wird es mir nie gelingen, mich zu verstellen. Ich konnte noch nie lügen. Es ist einfacher, gar nichts zu sagen. Aber in diesem Fall muss ich antworten. »Ich habe nicht gut geschlafen. Das ist alles.« Ich gehe hinaus, bevor er nachhaken kann.

»Das tut mir leid. Daryn, ist – Daryn, warte. Bitte warte.«

Ich drehe mich um und frage mich, ob mir die Wut aus den Augen lodert.

»Statt spazieren zu gehen, möchte ich dir gern einen neuen Ort zeigen. Ich muss über etwas Wichtiges mit dir sprechen. Das würde ich gern an einem … besonderen Ort tun.«

Angst webt einen heißen Faden durch mein Brustbein. Sofort bereue ich es, kein Messer dabeizuhaben. »Klar.«

»Hier entlang«, sagt er und führt mich an der Küche vorbei wieder nach oben.

Seine Nähe ist mir schmerzhaft bewusst. Dafür gibt es nur eine Erklärung.

Er war bei Gideon.

Er weiß, dass ich alles weiß.

Entweder bringt er mich um, oder er zwingt mich, das Portal zu öffnen.

So oder so, etwas Schreckliches wird passieren.

Im Obergeschoss geht er an mir vorbei in eines der ungenutzten Schlafzimmer. Er steuert auf den Kamin zu und öffnet dann eine Tür in der Wand daneben.

»Sie führt hinauf zum Dach.« Er hält mir die Tür auf wie ein Gentleman.

»Du zuerst. Ich mag keine Spinnweben.«

Er lächelt. Es ist ein zittriges Lächeln; er schaut zwar in meine Richtung, vermeidet aber den Augenkontakt. »Natürlich. Geh hinter mir.«

Auf der Treppe ist es eng, und es riecht nach Schimmel und nassem Stein. Ich kann so wenig sehen, dass ich Rael zweimal von hinten anremple, gegen die Stufen vor mir trete und immer wieder mit den Schultern an der Wand entlangschramme.

Er drückt eine kleine Tür auf, und Tageslicht weht herein wie ein Windstoß, der mich fast umhaut.

Wir klettern hinaus auf einen schmalen Vorsprung, eingerahmt von den niedrigen Mauern der Zinnen, die ich vor ein paar Tagen gesehen habe. Der Himmel ist grau und aufgewühlt.

Hier oben ist es so eng, dass zwei Personen kaum nebeneinanderstehen können. Rael legt die Hände auf die Mauer und schaut konzentriert zu den bewaldeten Bergen, als müsse er den Mut aufbringen, etwas zu sagen.

Ich habe keine Ahnung, was es ist. Und ich weiß nicht, wohin meine Wut verschwunden ist oder warum ich jetzt nur noch Traurigkeit empfinde.

Er ist nicht der, für den ich ihn gehalten habe. Und mir wird jetzt klar, dass ich anfing, seinen Triumph zu lieben. Er inspirierte mich. Eine so tiefgreifende Veränderung zum Besseren. Ich fühlte mich ihm immer mehr verbunden, wollte Frieden für ihn. Erlösung. Glück.

Ich trete an den Rand und sehe ein kleines Stück des Gartens unterhalb des steilen Dachs. Einen Ausschnitt der Mauer, die um den Berg verläuft. Und noch weiter weg die großen geschwärzten und abgestorbenen Waldflächen.

»Ich habe einen furchtbaren Fehler begangen«, sagt Rael. Er kommt gleich zur Sache. Macht einen Schritt auf mich zu. Ich spüre, wie nah er ist, nur Zentimeter entfernt, aber ich sehe ihn nicht an. Wenn ich es tue, weiß er Bescheid. Ich kann nicht verbergen, was ich denke.

Du bist ein Lügner.

Du bist schlecht.

»Was für einen Fehler?«

»Ich bin nicht ehrlich zu dir gewesen. Ich – ich muss gestehen, Daryn … ich hätte nicht gedacht, dass irgendetwas, was ich sage oder tue, deine Meinung über mich ändern könnte. Dass du mir noch eine Chance geben würdest nach dem, was ich Gideon und anderen angetan habe.«

»Das habe ich nicht.«

»Ich weiß. Das hast du nicht. Aber ich habe das Gefühl … dass du es vielleicht tun könntest. Ich habe Hoffnung. Und ich will dieser Hoffnung würdig sein. Du hast mich angesehen, als sei ich anders. Als sei ich besser, als ich war. Etwas wert. Das hast du freiwillig getan. Es bedeutet viel mehr als noch so viel Respekt oder Ehrerbietung, die ich je von anderen erzwingen könnte. So viel mehr. Und ich will das Gefühl haben, es zu verdienen. Ich will werden, was ich vorgegeben habe zu sein.«

Aus den Augenwinkeln sehe ich seine ausgestreckte Hand. Ein Angebot.

Die Kugel.

Er gibt mir die Kugel.

»Ich habe sie genommen. An dem Tag, als wir ins Lager der Gräuslinge gegangen sind. Ich wusste, dass du sie in das Astloch gesteckt hattest, und nahm sie heraus.« Er deutet mit dem Kinn darauf. »Bitte. Nimm sie.«

Ich nehme sie in beide Hände, wie einen Vogel, der wegfliegen könnte.

»Ich bin nicht ehrlich zu dir gewesen«, wiederholt er, »und das ist erst der Anfang. Ich muss dir noch mehr sagen. Wenn du mich anhören willst, dann bleib. Sei heute Abend da, und ich werde dir alles erzählen. *Alles.* Wenn du fort bist, werde ich es dir nicht vorwerfen. Ich habe dir immer wieder unrecht getan. Daher kann ich nur hoffen, dass in deinem Herzen noch ein wenig Vergebung für mich ist.«

Er schlüpft an mir vorbei – bleibt aber dann stehen und gibt mir einen flüchtigen Kuss auf die Wange. »Egal, wie du dich entscheidest: danke.«

Dann geht er und überlässt mich meinen Gedanken. Vielleicht meint er, die Einsamkeit hier oben würde etwas bewirken. Die Zeit, über das nachzudenken, was er mir gerade erzählt hat. Aber es ändert nichts.

Du bist zu spät, Rael.

Ich glaube dir nicht mehr.

Ich zähle bis hundert und gehe dann wieder hinein. Fast normalen Schrittes gehe ich die Treppen hinunter, trotz des starken Drangs, sofort von diesem Ort zu fliehen.

Rael ist nirgendwo im Haus zu sehen. Ich sehe niemand – nicht einmal Rayna, die normalerweise um diese Zeit in der Küche ist und das Abendessen zubereitet. Es ist ungewöhnlich und macht mich argwöhnisch, aber ich zögere nicht oder werde langsamer. Ich steuere direkt auf die Kellertür zu, hebe sie hoch und springe hinunter.

Triumph und Erleichterung beflügeln mich, als ich durch die Gänge zu Gideons Zelle sprinte. Rasend schnell gehe ich die nächsten Schritte durch.

Durch die Tunnel fliehen. Das Portal öffnen. Nach Hause fahren.

Ich biege um die letzte Ecke und rase zu seiner Zelle.

Sie ist leer.

Er ist nicht da.

Wilde Verzweiflung trifft mich wie ein Schlag.

Bin ich *verlassen* worden? Hat er mich zurückgelassen?

Das Echo vergangenen Schmerzes durchbrandet mich. Es kann nicht sein. Gideon würde das nie tun.

Weiß Samrael etwa, dass ich Gideon hier unten gefunden habe? Hat er ihn irgendwo anders hingebracht?

Hat er Gideon *getötet*?

Ich weiß nicht, was ich denken soll.

Ich *kann nicht* denken, in meinem Kopf rast nur Angst.

Sofort wirble ich herum und sause durch die Gänge zurück. Hinauf in die Küche und durch das Foyer nach draußen. Renne den Pfad hinunter, der parallel zum Fluss verläuft. Weg von der Realität und von der elenden *Irrealität* der Kluft. Ich bleibe erst bei dem Teich stehen, an dem Rael und ich am ersten Tag waren, als es regnete.

Tränen brennen mir in den Augen, als ich die Begonien um mich herum sehe.

Das war ich. Ich habe sie geschaffen.

Plötzlich will ich mehr. Ich brauche mehr. Muss der Verzweiflung und der Einsamkeit entkommen.

Ich greife nach dem Wasser, finde es in meinem Geist.

Die Verbindung ist so stark, so leicht herzustellen. Als würde ich einen Ton hören und meinen eigenen darauf abstimmen. Dann führe ich das Ganze fort und komponiere die Melodie.

Die Wasseroberfläche kräuselt sich und erwacht mit Hunderten aufschießender Tropfen zum Leben. Sie verbinden sich und formen sich zu Schmetterlingen. Schmetterlinge aus Wasser, deren flatternde Flügel schimmern wie Glas. Ich lasse sie emporsteigen, wie einen Fischschwarm über das Wasser fliegen, verliere mich in ihrer Schönheit.

Dann habe ich eine Idee. Ich bringe sie zusammen, kombiniere sie und erschaffe Schatten – ein kristallenes Bild von Schatten, wie sie über das Wasser galoppiert und es hochspritzen lässt. Ich höre mich lachen. Es ist mühelos. Reine Freude. Berauschend, so viel Macht zu besitzen. Elektrisierend.

Ich hole Schatten zu mir und strecke die Hände nach ihr aus. Aber statt ihres seidigen schwarzen Fells fühle ich sich kräuselndes Wasser.

Die Grenze dessen, was ich tun kann, ist eine weit entfernte Linie. Ich berühre sie nicht annähernd. Ich könnte diesen Teich in fast alles verwandeln, was ich mir vorstellen kann.

Aber es ist nicht umsonst. In mir breitet sich eine Dunkelheit aus, als würde ich einen Teil von mir selbst verlieren. Jetzt, da ich diese Macht kennengelernt habe, wie kann ich sie je wieder vergessen?

Plötzlich packt mich die Angst, dass ich sie brauchen könnte. Dass ich ihr nicht widerstehen kann.

Ich lasse Schatten hochsteigen, schicke ihre Vorderhufe hoch in die Luft.

Wunderschön, denke ich.

Erschreckend.

42
Gideon

»Dann also bei Sonnenuntergang?«, sagt Bas.

»Das Licht ist dann besonders vorteilhaft für uns«, erklärt Jode. »Bei unseren Pferden bieten die langen Schatten und schräg einfallenden Sonnenstrahlen die beste Tarnung, die wir kriegen können. Vielleicht ist es kein großer Vorteil, vielleicht ist es der alles entscheidende Vorteil. Und wenn wir schnell genug rein- und wieder rauskommen, haben wir eine gute Chance, den Gräuslingen auszuweichen. Eine bessere Gelegenheit bekommen wir nicht.«

Er sieht mich an.

Ich nicke. »Einverstanden.«

Bas zeichnet mit einem Stück Holzkohle den Grundriss des Grauen Forts an eine der Wände und überlegt, wo Daryn und die Kugel am ehesten sein könnten. Dann beschreibt er den einzigen Zugangspunkt – ein Pförtnerhaus mit einer einzigen Wache.

»Was ist dahinter?«, frage ich ihn. »Was sehen wir, wenn wir durch das Tor gegangen sind?«

»Obstgärten. Häuser. Ställe. Gemüsegärten. Aber keine Wachtposten. Da ist nichts. Die Mauer hält die Gräuslinge fern. Das war immer unsere einzige Sorge.«

»Wieso sollte man sich Sorgen machen, wenn man Samrael heißt und jede Gefahr an diesem Ort unter Kontrolle hat?«, wundert sich Jode.

»Jede Gefahr – bis jetzt«, sagt Marcus mit bedrohlichem Unterton.

Ich schaue von ihm zu Jode und dann zu Bas.

Eigentlich ist es der falsche Zeitpunkt, die Tatsache zu genießen, dass wir alle vier wieder zusammen sind. Aber tief in meinem Inneren fühle ich mich wiederhergestellt. Jetzt fehlen nur noch Daryn und eine Fahrkarte hinaus aus diesem Höllenloch.

Wir planen unser Eindringen in das Fort, versuchen, alle Eventualitäten zu berücksichtigen, und gehen alles ein paarmal durch. Als wir damit fertig sind, bleiben noch immer ein paar Stunden, bevor wir aufbrechen können.

Bas bietet an, die Wache oben auf dem Dachboden zu übernehmen, damit Jode eine Pause machen kann. Nach fünf Minuten haben sich Jode und Marcus jeweils in eine Ecke des Zimmers gequetscht, um ein wenig zu schlafen. Ich bezweifle, dass es ihnen gelingt.

Rebell und die anderen Pferde stehen dicht nebeneinander in einer Reihe. Sie haben den Kopf auf den Hals des Pferdes neben sich gelegt und sind so gewissermaßen miteinander verflochten. Ebenfalls in einem Zustand zwischen Wachen und Schlafen.

Ich setze mich neben die Eingangstür. Kratze mich am Kinn und ziehe die Knie an. Einen Augenblick lang genieße ich schlicht und einfach das Gefühl, nicht mehr in der Zelle gefangen zu sein. Ohne Eimer und Strohmatte.

Ich schaue zu Rebell. Er ist hier, bei mir. Und es geht ihm gut.

Wir sind noch nicht aus der Kluft heraus, aber wir haben ein paar kleine Siege feiern können.

»Ich weiß, du willst nichts von Reue hören«, sagt Bas von oben. »Aber ich frage mich die ganze Zeit … wie konnte ich es übersehen? Warum habe ich nicht erkannt, was er wirklich ist?«

Ich weiß nicht, was ich darauf antworten soll. Aber ich weiß, wie es sich anfühlt, getäuscht zu werden.

»Was weißt du über den Goldrausch?«, frage ich ihn.

Bas schaut vom Dachboden herunter. »Über den Goldrausch?« Er schaut durch die kaputten Fensterläden nach draußen. »Nicht viel. Ich habe mal für einen Western vorgesprochen. Ich habe die Rolle nicht bekommen, aber ein paar Sachen sind hängengeblieben. Goldsucher. Schürfen. Der Zug nach Westen, in der Hoffnung auf Reichtum.«

»Ja. Darum ging es. Aber da ich aus Kalifornien stamme, musste ich eine Menge über den Goldrausch lernen. In der dritten Klasse haben wir das Thema lang und breit durchgenommen, alle geschichtlichen Fakten gelernt. Dann machten wir eine Exkursion in eine alte Goldgräberstadt, um nach Gold zu suchen.

Alle waren total aufgekratzt. Wir wollten *wirklich* Gold finden. Echtes Gold. Wir waren neun und glaubten, alles sei möglich. Jedenfalls muss ich ungefähr eine Stunde in der heißen Sonne geschürft haben, aber es fühlte sich an wie ein ganzer Tag. Ich hatte nichts gefunden. Nur Steine und Dreck. Nicht einmal interessanten Müll, wie einige der anderen Kinder. Das gefiel mir überhaupt nicht.

Es gab einen Jungen in meiner Klasse, Luke Miller. Er war mein bester Freund, und natürlich wetteiferten wir bei allem.

Luke hatte einen kleinen Stein in seiner Schürfpfanne, der irgendwie glänzte. *Leicht* glänzte. Aber er lief herum und erzählte allen, er sei auf eine Goldader gestoßen. Und ich hatte nichts. Ich war verdammt sauer.«

Bas lächelt, den Blick noch immer in die Ferne gerichtet.

Marcus' Lachen klingt wie ein leises Knurren. Er kennt die Geschichte schon.

»Aber dann ging ich in den Souvenirshop, und das Blatt wendete sich zu meinen Gunsten. Dort konnte man für nur fünf Dollar ein kleines Glas *voller* Goldstückchen kaufen. Ich blätterte die fünf Scheine von meinem Taschengeld auf die Theke und ging als reicher Mann aus dem Laden. Ich dachte, ich hätte ein Riesenschnäppchen an Land gezogen.

Ich rannte sofort zu Luke, um ihm zu stecken, dass ich ein besserer Goldschürfer war als er. Ich gab genauso an mit meinem Fund wie er mit seinem, nahm den Mund richtig voll. Er nahm das Glas, drehte es um und zeigte mir, was unten auf dem Boden stand.

›Made in China‹. Luke lachte und erklärte mir auf echt herablassende Art, wie globaler Handel funktioniert. Und dass er nicht verstehen würde, wie ich auf so was reinfallen könnte.«

Bas grinst. »Was hast du dann gemacht?«

»Nichts. Ich stand zu meinem gefälschten Gold und tat so, als sei ich stolz darauf. Sagte ihm, es sei jedenfalls besser als sein blöder Stein. Dann ging ich nach Hause und heulte mir die Augen aus dem Kopf.«

Bas lacht. »Das ist einfach nur traurig.«

»Stimmt.«

»Er hat das Glas immer noch bei sich zu Hause«, verrät Marcus.

Ich nicke. »Ja, es steht auf meiner Kommode.«

»Du hast es zehn Jahre lang aufbewahrt?«, wundert sich Jode.

»Ich hatte fünf Dollar dafür bezahlt. Die meisten von uns haben keine Gläser mit echtem Gold auf der Kommode.«

Jode lacht. »Ja, da hast du recht. Meine Goldbarren liegen ordentlich aufgestapelt neben dem Bett.«

»Jedenfalls, als ich mit Heulen fertig war, erzählte ich alles meinem Dad. Er hörte sich meine Geschichte an, ging dann aus dem Zimmer und kam mit goldenen Manschettenknöpfen zurück. Er gab mir einen und sagte: ›Hier hast du etwas aus echtem Gold. Aber eines Tages wirst du begreifen, dass es nur ein hübsches Stück Metall ist. Die Wahrheit ist dagegen echtes Gold wert. Die Freunde, die du respektierst und die dich respektieren, sind Gold wert. Und das, was uns beide – dich und mich – verbindet, ist Gold wert.‹

Mein Dad hatte recht. Als er noch lebte, besaß ich alle Reichtümer dieser Welt. Und den Manschettenknopf habe ich auch noch. Einen. Der andere ist mit ihm begraben.«

Lange bleibt es still. Ich möchte weitersprechen, aber es scheint, als würde ein Stein in meiner Kehle feststecken.

Schließlich bricht Bas das Schweigen. »Okay, ich verstehe. Du meinst, ich soll nach echtem Gold suchen und Rael vergessen. Die Dinge vergessen, die keinen echten Wert besitzen.«

»Nein. Ich habe nur versucht, mit meiner Goldsucherstory die Zeit totzuschlagen.«

Bas lacht. »Ich will dein chinesisches Gold irgendwann mal sehen, Gideon. Und den Manschettenknopf.«

»Klar.« Ich werde ihm das Glas mit den Goldstückchen schenken.

Falls wir hier rauskommen.

Eine Stunde vor Sonnenuntergang steigen wir in den Sattel und reiten zum Pförtnerhaus.

Bas und ich lassen unsere Pferde etwa hundert Meter entfernt bei Jode und Marcus zurück und gehen den Rest des Weges zu Fuß.

Der Typ im Pförtnerhaus hat den runden Rücken und das sanfte Lächeln eines Faultiers. »Hallo, Bas«, begrüßt er Sebastian. »Da bist du ja wieder. Alle sagten, du seist fortgegangen.«

Bas lächelt zurück. »Ich habe es versucht, aber nach ungefähr zwei Wochen habe ich gemerkt, wie sehr mir das alles hier fehlt, so chaotisch es auch manchmal sein kann.« So unauffällig wie möglich trete ich hinter den Mann, während Bas mit ihm spricht.

»Ich könnte nie auch nur versuchen …«

Ich packe sein Handgelenk und drehe ihm den Arm auf den Rücken. Er wehrt sich kaum, auch dann nicht, als ich ihn mit einem Seil fessle.

»Tut mir leid«, sagt Bas. »Aber so ist es sicherer für dich.«

Der Mann nickt und akzeptiert seine Situation.

Bas klettert die Leiter herunter, schiebt innen den Riegel zurück und zieht das Tor auf.

Marcus und Jode bringen unsere Pferde mit. Wir verschließen das Tor hinter uns, steigen auf und galoppieren zum Haupthaus.

Unterwegs kommen wir an ein paar kleinen Häusern, umzäunten Gärten und Ställen vorbei. Genauso, wie Bas es beschrieben hat.

Die Menschen auf den Feldern hören auf zu arbeiten und blicken hoch. Einige stehen vor ihren Haustüren und schauen uns nach, während wir vorbeireiten. Sie alle wirken irgendwie leer und ausdruckslos, als seien sie nicht zu starken Gefühlen wie Liebe, Hass, Hoffnung und Enttäuschung fähig.

Wir erreichen das Haus und gehen vor wie geplant. Schnell. Ohne zu zögern.

Jode behält den Eingang im Auge. Marcus durchkämmt das Erdgeschoss, während Bas und ich die Treppe hinauflaufen.

Bas stürmt in Samraels Zimmer, um nach der Kugel zu suchen. Ich reiße eine Tür nach der anderen auf, in der Hoffnung, Daryn dahinter zu finden.

Als ich das letzte Zimmer auf der rechten Seite betrete, weiß ich, dass es ihres ist.

Ihr Tagebuch liegt auf dem Bett.

Ich nehme es und stecke es mir hinten in den Gürtel.

Auf dem Gang treffe ich Bas. »Ich habe das hier gefunden«, sagt er und wirft mir mein Schwert zu. Ich fange es am Griff auf. »Aber keine Kugel. Sie war nicht da, wo ich sie vermutet hatte.«

»Daryn ist auch nicht da.«

»Es wird Zeit«, ruft Marcus von unten.

Bas und ich eilen die Treppe hinunter und nach draußen zu Marcus und Jode.

Gräuslinge strömen in Scharen durch das geöffnete Tor. Ich weiß nicht, wer es für sie geöffnet hat – vielleicht haben sie den Wachmann dazu gezwungen?

Aber es ist egal, denn es lässt sich ohnehin nicht mehr ändern.

Die Leute, die uns vor ein paar Minuten angestarrt haben, bringen sich in ihren Häusern in Sicherheit. Ihre Panik ist auf bizarre Art still – keine Schreie und Rufe, dass Freunde oder Verwandte sich beeilen und Schutz suchen sollen.

Die Gräuslinge lassen bei ihrem Vormarsch nichts unberührt. Sie sind wie ein tollwütiger Haufen aus Fangzähnen und Klauen, der gnadenlos alles angreift, was ihm in den Weg kommt.

Trotzdem strömt die Masse der Ungeheuer konzentriert auf ein eindeutiges Ziel zu.

Sie sind nicht hier, um wahllos Chaos und Verwüstung anzurichten.

Sie haben es auf uns abgesehen.

43
Daryn

Gerade betrachte ich Schatten – das Wesen, das ich aus dem Wasser erschaffen habe –, als Angst mich berührt wie ein Atemhauch und sich mir die Nackenhaare aufstellen.

Meine Konzentration lässt nach; Schatten fällt mit einem gewaltigen Spritzer in sich zusammen und zurück in den Teich.

Ich weiß, dass Rael hinter mir steht, aber ich kann mich nicht zu ihm umdrehen. Ich hasse den rauchigen Geruch, der in der Luft hängt.

Ich denke daran, was Gideon mir über das Heraufbeschwören erzählt hat, was laut Rael der Preis dafür ist, und mir wird klar, dass ich gerade Gräuslinge erschaffen habe. Ich habe brutale, hirnlose Kreaturen herbeigerufen, weil ich ein wenig Trost brauchte.

Ich bin von mir selbst enttäuscht. Angewidert.

»Ich war gespannt, was du als Erstes erschaffen würdest«, sagt Samrael. »Absichtlich, meine ich. Ich hätte auf deine Mutter getippt.«

Ich fahre mir mit der Zunge über die trockenen Lippen. »Ich möchte nur meine wirkliche Mutter sehen.«

»Verstehe.«

Ich wirble herum und schaue ihn an. »Wie *konntest* du

nur? Hast du überhaupt je die Wahrheit gesagt? Jemals? Zumindest *ein Mal*?«

»Ja«, antwortet er. »Heute habe ich dir die Wahrheit gesagt. Gestern auch. Morgen tue ich es hoffentlich wieder. Und übermorgen. Du hast mich verändert, Daryn.«

»Ich glaube dir nicht!«

Er zuckt zusammen und wendet den Blick ab, schaut über das Wasser.

»Es tut mir sehr leid, das zu hören. Ich muss zugeben, ich bin überrascht, dass du noch hier bist.«

»Ich wollte gehen. Wenn ich Gideon gefunden hätte, wäre ich gegangen.« Ich greife in meine Tasche und berühre die Kugel. »Was hast du mit ihm gemacht, Rael?«

»Ich habe ihn gefangen gehalten. Aber das war vorher, Daryn. Bevor du mir Hoffnung gegeben hast. Mit seinem Verschwinden letzte Nacht habe ich nichts zu tun. Ich wollte dir alles erklären.« Er streckt die Hand nach meinem Arm aus. »Hör zu, ich …«

»Ich will dir nicht mehr *zuhören*! Ich traue dir nicht!«

»Hast du es getan? Bevor du von Gideon erfahren hast? Bevor dir klarwurde, dass ich dich täusche?«

»Ja! Ja, das habe ich! Aber jetzt nicht mehr. Du hast es ruiniert. Du hast mich angelogen. Mich zum Narren gehalten, und du …«

»Du bist kein Narr. Du bist …«

»Aber du hast mich wie einer behandelt. Du hast mich nicht respektiert. Kannst du das verstehen? Du hast mich *verletzt*.«

In seinem Gesicht zeigt sich völlige Verzweiflung. Tränen treten ihm in die Augen.

»Warum bist du dann noch hier?«

»Weil ich nicht glauben will, dass du schlecht bist. Und ich will nicht über dich urteilen. Ich will dir nicht den Rücken zukehren und mich für den Rest meines Lebens fragen, ob ich mich getäuscht habe.«

»Worin?«

»In *dir*, Rael. Ich will dir nicht deine Zukunft nehmen, deine Hoffnung. Du hast es selbst gesagt: Eine Seherin zu sein bedeutet auch Hoffnung. Sie zu geben. Sie zu bewahren. Wenn ich dich hier zurücklasse …«

»Ich würde sie verlieren«, sagt er und beendet den Satz für mich.

Als ich in seine tränenerfüllten grünen Augen schaue, wünsche ich mit aller Macht, dass ich ihn aufgeben könnte.

Ein Geräusch dringt vom Berg herab und ergießt sich in die Stille. Mein Körper erkennt es; mein Herz rast, und meine Muskeln spannen sich an.

Es ist das Heulen der Gräuslinge.

Ich renne los, dicht gefolgt von Rael.

Als wir den Gipfel erreichen, sehe ich als Erstes das Licht, das von Jodes Bogen aufblitzt. Dann die Jungs auf ihren Pferden, die versuchen, den Ansturm der Gräuslinge auf das Haupthaus abzuwehren.

Keuchend und mit zitternden Beinen bleibe ich stehen. Die Jungs können nicht real sein – sie können unmöglich ohne die Kugel und meine Hilfe in die Kluft gelangt sein.

Es muss sich um eine Erscheinung handeln. Das ist die einzige plausible Erklärung.

Aber sobald Gideon zu mir herüberschaut und sich unsere Blicke treffen, weiß ich, dass er real ist.

Er ist da. Sie alle sind da.

Ich stürme ihnen entgegen und errege dabei die Aufmerksamkeit von einigen der monströsen und zerlumpten Kreaturen. Drei von ihnen verfolgen mich, kommen von rechts langsam näher. Samrael bleibt zurück, lässt mich mit ihnen allein.

Weiter vor mir kommt Gideon auf mich zugestürmt, muss aber immer wieder Gräuslinge abwehren. Sein Schwert beschreibt dabei eine funkelnde Linie. Rebells Fell steht in Flammen; sie züngeln Gideons Beine hinauf.

Gideon wird es nicht schaffen – er ist zu weit entfernt, an die hundert Meter. Die drei Gräuslinge sind viel, viel näher.

Sofort konzentriere ich mich und stelle mir vor, was ich tun könnte, wenn ich meine innere Stärke aktiviere. Ich könnte Wurzeln aus der Erde aufsteigen und sie wie Peitschen auf die Gräuslinge niedersausen lassen, um sie zu Fall zu bringen.

Ich könnte sie aufhalten, indem ich etwas heraufbeschwöre. Und ich könnte Gideon und die anderen erreichen.

Und ich habe die Kugel.

Wir könnten die Kluft verlassen. Diesen Ort für immer hinter uns lassen.

Es wäre so einfach.

Ich könnte losrennen und müsste nie wieder über Samrael nachdenken.

Aber ich weiß, dass ich die ganze Zeit an ihn denken würde. Ich würde wieder mit Reue und Bedauern leben müssen.

Das kann ich nicht.

Meine Beine werden langsamer; ein sehr alter Teil in mir kennt den richtigen Weg, noch bevor er überhaupt in mein Bewusstsein dringt.

Ich drehe mich um und sehe Rael, wo ich ihn zurückgelassen habe. Er steht am Rand des Waldes und schaut in meine Richtung.

Er sieht mich, muss ahnen, dass etwas anders ist, denn er kommt jetzt auf mich zu.

»Daryn, nein!«, schreit Gideon hinter mir. »Tu es nicht, Daryn! Das will er doch nur.«

Stimmt das?

Ich weiß es nicht. Ich kann nicht mehr an den Hass zwischen Gideon und Rael denken. Die Freundschaft zwischen Bas und Rael. Ich habe genug von Groll, Rache und Lügen. Nichts von all dem fühlt sich richtig an – und ich weiß, es liegt daran, dass ich es falsch angegangen bin. Ich habe versucht, etwas einzuschätzen und zu beurteilen, von dem ich nichts wissen kann, was ich nicht sehen und nicht einmal ansatzweise verstehen kann.

Wer bin *ich*, dass ich über Samreal urteilen könnte?

Wer bin ich, dass ich entscheiden könnte, ob er Vergebung verdient?

Es muss einfacher sein als das.

Es *muss.*

Isabels Worte tauchen in meinen Gedanken auf, wie eine Muschel, die von den Wellen des Meeres freigespült wird.

Das Böse vernichtet sich selbst.

Ich höre sie, immer und immer wieder, während Rael sich nähert und schließlich vor mir steht, groß und schweigend. Sein Schweigen wird noch verstärkt durch das Chaos hinter mir und die Geräusche der Jungs, die um ihr Leben kämpfen.

Ich starre in seine Augen, in sein undurchdringliches Wesen, das voller Falschheit oder voller Wahrhaftigkeit ist. Oder ist es beides? Bin ich das nicht auch? Aufrichtig und unaufrichtig? Freundlich und grausam? Selbstlos und gierig?

Hab Vertrauen, hat Isabel zu mir gesagt. *Besonders, wenn es schwierig ist.*

»Sag ihnen, sie sollen zurückbleiben«, fordere ich Rael auf. »Pfeif die Gräuslinge zurück.«

44
Gideon

Ich kämpfe mich zu Daryn vor, schlage mit dem Schwert auf Gräuslinge ein, als das Unglaubliche geschieht.

Sie dreht sich um. Zu *Samrael.*

Und geht in seine Richtung.

»Daryn! Daryn, *nein*!«

Sie schaut über die Schulter zurück. In ihrem Blick liegt keine Unsicherheit. Sie weiß, was sie tut.

Was tut sie?

Wird sie das Portal für ihn öffnen?

Das Geheul auf der Lichtung wird deutlich schwächer, als die Gräuslinge aufhören zu kämpfen. Sie ziehen sich zurück und drängen sich zu Gruppen zusammen. Nach weniger als einer Minute ist es fast still, und sie kauern sich zusammen wie Fledermäuse. Beobachten uns. Warten darauf, wieder losgelassen zu werden.

Mein Weg zu Daryn ist jetzt frei.

Auf mein Zeichen holt Rebell alles aus sich heraus und fliegt auf sie zu. »Daryn, tu es nicht!«

Als sie meine Stimme hört, wirbelt sie herum. »Stopp!«, ruft sie. »Tu ihm nicht weh!« Sie stellt sich mit ausgebreiteten Armen vor Samrael, schirmt ihn mit ihrem Körper ab.

Ich halte Rebell an. Sekunden später preschen Marcus,

Jode und Bas heran. Sie sehen aus, als wollten sie Samrael genauso dringend in Stücke reißen wie ich.

»Vertraut mir«, bittet Daryn. »Ich weiß, was ich tue.«

Sie spricht zu uns allen, aber ihre Augen sind auf mich gerichtet.

Wenn ich ihr vertraue, könnte ich sie verlieren.

Wenn ich ihr nicht vertraue, *werde* ich sie verlieren.

Sie wendet sich wieder Samrael zu. Als ich sehe, mit welcher Bewunderung er sie anschaut, wird mir schlecht.

»Nachdem ich dich betrogen habe … mehr als einmal, gewährst du mir die Freiheit?«, fragt er. »Du verzeihst mir? Gibst mir eine Chance?«

»Nein«, entgegnet Daryn. »Du wirst es tun.« Sie holt die Kugel aus ihrer Jackentasche und hält sie vor sich in die Luft.

»Gideon«, sagt Marcus. Ich spüre seinen verzweifelten Wunsch, Daryn zum Aufhören zu bewegen.

Aber sie hört nicht auf.

Stattdessen beginnt sie, das Portal zu öffnen. Die Kugel steigt von ihrer Handfläche in die Luft und löst sich auf, wird zu Licht und Farbe, die um uns herumrotieren. Ich warte darauf, dass sie zu dem Geflecht aus Strängen zerfallen, die alles zeigen – Felder und Ozeane und Sterne –, aber Sekunden vergehen, ohne dass sich etwas ändert. Dann wird das Licht stärker. Es leuchtet heller und intensiver, gewinnt an Kraft und durchfährt mich wie ein Sturm, der das Blut in meinen Adern aufpeitscht.

Es ist ein Sandsturm aus Licht.

Er verschluckt das Steinhaus in der Ferne. Dann löscht er die Lichtung mit den Gräuslingen aus, die an den Rändern lauern.

Alles verblasst.

Samrael und Daryn verschwinden, werden von der Helligkeit in den Hintergrund gedrängt. Sogar Marcus und Ruin, die nur einen Meter entfernt sind, verschwinden.

Als ich Rebells Ohren kaum noch sehen kann, lässt das grelle weiße Licht langsam nach.

»Gideon, sieh mal«, sagt Jode.

Der Boden unter uns ist rissig und ausgebleicht – bis auf den Dreck, der dort sein sollte. Das Licht wird immer schwächer, bis ich schließlich die Lichtung auf der Bergspitze in der Kluft nicht mehr sehen kann. Kein Steinhaus und keine Mauer in der Ferne. Keine zusammengekauerten Gräuslinge, die darauf warten, uns anzugreifen.

Um uns herum eine nächtliche Wüste.

Ich kenne diesen Ort. Es ist die Playa in Nevada; am Horizont erkenne ich die Silhouette der Gebirgskette. Der Himmel über uns ist übersät mit Sternen – so zahlreich, dass sie der Nacht einen Schimmer verleihen.

Alles ist genauso, wie wir es verlassen haben, mit einem Unterschied: Diese Wüste ist durch eine Barriere zweigeteilt.

Die Stränge, die immer um uns herumgewirbelt sind, wenn wir das Portal durchquert haben, sind jetzt straff gespannt. Sie verlaufen in parallelen Linien, die wie freigelegte elektrische Ströme vibrieren, und erstrecken sich bis in den Himmel und über die Wüste, so weit das Auge reicht – eine lebendige Mauer ohne vertikales oder horizontales Ende.

Die Welt – zumindest alles, was ich sehen kann – ist jetzt geteilt.

Es gibt meine Seite und die Seite jenseits der Barriere; sie sind spiegelbildlich.

Daryn steht neben mir – aber sie steht auch gegenüber, auf der anderen Seit der Barriere.

Genauso wie ich selbst.

Ich sehe mich selbst auf der anderen Seite.

Mit Jode, Marcus, Bas und unseren Pferden verhält es sich genauso.

Ich warte darauf, dass der Verzögerungseffekt verschwindet, aber das passiert nicht.

Alles ist doppelt.

Dann fällt es mir auf: Es gibt nur einen Samrael.

Er steht an der Trennungslinie, schaut zuerst in die eine, dann in die andere Richtung; seine Bewegungen sorgen dafür, dass sich die Stränge der Barriere wie eine Welle kräuseln. »Was ist das?«, fragt er.

»Es ist das, worum du gebeten hast«, antwortet Daryn – die auf meiner Seite.

»Du wolltest es, Rael. Du wolltest die Chance, zu beweisen, dass du es verdienst, die Kluft zu verlassen.« Sie verstummt, und jetzt spricht die andere Daryn. »Aber das werde nicht ich entscheiden. Es liegt an dir, Rael. *Du* entscheidest selbst über dein Schicksal.«

Mir wird klar, dass Daryn hinter dem Ganzen steckt.

Sie hat es geschaffen.

Samrael weiß nicht, wohin er schauen soll. Er weiß nicht, zu welcher Daryn er sprechen soll. Dann kann ich förmlich sehen, wie er beschließt: Wähle eine aus und bleibe dabei. Er wählt die Daryn auf meiner Seite.

»Ich verstehe nicht«, sagt er. »Soll ich entscheiden, welche Seite real ist? Soll ich blind raten?«

»Nein – ich werde es dir sagen. *Ich* bin real«, behauptet

das Mädchen neben mir. »Diese Seite ist deine Freiheit. Diese Seite ist deine Vergebung.«

»So einfach?«

»Ja, so einfach. Glaub mir. Vertrau mir. Oder lass es.«

Samrael wendet sich zu ihr, zu uns. Er lacht, aber es klingt verbittert. Dann wandert sein Blick zu mir. Ich wappne mich, aber als er in meinen Kopf eindringt, kann ich nichts dagegen ausrichten.

Hallo, Gideon. Dann habe ich ja richtig geraten. Sie sagt mir die Wahrheit.

Genauso schnell zieht er sich wieder zurück. Ich zucke mit keinem einzigen Muskel.

Er hat gemogelt, hat in die Karten geschaut. Der Gideon auf der irrealen Seite hätte keine Gedanken. Er weiß, dass ich echt bin. Und natürlich ist die echte Daryn auf der gleichen Seite wie ich.

Aber das muss sie vorausgesehen haben, oder?

Das Lächeln verschwindet aus seinem Gesicht.

»Ich weiß, welche Seite die Freiheit bedeutet«, sagt er zu Daryn. »Und ich entscheide mich dagegen.«

Er macht einen Schritt nach hinten, fort von uns.

45
Daryn

Rael weicht zurück, entscheidet sich dafür, mir nicht zu glauben.

Er will zurück in die Kluft.

Etwas in mir zerbricht. Ich laufe in seine Richtung, bleibe an der Barriere stehen. »Rael!«

Wir stehen auf gegenüberliegenden Seiten, kaum einen halben Meter voneinander entfernt. Ich kann das Portal nicht länger offen halten. Es zieht und zerrt an mir. Die Wüste hinter Rael schmilzt dahin. Der Gideon und der Rebell, die ich heraufbeschworen habe. Alles, was ich geschaffen habe, beginnt zu verblassen, als die Kluft zurückkehrt.

Das Steinhaus erscheint wieder. Der Obstgarten und die Pfade, die den Berg überziehen. Die Gräuslinge, die auf ihren nächsten Befehl warten.

»Du hättest mich wirklich gehen lassen«, stellt Rael fest.

»Ja. Das hätte ich.«

In seinem Lächeln stecken ganze Lebensspannen von Bedauern.

Ich verstehe es nicht, und der Sog aus der Kluft zerrt immer stärker an mir. Ich kann sie nicht länger tragen, die Last von Welten und Seelen und die der unendlichen, unendlichen Traurigkeit, die ich für ihn empfinde. »Warum willst du bleiben?«

»Weil es so besser ist. Besser für alle Unschuldigen, denen ich Leid zugefügt hätte.«

»Das hättest du nicht tun müssen.« Aber ich weiß, dass er die Wahrheit sagt.

»Also ist es ein Opfer?«

»Buße«, entgegnet er. »Vielleicht Erlösung.« Rael tritt einen weiteren Schritt zurück. »Oder vielleicht halte ich so auch die Hoffnung am Leben. Danke, Daryn.«

»Du *dankst* mir?«

Er nickt, und seine grünen Augen schimmern. »Dafür, dass es mehr wert ist, Vertrauen und Vergebung zu verdienen, als sie zu bekommen.«

Hinter mir schreit Gideon, dass ich mit ihm kommen soll, aber ich kann Rael noch nicht verlassen. Sein Lächeln ist herzzerreißend. *Er* ist herzzerreißend.

»Geh«, fordert er mich auf. »Dein Leben wartet. Und, Daryn? Ich werde dich vermissen. Furchtbar vermissen.«

Das Portal zieht mich immer stärker an, meine Kontrolle schwindet. Helligkeit blitzt auf wie ein Peitschenknall, und einige Sekunden bin ich blind, gefangen in einer Turbulenz, die meine Knochen und Rippen erschüttert.

Dann wird es still, und ich kralle mich an staubige Erde. Halte mich daran fest, als würde ich aufs Meer hinausgefegt, wenn ich loslasse.

Die Wüste von Nevada mit ihren schwarzen Gebirgszügen erscheint; sie rahmen die Ränder des blauen Nachthimmels ein. Ich blinzle, bin völlig desorientiert und von Gefühlen überwältigt.

Am Horizont sehe ich einen weißen Lichtfleck. Unser Camp. Wo Ben ist, Maia, Cordero und all die anderen.

Die Playa ist wunderschön im Licht der Abermillionen Sterne.

Gideon ist bei den Jungs. Sie sind abgestiegen und stehen beisammen, warten auf mich.

Ich frage mich, wie lange ich wohl schon hier bin. Habe ich darum gebeten, eine Weile allein zu sein? Vermutlich.

Die Kugel ist verschwunden. Ich schaue zu der Stelle, wo sie in der Luft schweben sollte, aber mein Blick wandert hinauf zu den Sternen. Zu all den unendlichen Möglichkeiten, den unendlichen Kreationen.

Rael.

Als ich an ihn denke, empfinde ich Ehrfurcht und Bewunderung.

Wenn das Böse sich selbst vernichtet, dann kann das Gute sich selbst erschaffen.

Er hat heute Nacht etwas Großes und Selbstloses getan.

Langsam stehe ich auf. Gideon kommt zu mir und umarmt mich ganz fest, will mich gar nicht mehr loslassen.

Schließlich macht er einen Schritt zurück. »Was jetzt?«, fragt er und lächelt sanft.

»Ich glaube, ich bleibe noch ein Weilchen hier.«

Er nickt. »Okay.«

Ich schaue ihm nach, als er zu den anderen geht. Dann sehe ich, wie Bas sich hinter Jode in den Sattel schwingt. Er hebt die Hand, und sie reiten auf die Lichter des Lagers zu.

Schatten trottet mit ihren langen Beinen anmutig zu mir herüber.

Als die anderen fort sind, spüre ich die ganze Last der Geschehnisse. Ich weiß, dass ich Rael niemals vergessen werde. Und ich werde auch nie die außerordentliche Macht vergessen, die ich für kurze Zeit besessen habe. Aber ich bin nicht machtlos.

Ich kann jede Sekunde entscheiden, wer ich bin. Ich habe die Macht, hoffnungsvoll, vertrauensvoll oder verzeihend zu sein. Ich kann jede Sekunde einen »Grund« erschaffen.

Ich streichle Schattens samtigen Hals, spüre ihre Wärme und ihren beruhigenden Atem. »Wir haben es geschafft, mein Mädchen. Wir haben Bas zurückgeholt.«

Dann schaue ich nach oben und suche nach dem Stern, auf dem ein gefallener Engel leidet. Ich glaube, ich werde ihn finden.

Ich muss ihn finden, denn ich habe Hoffnung.

Dann steige ich in den Sattel und nehme die Zügel auf. »Okay, mein Mädchen. Ab nach Hause.«

46
Gideon

»Wo ist Gideon? Hat jemand Gideon gesehen?«

Die Stimme lässt mich panisch zusammenfahren. Marcus grinst breit, als ich hinter das Poolhaus und hoffentlich außer Sichtweite springe.

Bas lacht und schüttelt sich gerade das Wasser aus den Haaren. »Alter. Doc Martin *liebt* dich.«

»Ja, aber *warum*?«, wundere ich mich und schaue vorsichtig hinter einer Hecke hervor. »Warum liebt er mich?«

Seit wir mit den Planungen für unsere Party bei Daryn zu Hause in Connecticut begonnen haben, habe ich mir versucht vorzustellen, wie wohl meine erste Begegnung mit ihrem Dad aussehen würde – aber auf dieses Szenario wäre ich nie gekommen.

Seit ich heute Morgen um zehn mit den Jungs hier ankam, ist Dr. Martin mir buchstäblich den ganzen Tag lang gefolgt. Er hat mir das Haus und dann das Grundstück gezeigt. Ich habe eine fachmännische Führung durch den Garten seiner Frau bekommen. Dann ist er mit mir zu dem Dock gefahren, wo sein Boot liegt. Das führte zu einer schnellen, zweistündigen Bootstour rund um den Long Island Sound. Und das alles, während die anderen hier im Haus, am Pool und beim Grillen ihren Spaß hatten.

Doc Martin hat mir ungefähr zweiundsiebzig Milliarden Fragen über meine Handprothese, meine Familie, meine Ziele und meine Träume im Leben gestellt. Wir haben sogar sehr eingehend über meine Zöliakie gesprochen. Ich glaube, inzwischen kennt er mich besser als Daryn.

Das einzig Gute an all dem ist, dass Chief – Dr. Martins Hund – total auf mich abfährt. Ich brauche nur nach unten zu sehen, und der kleine Kerl springt an meinen Beinen hoch und will gestreichelt werden. Dann gehe ich in die Hocke und lasse seine Leck-Attacke über mich ergehen. Ich bin mir ziemlich sicher, dass dieser Hund seit jeher dafür bestimmt war, Teil meines Lebens zu werden, genauso wie Daryn und die Jungs. Und Rebell.

»Dr. Martin ist entweder echt schlau und weiß, wie er seine Tochter glücklich macht, oder … du hast ihn mit deiner umwerfenden Persönlichkeit für dich eingenommen.«

Jode lacht über seinen eigenen Kommentar. *Hehehe.*

»Ist er in der Nähe? Muss ich losrennen?« Ich schaue über den Innenhof.

Die Partygäste sind eine bunte Mischung von Leuten, die ich kenne, und Leuten, die ich nicht kenne.

Cordero ist hier. Sie lacht über etwas, das Ben erzählt. Schön zu sehen, dass sie sich amüsiert. Es gab eine Zeit, da war ich nicht sicher, ob ich das noch einmal erleben würde.

Anna unterhält sich angeregt mit Josie, Daryns Schwester, aber gelegentlich schaut sie hinüber zu Jode, als wolle sie einfach nur wissen, wo er ist. Wie Daryn und ich. Und wie Dr. Martin und ich.

Freunde der Familie Martin sind gekommen. Einige von

Josies College-Freunden und ein paar von Daryns Highschool-Freunden.

Eine wirklich bunte Mischung. Hochkarätige Ärzte, die langsam einen Sonnenbrand auf dem Kopf bekommen. Kinder, die Arschbomben in den Pool machen oder auf dem Rasen Frisbee spielen. Die Sonne scheint, und der Himmel ist wolkenlos.

Nicht viele Tage verdienen die Bezeichnung »perfekt« – dieser schon.

Eindeutig.

Auch wenn Low nicht hier ist. Und obwohl Mom es nicht geschafft hat, herzukommen.

Eines Tages wird es passieren.

Für den Augenblick ist es mehr als genug.

Maia kommt zu uns und quetscht dabei eine Limettenscheibe in ihre Bierflasche. »Ich brauche einen Tischfußballpartner. Suarez und Soraya werden langsam übermütig. Marcus.« Sie deutet mit dem Kopf in Richtung Kicker. »Komm, wir machen sie fertig.«

»Alles klar.« Marcus schaut mich an. »Versteck dich besser, G.«

Und genau in dem Moment, als er mit Maia weggeht, kommt Dr. Martin auf mich zu. »Gideon! Da bist du ja!« Er klopft mir auf die Schulter. »Ich möchte dir einen Kollegen von mir vorstellen. Er war auch Ranger. Allerdings vor langer Zeit. Ich glaube zwar nicht, dass er deinen Vater gekannt hat, aber wir werden sehen.«

»Man kann nie wissen, oder?«, höre ich mich tapfer sagen. Eigentlich ist er gar nicht so übel.

Hinter mir ertönt wieder Jodes Lachen.

Daryns Dad hält das Gespräch am Laufen, während wir gehen. Ob ich das Rindfleisch schon probiert habe? Er hat nachgesehen, die Gewürzmischung ist glutenfrei, und es ist sein Lieblingsstück, ich *muss* es probieren. Hat er mir schon gesagt, dass er nicht übel Lust hätte, mir Chief zu schenken, damit er sich nicht mehr anhören muss, welchen Schaden der Hund in den Blumenbeeten seiner Frau anrichtet?

»Mehr als nicht übel Lust«, sagt er. »Ehrlich gesagt, halte ich es für eine tolle Idee. Meinst du nicht?«

Ich schaue hinunter zu Chief. Das Hündchen trottet neben mir her, geht ein paar Schritte perfekt bei Fuß und attackiert dann meine Fußgelenke. »Äh, ja, Sir. Aber glauben Sie nicht, Josie und Daryn könnten was dagegen haben …?«

»Wir werden sie fragen. Aber ich bezweifle es! Sie werden ja sagen, da bin ich sicher.« Er sieht nach unten. »Was meinst du, Chief? Ah, sieh dir das an. Er ist einverstanden! Also, wo waren wir stehengeblieben? Ach ja! Ranger!«

Ich bin überwältigt, weiß nicht, wie ich auf diesen Typ reagieren soll. Er ist wie Sebastian hoch eine Million. »Dr. Martin? Entschuldigen Sie, wenn ich Sie unterbreche. Aber haben Sie Daryn gesehen?«

Er bleibt stehen und sieht mich an, als sei ihm gerade wieder eingefallen, dass er eine Tochter hat. »Bei ihrer Mutter, nehme ich an. Die beiden sind unzertrennlich, seit Dare wieder da ist. Natürlich, wo du jetzt da bist, will sie sicher Zeit mit dir verbringen. Aber sie muss sich hinten anstellen. Wir haben tolle Zeiten vor uns, nicht wahr, mein Sohn?« Er legt mir den Arm um die Schulter, was irgendwie peinlich ist, weil er kleiner ist als ich.

»Auf jeden Fall, Sir.«

Er sieht mich an und schüttelt den Kopf. »Du bist wirklich ein guter Junge, Gideon. Komm! Lass uns einen befreundeten Ranger begrüßen. Hooah!«

47
Daryn

»Ach du liebe Güte.« Mom spült ein Glas ab und reicht es mir, ohne den Blick vom Fenster abzuwenden. Draußen belabert Dad schon wieder Gideon, ohne Unterbrechung und mit einem breiten Grinsen im Gesicht. »Ich glaube, dein Vater ist verliebt.«

Es stimmt. Dad benimmt sich, als habe er gerade seinen neuen besten Freund getroffen. Ich habe noch nie erlebt, dass er sich sofort so öffnet, so engagiert und begeistert ist. Aber ich nehme an, dass er nach allem, was geschehen ist, begriffen hat, wie kostbar Zeit ist und dass man sie nicht vergeuden darf.

Ich lache, als Gideon aufblickt und mich sieht; er hebt hilflos die Schultern. »Dann sind wir schon zu zweit«, sage ich.

Mom dreht sich zu mir um und schaut mich eher glücklich als überrascht an. »Daryn. Das ist so schön. Ich mag ihn sehr. Er ist ein reizender junger Mann.«

»Er ist gerade erst angekommen, Mom. Du kennst ihn erst einen Tag. Die meiste Zeit davon hat er mit Dad verbracht.«

»Aber ich sehe es.«

Isabel, die neben mir steht und ebenfalls Geschirr abtrocknet, zwinkert mir zu. »Es ist seine Körperhaltung.«

»Ja, genau«, pflichtet Mom ihr bei. »Das ist es. Und er ist heiß.«

»*Was*? Mom!«

Sie und Isabel lachen, amüsieren sich über meine Entrüstung. Ich schaue von einer zur anderen und frage mich, warum ich es nie habe kommen sehen, dass diese beiden sich ebenfalls auf Anhieb verstehen würden.

Isabel kam vor ein paar Tagen angereist, um vor der Party ein wenig Zeit mit uns zu verbringen. Es schien wichtig, die letzten eineinhalb Jahre mit nach Hause zu bringen – und Iz war ein so großer Teil davon.

Ich glaube, es hat Mom und Dad geholfen, zu sehen, dass ich diese Zeit mit tollen Menschen verbracht habe. Es hat sie besänftigt und beruhigt – obwohl es vieles gibt, das ich nicht mit ihnen teilen kann. Dinge, die besser ungesagt bleiben. Aber wir arbeiten daran und bemühen uns, alles andere nachzuholen. So viel wir können.

Mom geht es viel besser. Ihre Depressionen sind weitgehend unter Kontrolle. Sie meditiert, läuft und achtet auf sich; und die Medikamente, die sie nimmt, helfen ihr. Sie ist in der Gemeinde aktiv, arbeitet für mehrere Wohltätigkeitsorganisationen und sammelt Geld zugunsten von Familien vermisster Kinder, für Obdachlose. Außerdem bemüht sie sich darum, das öffentliche Bewusstsein für psychische Erkrankungen zu wecken. Sie ist erstaunlich.

Und sie sieht glücklich aus. Glücklicher als zu dem Zeitpunkt, als ich fortging. Ich habe gehört, dass Eltern immer nur so glücklich sind wie ihr unglücklichstes Kind, aber das Gleiche gilt auch umgekehrt. Wenn sie oder Dad nicht glücklich wären, wäre ich es auch nicht. Ich *war* es nicht. Aber für den Augenblick sind sie zufrieden, und ich bin es auch – und das ist ein Grund, *sehr* glücklich zu sein.

Josie ist gestresst, aber wegen naheliegender, eher normaler Dinge. Sie hat Sommerkurse belegt und versucht, gute Noten zu bekommen – ein Stress, den sie sich selbst auferlegt hat. Sie will früh ihren Abschluss machen und arbeitet wirklich hart dafür, ihr Ziel zu erreichen: einen Platz an einer erstklassigen medizinischen Fakultät. Ich habe ein paar ihrer Freunde aus Yale kennengelernt, und sie sind toll. Eine kleine, verschworene Gruppe. Man sieht, dass sie sich in ihrem unnachgiebigen Drang gegenseitig ein wenig ausgleichen. Erst vor zehn Minuten hörte ich, wie sie sich für später auf eine Pizza und anschließend Kino verabredeten. Nach einem ganzen Tag am Pool hat Josie heute tatsächlich mal kein Buch aufgeschlagen. Noch etwas, worüber ich glücklich sein kann. Wir alle brauchen Menschen, die auf uns aufpassen.

Dad hatte offenbar jeden Antrieb verloren, bis ich wieder nach Hause kam. Mom und Josie litten zwar unter der Situation, schafften es aber irgendwie, weiterzumachen. Er nicht. Soweit ich weiß, hat er Seelenqualen gelitten bis zu der Sekunde, als ich wieder in der Tür stand.

Ich habe Dad noch nie so weinen sehen wie an diesem Tag. Ein herzzerreißendes Schluchzen, das *mich* erschüttert hat. Es ging stundenlang; immer wenn er mich ansah, brach er wieder in Tränen aus. Ich habe ihn den ganzen Tag einfach nur im Arm gehalten, war nicht in der Lage, ihn mit Worten zu trösten. Ich hatte mir solche Sorgen gemacht wegen ihrer Enttäuschung und ihrer Wut auf mich. Aber das war völlig unnötig.

Wir waren wieder zusammen. Das war das Allerwichtigste. Für jeden von uns.

Das Schluchzen, die Tränen und die langen, langen Umarmungen waren nur das Ventil für all die Sorgen und all den Schmerz.

Das war vor sechs Wochen, und ich kann immer noch nicht an diesen Tag denken, ohne dass sich mir die Kehle zuschnürt und ich ihn am liebsten umarmen würde. Aber seitdem ist er überglücklich. Er ist der Typ da draußen, der den Arm um Gideons Schulter gelegt hat.

Ich glaube, ich habe ihm sein Leben zurückgegeben, als ich wieder nach Hause kam.

Ich habe es für uns beide getan.

Nachdem wir die Kluft verlassen hatten, ist die Sehergabe nicht wieder zurückgekehrt. Dieser Teil meines Lebens liegt hinter mir. Es wird Zeit, nicht als Seherin, sondern als Daryn weiterzuleben.

In den letzten sechs Wochen habe ich mich an verschiedenen Colleges beworben. Gideon ebenfalls. Teilweise an den gleichen Schulen, teilweise an anderen, die aber nicht weit auseinanderliegen.

Wer weiß? Wir haben keine Ahnung, was kommen wird. Schule und Ausbildung sind uns beiden wichtig. Es ist der richtige nächste Schritt. Aber was unsere Beziehung angeht, sind wir uns einig. Wir wissen, dass wir es so hinkriegen werden, dass wir zusammen sein können – das ist unsere oberste Priorität.

Wir hatten solches Glück, einander zu finden. Niemand macht mich glücklicher als er. Ich weiß, dass es keine langfristigen Garantien gibt, aber ich weiß auch ohne den geringsten Zweifel, was ich heute, morgen und den Tag danach will.

Ihn.

Seine blauen Augen. Sein Lächeln. Seine Kraft und seinen Humor. Seinen Glauben an mich.

Sogar sein Temperament.

Ich will alles. Wenn es das nicht wert ist, mein Leben danach auszurichten, was dann?

Außerdem: Dad und Chief sind ganz versessen auf ihn, und es wäre grausam, ihnen das Herz zu brechen.

Mom, Iz und ich sind fürs Erste fertig mit Geschirrspülen. Keiner von uns hätte gedacht, dass die Party so viel länger dauert als geplant, aber eigentlich hätten wir es wissen können. Die besten Leute, die ich kenne, sind da. Ich will nicht, dass dieser Tag jemals endet, und offensichtlich bin ich mit diesem Gefühl nicht allein.

Als Mom und Isabel die Gläser hinaus zur Bar am Poolhaus bringen, verdrücke ich mich.

»Daryn?« Mom hält mich an der Treppe auf.

»Ich habe etwas in meinem Zimmer vergessen. Ich komme gleich nach.«

Sie lächelt. »Beeil dich.«

Ich springe nach oben und in mein Zimmer. Mein Notizbuch liegt auf dem Schreibtisch.

Ich nehme es, setze mich damit aufs Bett und lese die letzten Einträge.

94. Zuhause! Mit Dad, Josie und Mom, Mom, Mom. Chief! Mein Zimmer. Die große goldene Couch. Josies Kekse. Moms Umarmungen. Dads Lächeln. Unser Haus. Zuhause Zuhause Zuhause Zuhause

95. Pläne für die Zukunft mit Gideon machen. Eine Zukunft mit Gideon durch Plänemachen
96. Isabel, hier bei uns. Als sei sie ein Teil des Puzzles, von dem wir immer wussten, dass wir es zusammensetzen würden
97. Jedes Mal, wenn ich Sebastian ansehe. Jedes Mal
98. Die Reue loslassen. Das Leben umarmen, die Zukunft, Liebe

Dann mache ich den nächsten Eintrag.

99. Heute. Dieser perfekte Tag

Als ich Schritte auf dem Flur höre, muss ich lächeln.

Gideon erscheint in der Tür und stützt sich mit dem Ellbogen am Rahmen ab. Chief wuselt um seine Beine herum und lässt sich dann auf den Rücken fallen, wartet darauf, dass Gideon ihm den Bauch krault. »Ich glaube, dein Dad versucht, mir euren Hund zu schenken.«

Ich muss lachen. »Nicht so schnell«, bitte ich. »Aber ich werde darüber nachdenken, ihn mit dir zu teilen.«

Seine Augenbrauen wandern nach oben. »Das ist besser, als ich erwartet habe.« Er setzt sich neben mich und nimmt meine Hand. Seine Augen wandern zu dem Notizbuch, und er liest die letzten Zeilen. »Schön«, sagt er und lächelt mich an. »Was wird Nummer hundert sein?«

Das ist eine wirklich gute Frage. Ich klappe das Buch zu.

»Ich lasse es offen. So höre ich nie auf hineinzuschauen.«

»Ich sehe gerade einen Grund«, sagt er und sieht mir in die Augen.

Ich lächle. »Ich auch.«

Danksagung

Dieses Buch macht seinem amerikanischen Originaltitel »Seeker« alle Ehre, da es sich definitiv um eine Suche gehandelt hat: die Suche nach der Geschichte *und* nach seiner Bedeutung für mich persönlich. Aber bei jedem Schritt konnte ich auf die Unterstützung von Melissa Frain vertrauen. Mel, ich danke dir für deine Anregungen als Lektorin und für deine Freundschaft. Ich kann mich sehr glücklich schätzen, mit dir arbeiten zu dürfen.

Ich danke auch dem gesamten Team von Tor Teen, insbesondere Amy Stapp, Diana Griffin und Patty Garcia. Es hat sehr viel Spaß gemacht, mit so warmherzigen, talentierten und engagierten Menschen zusammenzuarbeiten.

Glücklicherweise hatte ich auch Josh und Tracey Adams an meiner Seite. Danke, für alles. Meine schreibenden Freunde sind immer da, um mich aufzumuntern oder etwas mit mir zu unternehmen. Lorin Oberweger, Katy Longshore, Lia Keyes, Kim Turrisi und Talia Vance waren ebenfalls eine große Hilfe beim Schreiben dieses Buches. Ich danke euch ganz herzlich.

Und nicht zuletzt ein riesiges Dankeschön an meine Familie, die so viele Opfer bringt, damit ich das tun kann, was ich liebe: Ich liebe nichts mehr als euch. Also … Seid ihr bereit für das nächste Buch?